2011年广州大学教材出版基金资助项目
2014年广州市教育系统创新团队项目"文学经典与文学教育研究"资助(项目编号:13C05)

西方文学经典导读

冉东平　著

北京理工大学出版社
BEIJING INSTITUTE OF TECHNOLOGY PRESS

版权专有 侵权必究

图书在版编目（CIP）数据

西方文学经典导读/冉东平著. —北京：北京理工大学出版社，2014.12（2022.6 重印）

ISBN 978 – 7 – 5640 – 9146 – 0

Ⅰ. ①西… Ⅱ. ①冉… Ⅲ. ①文学研究 – 西方国家 Ⅳ. ①I106

中国版本图书馆 CIP 数据核字（2015）第 000965 号

出版发行 /	北京理工大学出版社有限责任公司
社　　址 /	北京市海淀区中关村南大街 5 号
邮　　编 /	100081
电　　话 /	（010）68914775（总编室）
	82562903（教材售后服务热线）
	68944723（其他图书服务热线）
网　　址 /	http://www.bitpress.com.cn
经　　销 /	全国各地新华书店
印　　刷 /	北京虎彩文化传播有限公司
开　　本 /	710 毫米 × 1000 毫米　1/16
印　　张 /	18
字　　数 /	266 千字
版　　次 /	2014 年 12 月第 1 版　2022 年 6 月第 6 次印刷
定　　价 /	52.00 元

责任编辑 / 刘永兵
文案编辑 / 王晓莉
责任校对 / 周瑞红
责任印制 / 王美丽

图书出现印装质量问题，请拨打售后服务热线，本社负责调换

前言

"西方文学经典导读"课程是我国高等院校中文系、外语系等所设专业的必修课程,也是理工科学生的人文科学通识类课程;它对提高学生的文化素养、培养学生的健全人格起着积极的、不可替代的重要作用。

随着全球化浪潮不断袭来以及对外文化交流的剧增,认识西方,了解西方文学和西方文化成为一项迫在眉睫的工作;"西方文学经典导读"课程教材旨在提高学生的人文素质、独立思考能力和批判意识,并帮助学生深入了解西方文学的发展脉络、人文精神和价值取向。

一、基本结构

本书共分为两编,第一编为9个单元,主要介绍从古希腊文学到19世纪西方文学的概况。这一部分内容属于西方传统文学,文学的基本走向是沿着古希腊的世俗文化精神和古罗马时期形成的基督教文化精神向前发展;近三千年来这两种文化精神对后世西方文学影响深远,使西方传统文学在思想和精神上具有继承性和一脉相承的特点。

第二编为9个单元,主要介绍20世纪西方文学,其中涉及西方现代文学中的主要文学流派。由于20世纪西方文学受到哲学、心理学等思潮的冲击,文学上呈现出新的变化,文学视角从重视描写客观外界转向关注人内心世界的变化,从文学创作的客观真实性原则转向主观感受真实性原则,从写实性的叙事方法转向表现人的无意识以及意识自由流动的叙事方法。文学作品在叙事观念、叙事模式、叙事形态、叙事方法等方面都发生了根本的转型。

二、编写原则

1. 在占有丰富的文学文本和批评文本的基础上进行写作,以各个时期和各个文学流派的作家作品为依据,实事求是地评价其成就和不足,将基础知识与学术前沿、微观知识点和宏观历史文化背景相结合,争取做到知识准确、论述恰当。

2. 多角度、全方位地研究西方文学,探讨哲学、心理学、语言学等对西方文学的影响和冲击,不仅要总结各个时期每个流派的思想成就、基本特征、基本评价，而且对作家创作道路、作品思想内容和艺术成就进行评述，给学生以思考的机会和继续延伸阅读的引导。

3. 在内容的体例上尽量适应教学计划，把西方传统文学和西方现代文学分为两大块，满足必修和选修课程的教学需要和课时计划。把每一个时期的文学或文学思潮作为独立的单元来评述，将所涉及的文学现象提升到问题研究的高度来认识，力图培养学生的问题意识和批判意识；书中附有思考题，为课堂教学和自学者提供一种延伸学习的方向和途径。

目录

第一编 从古代到19世纪西方文学

第一讲 欧洲古希腊罗马文学 …… 003
一、古希腊、罗马文学发展简介 …… 003
二、古希腊文学的基本特征 …… 004
 1. 多姿多彩的神话世界 …… 004
 2. 多种文学形式的萌芽 …… 006
 3. 人与命运的冲突 …… 008
三、古希腊、罗马文学的地位与影响 …… 009
四、荷马与《伊利亚特》 …… 009
 1. 作家生平与文学创作 …… 010
 2.《伊利亚特》故事梗概 …… 011
 3. 作品分析 …… 011
 4. 思考题 …… 015

第二讲 中世纪欧洲文学 …… 016
一、中世纪欧洲文学发展简介 …… 016
二、中世纪欧洲文学的基本特征 …… 017
 1. 浓郁的宗教文学 …… 017
 2. 超凡脱俗的骑士文学与世俗的新兴城市文学 …… 018
 3. 古老的英雄史诗 …… 020
三、中世纪欧洲文学的地位与影响 …… 022
四、但丁与《神曲》 …… 023
 1. 作家生平与文学创作 …… 023
 2.《神曲》故事梗概 …… 024
 3. 作品分析 …… 025
 4. 思考题 …… 030

第三讲 文艺复兴时期欧洲文学 …… 031
一、文艺复兴时期欧洲文学发展简介 …… 031

二、文艺复兴时期欧洲文学的基本特征 …………………… 032
　　　　1. 肯定人的价值，将人从宗教中解放出来 …………… 032
　　　　2. 欧洲小说的产生 …………………………………… 034
　　　　3. 欧洲戏剧的发展 …………………………………… 035
　　三、文艺复兴时期欧洲文学的地位和影响 ………………… 037
　　四、莎士比亚与《哈姆雷特》 ……………………………… 038
　　　　1. 作家生平与文学创作 ……………………………… 038
　　　　2.《哈姆雷特》故事梗概 …………………………… 039
　　　　3. 作品分析 …………………………………………… 040
　　　　4. 思考题 ……………………………………………… 046

第四讲　17世纪欧洲文学 …………………………………………… 047
　　一、17世纪欧洲文学发展简介 ……………………………… 047
　　二、17世纪欧洲文学的基本特征 …………………………… 048
　　　　1. 歌颂王权，强调理性的法国古典主义文学 ……… 048
　　　　2. 复杂多元、清教色彩浓厚的英国文学 …………… 050
　　　　3. 繁复雕琢、怪诞奇特的巴洛克文学 ……………… 051
　　三、17世纪欧洲文学的地位和影响 ………………………… 053
　　四、莫里哀与《伪君子》 …………………………………… 053
　　　　1. 作家生平与文学创作 ……………………………… 053
　　　　2.《伪君子》故事梗概 ……………………………… 054
　　　　3. 作品分析 …………………………………………… 055
　　　　4. 思考题 ……………………………………………… 059

第五讲　18世纪欧洲文学 …………………………………………… 060
　　一、18世纪欧洲文学发展简介 ……………………………… 060
　　二、18世纪欧洲文学的基本特征 …………………………… 062
　　　　1. 启蒙运动的精神实质 ……………………………… 062
　　　　2. 小说形式的多样性 ………………………………… 063
　　　　3. 戏剧的平民化倾向 ………………………………… 066
　　三、启蒙运动文学的地位和影响 …………………………… 067
　　四、歌德与《浮士德》 ……………………………………… 067
　　　　1. 作家生平与文学创作 ……………………………… 068

2. 《浮士德》故事梗概 ················· 069
　　3. 《浮士德》作品分析 ················· 070
　　4. 思考题 ······························· 076

第六讲 19 世纪前期欧洲浪漫主义文学 ········ 078
　一、19 世纪前期欧洲浪漫主义文学简介 ········ 078
　二、19 世纪欧洲浪漫主义文学基本特征 ········ 079
　　1. 浪漫主义就是文学上的自由主义 ·········· 079
　　2. 突破古典主义艺术界限 ················· 080
　　3. 寄情于山水，从民间文学中寻找精神食粮 ··· 082
　三、19 世纪欧洲浪漫主义文学的地位与影响 ···· 084
　四、拜伦与《恰尔德·哈洛尔德游记》 ········ 084
　　1. 作家生平与文学创作 ··················· 084
　　2. 《恰尔德·哈洛尔德游记》故事梗概 ······ 085
　　3. 作品分析 ····························· 086
　　4. 思考题 ······························· 091

第七讲 19 世纪中后期西欧现实主义文学 ······ 093
　一、19 世纪中后期西欧现实主义文学发展简介 ·· 093
　二、19 世纪中后期西欧现实主义文学的基本特征 · 094
　　1. 人道主义思想的新发展 ················· 094
　　2. 个人反抗与个人奋斗的典型 ············· 095
　　3. 现实主义文学的真实性 ················· 097
　三、19 世纪中后期西欧现实主义文学的地位和影响 ·· 099
　四、司汤达与《红与黑》 ····················· 099
　　1. 作家生平与文学创作 ··················· 099
　　2. 《红与黑》故事梗概 ··················· 101
　　3. 作品分析 ····························· 101
　　4. 思考题 ······························· 107

第八讲 19 世纪俄罗斯文学 ················· 108
　一、19 世纪俄罗斯文学发展简介 ············· 108
　二、19 世纪俄罗斯文学的基本特征 ··········· 109
　　1. 从萌芽走向成熟的俄国现实主义文学 ······ 109

2. 不同类型的人物系列 ·················· 111
　　3. 理论争鸣成为文学发展的风向标 ·········· 113
三、19 世纪俄罗斯现实主义文学的地位与影响 ········ 115
四、托尔斯泰与《安娜·卡列尼娜》 ················ 115
　　1. 作家生平与文学创作 ···················· 115
　　2.《安娜·卡列尼娜》故事梗概 ············ 117
　　3. 作品分析 ································ 117
　　4. 思考题 ·································· 125

第九讲 19 世纪美国文学 ·························· 126
一、19 世纪美国文学发展简介 ······················ 126
二、19 世纪美国文学的基本特征 ···················· 127
　　1. 美国民族文学的萌芽 ···················· 127
　　2. 超验主义与美国浪漫主义文学 ············ 129
　　3. 美国现实主义文学 ······················ 130
三、19 世纪美国文学的地位与影响 ·················· 132
四、马克·吐温与《哈克贝利·费恩历险记》 ········ 132
　　1. 作家生平与文学创作 ···················· 132
　　2.《哈克贝利·费恩历险记》故事梗概 ······ 133
　　3. 作品分析 ································ 134
　　4. 思考题 ·································· 141

第二编　20 世纪西方文学

第十讲 20 世纪西方现实主义文学 ·················· 145
一、20 世纪西方现实主义文学简介 ·················· 145
二、20 世纪西方现实主义文学的基本特征 ············ 147
　　1. 忠于现实、反映现实 ···················· 147
　　2. 文学的党性原则 ························ 148
　　3. 开放的现实主义创作方法 ················ 150
三、20 世纪西方现实主义文学的地位与影响 ·········· 152

四、肖洛霍夫与《静静的顿河》……………………………… 152
　　　　1. 作家生平与文学创作 ……………………………… 152
　　　　2.《静静的顿河》故事梗概 ………………………… 153
　　　　3. 作品分析 …………………………………………… 155
　　　　4. 思考题 ……………………………………………… 160

第十一讲　象征主义文学 ……………………………………… 161
　　一、象征主义文学发展简介 …………………………………… 161
　　二、象征主义文学的基本特征 ………………………………… 162
　　　　1. 理论创新是象征主义文学的风向标 …………………… 162
　　　　2. 象征主义诗歌 ……………………………………… 164
　　　　3. 象征主义戏剧 ……………………………………… 166
　　三、象征主义文学的地位与影响 ……………………………… 168
　　四、梅特林克与《盲人》 ……………………………………… 168
　　　　1. 作家生平与文学创作 ……………………………… 169
　　　　2.《盲人》故事梗概 ………………………………… 169
　　　　3. 作品分析 …………………………………………… 170
　　　　4. 思考题 ……………………………………………… 175

第十二讲　表现主义文学 ……………………………………… 176
　　一、表现主义文学发展简介 …………………………………… 176
　　二、表现主义文学的基本特征 ………………………………… 177
　　　　1. 突破传统文学心理叙事的界限 ………………………… 177
　　　　2. 类型化的人物形象 ………………………………… 178
　　　　3. 艺术形式与表现方法 ……………………………… 180
　　三、表现主义文学的地位与影响 ……………………………… 181
　　四、卡夫卡与《城堡》 ………………………………………… 182
　　　　1. 作家生平与文学创作 ……………………………… 182
　　　　2.《城堡》故事梗概 ………………………………… 183
　　　　3. 作品分析 …………………………………………… 183
　　　　4. 思考题 ……………………………………………… 187

第十三讲　意识流文学 ………………………………………… 188
　　一、意识流文学发展简介 ……………………………………… 188

二、意识流文学的基本特征 ················· 189
　　　　1. 意识流文学中时间与空间的关系 ········· 189
　　　　2. 意识流动的不确定性 ··············· 191
　　　　3. 意识流文学的内心独白 ············· 192
　　三、意识流文学的地位与影响 ··············· 193
　　四、弗吉尼亚·伍尔夫与《达洛卫夫人》 ········· 193
　　　　1. 作家生平与文学创作 ··············· 194
　　　　2.《达洛卫夫人》故事梗概 ············· 194
　　　　3. 作品分析 ····················· 195
　　　　4. 思考题 ······················· 201

第十四讲　存在主义文学 ····················· 202
　　一、存在主义文学发展简介 ················ 202
　　二、存在主义文学的基本特征 ··············· 203
　　　　1. 浓郁的哲学色彩 ················· 203
　　　　2. 对"环境"的认识 ················ 205
　　　　3. 存在主义文学的艺术风格 ············ 207
　　三、存在主义文学的地位与影响 ·············· 208
　　四、萨特与《阿尔托纳的隐居者》 ············· 208
　　　　1. 作家生平与文学创作 ··············· 209
　　　　2.《阿尔托纳的隐居者》故事梗概 ········· 210
　　　　3. 作品分析 ···················· 211
　　　　4. 思考题 ······················ 217

第十五讲　荒诞派戏剧 ······················ 218
　　一、荒诞派戏剧发展简介 ·················· 218
　　二、荒诞派戏剧的基本特征 ················ 220
　　　　1. 戏剧要素的非理性化 ··············· 220
　　　　2. 突破西方传统戏剧叙事的艺术界限 ······· 221
　　　　3. 剧作家表现荒诞的差异性 ············ 222
　　三、荒诞派戏剧的地位与影响 ··············· 224
　　四、萨缪尔·贝克特与《等待戈多》 ············ 225
　　　　1. 作家生平与文学创作 ··············· 225

    2.《等待戈多》故事梗概 …………………………… 226

    3. 作品分析 …………………………………………… 226

    4. 思考题 ……………………………………………… 231

第十六讲　成长文学　232

  一、成长文学发展简介 …………………………………… 232

  二、成长文学的基本特征 ………………………………… 233

    1. 在流浪中成长 ……………………………………… 233

    2. 在迷茫中成长 ……………………………………… 234

    3. 在逆境奋斗中成长 ………………………………… 236

  三、成长文学的地位与影响 ……………………………… 237

  四、塞林格与《麦田里的守望者》 ……………………… 237

    1. 作家生平与文学创作 ……………………………… 238

    2.《麦田里的守望者》故事梗概 …………………… 238

    3. 作品分析 …………………………………………… 239

    4. 思考题 ……………………………………………… 244

第十七讲　黑色幽默　245

  一、黑色幽默的发展简介 ………………………………… 245

  二、黑色幽默文学的基本特征 …………………………… 246

    1. 黑色幽默并非传统的幽默 ………………………… 246

    2. 黑色幽默的叙事语言 ……………………………… 247

    3. 黑色幽默的叙事方法 ……………………………… 249

  三、黑色幽默的文学地位与影响 ………………………… 250

  四、约瑟夫·海勒与《第22条军规》 …………………… 250

    1. 作家生平与文学创作 ……………………………… 250

    2.《第22条军规》故事梗概 ………………………… 251

    3. 作品分析 …………………………………………… 252

    4. 思考题 ……………………………………………… 258

第十八讲　魔幻现实主义文学　259

  一、魔幻现实主义文学发展简介 ………………………… 259

  二、魔幻现实主义文学的基本特征 ……………………… 260

    1. 独特的地域造就了独特的文学现象 ……………… 260

2. 魔幻现实主义的真实性问题 ················· 262
   3. 魔幻现实主义的艺术形式 ··················· 264
三、魔幻现实主义文学的地位与影响 ············· 265
四、马尔克斯与《百年孤独》 ··················· 266
   1. 作家生平与文学创作 ····················· 266
   2.《百年孤独》故事梗概 ···················· 266
   3. 作品分析 ······························ 268
   4. 思考题 ································ 275

第一编

从古代到19世纪西方文学

第一讲　欧洲古希腊罗马文学

古希腊、罗马文学是欧洲文学的源头，它为人类留下了极为丰富、宝贵的文化遗产。古希腊所形成的欧洲世俗文化，以及古罗马时期所形成的基督教文化对后世西方文学起着举足轻重的作用。正如恩格斯在《反杜林论》中指出："没有希腊文化和罗马帝国所奠定的基础，也就没有现代的欧洲。"

一、古希腊、罗马文学发展简介

古希腊位于地中海的东北部，包括爱琴海各岛屿和小亚细亚沿岸一带，近海而多山，气候温和，土地肥沃，大自然美丽而富有变化，这种得天独厚的自然环境成了欧洲古代文学的发源地。

古希腊文学在思想和艺术上都取得了辉煌的成就，出现了希腊的神话、史诗、诗歌、寓言、悲剧、喜剧和文艺理论等主要文艺体裁，萌生了最早的现实主义和浪漫主义创作方法，这对后来的欧洲文学产生了极为深远的影响。

古希腊文学的发展大体上分为3个阶段：第1个阶段为氏族社会向奴隶制社会过渡，以及奴隶制国家形成时期（大约公元前11—前9世纪），史称"英雄时代"，又称"荷马时代"，其主要文学成就是神话和史诗，荷马史诗《伊利亚特》和《奥德赛》是这个时期的重要作品。第2个阶段是雅典奴隶制的民主时期（大约公元前8—前5世纪），史称"古典时代"。这个时期在文学上出现了诗歌，如女诗人萨芙、阿那克瑞翁、品达等人的作品。公元前6世纪，希腊民间流传着一种以动物作为主人公的寓言故事《伊索寓言》，相传是一个获得解放的奴隶——伊索所作。这个时期古希腊城邦的经济得到快速发展，雅典农村地区祭祀酒神和农神的仪式开始进入城市，这为悲剧、喜剧的产生奠定了基础，悲剧代表作家作品有埃斯库罗斯的《被缚的普罗米修斯》、索福克勒斯的《俄狄浦斯王》、欧里庇得斯的《美狄亚》，喜剧代表作家作品有阿里斯托芬的《阿卡奈人》。随着文学的繁荣，文艺理论开始形成，其中文艺理论家苏格拉底（公元前469—前399年）、柏拉图（公元前427—前347年）和亚里士多德（公元前384—前322年）最为杰出，而柏拉图的《对话录》、《理想图》和亚里士多德的《诗学》对西方文艺理论的发展有着重要的影响。第3个阶段是"希腊化"时期（公元前4—前2世纪），这个时期文学注重修辞技巧，但内容贫乏，主要文学类型是新喜剧。

古罗马文学同希腊文学有着密切的关系，它基本上继承了古希腊文化，其哲学、文学、艺术都是以古希腊为蓝本。在文学上，罗马并非简单照搬古希腊，它也有自己的特色和光辉成就。古罗马文学对后来的欧洲文学起着承前启后的作用，文艺复兴时期和17世纪的欧洲人主要是通过古罗马时期的文学来认识古希腊文学的。古罗马文学大约产生于公元前3—前2世纪，其主要成就是喜剧，代表作家是普劳图斯；公元前1—公元1世纪的一百多年间，这是古罗马文学的黄金时代，诗歌成就突出，代表作家是维吉尔（公元前70—前19年）和他的《伊尼德》（公元前19年），又译作《埃涅阿斯纪》；在文艺理论方面也有一定的发展，代表作家是贺拉斯和奥维德；公元1世纪之后古罗马文学开始衰落，只有讽刺诗等有所成就，而这时基督教开始产生，并成为一支影响后来欧洲文学和艺术的宗教文化。

二、古希腊文学的基本特征

1. 多姿多彩的神话世界

神话是古希腊人在科学不发达、生产力水平极低的条件下创造出来的，它不是现实生活的科学反映，而是一种不自觉的艺术创作，是古代人通过想象或借助于想象把自然界和社会形态形象化了的一种文学形式。古希腊神话主要散见于荷马史诗、赫西俄德的《神谱》、三大悲剧家的悲剧作品、历史学家和哲学家的著作中，希腊神话的内容主要包括两大方面，即神的故事和英雄传说。

首先，神的故事包括宇宙的起源、神的产生、神的谱系、天上朝代的更替、人类的起源、神的日常活动等故事。在古希腊人的想象中，山川林木、日月海陆，以至雨后的彩虹、河畔的水仙都是神的身影；生老病死、祸福成败，都取决于神的意志，神话创造了庞大的神的家族。

希腊人认为，宇宙最初是一个大混沌，天与地混杂在一起，呈现一种杂乱无序的状态，各自向着自己的方向运动。后来这个大混沌分开了，沉重的部分积在一起，成了土地；轻一点的飞升上去，成为天空，二者中间是空气，而且地下有一个黑暗的深渊，叫作塔尔塔洛斯，即阴府。在天空上，日月星辰一一出现，地面上陆地与海洋分开，河流从山上流下来，草木生长，这就形成了现在我们知道的世界。

从混沌中出现许多女儿，其中最早的一个叫作呃罗斯，也就是爱。后来，混沌中还出现了呃列波斯（即黑暗）与女克斯（即黑夜）以及他们的女儿赫默拉（即白昼）。后来从混沌中又产生了天父神乌拉诺斯和地母神该亚。乌拉诺斯与该亚生了一大群儿女（六男六女），即泰坦诸神。乌拉诺斯后来与他最小的儿子克洛诺斯展开十年"提坦之战"，最后战败，而后来克洛诺斯又被他的儿子宙斯所代替，于是宙斯成了万神之王，即雷电之神。他的两个兄弟波塞冬和哈得斯被指定分管海洋和冥界（即塔尔塔洛斯）。他的儿女们分别掌管着各种事物，于是就有了太阳与光明之神（也称文艺之神）阿波罗，勇敢和智慧女神雅典娜，月亮与狩猎之神阿耳忒弥斯，战神阿瑞斯，爱神阿佛洛狄忒，火与铁匠之神赫淮斯托斯，商业与交通之神赫尔米斯，土地肥沃之神德米特尔。另外还有九个缪斯为文艺之神，三个摩伊勒为命运女神，这个神的大家族都居住在奥林匹斯山上。

希腊神话与其他民族的神话有着鲜明的区别，譬如中国神话是先有人而后才有山川草木，这就是所谓的盘古开天辟地。但是，古希腊神话是先有神而后才有人。不少国家的神话，神多是三头六臂，而古希腊神话的神都具有人的性格和人的形象，并且人神同形同性，他们的生活习惯与世俗生活很接近，有人的喜怒哀乐，但品德上反而不如人，自私，任性，爱享乐，爱虚荣，争权夺利，忌妒心与报复心很强，还常常溜下山去同人间的美貌男女偷情。以宙斯为首的神都喜欢捉弄人，甚至曾不止一次地要毁灭人类。很显然，这些神的恶行恶德是奴隶主贵族品德的反映，但也有像普罗米修斯那样古老的神，他把天上的火盗来交给人类，触怒了宙斯，把他绑在高加索山上，每天让恶鹰去啄食他的心脏。这是古希腊人对原始社会中火的发明的艰苦过程的一种不自觉的艺术加工。

其次，英雄传说是对远古的历史、社会生活以及人对自然做斗争等事件的回忆。英雄被当作神和人所生的后代，半人半神，并在自然和社会斗争中建立丰功伟绩，实际上这些英雄是一种集体力量和智慧的代表。在英雄传说中，以不同的家族为中心形成了许多英雄故事系列，如赫剌克勒斯的12件大功，德修斯为民除害，伊阿宋智取金羊毛和特洛亚战争等。

古希腊神话是长期形成的，内容比较庞杂，神的性质和职责以及故事情节都有所发展变化。在最早的神话中，神的自然属性很强，往往具有图腾崇拜的性质，但随着社会生活的发展，神的社会属性逐渐居于主导。而英雄传说的历史比较简单，它始终保持着野蛮时期和氏族社会的烙印。

2. 多种文学形式的萌芽

西方文学的源头在古希腊，它为西方提供了形式多样的文学体裁，如神话、史诗、抒情诗、寓言、悲剧、喜剧、文艺理论、新喜剧等。

公元前8—前6世纪，希腊氏族社会进一步瓦解，奴隶制城邦国家逐渐形成，社会上贫富不均和不平等现象日趋严重，个人失掉了氏族的庇护，人的思想感情发生了变化，个人意识开始觉醒，这导致了抒情诗的出现，古希腊著名的抒情诗人有萨芙、阿那克瑞翁和品达。萨芙（公元前612？—？）是列斯波斯岛的女贵族，她写过九卷诗，只传下两首完整的诗和一些残句，柏拉图称她为"第十位文艺女神"。阿那克瑞翁（公元前550？—前465年？）写过五卷诗，歌颂醇酒和爱情，其中有独唱琴歌、双管歌和讽刺诗，只传下一些短诗和残句。古代与后代称他的诗体为"阿那克瑞翁体"。品达（公元前522？—前442年）的生活和创作与希腊盛行的体育竞技活动紧密相连，他是奥林匹克运动会及其泛希腊运动会上竞技胜利者的歌颂者，表现了泛希腊的爱国主义精神。

公元前6世纪时，希腊民间流传着以动物为主人公的一种散文故事，这就是《伊索寓言》。《伊索寓言》与贵族奴隶主作的抒情诗不同，它是下层平民和奴隶阶级思想的反映。如《狼与小羊》表现了当时阶级对立的关系，《农夫与蛇》教导人们不能对敌人仁慈，《农夫的儿子们的争吵》说明团结就是力量，《龟兔赛跑》劝诫人不要骄傲等。《伊索寓言》的思想性很强，形式短小精悍，比喻恰当，形象生动，对欧洲寓言作家影响很大，常被后人模仿和引用。

公元前6世纪末到公元前4世纪初，是古希腊奴隶制社会发展与繁荣时期。当时以雅典为中心，商业迅速发展，对外贸易扩大，刺激了农业的发展。原来农村的庆祝丰收、祭祀酒神和农神的节日舞蹈进入了城市，成为全国性的节日，并逐渐演变成戏剧。悲剧的前身是酒神颂歌，喜剧的前身是民间的祭神歌舞和滑稽剧。

每年大约3月举行春祭，这时新酒熟了，葡萄藤上长出新芽，人们的队伍和合唱队注意酒神狄奥尼索斯的来临，合唱队高唱春之歌，对酒神赞美，因为他带来了春天，唤醒了大自然。合唱队由50人组成，除队长外，都以羊皮作为装束，脸上以橄树叶做胡须，头上戴着羊角和常春藤的花冠，打扮成半人半羊的森林神，传说这种半人半羊的森林神是酒神的同伴。合唱队跟随队长唱各种赞美酒神的歌，这些歌又叫"山羊之歌"，就是我们现在所译的"悲剧"。随着这种祭祀的发展，人们在酒神赞美诗中又加进人物、动作和对话，这就形成了希腊早期的悲剧形式。而到了秋天，葡萄熟时，对酒神狄奥尼索斯的祭祀节日又来了。这个节日与春季不同，因为这是快乐的收获季节，没有迎接酒神那样严肃，人们喜笑颜开，相互取笑嘲弄，这就是喜剧的最初形式。古希腊悲剧大多取材于神话，并逐渐由酒神颂扩大到神话与英雄传说的范围，保留了酒神颂的合唱队形式和抒情诗的特点，剧中对话采用诗体，戏剧形式日臻完善。古希腊每年都要举行戏剧节比赛，执政者将戏剧作为对贵族与平民进行教化的工具，当时涌现出最有影响的剧作家有悲剧作家埃斯库罗斯、索福克勒斯、欧里庇得斯，喜剧作家有阿里斯托芬。

古希腊文学的繁荣也为文艺理论的出现提供了基础，主要理论家有柏拉图和亚里士多德。柏拉图出身于雅典贵族，师从哲学家苏格拉底，著作以对话形式为主，内容涉及政治、伦理、文艺、教育以及当时争辩激烈的一些哲学问题。他的主要思想是"理念论"，成为西方客观唯心主义哲学的始祖，代表作有《理想国》和《对话录》等。亚里士多德是柏拉图的学生，是一个百科全书式的学者和逻辑学家。他在物理、动植物学、生理、医学、历史等多方面都有精深的造诣。在哲学上，他发展了赫拉克利特的唯物论和辩证思想，奠定了形式逻辑的基础，但亚里士多德又认为神是世界的最终动力。亚里士多德在文艺理论方面的代表著作是《诗学》和《修辞学》。

3. 人与命运的冲突

古希腊文学贯穿着强烈的命运观念，这种命运观念成为希腊文学艺术的独特风景线。命运观的出现是因为希腊人把不可理解的社会发展趋势和个人遭遇归因于命运的捉弄。人与命运的冲突，实际上是以迷信的方式反映了希腊人与社会环境以及人与人之间的冲突。

古希腊人对命运有一个认识过程，从最初命运即具体的神，发展到抽象的、不可知的神秘力量。而神本身从原有的具有浓厚的自然属性逐渐向社会属性过渡，并从有形的神向无形的、捉摸不定的神秘力量进行转化。在古希腊神话中，命运最早是一个具体的神，这是希腊人对大自然的直观认识和感受，也是一种观念的萌生。譬如，西西弗斯被诸神惩罚推石头上山，每当西西弗斯将石头推上山头，石头都会顺着山坡滚落下来，随后西西弗斯再次将石头推上山，可石头仍然滚落下来，这种毫无结果的事情年复一年、月复一月、日复一日地重复着，使人感到命运的可怕和不公正。埃斯库罗斯的《被缚的普罗米修斯》是《普罗米修斯》三部曲中的第一部。根据希腊神话，普罗米修斯因同情人类的苦难，把天上的火偷来送给人，为此惹怒了宙斯，他命令威力神、暴力神把普罗米修斯钉在高加索山的悬崖上，每天让恶鹰来啄食他的心脏，使他永远忍受着痛苦的煎熬，在这里宙斯既是一个神，也是命运的象征。

随着古希腊社会的发展，社会矛盾逐渐尖锐复杂，希腊人对个人的前途以及社会的现象感到不可把握。戏剧家索福克勒斯把各种社会矛盾现象归结于命运的捉弄，他在作品中表现出一种让人惶惑不解和事与愿违的沉重心情。对索福克勒斯来讲，命运不再像早期的神话中那样——是一个具体的神祇，而是一种超自然的力量。他虽然相信命运的威力，但又认为命运是不公平、不合理的，并将这种感受都写进了他的《俄狄浦斯王》中。俄狄浦斯是忒拜王拉伊俄斯与王后伊俄卡斯特的儿子，他出生前阿波罗神庙曾预言，这孩子将来会杀父娶母，因此，当俄狄浦斯出生之后，父母便把他的双脚钉在一起，让仆人扔在喀泰戎峡谷里。不料拉伊俄斯家的老牧人出于怜悯，将他送给邻国科任托斯国的一个牧人，后来这位牧人又转送给科任托斯的国王波吕玻斯和王后墨落珀。俄狄浦斯长大以后得知了自己注定可怕的命运，便离开科任托斯国逃往忒拜。他在路上撞见一伙不相识的人，因故争吵打斗将他们大多数人杀死，这其中有一人就是忒拜国王拉伊俄斯。随后俄狄浦斯为忒拜人除了狮身人面怪兽斯芬克斯，被拥为忒拜王，并娶了前王的妻子，即生身母亲伊俄卡斯特。故事到这里神的预言应验了，注定的命运实现了。戏剧《俄狄浦斯王》的故事情节是从17年之后忒拜闹瘟疫开始，此时，俄狄浦斯与母亲伊俄卡斯特已经生育了二男二女，当真相大白之后伊俄卡斯特悲愤自缢，而俄狄浦斯也悔恨地将自己的眼睛刺瞎，流落他乡。通过这个悲惨的故事，这部戏剧歌颂了俄狄浦斯的坚强意志和对国家的责任感。他为了解除忒拜的灾难，不顾一切地要寻找发生灾难的原因，没有料到引起灾难的原因就是他自己。虽然俄狄浦斯有着过人的毅力，然而这样的英雄也最终难免遭受命运的捉弄，败在命运之下。在作者眼里，命运不再是埃斯库罗斯戏剧中具体的神祇，而是一种不可知的力量，正是这种支配一切的神秘力量导致了无辜的俄狄浦斯的毁灭。索福克勒斯通过俄狄浦斯的故事表现了人的意志力量以及反抗命运摆布的思想，并对命运的合理性提出了怀疑。

三、古希腊、罗马文学的地位与影响

古希腊文学是西方文学的源头，作为人类的童年它充分展现出对外部世界的好奇心和探索精神，它用神话去诠释对外部世界的认知，由于不存在世袭的思想和观念，所以这种认知更加贴近自然的本真，正如恩格斯所说："荷马史诗以及全部神话——这就是希腊人由野蛮时代带入文明时代的主要遗产。"古希腊时期萌生了各种各样的艺术形式，奠定了西方文学的发展方向和美学理论基础。古希腊文学具有深厚的人文精神和民主气息，从而使得这种精神能够源源不断地流传下来。

古罗马文学作为承上启下的文学对后世影响很大，文艺复兴时期的人们就是通过古罗马时期留下的文学文献认识到古希腊文学的价值和意义的。古罗马时期的基督教是在这个时期创立的，基督教文化对后来的西方文学和文化产生了深远的影响。

四、荷马与《伊利亚特》

荷马史诗包括《伊利亚特》和《奥德赛》两部，两千多年来欧洲一直将其视为叙事诗的典范。它们反映了古希腊史前时代的生活面貌，是研究古希腊文学与历史的珍贵文献，对后来的欧洲文学与世界文学的发展产生过深远的影响。

1. 作家生平与文学创作

荷马的生平问题是西方学者长期争论的问题。公元前5世纪之前,古希腊人毫无疑问地相信确有其人,古希腊"史学之父"希罗多德以及后来的史学家都肯定荷马是两部史诗的作者,希罗多德还认定荷马是公元前9世纪人。关于荷马的出生地,古希腊至少提出了7个城邦,但大都证据不足。相传,他是一个盲诗人,经常带着竖琴,在贵族的客厅里演唱一些歌咏英雄事迹的诗歌,两部史诗大概就是这一类的唱本。在亚历山大里亚时代,曾成立了好几个学派,专门评定荷马史诗的原文。

关于荷马及其史诗的争论从近代开始。18世纪启蒙运动时期,法兰西的多比雅(1604—1673)、意大利历史学家维科(1688—1744)最先发难。后来德国教授服尔夫(1754—1824)发展了多比雅、维科的思想,认为荷马史诗并非出自一个人的手笔,而是许多歌人的集体创作。拉克曼(1793—1853)根据服尔夫的理论,创立了"小歌说派",他认为荷马史诗是由口头相传的民间诗歌创作编成的,以此否定荷马其人的存在。

另外一派是"统一说派",它反对"小歌说派",主张史诗有统一的艺术结构,并且有荷马其人。尼慈(1818—1880)是主张这一派别最早的人之一。历史学家格罗脱提倡"核心说",主张两部史诗的基础是一些短作,这些短作后来被扩大和引长,史诗中歌咏阿喀琉斯愤怒的叙事诗是史诗的基础,后来因穿插、补充而扩大。他认为荷马写的是他那个时代的事情。

史诗描写的是古希腊氏族社会开始瓦解、奴隶制开始形成的社会生活时期,希腊历史上称之为"英雄时代"。史诗来源于古代歌谣、神话故事和英雄传说等方面,特洛伊战争的英雄传说和神话故事则是这部史诗的主要来源。在德国19世纪的考古学者施里曼(1822—1890)对特洛伊古城发掘之前,一般认为史诗完全是神话,但施里曼通过对发掘成果的研究,证明史诗的取材是有一定史实根据的。

史诗的形成,经过了一个漫长时期。据大多数人考证,最早史诗中的有关传说,可能是以口头形式产生于迈锡尼时代(公元前16—前14世纪)的小亚细亚一带,此后数百年间,这些诗体故事又经过许多荷马式的行吟诗人代代以口相传,并得到了不断的口头艺术加工。只是到了荷马时代,这些诗体故事又经过荷马的艺术改造,才成为有完整结构的艺术杰作,"荷马史诗"即由此得名。作为文字记载的荷马史诗,编订于奴隶制社会。

公元前6世纪，雅典统治者庇西特拉图（公元前605—前527）下令整理、记录荷马史诗。后来又经过许多诗人的加工和补充，最后定稿于公元前3—前2世纪，由亚历山大里亚博学园的学者编订而成。

编订后的《伊利亚特》和《奥德赛》是既独立又有关联的姊妹篇，两部史诗均取材于特洛伊战争。《伊利亚特》写战争本身，叙述希腊人远征小亚细亚的特洛伊的故事；而《奥德赛》写英雄俄底修斯在攻陷特洛伊城之后，率部渡海还乡途中的种种冒险故事，以及俄底修斯的家庭在他离开家乡和远征后20年的遭遇以及他回家后的巨大变化。相比之下，《伊利亚特》所反映的社会生活更早，而《奥德赛》则较晚。

2. 《伊利亚特》故事梗概

《伊利亚特》是以阿喀琉斯的愤怒展开作品的故事情节。希腊与特洛伊为争夺希腊美女海伦的战争已经进入了第十个年头，希腊联军的主将阿喀琉斯要求主帅阿伽门农归还自己的女俘——太阳神阿波罗神庙祭司的女儿，因遭拒绝而愤怒退出战场。失去阿喀琉斯的希腊联军节节败退，特洛伊王子赫克托尔率领军队将希腊联军一直打到海边，阿伽门农见势不好向阿喀琉斯示弱妥协，但遭到阿喀琉斯的拒绝。

阿喀琉斯的好朋友帕特洛克罗斯借用阿喀琉斯的盔甲带领士兵出战，特洛伊人以为是阿喀琉斯重新走上战场，军心大乱，连连后退，但后来帕特洛克罗斯被赫克托尔杀死在特洛伊城下，其战具和盔甲也落在赫克托尔的手里，这引起了阿喀琉斯的第二次愤怒。金匠神又为他打了一副盔甲，重新走上战场的阿喀琉斯疯狂地向特洛伊军队发起进攻，所向无敌，展开了两军中最有力和残忍的战斗。战争的结果是赫克托尔壮烈牺牲，阿喀琉斯将其尸体绑在战车上绕着城跑三圈，赫克托尔的妻子安德洛玛刻在城楼上见此情景当场昏倒在地。

后来特洛伊的老王普利姆趁黑夜赶到希腊军营求和，索回了赫克托尔的尸体，史诗在赫克托尔庄严的葬礼仪式中结束。

3. 作品分析

《伊利亚特》全诗24卷，诗句15 000余行，约35万字。

关于特洛伊战争的起因，在史诗里没有写，我们从希腊神话里知道，战争的起因是关于"金苹果的纠纷"。据说阿喀琉斯的父母举行盛大婚礼时邀请了所有的神，却把不和女神厄里斯忘掉了。因此，这位女神便在盛宴时偷偷溜进来，扔下一个金苹果，上面写到"给最美的女神"。赫拉、雅典娜和阿佛洛狄忒三位女神都以为自己最美丽，于是为争夺金苹果争吵起来。她们闹到宙斯那里，宙斯不愿偏袒任何一方，要求她们找特洛伊王子帕里斯来评判。三位女神来到帕里斯面前，为了得到金苹果都以最大的报酬许给他，赫拉许他为亚细亚国王，雅典娜许他为伟大的英雄和战士，阿佛洛狄忒许给他绝世美人，于是帕里斯最终将金苹果判给了阿佛洛狄忒。从此，赫拉、雅典娜恨透了帕里斯，甚至也恨特洛伊人。阿佛洛狄忒履行了她的诺言，帮助帕里斯在希腊做客时把美丽的海伦——斯巴达王墨涅拉俄斯的妻子拐走，并带走了大批财物。王后被拐走后，引起了全体希腊人的愤怒，于是墨涅拉俄斯的哥哥、迈锡尼国王阿伽门农被推选为联军统帅，攻打特洛伊。他们调集了十万大军，一千一百多条战船，发动了这次战争。奥林匹斯山的众神也分为两个敌对的集团，支持希腊方面的有赫拉、雅典娜、波塞冬等，支持特洛伊的有阿佛洛狄忒、阿波罗、阿瑞斯。众神们帮助希腊人和特洛伊人作战，可是打了九年多希腊人也没有能够将特洛伊城攻下来。

《伊利亚特》可以说是一部典型的古代英雄史诗。它没有描写十年战争的全部过程，只截取了战争第十年的最后几十天中的事件。而特洛伊城被攻陷是另外一个神话故事，最后希腊人终于用"木马计"攻陷了特洛伊。通过战争场面的描写，史诗歌颂了英雄们攻城夺堡的勇敢行为和英雄业绩，从而表现了希腊民族的光荣史迹和氏族人民对集体的责任感。

《伊利亚特》中战争双方氏族领袖的英雄品质受到了充分的歌颂。为了战争的胜利，氏族要求领袖必须具备个人品德，一是杀敌制胜所需要的勇敢机智，二是个人利益服从集体利益。在《伊利亚特》中，无论是希腊联军中的阿喀琉斯、狄俄墨得斯、埃阿斯等人，还是特洛伊军中的赫克托尔都是不怕牺牲、骁勇善战的英雄。阿喀琉斯是作者描写的中心人物，他的母亲曾预言他可能有两种命运，或是通过和平生活而长寿，或是在战争中早死。他为了荣誉选择了第二种命运。当时的战争方式是很原始的，一个人能否成为英雄，取决于他的臂力，阿喀琉斯健步如飞，除了脚踵以外，他浑身刀枪不入，在战场上他一出现就使敌人闻风丧胆。阿喀琉斯是人，又是神的后代，其性格特征是英勇善战而又暴悍任性，不怕牺牲而又自私残忍。在他身上体现出了远古氏族英雄的一些特征，是一个带有阶级色彩的氏族贵族的典型。

《伊利亚特》中阿喀琉斯在战争中能顾念氏族及联军的整体利益,在历次战斗中勇挑重担,有万夫不当之勇。他自尊心很强,又很任性,因阿伽门农的无理行为使其拒绝参战。当战局十分危急,统帅认错求和时,他也不予理睬。但他对战局并非漠不关心,他对联军的布防设施了如指掌,一些将士带枪伤、箭伤逃回营地时,引起了他的极大关注,他马上派好友帕特洛克罗斯去了解战况。当战场出现危机之时他又允许借给好友车、马、甲胄,带兵去解围,并鼓励战士们到战场上赢得光荣。后来当帕特洛克罗斯战死,盔甲也落在敌人赫克托尔手中,他悔恨交加,悲恸欲绝,于是顿消前怨与统帅和好。阿喀琉斯明知攻打特洛伊城,杀死赫克托尔,虽可赢得"不朽的名声",却注定要早死。然而他坚决地投入战斗,使敌人闻风丧胆,最终杀死了赫克托尔。阿喀琉斯面对"命运注定"的死亡表现出毫不畏惧的态度,而在焚烧帕特洛克罗斯尸体前,他在好友葬礼上表现出的那种严肃悲壮的表情,又体现了他对朋友的忠诚、对命运的蔑视,表明了他决心战斗不止、死无怨恨的英雄主义品质。

赫克托耳是《伊利亚特》中另一位氏族贵族的英雄形象。他是特洛伊王子和阿喀琉斯的对手,身为守城统帅表现出刚强勇敢、指挥精明的风格。在阿喀琉斯愤怒退出战场期间,他将希腊联军赶到海滨,几乎全歼敌军。他常常责备弟弟帕里斯沉湎于女色,胆小怯阵。同样,为了特洛伊他不怕牺牲,能够较多地考虑氏族的利益。在战斗最艰难的时候,赫克托尔在城楼上望着自己的妻儿,同他们做最后的诀别。妻子含泪告诉他,太勇敢是会送命的,要他不要与阿喀琉斯对垒,可是他认为临阵脱逃是可耻的,决心与敌人争个高低。

无论是阿喀琉斯,还是赫克托尔,在《伊利亚特》中他们在为自己的氏族利益集团搏杀的时候,多多少少在他们的思想观念中渗透着私有制的价值观念以及为个人利益考虑的因素。在贵族产生之前,民间口头传颂中的阿喀琉斯是个十足的理想的氏族英雄,应该看到,已经成书的阿喀琉斯,他的英雄行为的思想基础远远不如以前了,那就是对荣誉、财富的私有观念。阿喀琉斯攻城略地,历尽千辛万苦,是为氏族集体而战,更是为了他个人而战。每打下一个城堡,除了其他首领瓜分一部分之外,都归他个人所有,甚至荣誉也是如此。他之所以退出战场,也是因为阿伽门农抢走了他的女俘，降低了他的身份。阿喀琉斯也极其残忍，当他杀死了赫克托尔后还拖着他的尸体围城跑了三圈。阿喀琉斯是氏族末期、即将跨过门槛登上奴隶主宝座的氏族贵族的典型"代表"，事实上他家有家奴、营帐里有女俘，但还要求更多的奴隶与财富。同样，在赫克托尔的思想行为中也注入了对荣誉、对家庭的私有观念，他怕妻儿被敌人掳走当奴隶。这种现象的产生，当然是由于"由子女继承财产的父权制，促进了财产积累于家庭中，并且使家庭变成一种与氏族对立的力量"的缘故。

在《伊利亚特》中作者对阿喀琉斯和赫克托尔都是肯定的、歌颂的，但同时作者对阿喀琉斯的愤怒也显示出在氏族集体的英雄身上开始萌芽的个人意识，这种意识是不利于集体的，是需要加以谴责的东西。随着社会的发展，希腊开始发生重大的社会转型，原始社会的集体观念开始被私有制观念所瓦解，个人慢慢失去了集体的保护，个人意识开始觉醒。在诗人看来，阿伽门农滥用权势和阿喀琉斯的任性自负，都是有害于氏族集体利益的。在史诗中阿喀琉斯退出战场直接影响着希腊联军的命运，曾被特洛伊军队一度打到海边，几乎全军覆没。因为在古代战场上个人的能力有时决定着一场战争的胜败，阿喀琉斯将个人的得与失放在整个集体的利益之上是一种削弱氏族集体利益的表现。同时阿喀琉斯的维权行为也表现出当个人利益被专制暴君损害时只能采取一种无奈的维权行为，因为这种维权行为是没有法制作为保障的，最多发泄一下自己的愤怒，并不能够改变现状。这说明个人利益在强权面前显得微不足道，氏族社会中的人人平等以及个人受到氏族社会的呵护的情况已经荡然无存了。

艺术特征

《伊利亚特》广泛地反映了希腊社会从原始公社制向奴隶制过渡的经济、政治、军事等情况，以及当时希腊人的生活和斗争，史诗无论在思想上还是在艺术上对于我们认识久远的古希腊社会有着重要的意义和价值。

首先，《伊利亚特》反映出在经济方面，土地仍然属于公社所有，但是土地私有制已经萌芽，土地占有已出现不平等现象；铁器已开始使用，在史诗中，英雄一般使用青铜武器，但牧人、农民、工匠、屠夫等使用的则是铁器工具。手工业开始从农业分离，出现了木匠、铁匠、皮匠等各种手工业者。随着生产的发展，阶级分化日益明显，史诗中已开始出现了家奴。

其次，社会组织细胞是父系氏族，由氏族结成胞族、部落，以至部落联盟。政治生活上，实行的是原始军事联盟制，公社最高权力属于民众大会；在讨论和平与战争的重大问题上，经常邀请年老望重的族长参加长老议事会。《伊利亚特》充分反映了公社解体时期军事民主制的生活，使人更多地看到野蛮时期高级阶段的充分繁荣。

再次，史诗虽然都表现了命运观念和神力的观念，但并没有表现人必须听天由命和悲观消极，相反，作品中描写希腊人在战场上同神进行战斗，将战神阿瑞斯的战袍挑了一个大洞，表现了古希腊人对命运的无畏精神，洋溢着乐观主义。

最后，史诗的人物形象具有鲜明的个性，同时也具有一定的典型意义。《伊利亚特》运用第三人称的写法，把十年战争集中在最后几十天来写。在叙事方法上，《伊利亚特》用了集中、概括、收缩的手法；从创作风格上来看，《伊利亚特》是一部悲剧性的英雄史诗，像长风出谷、大川决口，具有豪放悲壮的风格。

4. 思考题

① 希腊神话是怎样产生的？其内容和特点是什么？
② 为什么说古希腊、古罗马文学是西方文学的源头？
③ 为什么说荷马史诗至今"仍然给我们以艺术享受"？
④ 简析《伊利亚特》中阿喀琉斯的形象。
⑤ 古希腊三大悲剧作家是谁？他们各自的代表作品是什么？在悲剧艺术上有什么成就？

第二讲　中世纪欧洲文学

欧洲中世纪文学，通常是指公元476年西罗马帝国灭亡，至14世纪文艺复兴开始这一段时期的文学。欧洲中世纪与中世纪文学在时间上并不是一个相等的概念，应该说欧洲中世纪在时间上更加宽泛一些，因为从社会发展的角度来讲，欧洲中世纪基本上是封建制度的产生、发展和衰落三个阶段。5—11世纪是早期中世纪，欧洲封建社会的形成时期；12—15世纪是中期中世纪，封建社会的全盛时期；16—17世纪是晚期中世纪，封建社会的衰落、资本主义生产关系产生的时期。欧洲文学史上的中世纪文学基本上是指前两个时期的文学，由于思想观念的转型，14—17世纪初期，欧洲社会进入了一个特殊的阶段，我们一般将其称为文艺复兴时期。

一、中世纪欧洲文学发展简介

公元476年由于西罗马帝国遭遇外族（凯尔特人、日耳曼人和斯拉夫人）入侵而灭亡，从此欧洲进入了中世纪。罗马帝国灭亡后，欧洲很长时间陷入一种无政府状态，封建诸侯各霸一方。在西欧日耳曼各部落中出现了查理大帝统治的法兰克王国，同时以西斯拉夫的摩拉维亚、南部的斯拉夫人的保加利亚、东斯拉夫人的基辅罗斯最为强大。基辅罗斯在10世纪已有水平很高的文化，这也为后来俄罗斯帝国的形成奠定了基础。北欧地处边陲，比较落后，长期处于氏族社会，约在11世纪才开始封建化。

欧洲封建社会的发展是与基督教分不开的。基督教在罗马帝国的后期已被罗马统治者定为国教，公元5世纪欧洲宗教界召开会议共同将《旧约》和《新约》合并为《圣经》以作为自己的宗教文献。中世纪早期，封建主忙于征战，轻视文化，僧侣独占文化阵地，教会制造了一整套关于上帝、来世、地狱以及天堂的思想理论。这样，基督教自然成了封建统治阶级的精神支柱，它不仅在意识形态上控制着人们的思想，而且将文学、艺术、科学都作为基督教的宣传工具。

中世纪文学有宗教文学、骑士文学、英雄史诗和城市文学。宗教文学在中世纪文学中占着突出的地位，主要文学形式有宗教剧、圣者言行录、忏悔录等；骑士文学是一种贵族阶级的文学，它包括骑士传奇和骑士抒情诗两种形式，譬如描写骑士历险事迹的骑士传奇有法国克雷缔安·德·特洛亚的《朗斯洛或小车骑士》（1165）等，而骑士抒情诗的代表作有法国南部普洛旺斯行吟诗人的《破晓歌》。英雄史诗是由欧洲少数民族还处在氏族社会时期的口头文学发展起来的，英雄史诗有盎格鲁·撒克逊的《贝奥武甫》、冰岛的《埃达》和《萨加》；也有欧洲封建社会形成时期的英雄史诗，如法国的《罗兰之歌》、西班牙的《熙德》、德国的《尼伯龙根之歌》、俄国的《伊戈尔远征记》等。11—13世纪欧洲的手工业同农业开始分离，商业逐渐发展起来，形成了从事工商业的市民阶层，也催生了城市文化，又称市民文学，其代表作品有《列那狐的故事》等。

二、中世纪欧洲文学的基本特征

1. 浓郁的宗教文学

在欧洲中世纪，基督教垄断着中世纪文化，因此一切文学艺术都染上了浓厚的宗教色彩。宗教具有很强的排他性，凡是与基督教教义相违背的信仰与学说，一概予以排斥、打击，甚至力图加以消灭。教会对古希腊的异教文化十分仇视，对古代文物典籍想方设法毁灭，如著名的亚历山大里亚图书馆被焚烧一空，大批艺术珍品被销毁。亚历山大里亚图书馆在当时具有极高的地位，地中海沿岸地区所有的重要文献几乎都汇聚到亚历山大里亚图书馆，它是世界第一座最大的综合性图书馆，馆中藏有名家手稿约50万卷，荷马史诗也在此编订，但最终都被毁坏了。

教会把一切学术都纳入神学的范畴，哲学是"神学的婢女"，科学是"宗教的仆人"。他们把诗歌、音乐、修辞学、散文、戏剧说成是为教会服务的工具，这严重地束缚了文化的发展，扼杀了学术的生机。基督教主要的思想武器是《圣经》，由《旧约》和《新约》两部分组成。《旧约》是希伯来人（分为以色列和犹太部落）古代文献的汇编，其内容包括公元前

13—前3世纪民间流传的历史传说、战歌、爱情诗歌、先知的言行录、法律、宗教教条和戒律等，是犹太教的经典。这些作品大部分用希伯来文写定，后又译成希腊文。而《新约》形成于基督教兴起之后的公元一二世纪。《新约》包括有关耶稣言行的传说、耶稣使徒的传说和书信，用希腊文和希伯来文写成。基督教在5世纪通过宗教会议将《旧约》和《新约》合为一书，称为《圣经》。《圣经》虽然是古罗马时期形成的宗教文献，但随着宗教势力的扩张，在宗教改革时期又被精心译成各国文字，对欧洲社会思想和文化观念产生过深远的影响。

教会从《圣经》中找出统治人民的"理论"根据，宣传今世是来世的准备，认为世俗生活是罪恶的，提倡清心寡欲，描绘人生无常，彼岸的力量无比强大，劝导人们修养封建道德，奴隶般地服从现存的社会秩序。因此，中世纪教会文学的主要内容是普及宗教教义，强调苦修苦练，向往来世。如法国基督教诗歌《圣亚里克西的生涯》，写一个富人亚里克西为了与地上的欢乐绝缘，竟在结婚的前夕抛弃年轻美貌的未婚妻，逃到荒郊野外去过禁欲主义的生活。这篇作品通过传记形式表彰圣徒圣行的崇高，以禁欲主义作为人们修德养性的准绳。德国魏森堡修道院的僧侣奥特弗里特的作品《基督》有这样的诗句："逃避现实，你才有幸福。"诗歌鼓励人们要忍受现实苦难，等待来世幸福，幸福在"天堂"。

教会文学在体裁上种类繁多，有圣经故事、圣徒传、祷告文、圣者言行录、梦幻故事、奇迹故事、宗教剧等。作品的主要人物都是修道僧、修女、悔悟的罪娃、虔诚的信徒。教会文学一般在艺术上都有公式化、概念化的倾向，缺乏真实性，但是也应该看到有些下级教士或非僧侣界的人，虽然采用了教会文学的某种体裁，但作品的内容却不是为了歌颂宗教，有的与教会的思想是完全对立的，这类作品不应该被视为教会文学，如14世纪英国穷教士郎格兰的长诗《农夫彼尔斯的幻象》。这首诗用教会文学梦幻故事的形式和寓意的手法，表达了劳动人民的思想感情。他认为真理寓于劳动之中，他肯定劳动，反对剥削，要求平等，揭露了社会的黑暗。

2. 超凡脱俗的骑士文学与世俗的新兴城市文学

在宗教控制一切的中世纪，骑士文学是封建贵族世俗文学的代表。骑士文学流行于11—13世纪的西欧封建制度最巩固繁荣的时期，它充分体现了贵族阶级的精神特征。骑士文学介于教会文学与市民文学之间，它反映了骑士阶层的生活和理想。

骑士制度是封建制度的产物,封建主为了战争和镇压人民豢养了许多骑士,特别是在十字军东征的时候,骑士地位大大提高了。骑士就是武装侍从,最早来自中小地主,后来领主的家臣和富裕的农民也有成为骑士的。骑士是战士的称号,有了这种称号就能成为贵族,他们替大封建主打仗,得到土地和金钱成为小的封建主。

骑士要接受军事训练,条件合格时还要举行庄严的仪式,只有这样才能成为正式骑士。骑士的信条是"忠君、护教、行侠",还要"文雅知礼",甚至学习音乐和作诗。骑士把自己的"荣誉"看得高于一切,不仅要忠于他的主人,而且要效忠和保护女主人。女主人在骑士心目中像圣母一样神圣,这一点后来发展成为对贵妇人的爱慕和崇拜。能为自己"心爱的贵妇人"去冒险和取得胜利,博得贵妇人的欢心,在骑士看来这是最大的荣誉,这就是所谓的"骑士精神"。

骑士文学可以分为骑士传奇和骑士抒情诗两种。骑士传奇描写骑士历险事迹,著名作品有12世纪法国诗人克雷缔安·德·特洛亚的《朗斯洛或小车骑士》等;骑士传奇关于人物外形、人物心理、生活细节的描写以及在长故事中突出中心骑士,这些特点对近代长篇小说的产生有着深远的影响。而骑士抒情诗主要描写骑士对贵妇人的爱情,最著名的有法国南部普洛旺斯行吟诗人写的《破晓歌》,从语言到技巧都接受了民歌的影响。恩格斯曾给予《破晓歌》很高的评价,认为这是普洛旺斯抒情诗的精华。

与骑士文学相对应的是城市文学,它在内容上不像骑士文学那样建立在虚幻之上,而是存在于人们的日常生活之中。城市文学的产生具有现实基础,因为城市文学大多是民间创作,它真实地描写了市民的世俗生活,提出市民最关心的问题,肯定市民的进取精神,歌颂市民的聪明智慧,但有时也暴露市民贪婪自私的特性。在文学形式上,城市文学有新的创造,像韵文故事和讽刺叙事诗都是它的体裁,其作者主要是城市街头的说唱者,作品都取材于现实生活。城市文学的主题主要表现市民阶级的机智与狡猾,在创作风格上一般是讽刺性的,讽刺对象是那些专横的贵族、贪婪的教士和凶暴的骑士,譬如《布吕南》揭露乡村教士贪婪成性,弄巧成拙地想骗农民的牛,结果却赔了自己的牛;《驴的遗嘱》谴责教会巧立"遗嘱"之名来强夺农民的财产;《以辩论征服天堂的农民》写一个农民死后想进天堂，圣彼得、圣保罗不允许他进去，农民就与他们讲理，把他们驳倒了，他们只好让他进了天堂。

城市文学的代表作品是在德、英等国流行的一组《列那狐的故事》。《列那狐的故事》全书共27组诗，计3万余行，包括从12—14世纪中叶的许多独立的短诗，大多为民间的集体创作。这本书虽然写的是动物世界，但反映的都是现实社会。《列那狐的故事》的情节主要是围绕着列那狐和老狼伊桑格兰之间的斗争展开，各种动物的生活影射着当时社会的各个阶层。譬如狮王诺勃勒是国王的化身，老狼伊桑格兰是贵族骑士的化身，狗熊勃伦是封建领主的化身，驴是僧侣的化身，鸡兔等小动物是老百姓的化身，而列那狐则是市民的化身。

列那狐作为市民的化身具有双重的特性，是一个比较复杂的人物。一方面他具有反抗强权的一面，是一个逆臣，比如他同老狼伊桑格兰和狗熊勃伦斗智斗勇，表现出他的机智和勇敢；另一方面他与弱小者也有矛盾，欺凌和残害其他小动物。《列那狐的故事》是假托动物世界，影射人类社会，动物被赋予了人的特性，具有人的语言、思想、感情与行为，从而揭露了统治阶级的丑恶与腐败，《列那狐的故事》体现了中世纪市民文学的独特风格。

3. 古老的英雄史诗

中世纪的英雄史诗有别于古希腊时期的英雄史诗，因为它是人类社会已经进入了文明时期的社会产物，这就使得这些古老的史诗融进了许多复杂的因素。在这些史诗中有反映氏族社会末期情况的盎格鲁·撒克逊人的《贝奥武甫》、冰岛的《埃达》和《萨加》、芬兰的《卡列瓦列》等；也有表现欧洲封建制度建立之后的国家观念和荣誉观念的，如法国的《罗兰之歌》、西班牙的《熙德》、德国的《尼伯龙根之歌》、俄国的《伊戈尔远征记》等。

《贝奥武甫》是流传至今最完整的一部早期英雄史诗，史诗写于公元七八世纪之交，10世纪出现了手抄本，原作者是谁，至今没有考证清楚。史诗反映的事件是在6世纪，即盎格鲁·撒克逊人尚在欧洲大陆时的生活。作品的主人公贝奥武甫是6世纪的一个历史人物，但在《贝奥武甫》中这个形象却带有神秘色彩，长诗叙述了他一生的功绩。史诗开始的情节是发生在丹麦，叙述贝奥武甫年轻时如何为丹麦国王合罗斯加和人民斩怪除妖的故事。由于他的功劳，国王合罗斯加非常感谢他，给他以重赏。贝奥武甫回国后，国王希格拉克将他立为王储。国王死后，贝奥武甫继承王位，统治高特人长达50年之久，受到了人民的拥戴。贝奥武甫晚年，在他的国境内出现了一条火龙，这条龙到处放火，贝奥武甫决心为高特人除掉这个大害。于是他上山向火龙挑战，双方战斗异常激烈。他的利剑在妖魔的盔甲上砍断了，妖魔口喷烈火，烧毁了贝奥武甫的木盾。在他受到死亡威胁的极端危险时刻，他勇猛的侄儿威格拉夫奋不顾身地奔向敌人，给妖魔沉重打击，他们叔侄二人终于取得了胜利。贝奥武甫在战斗中受了重伤，临死之前他下令将火龙盘踞的山洞中的财物分给他的人民。

《贝奥武甫》反映了氏族制崩溃时期人民的生活和斗争，作品的主人公兼有传说和神话性质。在贝奥武甫身上体现了当时人民英雄的特征，英勇无畏，对人民有高度的责任感，甘愿为人民的利益赴汤蹈火。

在中世纪中后期，英雄史诗发生了质的变化，史诗中的英雄人物在思想与行为上已超出部落的狭隘范围，史诗的中心主题是爱国主义。诗中英雄们勇敢善战，忠于祖国，忠于君主，表现了封建关系下人民所理想的爱国英雄。某些史诗中还出现了强大英明、能够统一国家、制服封建叛乱的理想君主形象，如查理大帝。查理大帝从768—814年共发动过50余次战争，他于8世纪曾出兵过西班牙，征服了摩尔人（西班牙回教徒），在那里前后用兵时间长达7年，史诗《罗兰之歌》取材于这一段历史。

法国的《罗兰之歌》是后期英雄史诗中最有代表性的作品，全诗4 002行，用罗曼方言写成，大约写于1066年，作者的姓名不可考证。《罗兰之歌》取材于法兰克历史，关于罗兰的传说在英法民间早已流传。公元778年，查理大帝远征西班牙，因国内发生叛乱而返回，途中遭到了巴斯克人的袭击，这是《罗兰之歌》的史实根据。史诗歌颂了那些能够保卫祖国、抵御外敌的英雄，是一部爱国主义诗篇。《罗兰之歌》的基本主题是歌颂忠于国王与"亲爱的法兰克"的爱国主义，赞扬勇于战斗，不怕牺牲的精神，反对无原则的内讧和卖国主义。诗中的忠君与爱国，王权与国家，应做具体的历史分析。法兰克人心目中"忠君"与"爱国"这两个概念是比较接近的，"王权"与"国家"也很容易联系起来。史诗中的查理大帝已不同于历史上的查理大帝，诗人和人民将其理想化了，把他当作国家统一的象征。因此，罗兰的忠君思想也就很自然地表现了他的爱国思想。《罗兰之歌》在艺术上也比较完美,情节集中在一个事件上,只写战争的最后一年。诗中惯用双叠和对比的手法,风格粗犷朴素。

这个时期除了《罗兰之歌》以外,还有西班牙的《熙德》和俄罗斯的《伊戈尔远征记》。《伊戈尔远征记》大约是1185—1187年间一位不知名的作者写的,18世纪末才发现它的手抄本。12世纪末俄罗斯分为许多小公国,王公们争权夺利,互相残杀,盘踞在黑海的波洛威茨人趁机袭击抢掠,俄罗斯人民饱受苦难。这部史诗是根据罗斯王公的失败远征史写成的。这部作品通过抒情笔调与热烈的语言,歌颂了爱国主义精神,谴责了诸侯内讧,主张团结对敌,反对争权夺利。诗歌肯定了伊戈尔为祖国而战,也批评他自高自大,一意孤行,不善于团结诸侯。作为俄罗斯统一团结的象征,斯维雅托斯拉夫是诗人理想的人物。马克思曾说:"这部诗的含义是号召俄罗斯的王公们团结起来对付蒙古人的入侵。"

西欧、北欧民间歌谣很盛行,特别是14世纪以后,这是与中世纪后期农民运动的高涨相联系的。最著名的是英国的《罗宾汉谣曲》,罗宾汉是12世纪的自由农民,善射箭,因不堪忍受地主压迫逃往绿林,结交一批"法外之民",建立了一支由绿林好汉组成的武装队伍。哪里有封建压迫,哪里就有罗宾汉兄弟出现。他们过着无拘无束的生活,他们的事迹到处传颂,人们歌颂他们的机智和勇敢。谣曲故事性强,又富有抒情性,在当时很流行。

三、中世纪欧洲文学的地位与影响

中世纪文学是欧洲文学的重要发展阶段,继古希腊罗马文学之后在文学形式上形成了多种文学体裁,如教会文学、骑士文学、英雄史诗、市民文学以及民间谣曲,丰富了西方文学的表达范围。

教会文学延续了罗马宗教文学的传统,成为西方文学中非常重要的一支,其基督教精神对后世文学产生了深远的影响。骑士文学和城市文学表现了不同阶层对世俗文学的需求,实际上这两种文学的内容分别代表了封建贵族和新兴市民阶层的思想。骑士传奇为文艺复兴时期小说的产生提供了文学上的经验,而城市文学为文艺复兴时期世俗文学的发展提供了思想基础。中世纪的英雄史诗是欧洲远古时代的宝贵财富,它们同希腊神话和荷马史诗一样能够给人一种永久的艺术享受。

四、但丁与《神曲》

但丁·阿里盖利是中世纪意大利最著名的诗人,他既是中世纪意大利文学的杰出代表,又是意大利文艺复兴时代的先驱。恩格斯在《共产党宣言》1892年意大利文版序言中写道:"意大利是第一个资本主义民族。封建的中世纪的终结和现代资本主义纪元的开始,是以一位大人物为标志的。这位人物就是意大利人但丁,他是中世纪的最后一位诗人,同时又是新时期的最初一位诗人。"

1. 作家生平与文学创作

但丁(1265—1321)意大利诗人,现代意大利语的奠基者,欧洲文艺复兴时期的先驱者之一。

但丁于1265年出生在佛罗伦萨一个古老的贵族家庭,但后来家道中落。他从小受到过良好的教育,研究过古代文学以及罗马诗人维吉尔等人的作品,对绘画、音乐、哲学等也颇有造诣,是那个时代最博学的人之一。1300年因党派斗争,但丁被以私用公款的罪名,判决流放二年;1302年又被判终身流放,从此但丁一直到死都没能返回故乡。

在但丁放逐的初期,他写过《宴会》(1304—1307),在这部著作中但丁借解释自己的诗歌,把当时各个方面的知识通俗地介绍给读者,作为精神食粮,故名曰《宴会》,这部书是用意大利文写成的,为意大利语学术性散文奠定了初步基础。《论俗语》(1304—1308)是但丁最早的一部关于意大利语言、文体和诗律的著作,其中特别突出地阐明了俗语的优越性和形成意大利民族语言的必要性。这里的"俗语",是指与教会所用的官方语言(拉丁语)相对立的民间语言(地方语)。他认为俗语是人们所熟悉和喜爱的,是一种高尚、活泼、自然的语言,而拉丁语是一种矫揉造作的呆板的语言,只为少数人所熟悉。但丁的主要著作如《新生》、《神曲》等都是用新兴的意大利语写成的,为意大利的文学语言和民族语言的形成奠定了基础。但丁1310年的《帝政论》是以经院哲学(又称烦琐哲学,这是欧洲中世纪为天主教服务的唯心主义哲学)的推理方式全面地阐明了自己的政治观点。在这部著作中作者拥护皇帝,并斥责教权高于"政权"的说法,否定"教权"与"皇权"都受命于天的论调,提出了政教分离,主张皇权应在教权之上。书中对古罗马光荣传统的赞扬和对意大利和平统一的渴望，流露出了作者强烈的爱国主义思想感情。

但丁的一生有两件事情对他的文学创作产生了深刻的影响，一是他对贝亚德（又称贝阿特丽采）的精神恋爱，构成了他25岁以前的精神生活，使他创作了著名的《新生》；二是他的被放逐，构成了但丁35岁之后的生活，使他开始了学术研究，创作了伟大的诗篇《神曲》。

2.《神曲》故事梗概

《神曲》记述了作者一次"神游"。1300年的春天，但丁35岁时，步入"所谓人生的中途"，迷失在森林里。诗人遥遥看见一个金光闪烁、象征幸福的山头，当他正要奔向那个山头时，忽然前面三只野兽（豹、狼、狮）挡住了他的去路。后有深谷，前有猛兽，正当但丁进退两难之际，罗马诗人维吉尔出现了，他是受了贝亚德的嘱托来援救但丁的。维吉尔的灵魂对但丁说："你不能战胜这三只野兽，我将指示你另一条途径：开头我将引你参观罪人的居地，其次我将引你爬上灵魂在那里洗练的山坡，到了山顶，我把你交付另一个引导人，伴你游览幸福之国。"

维吉尔开始引导但丁游历了地狱。按照诗人的设计，地狱分为九层，那里居住着犯有不同罪孽的人，越往下层，罪孽越重，所受的刑罚也越厉害。第一圈是候判所，这是一个光明的特别区域，环境幽静，居住着未信基督教的人，如亚伯、挪亚、摩西、大卫等，还有荷马、苏格拉底、维吉尔。第二圈居住着色欲场中的灵魂；第三圈居住着贪食者的灵魂，他们躺在臭雨冰雹之下。第四圈是吝啬及浪费者的灵魂；第五圈是愤怒者的灵魂；第六圈是邪教徒的灵魂，与第一圈不同的是，第一圈是未来得及信仰的灵魂，而邪教徒是不肯信基督教的人。从第二圈到第六圈居住的都是在生活上失去节制的人的灵魂，而第七圈到第九圈则居住的都是迫害人民的暴徒，暴君，贪官污吏，高利贷者，伪君子，贪婪的教皇，背信弃义、叛党叛国、卖主求荣之徒。进入地狱里的人是没有希望的，正如地狱之门上所写的："凡是走进来的，把一切希望都抛掉。"

在地狱的最深处，有一条狭窄的道路，可通往南半球，按照但丁时代的人的想象这是个被大水淹没的而不可居住的世界。在大水中央矗立着一座与地狱相对的七级的平顶山，好似一座七级的平顶塔，这就是净界或称炼狱。这是犯罪较轻的人，如犯贪色、贪食、贪财、惰、怒、妒、骄七种罪行的人。这是人类多数人难免要犯的罪过，若知有罪，立即改正仍不失为君子。因为基督教讲究忏悔，这些灵魂只有赎净七种罪之后，才能升入天堂。

在净界的顶部，它是幸福的精灵的住所。山的顶巅是四季常青的地上乐园（伊甸园），地上乐园的上边便是围绕着世界的九重天，天层越高，居住在那里的灵魂就越纯洁。九重天是由七个行星——月、水、金、日、火、木、土运转的范围，外加恒星天和水晶天所构成，即月球天、水星天、金星天、太阳天、火星天、木星天、土星天、恒星天、水晶天。在这九重天中越往上灵魂越纯洁，而水晶天则是大光明的原动天，住着九种天使。在九重天的天府里，居住着一种穿白袍的灵魂，他们具有人的面貌，但比人更光明、更美丽，他们可以瞻望上帝，享受上帝的直观之乐。在九重天外是广大无垠、永远不动的天府，即上帝的所在。

3. 作品分析

《神曲》是但丁的代表作品，同时它也是世界文学史上的名著之一。这部作品广泛地反映了当时意大利的社会现实，触及了许多重大的时代问题，思想内容丰富，政治倾向性很强，在艺术创作方法上也有独特的贡献，被研究者誉为"中世纪的史诗"和"百科全书"。

但丁从1307年前后就开始创作《神曲》，到1321年诗人逝世那年完成，最后由他的儿子编集传世。《神曲》原名为《喜剧》，后人为了尊崇它，给它加上了"神圣"二字，直译过来应该是"神圣的喜剧"，所以我国的翻译家把它译为《神曲》。诗人把这部作品命名为《喜剧》，主要有两层意思：第一，这篇长诗是从地狱的极其恐怖的画面写起，而以天堂的快乐和幸福的场景结束。喜剧与悲剧这两个字，在中世纪并不一定有舞台剧的意思，凡是平静开始而结局悲惨的称悲剧，凡是以苦恼开始，而以喜悦结束的，称喜剧。第二，它的讽喻的意义，即对人在其自由意志的驱使之下所做出的罪恶行为加以讽刺和公平的评判。

《神曲》分为《地狱》、《净界》、《天堂》三部，每部各33曲，连同全书的第一曲序曲，共100曲，全诗有14 300行，作品的故事情节采用了中世纪梦幻文学的形式。《神曲》所描写的世界，完全是按照中世纪的传说和古希腊天文学家多禄谋的宇宙体系设计的，并认为地球是宇宙的中心，太阳是围绕着地球旋转，各个行星都是在自己的轨道上环绕着地球运动。在《神曲》里从地狱到天堂，这是一条艰辛曲折之途，也是从恐惧黑暗向欢乐光明来转化。但丁将自己对生活的全部感受通过这种艺术形式将其融会在作品中，由于在政治上遭受挫折以及生活中遭遇不幸，但丁感到迷失了方向。特别是在长期的放逐中，他看到意大利四分五裂的状态和城邦之间内讧的情形，因而对自己祖国的命运极为忧虑。他意识到应该揭露现实，唤醒人心，给意大利人民在政治上、道德上指出一条复兴和统一的道路。

《神曲》的情节充满了寓意，作者说从字面上看是"亡灵的境遇"，从寓意上看，"则其主题是人"。但丁就是通过梦游三界的故事，广泛地反映了意大利从封建主义向资本主义过渡时期的社会现实，指出在新旧交替的时代，个人和人类是怎样从迷惘和错误中经过苦难和考验到达真理和幸福的境界的。

从《神曲》的思想内容来看，中世纪基督教的神学思想是浓厚的，表现在惩恶扬善的说教上。作品中包含着不少神学和烦琐哲学的知识，有很多难解的象征和比喻，富于浓厚的神秘色彩，幻游三界的构思，就是宗教观点的直接表现。但丁是一个具有二重性的人物，尽管他生活在封建社会开始解体，城市公社日益巩固，新的世界观（人文主义）诞生的时代，但由于他的贵族阶级和宗教偏见的局限，他的主导思想基本上没有超出中世纪基督教的思想体系。他和中世纪的经院哲学家托马斯·阿奎那（1225—1274）一样，认为人的灵魂和肉体是分离的，并且根据抽象的宗教道德原则把所有的灵魂按其罪行或德行分别放在地狱、净界和天堂。

按照但丁的意思，人可努力在净界修炼，只要改恶从善，接受基督教的信仰，便可升入天堂。而且又认为越接近上帝的人越幸福，把基督教和上帝作为宇宙的原动力，作为至高无上的爱的化身。把圣母玛利亚作为"神恩"的代表，把虔信基督教的贝亚德作为"神智"的象征，而维吉尔则由于出生基督降生之前，就不能带诗人游天堂。但丁在作品里还强调人要苦修苦练，达到心灵纯洁，实际上要消除基督教教义中所强调的七恶。此外，作品中还有关于神学的议论和说教，凡此种种都说明但丁作为中世纪最后一位诗人的思想特点。

《神曲》的思想内容十分庞杂，广泛地反映了当时的社会现实和各种重大问题。例如在《地狱》篇的第六曲里，他借猪哥的谈话谴责了佛罗伦萨的党派之争。诗人认为，黑白两党的分裂与斗争，并没有对佛罗伦萨产生积极的作用，只是使它"充满了忌妒和怨恨，已经达到了不可收拾的地步了"。齐伯林党和归尔夫党也是为了自己党派的利益，使意大利招致异族的侵略，损害了民族的独立和自由。

在《地狱》篇第四曲里，他借维吉尔的话和他自己的叙述评述古希腊、罗马的诗人和哲学家，尤其是他借维吉尔与贝亚德的口吻，用答疑的方式论述了当时的哲学、科学和神学上的重要问题和理论。因此《神曲》不仅是一部政治思想倾向性十分强烈的诗篇，对贵族、僧侣和政府官吏的荒淫、贪婪、伪善和变节等罪行进行了揭露和批判，而且它也是一部中世纪社会生活和文化的百科全书，是中世纪一切见解的总结性的表现。这其中有关于宇宙、上帝和"来世补偿"的观念的论述，有道德箴言式的故事，有烦琐哲学的议论，也有充满着勇往直前的热情与爱国主义思想的抒情诗句。

《神曲》写的虽然是宗教故事，具有浓浓的寓意性，但作品取材于现实，描写了历史上或者同时代的各种人物，并且从自己的立场出发，对这些人物做出鲜明的评价，既有深刻的现实性，又有鲜明的政治倾向性，发出了新时代的声音。

但丁在批判封建社会现实时，首先把矛头指向了教会和教皇。这是文艺复兴时期宗教改革的先声，也是近代文学广泛地再现反封建斗争的前奏。但丁在幻游地狱、净界、天堂时，遇到许多历史人物，有的甚至是他同时代的仍然活着的人。如他们走到地狱的第八圈的第三条恶沟时（《地狱》第十九曲），他看到那些买卖圣职者的灵魂在那里受罪，其中有教皇尼古拉三世（死于1280年），他们像木桩一样倒栽在地穴中，小腿和脚露在外面，受着烈火的烧烤。但丁对尼古拉三世斥责道："你安心留在这里吧，你的罪行是应得的。""你的贪心，使世界变得悲惨，把善良的人踏在脚下，把凶恶的人捧在头上。"放逐但丁的教皇包尼法西八世，当时尚在人间，但丁就已经把他的灵魂放在这里受酷刑，因为他"用欺骗的手段，得了绝世的美人，稍后又遗弃了她"。但丁表示了对这个干涉佛罗伦萨内政、破坏意大利统一的罪魁的无比愤怒。诗人在"天堂"十七篇中，还借用他的远祖卡却吉达的口给他们做了总结："他们这班人，日夜都在那里用基督教的名义做着买卖，他们把一切罪过归于弱小的一面，一向如此；然而天刑将为真理见证，报复就在他们身上了。"又如《地狱》第十二曲中，但丁借半人半马的怪物之口，说马其顿王亚历山大和有上帝之鞭称号的匈奴王亚底拉（406—453，他蹂躏了欧洲许多城市，而且不畏上帝，故称"上帝之鞭"）"都是杀人劫财的暴君"，所以把他们放在地狱第七圈的紫湖中受水煮之刑。尽管但丁是一个正统的基督教信徒，基本上没有摆脱封建贵族观点的诗人，但他却把封建社会的最高统治者教皇和国王放在地狱里受残酷的刑罚，并且对他们进行了无情的嘲笑与讽刺，这和当时人民群众与新兴资产阶级反封建反教会的斗争在客观上是一致的，符合当时的进步思潮。

但丁对教会的揭露和对教皇的批判，其深刻之处不只是一般地反对教会和教皇，不是一般的异端思想，而是把社会的罪恶归之于政教合一。他说："今日罗马教堂，把两种权力抱在怀中，跌入泥塘里去了，她自己和她所抱的都弄污秽了。"反对政教合一，反对神权统治，主张政教分离，这体现了意大利资本主义萌芽时期人民反对教会的新特点。不仅如此，但丁还从教义的解释上来揭露教皇。用教义反对教皇是后来文艺复兴时期宗教改革的潮流。如意大利佛罗伦萨的罗棱索·瓦拉（1407—1457），他从《圣经》原文解释中，证明罗马教廷的虚伪性。宗教改革的领袖马丁·路德，提出宁为"圣典"，而非"圣言"。所以英国诗人雪莱说："但丁是宗教改革的先驱。"同时也是"第一个宗教改革家，路德胜过但丁的地方，仅在于比但丁粗暴一些，辛辣一些，而不在批判教会的篡逆"。

但丁肯定人的现实活动，赞美人的才能和智慧，标志着人文主义思想的萌芽。中世纪的宗教神学提倡愚昧主义，要人们废弃学问和一切向上的行为，教会认为"智慧即异端""知识即罪恶"，然而但丁对文化知识和人的才能智慧是歌颂的。诗中对希腊、罗马的诗人学者表示了很大的敬意，但丁把罗马诗人维吉尔奉为导师，称他是"智慧的海洋"，并让他引导自己游历地狱和净界。诗中尤里西斯（即俄底修斯）的形象，集中反映了人们要求理智解放的思想。他为了追求知识，抛开个人幸福，在波涛汹涌的大海上向西航行，在困难中百折不挠。他说："人不能像走兽那样活着，应当追求美德和知识。"

但丁还要求感情自由，通过对因爱而被囚禁在地狱中的情侣弗兰采斯卡和保罗的描写，表明了自己的思想和态度。这一对情侣因淫刑罪而在地狱里受苦，但丁对他们争取恋爱自由的精神，表示了深切的同情。他听完他们的悲惨故事后，非常感动，竟至"因怜悯而昏晕倒地"、"像死尸一样倒在地上"。又如，他从人道主义出发把乌歌利诺作为卖国贼放在地狱的底层，让他受残酷的刑罚，但又对他和他的儿子们被关锁在"饿塔"里活活饿死的事情进行了愤怒的谴责，这显然是人道主义的流露。

总之，但丁是新旧交替时代的诗人，基督教的神学观念、中世纪的思想偏见在他的世界观中仍然占相当的比重，这就决定了《神曲》思想内容的复杂性与矛盾性。但丁虽然歌颂现实生活，但又把它看作是来世生活的准备。他虽然揭露贪婪腐败的教皇和僧侣，但并不反对宗教本身，因为他对神学也是看重的。他推崇古典文化，但又把古典文化的伟大代表们作为异教徒放在第一圈的候判所里，他们虽然不受任何苦刑，但毕竟是在地狱里。这种安排表现了但丁思想的巨大矛盾和局限性。因此，在作品里，民主性的要素是和基督教的神秘主义、禁欲主义观点结合在一起。但丁是一个带有双重性的人物，一方面是中世纪的宗教道德家、禁欲主义者，另一方面又是一个近代人、人文主义者。

艺术特征

《神曲》不仅是中世纪贵族文化的总结，而且是未来的文艺复兴时期人文主义文化的序曲，其宏大的艺术叙事和优美的作品结构对欧洲文学有很大的影响，几百年来一直为人们所推崇，《神曲》的艺术成就表现如下：

首先，《神曲》充满着幻想和象征的情节，同时又是作者对生活理想的描写。例如书中的森林象征中世纪的黑暗，狮子象征封建统治者的野心，维吉尔象征理智，地狱象征教会统治下痛苦的现实生活，净界象征着从现实到理想必经的痛苦过程，天堂象征着力争实现的理想社会，冥世三界的旅程象征人类从现实的悲惨生活通过忏悔与道德改善，然后进入幸福的境界，这种表现手法，同中世纪的梦幻文学和寓意诗歌有一定的联系。《神曲》的创作方法是现实主义与浪漫主义相结合的方法，而且浪漫主义所占的比重相当大，浪漫主义情节与现实主义的具体描写有机地结合在一起。

其次，巧妙而严整的结构。全诗分为地狱、净界、天堂三部分，每一部分三十三曲，长短大致相等。而每一曲又分若干小节，每小节三行，每行由十一个抑扬格音节所组成，通过连锁押韵的方法把各小节衔接起来，最后用一个单行诗句煞尾，成为一部三行诗段组成的长诗。所以从它的结构上看，好像一个严整而有系统的三棱形的大建筑，以其严密性和完整性著称于世。

再次，在塑造人物与写情景方面常常表现出优异的技巧。但丁能以寥寥数语勾勒出人物性格的特点，譬如他只用"他昂首挺胸，对于地狱的权威似乎表现一种轻蔑"（《地狱》第十曲）这句话就把齐伯林党的首领法利那塔坚强不屈的英雄性格写得栩栩如生。《地狱》篇里的形象在作家的笔下绝不是阴暗的幽灵，而是一些丰满多姿、有血有肉的人，如贪婪而又有野心的教皇、专横残暴的君主、刚强高傲的法利那塔、温柔多情的弗兰采斯卡等都是个性鲜明、令人难忘的人物。而对于具体的情景，诗人往往用现实生活和自然情景中的具体事物加以比喻，使之鲜明突出，譬如《净界》第二十六曲中，形容两个灵魂相遇，互相接吻致敬时，诗人写道："那里双方的灵魂抢上去互相拥抱接吻，他们满足于短时的致敬，很像黑蚁的队伍，在路上互相擦嘴，以探问前途或食品所在的模样。"又如《天堂》第二十二曲中，形容基督上升天府，光芒下射，照耀着圣者们，像日光从云缝里射出，照耀着草坪上绚烂如锦的繁花一样。这种具体的比喻与生活的细节描写，给人以很深刻的印象，这种手法是现实主义手法，是后来的人文主义文学的一个显著特征。

最后，《神曲》是用意大利文写成的，当时正统的文学作品都是用拉丁文写作的，而但丁第一个用意大利语写作，不仅在中世纪具有首创精神，也使文学作品能够摆脱教会的统治，更接近现实生活，这对文艺复兴时期的文化和民族语言的形成，产生了强烈的影响。

4. 思考题

① 欧洲中世纪文学按性质可分为哪几种类型？各种类型的文学有何主要特点？其代表作品是什么？

② 何谓教会文学？教会文学在中世纪文学中的地位和影响是什么？

③ 欧洲中世纪骑士文学有哪几种文学体裁？如何看待骑士文学？

④ 但丁《神曲》的主要内容是什么？如何看待《神曲》思想内容的二重性？

⑤《神曲》在艺术表现上有何显著特点？

第三讲　文艺复兴时期欧洲文学

14—17 世纪初，欧洲文艺复兴的出现不是偶然的现象，也不是简单的复古运动，而是在欧洲封建社会逐渐解体，资本主义开始萌芽的历史条件下形成的第一次资产阶级反封建、反教会的思想文化解放运动。文艺复兴时期出现的人文主义思想是欧洲资产阶级人道主义思想的重要组成部分。

一、文艺复兴时期欧洲文学发展简介

11—13 世纪，随着生产力的发展，以雇佣劳动为基础的工场手工业的出现以及中世纪城市的形成，欧洲早期资产阶级的力量逐渐壮大，具有世俗思想的人文学科开始出现，这在思想上与中世纪神权思想形成对峙。欧洲资产阶级在文艺复兴运动中有两个明确的目标，一个是文艺复兴，一个是宗教改革。首先，文艺复兴是资产阶级打着复兴古希腊罗马文化的旗号，进行的人文主义思想宣传。考古发掘以及东罗马崩溃之后回流到西欧的古罗马时期的文化珍品，使人们看到了一个灿烂辉煌的古希腊文明，这成为欧洲资产阶级作为冲击中世纪思想禁锢和神权统治的重要思想武器。其次，在宗教内部，具有积极思想的神职人员在宗教改革的旗帜下掀起了宗教改革运动，如马丁·路德（1483—1546）、闵采尔（约 1493—1525）、卡尔文（1509—1564）等著名宗教改革领袖，他们痛斥罗马教廷的腐败，反对教会等级与特权，提出各国教会独立，创立新教等主张，这些从基础上动摇了欧洲中世纪的神权统治。

文艺复兴是一个崭新的、划时代的历史阶段，文艺复兴的核心观念是人文主义，这与中世纪神权思想是根本对立的。人文主义主张以人为本，用人性反对神性，用人权反对神权，主张个性解放、个人幸福，反对禁欲主义；强调现实幸福，反对来世思想；主张发展科学，反对蒙昧主义；强调国家统一，反对封建割据。恩格斯曾高度评价文艺复兴的意义，他说："这是一个人类从来没有经历过的、最伟大的进步的变革。是一个需要巨人，而且产生了巨人，在思维能力、热情和性格方面，在多才多艺和学识渊博方面的巨人时代。"

文艺复兴时期，意大利、法国、英国和西班牙等国文学都取得了不俗的成绩，出现了如下成果：意大利诗人弗兰齐斯科·彼得拉克（1304—1374）的《歌集》，小说作家乔万尼·薄伽丘（1313—1375）的《十日谈》；法国作家弗朗索瓦·拉伯雷（1495？—1553）的《巨人传》；英国杰弗利·乔叟（约1342—1400）的《坎特伯雷故事集》，托马斯·莫尔（1478—1535）的《乌托邦》，埃德曼·斯宾塞（1552—1599）的《仙后》，威廉·莎士比亚（1564—1616）的《哈姆雷特》等系列戏剧，以及"大学才子"派的戏剧成就；另外还有西班牙的洛卜·德·维加（1562—1635）的《羊泉村》，米格尔·德·塞万提斯（1547—1616）的《堂吉诃德》以及西班牙的流浪汉小说。这些文学现象为文艺复兴大发展提供了基础。

二、文艺复兴时期欧洲文学的基本特征

文艺复兴是对欧洲中世纪思想文化的突围和转型，涌现出一批具有人文思想的学者和作品，人文学科得到了快速发展，并对"人"的认知发生了翻天覆地的变化；在艺术上，文艺复兴时期的文学产生了新的文学品种，如小说和十四行诗，这对欧洲文学产生过深远的影响。

1. 肯定人的价值，将人从宗教中解放出来

对人的肯定，这是文艺复兴时期的文学区别于中世纪文学的重要标志。文艺复兴时期欧洲资产阶级提出了人文主义思想，其目的就是要把人从中世纪的宗教中解放出来，反对用宗教束缚人性，主张人性自由发展，反对禁欲主义，提倡人与人之间的相互尊重和友爱。

冲破禁欲主义，主张个性解放是文艺复兴时期文学最鲜明的主题之一。文艺复兴最早是从意大利文学开始，作家彼得拉克和薄伽丘是人文主义文学的先行者。彼得拉克的《歌集》抒发了自己对一名女子——劳拉的情感，这部诗集分为"圣母劳拉之生"和"圣母劳拉之死"上下编，作品

内容冲破了中世纪基督教宣传的禁欲主义思想，大胆地歌颂了劳拉的形体美和精神美，将劳拉的形象写得有血有肉、神采奕奕，表达了作者渴望现实幸福的愿望和男女之间的真情实感。这个时期意大利的另一个重要作家是乔万尼·薄伽丘，其代表作品是《十日谈》。这部作品涉及的主题众多，但反对教会，反对禁欲主义，争取个人幸福的主题却是非常鲜明的。书中对爱情的看法不像教会所宣传的那样——是一种罪恶，而是一种启发人的智慧，鼓舞人去争取幸福的力量。

莎士比亚早期喜剧的基本主题是爱情与友谊。在他的戏剧中洋溢着个性解放、爱情自由、有情人终成眷属的思想。莎士比亚认为爱情是人性的自然表现，赞美爱情也就是要求个性解放，反对封建偏见。莎士比亚喜剧的男女主人公身份都是贵族，同时又是人文主义理想化人物的代表。他们性格开朗、直率、勇敢、热情，富有思想色彩，从他们身上表现出浓郁的抒情气氛和乐观主义精神。莎士比亚的喜剧作品对中世纪的禁欲主义与封建道德观念形成了强烈的冲击，如《仲夏夜之梦》、《威尼斯商人》、《皆大欢喜》、《第十二夜》等，这些戏剧的矛盾冲突并不尖锐，结局往往是恶人悔悟、好人宽恕、皆大欢喜、有情人终成眷属。戏剧的主题是歌颂人文主义的胜利，歌颂人的价值、人的尊严、人的高尚品质，属于浪漫主义抒情性喜剧。

莎士比亚第一个时期很少写悲剧，而《罗密欧与朱丽叶》是他早期创作中唯一一部悲剧，剧中描写了家族之间的仇杀和男女主人公之间的爱情。戏剧表现出历史剧当中常见的谴责封建纷争的主题和喜剧中常见的歌颂爱情与友谊的主题，这部戏剧仍然保留着莎士比亚第一个时期浓郁的抒情性色彩，这与他的喜剧风格比较接近。另外，莎士比亚第二个时期的悲剧对人性的歌颂也是处处可见，譬如《哈姆雷特》的哈姆雷特与奥菲利娅，《奥赛罗》的奥赛罗与苔丝德蒙娜等演绎出一个又一个可歌可泣的爱情故事。

欧洲的文艺复兴是一个需要巨人而且产生了巨人的时代，正如恩格斯所说："这是一个人类从来没有经历的，最伟大的进步和变革。是一个需要巨人，而且产生了巨人，在思维能力、热情和性格方面，在多才多艺和学识渊博方面的巨人时代。"文艺复兴时期文学作品的人物已摒弃了中世纪文学中人被侏儒化的形象，取而代之的是一个顶天立地的巨人形象，正如莎士比亚在《哈姆雷特》中通过哈姆雷特的口高度赞扬人类："人类是一件多么了不得的杰作！多么高的理性！多么伟大的力量！多么优美的仪表！多么文雅的举动！在行为上多么像一个天使！在智慧上多么像一个天神！宇宙的精华！万物的灵长！"奥菲利娅也热情洋溢地赞扬了人文主义者的代表哈姆雷特是"朝臣的眼睛，学者的辩舌，军人的利剑，国家所瞩望的一朵娇花，时流的明镜，人伦的雅范，举世瞩目的中心"。在这个时期，人被塑造成扬眉吐气、精神焕发的巨人式的形象，犹如法国作家拉伯雷的《巨人传》那样——发出了时代的声音，顺应了时代的潮流。

2. 欧洲小说的产生

文艺复兴时期欧洲各国的宗教文学和贵族文学继续存在，传统的文学形式，如民间诗歌、传说、笑话、寓言、戏剧等盛行，而新的文学形式也在不断涌现，如短篇小说、长篇小说，这为欧洲文学拓宽表现范围增添了新的品种。

欧洲小说是从文艺复兴时期开始的，小说的形成得益于多种原因，首先，社会世俗化的进程。小说的表现形式满足了普通人急需表达自身对日常生活、家庭琐事、社会变迁、时代要求等的需求。其次，文学的积累，尤其是中世纪骑士传奇为欧洲小说的产生积累了创作经验。中世纪的骑士传奇对后来小说的产生有着重要影响，譬如骑士传奇对人物外貌的描写，人物心理、生活细节的描写，以及在长篇骑士传奇中突出中心骑士等方法对近代长篇小说的产生有着重要作用。最后，外来文化的影响也是欧洲小说产生的重要方面，如欧洲最早的意大利小说家乔万尼·薄伽丘的《十日谈》就有明显地借鉴阿拉伯文学《一千零一夜》叙事方法的痕迹。《十日谈》采用了故事套故事的写法，把100个短篇故事巧妙地组织进他的作品中。《十日谈》描述了1348年佛罗伦萨闹瘟疫，有10个青年男女到郊外一所风景秀丽的别墅中避难，为打发时间每人一天讲一个故事，10天共讲了100个故事，后离开别墅回到城里。作者薄伽丘利用讲故事的方式将来源不同的故事，如东西方寓言传说、历史事件、宫廷逸闻、真人真事组织在一起，经过艺术加工，使其具有化腐朽为神奇的艺术力量，蕴含着文艺复兴时期的时代特点和意大利社会的时代气息。《十日谈》是一部欧洲近代文学史上短篇小说集，它不仅奠定了短篇小说的基础，而且具有独特的艺术特性。在作品中作家不是单纯以情节取胜，对人物形象、心理活动以及景物描写都特别注意，并使用意大利语言写成，文字精练生动。

文艺复兴时期欧洲长篇小说的形成与发展也是值得可圈可点的，在文艺复兴时期有两部产生巨大影响的长篇小说，一部是法国作家拉伯雷的《巨人传》，另一部是西班牙作家塞万提斯的《堂吉诃德》。拉伯雷的《巨人传》在西方小说发展史上更具有象征性意义，小说中两代巨人卡冈都亚和儿子庞大固埃的出生、教育、游学等体现出文艺复兴时期人的精神面貌，以及对神权的蔑视。17世纪初塞万提斯《堂吉诃德》的发表成为近代西方长篇小说的里程碑式作品，小说以广阔的社会视野真实地反映了16世纪末17世纪初这一时期西班牙由盛而衰、危机四伏的社会现实，同时也为我们塑造了一个善于幻想、满脑子都是骑士冒险、荒诞不经的堂吉诃德。堂吉诃德是一个理想与现实相脱节、主观与客观相分裂的人。堂吉诃德不仅具有强烈的喜剧性、夸张性、滑稽性，而且他也是一个正直善良、忠诚勇敢、坚持真理、疾恶如仇的人。他提倡廉洁公正，反对剥削压迫，同情人民疾苦，抨击封建特权，这样使得堂吉诃德身上具有悲剧色彩，悲喜剧因素在堂吉诃德的身上达到了完美的结合。在《堂吉诃德》的创作过程中，塞万提斯特别注重小说情节的编排，注重小说情节的偶然性，但不忽略细节的真实性。作者把不可能的写成可能的，把故事情节的荒诞和不可思议写得仿佛真有其事。

小说《堂吉诃德》运用对比的方法强调主人公性格上的某些特征，突出其主导性格，即堂吉诃德的虚幻性、桑丘的求实性，使堂吉诃德与桑丘·潘沙从外形到内心形成了鲜明的对照，并贯穿在整个小说情节的始终。《堂吉诃德》具有划时代的意义，它总结了中世纪以来长篇叙事作品的成就，为近代长篇小说的发展奠定了基础。《堂吉诃德》是模拟骑士小说的写法创作的，它吸收了骑士小说当中以主人公的游历作为线索，串联起多种情节的结构方法。这种结构方式在叙事上无拘无束，可以包括各种各样的内容，这就为小说广阔地反映现实创造了条件。塞万提斯在创作中吸收了流浪汉小说的长处，克服了骑士小说的虚构性，创造了形象生动而又能广泛反映现实的新型小说形式。

3. 欧洲戏剧的发展

欧洲戏剧发展到14世纪，已使原有古老的希腊戏剧从主题、结构、人物等方面发生了脱胎换骨的变化，为近现代戏剧做好了铺垫和准备。

英国戏剧是欧洲文艺复兴时期最辉煌的时代，除莎士比亚以外，出现了一批优秀的剧作家和戏剧作品，如约翰·李利（1554—1606）、罗伯特·格林（1558？—1592）、托马斯·基德（1558—1594）、克里斯托夫·马洛（1564—1593）等，这一批剧作家由于毕业于牛津大学和剑桥大学，因此被称为"大学才子派"。"大学才子派"有深厚的文化底蕴，他们精通各国文艺复兴时期的文学和经典作品，在戏剧创作方面有创新，写出了一批优秀的戏剧作品，如：托马斯·基德的《西班牙悲剧》（1587），克里斯托夫·马洛的《浮士德博士的悲剧》（1592）等，这些都为莎士比亚戏剧的出现提供了文化氛围和创作经验。文艺复兴时期戏剧的最高成就应属莎士比亚，莎士比亚的戏剧是一个划时代的、里程碑式的标志，让后来者难以望其项背。

莎士比亚在戏剧创作上的成就已超越了欧洲传统戏剧的发展水平，在人物创作上他将古希腊戏剧中神与人的冲突发展为人与人的冲突，摆脱了虚幻的因素和不切实际的浪漫主义幻想，将人物性格作为戏剧表现的中心。古希腊戏剧大多以神话和史诗作为创作题材，神以及神与人的矛盾，人与命运的悲剧性冲突成为戏剧表现的主题。但是随着时代的发展以及人对现实认识的进一步深化，这种题材已经过时，真正代之而起的是人与人之间的矛盾，莎士比亚顺应了时代的需要，充分表现了这一主题。在表现手法上，莎士比亚的戏剧已经完全摆脱了歌队对戏剧的作用。歌队，这是古希腊戏剧产生之初遗留在戏剧中祭祀酒神的艺术形式，后演变为戏剧的一个附属部分，客观上讲，歌队在古代戏剧中为推动情节的发展曾经立下了汗马功劳。歌队一般代表作家的思想道德标准，对故事表述的事件进行评论，譬如古希腊戏剧家埃斯库罗斯的《被缚的普罗米修斯》，剧中歌队（由俄开阿诺斯的女儿们组成）看到了普罗米修斯被绑在悬崖峭壁上，忍受着饿鹰来啄食心脏的悲惨处境，歌队对宙斯的行为进行了谴责："此乃霸主的举动，不光彩的行径，用自定的法律，迫害老一辈的神明。"

古希腊戏剧中的歌队在文艺复兴时期戏剧中已经被去掉，其原因是文艺复兴时期的戏剧与传统的古希腊戏剧在处理人物性格上存在较大的差别，古希腊戏剧不太重视人物性格的塑造，不把人物的性格冲突放在首位，而是重视戏剧的表意性，重视戏剧的情节叙事。另外，歌队在戏剧中的作用犹如戏剧的旁白，这多多少少会影响戏剧的戏剧性，会使观众比较容易游离出戏剧的舞台幻觉,这同戏剧总的发展趋势和要求是不一致的。而文艺复兴时期的戏剧,尤其是莎士比亚的戏剧非常看重戏剧人物的性格,将性格之间的冲突看成戏剧情节向前发展的动力,因此其戏剧被称为"性格戏剧"。莎士比亚也打破了传统戏剧在悲喜剧之间的严格界限,开始尝试将这两种不同的戏剧形式融合在一起,为新剧种的诞生提供艺术上的尝试。

在文艺复兴时期各国戏剧都有所发展,意大利在文艺复兴后期出现了一种独特的民间喜剧艺术——即兴喜剧。即兴喜剧与传统戏剧不同,虽然它具有喜剧的元素,但它没有固定的剧本,戏剧的台词是靠演员按照演出前的剧情大纲即兴自编创作和即兴演出,故叫作"即兴喜剧"。另外,即兴喜剧除主人公之外,其他人物都戴着面具演出,所以又称"假面喜剧"。即兴喜剧来自民间,具有旺盛的生命力,演出的演员需具有高超的演出技能、灵活应变的能力和浓厚的意大利文化底蕴。正如意大利杰出的戏剧家哥尔多尼为即兴喜剧做辩护时说:"法国人总是说意大利演员是大胆妄为的,敢对观众说即兴台词。可是这个,在无知的演员可以说是胆大妄为,在熟练的演员就是一种美德。还有些出类拔萃的人物,出色地、精彩地发挥自己惊人的作即兴表演的特种技能,并不限于一个诗人写下来的台词,这给意大利增添了荣誉,这是我们的艺术的光荣。"①

文艺复兴时期的戏剧正处在承前启后的转折时期,它为近现代戏剧的发展做出了自己的贡献,出现了像英国"大学才子派"、意大利即兴喜剧、西班牙的洛卜·德·维加及其戏剧作品,特别是出现了英国的莎士比亚,这些都为文艺复兴时期的文化运动增添了绚丽的色彩。

三、文艺复兴时期欧洲文学的地位和影响

文艺复兴时期是欧洲文学史上的重要时期,在思想上提出了肯定人的价值、强调人的尊严、反对神权统治、反对愚昧思想的资产阶级人文主义思想,这在中世纪宗教的重压下让欧洲人看到了人文的曙光。文学在自身经验的积累以及吸收外来文学创作经验的基础上产生了新的文学种类——小说和十四行诗,特别是小说,这为表现世俗生活找到了大众喜闻乐见的

---

① 谭霈生:《世界名剧欣赏》,湖南人民出版社,1983,第156页。

形式。在戏剧方面，莎士比亚戏剧、意大利的即兴喜剧是对欧洲戏剧艺术的革新与创造，在西方戏剧发展史上具有划时代的意义和作用。

四、莎士比亚与《哈姆雷特》

英国的威廉·莎士比亚（1564—1616）是文艺复兴时期杰出的戏剧家、诗人，他的创作达到了当时欧洲现实主义文学的高峰，丰富了人类的艺术宝库。马克思、恩格斯非常喜欢莎士比亚的戏剧，指出了他现实主义创作方法上的成就，提出"莎士比亚化""福斯塔夫斯背景"的创作原则，戏剧创作不是从抽象概念出发，而是从生活出发，通过丰富生动的戏剧情节去塑造性格鲜明的典型人物。莎士比亚的创作在文学发展史上占据重要的地位。

1. 作家生平与文学创作

莎士比亚，1564年4月23日出生于英国艾汶河畔斯特拉福镇一个富裕市民家庭。他幼年在家乡的文法学校念书，学习过拉丁文、文学和修辞学，接触到古代罗马的诗歌和戏剧，1587年左右只身到伦敦谋生。莎士比亚在1590—1612年的二十余年中，一共完成两部叙事长诗、154首十四行诗、37部戏剧，按照他的创作情况，我们大致将其分为三个时期。

第一时期（1590—1600），被称为莎士比亚的历史剧和喜剧时期。莎士比亚的历史剧少数取材于希腊、罗马，多数取材于贺林希德的《英格兰与苏格兰编年史》，表现出作家鲜明的人文主义的政治历史观，如《查理二世》（1595）、《亨利四世》（上、中、下部，1597—1598）、《亨利五世》（1599）、《亨利六世》（上、中、下部，1590—1591）、《查理三世》（1592），构成了前后衔接的两个四部曲，艺术地再现了14世纪后半期到15世纪末的英国历史。从这些历史剧可以看出，作者谴责了那些叛乱的大封建主，谴责了那些昏庸无道、残暴不仁、软弱无能的国王，主张在英明、强大君主的统治下，建立起一个秩序井然的王国，实现国家的统一与富强。

这个时期莎士比亚还写了10部喜剧：《仲夏夜之梦》（1596）、《威尼斯商人》（1597）、《皆大欢喜》（1598—1599）、《温莎的风流娘儿们》（1598）、《无事生非》（1599）、《第十二夜》（1600）等。莎士比亚的喜剧思想内容丰富，是对中世纪的禁欲主义与封建道德观念的强烈冲击。在这个时期，他还有一部悲剧——《罗密欧与朱丽叶》（1594），戏剧的主题是谴责封建纷争，歌颂人文主义的爱情与友谊，整个戏剧还保留着莎士比亚第一个时期的特色，即明朗、乐观、浪漫的风格。

第二时期（1601—1607），这是莎士比亚的悲剧时期。主要代表作品有《哈姆雷特》（1601）、《奥赛罗》（1604）、《李尔王》（1605）、《麦克白》（1606）、《雅典的泰门》（1607）。在整个第二时期里，戏剧的悲剧气氛比较浓厚，人文主义者没有找到改造社会的方案，但是他们并没有丧失改造社会的信心，相信人类社会将有一个美好的未来，这使戏剧内容得到了深化。

第三时期（1608—1612），这是莎士比亚的传奇剧时期。这个时期的戏剧情节往往发生在一个幻想的、神奇的环境中，主人公先是遭难，后又幸福，解决矛盾的办法往往是一些偶然性的因素或者魔法的因素。这种偶然的因素与超现实的力量使得敌对双方互相宽恕、互相和解，矛盾得到圆满解决。这个时期的传奇剧把希望寄托于道德改善以及恶人良心的悔悟上，妥协的调子占了上风。代表作品有《辛白林》（1609）、《冬天的故事》（1610）、《暴风雨》（1611）、《亨利八世》（1612）等，其中《暴风雨》是这个时期的代表。

莎士比亚戏剧遗产是非常丰富的，对世界戏剧的发展做出了重要的贡献，马克思、恩格斯对莎士比亚做了高度评价，提出"莎士比亚化"这样的美学原则。所谓"莎士比亚化"就是要求文学艺术要从生活出发，而不是从抽象概念出发，通过生动丰富的情节、优美的语言，塑造性格鲜明的形象，创造出富有感染力的作品。

2.《哈姆雷特》故事梗概

《哈姆雷特》描写了丹麦王子哈姆雷特为父复仇的故事。哈姆雷特在德国威登堡大学求学，他的父亲暴死，叔叔克劳狄斯篡夺了王位，母后乔特鲁德在父亲死后不到两个月就匆匆地嫁给叔父。

哈姆雷特应召回国参加新王的加冕典礼，以及母亲的婚礼，但就在这时哈姆雷特见到了先王的鬼魂，原来他的叔叔为了篡夺王位害死了他的父亲，而他的母亲与克劳狄斯也早有奸情，鬼魂临走时要求哈姆雷特为他报仇。然而随后的两个月时间，哈姆雷特并没有复仇，而是整日以疯疯癫癫的样子去试探和麻痹对手，但他的行为却引起了克劳狄斯的猜疑。为此克劳狄斯派哈姆雷特的两个同学——罗森克兰兹和吉尔登斯吞,以及情人奥菲利娅等来刺探他内心世界的秘密。

这时,有一个流浪剧团进宫演出,哈姆雷特让剧团把鬼魂所讲的谋杀先王的事件编成戏剧在宫廷中演出。心虚的克劳狄斯没有看完戏剧就愤然离席,谋害先王的身份暴露。后来,哈姆雷特应邀去母亲房间,半路上碰到克劳狄斯跪地祷告,此时他本可以报仇,却错过了机会。哈姆雷特与母亲正在谈话,发现幕后有人偷听,他以为是克劳狄斯,拔剑刺去,不料杀死的却是奥菲利娅的父亲——大臣波洛涅斯。

此时的克劳狄斯借机派哈姆雷特与他的两个同学去英国索讨贡奉,却在公文中要求英国国王等哈姆雷特上岸后立即除掉他。在路途中哈姆雷特发现了阴谋,就调换了公文。哈姆雷特在同海盗战斗时跳上来袭的海盗船,随后成功返回丹麦。

奥菲利娅因父亲被杀精神失常,落入河中溺水身亡;她的哥哥雷欧提斯为了给父亲和妹妹报仇聚众起事,带领着愤怒的群众冲进宫廷。此时,克劳狄斯利用这个机会挑唆雷欧提斯与哈姆雷特比武,利用真剑、毒剑和毒酒三重陷阱想害死哈姆雷特。在比武中,哈姆雷特和雷欧提斯都中了毒剑,王后乔特鲁德喝了毒酒,在雷欧提斯临死之时,他讲述了克劳狄斯的阴谋诡计。最后哈姆雷特用毒剑除掉了克劳狄斯,与敌人同归于尽。

3. 作品分析

《哈姆雷特》是莎士比亚全部戏剧中最重要的一部作品,关于哈姆雷特的故事,最早见于12世纪末莎克索·格拉马蒂卡斯编的《丹麦史》,到16世纪70年代,一位法国作家把它改编为剧本,16世纪末英国作家(相传是托马斯·基德)又把它重新改编成戏剧,以复仇为题材,极为流行,但现已失传。莎士比亚借用旧剧目改编的《哈姆雷特》,则是一部富有独创性的杰作,戏剧的题材是以丹麦王子哈姆雷特为父复仇的古老故事为素材,虽然故事发生在中世纪的丹麦,但是剧中的环境处处使人联想到16世纪末、17世纪初英国的社会现实,丹麦宫廷内外所发生的一系列戏剧冲突实际上都能够从英国社会现实中找到影子。

莎士比亚的《哈姆雷特》充满着浓厚的人文主义气息,肯定人、赞美人是戏剧的主旋律,戏剧为我们塑造了一个典型的人文主义者的形象——哈姆雷特。哈姆雷特是悲剧的主人公,论地位与身份,他是封建王子,但论思想与世界观，他实际上是人文主义者。在戏剧开始之前哈姆雷特在人文主义中心地——德国威登堡大学接受当时的先进思想教育，他对人类，对世界都有不同于中世纪神学观念的新看法。哈姆雷特认为，"人类是一件多么了不得的杰作！多么高的理性！多么伟大的力量！多么优美的仪表！多么文雅的举动！在行为上多么像一个天使！在智慧上多么像一个天神！宇宙的精华！万物的灵长"。这是对人类的积极看法。在整个中世纪基督教在意识形态上占据着绝对统治地位，以神为中心，人是渺小的、有罪的，因此当文学、艺术、哲学都成为宗教的婢女和仆人的时候，哈姆雷特所发出的声音是一种振聋发聩的呐喊。哈姆雷特对人有着美好的看法，在戏剧中他肯定了人的价值，证明了人的伟大，这种思想同莎士比亚第一个时期所主张的"友谊""爱情""有情人终成眷属"等都是一脉相承的。

在人与人之间的关系方面，哈姆雷特有自己的看法。中世纪讲等级、讲门第、讲服从，而哈姆雷特则希望人与人之间用真诚、平等的关系代替封建社会那种等级森严的关系，因此当霍拉旭自称是他卑微的仆人时，他则愿意用朋友相称；当臣仆表示对他尽忠时，哈姆雷特则愿意用互爱作为与他人相处的原则。从整个戏剧的情节来看，哈姆雷特并不以地位与等级来决定人的贵贱，在戏剧的第二幕他对跑码头的戏子非常尊敬，这说明哈姆雷特的世界观是新的，符合人文主义者的理想。

哈姆雷特体现了作为人文主义者的代表所具有的特质和理想。戏剧通过奥菲利娅的口称赞了哈姆雷特，说他是"朝臣的眼睛，学者的辩舌，军人的利剑，国家所瞩望的一朵娇花，时流的明镜，人伦的雅范，举世瞩目的中心"。在奥菲利娅心中哈姆雷特是一个具有政治才干、军事才干的人，是一个时代的佼佼者，符合人文主义对人应全面发展的要求。哈姆雷特不仅具有多方面才能，而且在品格上也一向光明磊落、诚恳待人，就连克劳狄斯也认为他为人厚道，从不会算计别人，也想不到别人会算计他。总之，哈姆雷特是一个具有先进思想和美好品德的青年。

关于哈姆雷特的"忧郁"问题成为人们争论的焦点，"忧郁"究竟是不是哈姆雷特性格的基本特征呢？哈姆雷特一出场，确实不是一个乐观的青年，他穿着黑色孝服，阴阴沉沉，愁眉不展，一系列变故使他的精神受到沉重打击。本来他把现实想象得那么美好和谐，父亲是一个理想的国王，父母恩爱相处，与奥菲利娅有纯真的爱情，周围有好朋友——他生活在美好的梦幻之中。但父死母嫁，叔叔篡位，这一系列反常的事件和乱伦关系的发生完全打破了哈姆雷特的幻想。坚贞的爱情、忠诚的友谊、和谐的社会，这些人文主义者所珍惜的生活理想全化成了泡沫。现实的丑恶显示出了它的原形，原先他所幻想的那个阳光普照的光明世界一下变成了恶行败德的荒野。他第一幕中的独白就表现出这样的心境："人世间的一切在我看来是多么可厌、陈腐、乏味而无聊！哼！哼！这是一个荒芜不治的花园，长满了恶毒的莠草。"这是哈姆雷特忧郁的关键原因。

　　从整个戏剧发展来看，忧郁并非哈姆雷特的天性，而是理想与现实之间的矛盾以及理想破灭的一种精神状态。在戏剧开始之前，哈姆雷特是一个乐观的青年，父亲和母亲恩爱相处，他生活在美好的幻想之中，看不到现实的丑恶！他是一个快乐的王子。先王的鬼魂揭露了克劳狄斯的阴谋诡计，这给哈姆雷特以沉重的打击，他看到了现实中的丑恶和罪行，这种打击超出了丧父之悲。同时他的老同学，甚至他心爱的情人，最终也成了奸王的工具和帮凶，这种邪恶与背叛中哪里有人文主义者所理想的正义与真诚呢？这就使他对理想本身发生了怀疑。

　　哈姆雷特之所以陷入忧郁状态，是因为他对人类与世界失去了信心。原来他以为世界是美好的，但现在看来只是一片荒地；他原先心中理想的人类，现在看来不过是泥土塑造的生命，他整个世界观都发生了危机。哈姆雷特的装疯一方面固然是为了窥测敌人，而另一方面也可以看成是他精神危机的自然表现，所以忧郁与精神危机是他理想与现实不一致的具体表现。

　　哈姆雷特的行动迟疑、延宕问题也一直引起不同评论者的争论。戏剧中哈姆雷特的父亲交给他的任务是复仇，然而他一拖再拖，两个月过去了，他还是在装疯，没有完成任务。甚至戏中克劳狄斯的面目已经暴露，哈姆雷特完全可以处决这个罪人，可是他却错过了时机。这是为什么？百年来许多学者在解释这些问题时各抒己见，产生了所谓哈姆雷特行动延宕的问题。

　　18世纪末期以来，有一种权威性的解释，认为哈姆雷特行动延宕的原因在于他生性软弱、优柔寡断，在于他只善于思考而不善于行动，这是哈姆雷特悲剧的根源，因此哈姆雷特被看成是行动犹豫的典型。18世纪一位莎士比亚权威批评家约翰逊在他的《莎士比亚戏剧集序言》里提到，哈姆雷特是"语言上大胆妄为，行动上优柔寡断"。歌德也说："他总是触景生情，总是回忆过去，最后几乎失去他面前的目标。"英国19世纪浪漫主义诗人柯勒律治也说："他的行动全是犹豫不决的。"而20世纪精神分析学家弗洛伊德振聋发聩地提出哈姆雷特的恋母情结问题。

我们说哈姆雷特并不是一个醉生梦死的青年，他对人生有积极的看法，对克劳狄斯的罪恶有着深刻的认识。在见到鬼魂之前，他已预感到父死母嫁、叔叔篡位这些问题的背后，必定有奸人的恶计，因此，一见到鬼魂，他就急切地追问，要了解个究竟。当鬼魂说出克劳狄斯和他母亲的罪孽后，他极为震惊，他说这是一个颠倒混乱的时代，自己要负得起"重整乾坤的责任"，这是理解哈姆雷特行为的关键。鬼魂仅仅让他复仇，但在哈姆雷特看来，克劳狄斯的罪行只是世界上罪恶中的一件，问题在于整个时代颠倒混乱，整个时代与理想相悖。因此，他意识到不单单为父报仇，不仅仅杀死一个克劳狄斯，而是要重整乾坤，要消灭世界上的一切罪恶，按照人文主义的理想来改造现实。哈姆雷特从家庭与宫廷的变故中看到了整个时代的混乱，把复仇计划扩大为重整乾坤、改造现实，这正说明他的思想深刻有力，而且具有高度的责任感，是一个扭转乾坤，具有雄心壮志的人文主义者。

我们看到，使哈姆雷特难以容忍的并不单纯是他的不幸，还有世道不平，譬如他著名的独白："生存还是毁灭。"在这一段内心独白中，他说过，"谁愿意忍受人世的鞭挞和讥嘲，压迫者的凌辱，傲慢者的冷眼，被轻蔑的爱情的惨痛，法律的迁延，官吏的横暴和费尽辛勤所换来的小人的鄙视"。从这里可以看到哈姆雷特的复仇与重整乾坤是相互结合的。如果单纯为父复仇，那就比较简单；如果要完成重整乾坤的任务，那确实是他的力量不能及的。在为父报仇上，哈姆雷特虽有延宕，但是并不是没有行动，最终是尽了责任的，如他装疯试探敌人，安排戏中戏，揭露敌人的真实面目。再如他粉碎了敌人的诡计，争取了母亲，处死了帮凶，最后还处死了克劳狄斯，与敌人同归于尽。然而，哈姆雷特并没有完成重整乾坤的任务，他也不知道如何去完成这个任务，因为他时时感到自己没有力量来承担这个任务。他看到了一个伟大的目标，但在这个伟大目标面前，想要行动，又不知道如何去行动，这就是哈姆雷特行动犹豫的原因所在。正如恩格斯所说："他所犹豫的不是应该做什么，而是应该怎样做。"总之，我们不能简单地把哈姆雷特的悲剧看作是一个性格忧郁和犹豫的人的悲剧。

 艺术特征

莎士比亚的《哈姆雷特》代表了文艺复兴时期欧洲戏剧创作的最高成就，他的现实主义与浪漫主义相结合的创作方法、丰富生动的故事情节、个性鲜明的人物形象、多彩绚丽的人物语言使这部戏剧在艺术上达到了这个时期的最高水平。

首先，莎士比亚戏剧情节的丰富生动是戏剧人物性格冲突的结果。《哈姆雷特》情节曲折动人，冲突的双方在斗争中的地位不断变化，波澜起伏，很富有戏剧性，这是由哈姆雷特与克劳狄斯的性格冲突决定的。哈姆雷特有责任心与思索精神，克劳狄斯却阴险狡诈，这就决定了双方冲突的第一个阶段必然是互相试探，而不是直接交锋。"戏中戏"之后，两人才进入正面交锋的阶段，哈姆雷特本来是连连取胜，掌握了主动权，但是他放弃了一次复仇机会。而错杀了大臣波洛涅斯则导致双方的地位出现了转换，哈姆雷特由主动转为被动，这就引出了克劳狄斯在戏剧后半部中两次借刀杀人的情节。哈姆雷特将计就计，处死了克劳狄斯的帮凶，粉碎了第一个诡计，此时似乎剧情出现了迂回，但是由于他不能主动出击，于是在敌人第二个阴谋中，与其同归于尽。所以，莎士比亚很会处理戏剧冲突与人物性格的关系，使人物有充分的机会来诠释性格。

莎士比亚打破了自古希腊以来对悲剧与喜剧的框框，在戏剧中把悲剧因素与喜剧因素结合起来，加强了情节的生动性。如《哈姆雷特》第一幕，以哈姆雷特与鬼魂的惊心动魄、阴森恐怖的场面结束；而第二幕则以波洛涅斯派人去探听儿子的品性喜剧性场面开始。第四幕以奥菲利娅落水淹死这样悲剧性故事结束；第五幕就以掘墓人插科打诨式的场面开始，使戏剧中崇高与卑贱、恐怖与滑稽、豪迈与诙谐达到了奇妙的混合。

其次，莎士比亚塑造人物性格的多面性与复杂性。他戏剧中的人物很生动、很鲜明，像生活当中的人物一样丰富多彩。在莎士比亚的悲剧中正面主人公的性格以肯定的品质占主导地位，同时又具有他自己的弱点，而这个弱点正好是导致他毁灭的重要原因。如哈姆雷特有崇高的理想，有斗争的决心，但是他的理想脱离实际，行动脱离群众，使他无力承担自己的任务，最后在强大恶势力面前倒下了。第二个特点，剧中人物是发展、变

化的，人物处在内外两重矛盾的冲突之中。一方面是人物与客观环境的冲突，另一方面是人物内心的冲突，主人公的悲剧命运不仅决定于客观形势，也决定于性格本身的内在矛盾，而且随着客观条件的发展，人物内心的矛盾也在发展，性格在斗争中不断发展、变化，哈姆雷特就是一个很好的实例。剧中矛盾开始之前，哈姆雷特是热情幻想、天真乐观的，后来的一系列事故使他遭到沉重打击，从此开始了他的精神探索。在探索中，他的内心经历了一番激烈斗争，直到最后才恢复了平静。他沉着应战，显示出一个成熟思想家的特色。

莎士比亚很善于在对比中突出人物性格，如哈姆雷特、雷欧提斯与福丁布拉斯三个人对待复仇的不同态度，就形成了鲜明对比。这种对比更突出了哈姆雷特作为先进人物的特点。雷欧提斯为父报仇，说干就干，而且兴师动众，行动很果断，但他性格鲁莽，结果成了奸王借刀杀人的工具。福丁布拉斯的行动也是果断的，但是他出师无名，只能轻易地放弃。而哈姆雷特与之相比，更显示出他志向的远大与意志的坚定。

哈姆雷特与霍拉旭也是一种对比关系，他们二人都是人文主义者，但遭遇不同，地位不同，霍拉旭虽冷静、机智，但他缺少哈姆雷特的热情与深沉，而这则更衬托出哈姆雷特精神世界的深刻性。哈姆雷特与奥菲利娅也是一种对比，一个是假疯，一个是真疯，一个在精神危机当中成长，另一个在精神失常中失去生命。这样就更显示出哈姆雷特作为先进人文主义者的特征。

再次，戏剧用"独白"揭示人物的内心活动。"独白"是一种传统的戏剧手法，它可以直接揭示人物的内心活动，也可以用来交代一些情节，推动剧情的发展。全剧主人公的重要独白有六次之多，戏剧性强、富有哲理。如第三幕三场，当时克劳狄斯正在祈祷，哈姆雷特有一段内心独白，这成为全剧高潮后的转折。哈姆雷特通过"戏中戏"，证实了克劳狄斯的罪行，决心要采取行动，而克劳狄斯则深感哈姆雷特的威胁，决定抢先一步把他送走。克劳狄斯独自在祈祷，毫无戒备，这正是哈姆雷特下手的好机会，这时的"内心独白"表现了他精神世界的矛盾性，最终他放弃了这个机会，使剧情出现了波澜。

《哈姆雷特》第三幕一场"生存与毁灭"那段独白，很富有揭露性与哲理性，是我们理解主人公性格的重要方面，这段话揭示了主人公内心的痛苦与复杂，观众可以看到他对人生的思索、他的烦恼与失望以及苦闷彷徨的心情。

最后，莎士比亚的戏剧语言丰富多彩，而且达到了高度个性化的水平，他剧作的总词汇量达到了17 000多个，世界上很少有作家能有这样丰富的词汇。他的语言又具有高度个性化和形象化特征。他特别善于运用比喻隐喻。剧本主要是用诗体写成的，同时又是诗与散文的巧妙结合。就诗体来说，他的戏剧主要是用无韵体写成，每一诗句都包括五个音部，所有的诗都不要求叠韵。这些不同的无韵诗在剧中起着不同的作用，哈姆雷特与奥菲利娅的台词包含民歌。诗与散文，一般可以显示庄严与诙谐、典雅与粗俗之间的区别，然而也不尽然。波洛涅斯的台词是诗体，却显示他的造作可笑，哈姆雷特的疯话用的是散文体，却更便于表现生活的哲理。莎士比亚戏剧中，不同身份的人有不同的语言，闻其言如见其人。哈姆雷特的语言丰富，变化最多；有时是一针见血的褒贬，有时又是晦涩难解的疯话，有时是深刻的哲理，有时又是惊世的譬语，不同场合，不同心情，有不同的语言，然而处处显示出一个有抱负、有理想的王子身份。

4. 思考题

① 什么叫文艺复兴？文艺复兴的文学有哪些特色？

② 何谓人文主义？人文主义文学的基本特征是什么？怎样看待它的进步性和思想实质？

③《十日谈》是一部什么样的书？怎样看待《十日谈》中的爱情描写？

④《堂吉诃德》一书的思想价值和艺术价值是什么？

⑤ 哈姆雷特是一个人文主义者吗，为什么？《哈姆雷特》的艺术特点是什么？

第四讲　17 世纪欧洲文学

17 世纪欧洲文学是继文艺复兴文学运动之后又一个重要时期。1640 年英国资产阶级革命标志着世界近代史的开始，新兴的资本主义生产关系与旧的封建制度的斗争还在继续。文学艺术方面，欧洲出现了不同的情况，巴洛克作为一种文学艺术思潮开始盛行，法国古典主义文学发展势头强劲，英国清教对文学的影响深刻，出现了具有鲜明特征的清教文学。

一、17 世纪欧洲文学发展简介

17 世纪虽然欧洲资产阶级处在蒸蒸日上的历史阶段，但也是欧洲封建势力最强盛的时期。法国于 17 世纪初期结束了 30 年的宗教战争，开始了波旁王朝的统治，"君主专制是作为文明的中心，社会统一的基础出现的"。政治上的集中统一要求文艺方面消除无政府状态而趋向一致，1635 年黎塞留首相成立了法兰西学院，作为官方机构大力推行专制政府的文化政策，扶持为王朝服务的古典主义文学艺术。而英国资产阶级革命是 17 世纪欧洲的大事，但是这场革命带有很大的妥协性，它推翻了国王又扶植了一个新的国王，建立了君主立宪制的政权，这些情况多少都会影响文学的导向，尤其是弥尔顿的诗歌表现得比较明显。

17 世纪由于受到社会政治经济情况的制约，欧洲文学发展不平衡，意大利失去了它的欧洲文化中心的地位，西班牙文学在塞万提斯和洛卜·德·维加之后也失去了"黄金时代"的光泽。在德国，除了格里美尔豪生（1621 或 1622—1676）的小说《西木卜里其西木斯奇遇记》（1669）尚能反映出 30 年战争时期德国的现实情况之外，未能产生具有全欧意义的作品。

巴洛克作为 16—18 世纪在欧洲各国多个文化领域中流行的文化思潮（如建筑、雕塑、绘画、音乐等），也不可避免地涉及文学领域。巴洛克文学是一种贵族文学，在美学形式上追求新奇、怪异、雕琢、浮华、多义、夸张的风格，并出现过多种文学派别，如意大利的"马里诺诗派"，西班牙的"冈果拉诗派"等。巴洛克文学具有浓厚的贵族气息，但也有民间意识和狂欢化精神，巴洛克文学的产生是对文艺复兴时期要求文学应有优美和谐、庄严肃穆的一种反动。

在 17 世纪欧洲文学中，英法两国文学成就最高，主要代表作家的作品有法国悲剧作家比埃尔·高乃依（1606—1684）的《熙德》（1636），让·拉辛（1639—1699）的《安德洛马刻》（1667），喜剧作家莫里哀（1622—1673）的《伪君子》（1664—1669），理论家尼古拉·布瓦洛·德彼雷奥（1636—1711）的《诗的艺术》（1674）；英国诗人约翰·弥尔顿（1608—1674）的《失乐园》（1667）；西班牙戏剧作家卡尔德隆等也有一些优秀的作品。

二、17 世纪欧洲文学的基本特征

1. 歌颂王权，强调理性的法国古典主义文学

17 世纪初期法国文坛仍处在混乱状态之中，在结束 30 年的宗教战争之后法国致力于加强王权的社会地位，在文学艺术上推行一系列旨在倡导主旋律的文化政策，即在政治上拥护王权、艺术上遵循创作规范，以古希腊、罗马文学为榜样，这些措施使得古典主义文学迅速兴起。

法国古典主义文学是专制集权制度的产物，歌颂王权、歌颂国王这是对文学的政治要求。法国古典主义要求作家要维护国家利益，宣传公民义务，突出个人利益服从国家利益的思想，因此在一些古典主义悲剧或喜剧中，我们往往都会看到人为的歌功颂德情节。譬如高乃依的《熙德》讲述了罗狄克与施曼娜一段曲折的爱情经历。罗狄克与施曼娜是热恋中的一对年轻人，罗狄克的父亲捷戈和施曼娜的父亲高迈斯同朝为官，由于国王任命捷戈为太子的师傅遭到高迈斯的忌恨，高迈斯打了捷戈一个耳光。对于这种羞辱，捷戈要求儿子为自己报仇，以挽回家族的荣誉。罗狄克内心非常复杂，但为了家族的荣誉必须去与高迈斯决斗，最终罗狄克杀死了后者。为了报杀父之仇，施曼娜要求国王惩罚凶手，主持公道。此时恰逢摩

尔人入侵，国王派罗狄克出兵抵御，打败了摩尔人，俘虏了两个国王，罗狄克被人称为"熙德"。戏剧的最后，国王调解了罗狄克和施曼娜之间的仇怨，促成这对年轻恋人的结合。在《熙德》中，个人情感与家族荣誉、个人义务与国家利益的矛盾始终交织在一起，但戏剧最后的矛盾是在国家利益高于一切的理性原则下得到解决。高乃依在这部戏剧中成功塑造了一个英明君主的形象，正是他的全面斡旋使矛盾得到圆满解决。同样莫里哀在《伪君子》的最后歌颂了国王，突显国王能明察秋毫、洞察一切，将伪君子答尔丢夫绳之以法。从《熙德》与《伪君子》的结尾发展来看都不应该出现这样的结局，然而戏剧为了政治效果违背了艺术规律，这同法国古典主义对戏剧的要求有着密切的关系。

17世纪法国古典主义的作家们想要突破法兰西学院制定的文学艺术法则是非常困难的，是要冒风险的，高乃依就是一个明显的例子。法兰西学院要求作家在艺术上严格遵循"三一律"原则，即戏剧应在"一天、一地完成一个故事"。高乃依的《熙德》在当时被认为是一部公然破坏了法国古典主义戏剧法则的戏剧。《熙德》破坏法国古典主义戏剧原则大致有两个方面。一是时间上，由于这部戏剧的剧情比较复杂，在短时间内交代清楚各种人物之间的关系是非常困难的，尤其是在处理施曼娜情感转变上，一天之内是难以实现的，整个戏剧情节的发展在30小时之上；二是地点场景多次更换，戏剧中每一幕都有几个不同的场景，没有严格遵循布瓦洛提出的戏剧应该在一个地点发生、发展和结束的原则。这部戏剧的演出遭到了法兰西学院的猛烈批判，理由是这部戏剧违背了"地点一致"和"时间一致"的原则。虽然高乃依发表了《论三一律》一文为自己辩护，但是最终还是屈服于现实的压力。几年之后他又写了另一部悲剧《贺拉斯》，在艺术上回归到了"三一律"创作原则上来，但这部戏剧比起《熙德》要逊色很多。

在法国古典主义悲剧中，拉辛应该是运用"三一律"艺术原则最好的剧作家，他能在有限的时空中充分发挥自己的艺术才能，创作出符合古典主义原则的戏剧，因此被誉为能"带着镣铐跳舞"跳出最美舞姿的剧作家，代表了古典主义的最高成就。拉辛是法国文坛鼎盛时期的悲剧作家，他的作品和高乃依的作品不太一样，戏剧中不是着力塑造像施曼娜那样有理性的公民，也不是塑造像罗狄克那样的英雄人物，以此表现出爱国主义精神，而是用戏剧去揭露封建统治者的腐败和罪恶，其代表作品是《安德洛马刻》。

2. 复杂多元、清教色彩浓厚的英国文学

伊丽莎白女王时期，英国成为一个统一的中央集权制国家，王权、资产阶级和新贵族暂时结成了联盟。1588年英国击败了西班牙的无敌舰队成为欧洲强国，为资产阶级的发展提供了广阔的市场。英国文艺复兴时期的宗教改革是在国王主持下进行的，建立的"国教"同改革前并没有太大差别，旧教制度依然如故，王族新贵们成为利益的获得者，这为后来代表新兴资产阶级利益的新教加尔文派的改革者提供了革命的理由。1640年以清理整顿教会为由的清教徒，打出反国教的旗帜，进行英国资产阶级革命，但是这场革命具有两面性，即革命性和保守性，这些都深深地影响着英国文学。

17世纪初期的英国文学在莎士比亚《哈姆雷特》等戏剧高峰过去之后出现了相对比较平缓的发展阶段，没有出现过让人难以望其项背的作家，正如杨周翰在《十七世纪英国文学》这本书的小引中说的那样："如果我们比较一下英国文艺复兴盛期和复辟前后文学上情调的差别，就会发现16世纪末的那种自信淡薄了，建立了乌托邦、'新天地'、和谐的世界等理想，以及培育一种新人的可能性的信念，简言之，早期人文主义的理想消失了。代之而起的情调则因人而异，但都与六七十年前大不一样：多半是内向的、忏悔式的；或者是严肃的、说教的；也有玩世不恭、一心享乐的。文艺复兴时期的抒情诗不见了，有也是痛苦的；戏剧因清教徒的禁止而不见了，代之而起的是散文和另一些文学品种。表达意见，特别是宗教政治意见，最快捷的莫若散文——政论文、布道文、小册子。当然比笔头表达更直接的是口头表达——演说、谈话，作为思想的系统化、理论化和历史经验的总结……"① 杨周翰总结了英国革命前后的文坛情况，莎士比亚那种巨人式的时代已经过去，文学上出现了一些短小的、快捷的、华丽散漫的作品，杨周翰把这个时代看成是散文时代，最具代表性的作家是培根。

宗教对17世纪英国的影响是比较大的，这不仅影响到保王的国教与革

---

① 杨周翰：《十七世纪英国文学》，北京大学出版社，1985，第2页。

命的清教之间的斗争，同时也影响到文学作品的创作。政治斗争是在宗教外衣下进行的，这不可避免地会影响到当事人的主观世界，革命与保守的倾向折射在作家的文学作品之中，如17世纪英国诗坛的杰出代表弥尔顿和他的诗歌。弥尔顿在选取诗歌题材的时候，可以说他对《圣经》情有独钟，杨周翰说："1639—1640年，他草拟了99个作品题目，其中60多个取材于《圣经》，38个来自英国历史。在这些题目里有《失乐园》一题，还有关于《参孙》的两题。"弥尔顿的代表作是长诗《失乐园》（1671）、《复乐园》（1671）和《力士参孙》（1671）等。长诗《失乐园》共12卷，1万多行，取材于《圣经》。故事描写撒旦引诱亚当、夏娃偷吃禁果，被上帝逐出乐园的故事。这个故事是一个宗教题材，但是弥尔顿在诗里并非为讲一个宗教故事而去讲故事，而是带有明显的倾向性和政治色彩，长诗中撒旦与上帝的开战不禁让人想起英国资产阶级革命内战的情况。弥尔顿在创作这首诗时表现出一种矛盾的现象：一方面他塑造了撒旦这个敢于反抗上帝、蔑视权威、即使失败也不气馁的形象；另一方面又认为撒旦有野心，太骄傲。一方面他同情亚当、夏娃，而另一方面又认为亚当、夏娃太感性，理性不强，经不起诱惑和献媚的吹捧，弥尔顿的态度表现出英国资产阶级革命的两面性。

　　17世纪继莎士比亚之后，英国比较重要的作家有：文学家、思想家培根，现实主义作家本·琼生，散文作家罗伯特·伯顿，清教诗人安德鲁·马维尔，清教小说家约翰·班扬，平均派作家约翰·利尔本，掘地派作家杰拉德·文斯坦莱，桂冠诗人约翰·德莱顿等。

　　3. 繁复雕琢、怪诞奇特的巴洛克文学

　　"巴洛克"作为17—18世纪欧洲的一种文艺思潮，最早是受到主流思潮鄙夷的，从其词源来看，中世纪拉丁语barooco具有"荒诞"的意思，葡萄牙语的barroco、西班牙语的barroec有不规则形状的珍珠或者小石头的意思。巴洛克在艺术上具有结构上的宏伟和细节上的雕琢以及在不对称中去寻找动感和力量的特点，同时也带有贬义的意味，即怪异、奇特、粗野。巴洛克作为一种文化艺术风格实际上影响了欧洲各个艺术领域，如音乐、绘画、建筑、文学等。

　　巴洛克是一种社会思想转型下的产物，是在新教与天主教、世俗与宗教、人文主义与禁欲主义斗争中产生的，是17世纪哲学家和艺术家不断寻找各种能够表现新的思想语言和艺术风格的产物。它是在对当时艺术界占绝对统治地位的古典主义思想进行反抗与抗争中出现的。在艺术表现上，巴洛克常常运用动态的形式来展现无穷扩展的思想，如波形的墙面、不断变化的喷射式喷泉、伸往地平线的道路、无边无际的天空等，强调光的效果，不拘泥于各种艺术形式。繁华、怪诞、神秘的巴洛克风格打破了中世纪以来一贯保持的庄严肃穆、和谐稳定的风格，这也成为教会心中最理想的艺术形式，因此，作为教皇势力最强大的意大利就成为巴洛克艺术的发源地。巴洛克笼罩着一种宗教光环，如著名的罗马的圣卡罗教堂成为最能够体现巴洛克风格的建筑。巴洛克不仅具有宗教因素，也具有很强的世俗因素，这种艺术风格在17—18世纪传入法国、西班牙、荷兰等国。

巴洛克文学产生于17世纪，这个时期正是法国古典主义文学昌盛的时期。从古希腊开始，西方在文化传统上坚持庄严、和谐、整一的风格，这种风格在17世纪法国古典主义文学盛行时，达到了登峰造极的地步。而一种相反的精神产生后，便打破了这种庄严、和谐的风格，去追求一种不对称的格调，这就是"巴洛克"。巴洛克艺术"把人类精神从古典主义的枷锁中解放出来，使其沉溺于无边无际的令人神往的梦幻中"。巴洛克文学最早可追溯到15世纪拉伯雷的《巨人传》，这部小说打破了西方叙事文学的传统，而是以两代巨人为小说主人公，表现了作家的时代精神和不同于传统的创作方法。第一代国王卡冈都亚是从母亲耳朵眼里生出来的，喝一万七千多头母牛的奶，穿一万二千多尺布做的衣服，形体如巨人一样等，小说情节荒诞不经、滑稽可笑，具有许多狂欢化的场面和情节，体现了时代的精神。

德国作家格里美豪森的《痴儿西木历险记》是著名的巴洛克小说。小说叙述了一个下层的小人物西木的经历。一个乡下土里土气的小孩，经历各种生活磨难最终成为一个圆滑狡诈、深谙世故的人。小说在叙事上表现出一种繁华和雕琢的风格，在一些章节对具体事物的描写上笔墨繁复奢华、细致入微，如第八章中西木聆听关于神奇"记忆与忘却"的故事一节，就运用了细致雕琢的叙事方法。在这部书中也运用反讽、象征以及与事物性质完全相反的对比手法进行叙事，叙事效果比较出色。

巴洛克文学是一朵在古典主义文化氛围重压下破土而出的艺术奇葩，符合文学艺术的发展规律，巴洛克文学的美学趣味和倾向，打破了总是用一种严肃的态度去描写一切的传统模式，而采用一种怪诞的、狂欢的、繁复雕琢的方法去对待所描写的现实。

三、17世纪欧洲文学的地位和影响

17世纪欧洲文学在文学史上有着重要的地位，它将亚里士多德《诗学》中悲剧六大要素之一的"思想"一项提升到前所未有的高度，使文学具有鲜明的政治色彩和倾向性，突破了朗得努斯仅仅将文学局限在文字措辞的范围之内。法国古典主义艺术原则从理论上规范了文艺复兴时期以来戏剧在创作上开放式、自由式的风格，使戏剧在创作上有章可循。巴洛克文学不仅是一个文化思潮，而且是一种创作风格，烦琐、动感、激情等艺术特点打破了自古希腊以来西方文学在思想上坚持宁静、和谐、庄严、肃穆的文风。

四、莫里哀与《伪君子》

莫里哀是法国古典主义时期最杰出的喜剧作家、演员。他的喜剧提出了人们关切的社会问题，讽刺了虚伪的宗教和弄巧成拙、逢迎攀比的资产阶级，具有强烈的反封建、反教会的倾向。在艺术上他基本上遵循着法国古典主义的创作法则，但在思想上经常突破古典主义的清规戒律，表现出现实主义特色，具有鲜明的法兰西民族风格。

1. 作家生平与文学创作

莫里哀（1622—1673）原名约翰·巴提斯特·波克兰，莫里哀是他的艺名。莫里哀出生在巴黎一个富商家庭，父亲是法国宫廷的陈设商。受父亲的影响，他从童年时代对戏剧有强烈的兴趣，中学读书时就开始接触古代罗马戏剧家的作品，父亲也常常带他出入宫廷剧场。他的父亲原本希望莫里哀长大后能够继承宫廷陈设商的职业，但是莫里哀的兴趣在戏剧上。尽管后来他考上了欧里昂大学法律硕士，但是法官和律师的前程同样不能吸引他，最终莫里哀选择了一条将一生献给戏剧事业的道路。

1643年莫里哀和一些年轻的戏剧爱好者组成了"辉煌剧团"，在巴黎巡演，由于缺乏经验和资金，剧团很快关门了，莫里哀因欠债曾受到短期监禁。1645年莫里哀再次参加了一个流浪剧团，到法国各地巡回演出，长达12年的时间。这段时间莫里哀接触了社会，为自己的戏剧创作积累了丰富的经验和创作素材。从1652年起莫里哀成为剧团的领导人，剧团出色的

演出赢得了观众的好评，在外省名气很大。法国国王路易十四决定将剧团召到巴黎演出，1658年莫里哀的滑稽剧《风流医生》在皇宫演出，很受欢迎，从此他领导的剧团被留在巴黎。

莫里哀一生总共写过30多部戏剧，除了少数为国王和宫廷所作之外，大多数喜剧作品都是揭露贵族和商人们的恶习和丑陋之事。譬如《可笑的女才子》（1659）、《丈夫学堂》（1661）和《夫人学堂》（1662）是莫里哀前期的代表作品，戏剧中作家抨击了第三等级（资产者）对贵族沙龙文学和上流社会风俗狂热地追求；嘲笑了他们在婚姻、教育等社会问题上的传统观念。《伪君子》（1664—1669）、《唐·璜》（1665）、《恨世者》（1666）、《悭吝人》（1668）和《史嘉本的诡计》（1671）等揭露了宗教的虚伪，贵族的愚蠢、伪善，资产者的吝啬贪婪，宫廷朝臣的阿谀奉承。其中《唐·璜》为我们描绘了一个极端虚伪荒淫、无恶不作、欺骗过许多妇女和好人的贵族形象。他否定一切，胡作非为，是一个十足的虚无主义者。《悭吝人》塑造了爱财如命、吝啬贪婪的商人阿巴贡的形象。

莫里哀不仅自己创作剧本，而且也演出戏剧。他常常扮演自己剧本中的重要角色。1673年莫里哀身体每况愈下，病情十分严重，但是他仍然坚持在宫廷演出《无病呻吟》，他不断地咳嗽、喘气、皱眉，观众误以为是莫里哀的精彩表演，并给予热烈的掌声。但演出完不到几个小时莫里哀就去世了。

2. 《伪君子》故事梗概

奥尔贡是一个商人，也是一个虔诚的教徒，为人愚钝固执。在教堂他遇到了一个形象枯槁的破落贵族答尔丢夫，并被他虚伪的虔诚所感动；当奥尔贡拿出钱来接济答尔丢夫时，他却执意不肯收下，并将钱分发给他人。奥尔贡看到这些后，深深地被答尔丢夫的行为所感动，于是将其领回家里。自答尔丢夫来到家中，奥尔贡和他的母亲柏奈尔夫人视其为道德君子，当"圣人"供起来，奥尔贡对答尔丢夫的崇拜达到荒谬的程度。同答尔丢夫相比，奥尔贡和柏奈尔夫人觉得家人都不顺眼，没教养，并经常向他们发火。

奥尔贡越来越崇拜答尔丢夫，竟然想将女儿玛丽亚娜嫁给答尔丢夫，这引起了父女之间的矛盾冲突。奥尔贡的妻子欧米尔告诉答尔丢夫，如果他真是一个信奉上帝的教徒，那么就应该放弃他与玛丽亚娜的婚事，但是此时的答尔丢夫却开始调戏欧米尔。然而这一切都被路过此地的达米斯看到。一怒之下他将自己看到的一切告诉了父亲奥尔贡，但是奥尔贡根本不相信这一切，认为这一切都是对答尔丢夫的诬陷。在父子矛盾进一步激化的时候，奥尔贡取消了达米斯的财产继承权，并将家里的全部财产权转交给答尔丢夫。

仆人桃丽娜早就看透答尔丢夫的虚假行为，为了让人们认清答尔丢夫的真实面目，她和家人安排了一场戏。让欧米尔约答尔丢夫单独见面，将奥尔贡藏在桌子底下，让其了解一切。奥尔贡亲眼看到答尔丢夫跟自己的妻子调情，他万分愤怒，从桌子下面出来，大骂答尔丢夫，命令他立即滚蛋。此时答尔丢夫非但不走，反逼奥尔贡搬家，宣称他是财产的主人。为了置奥尔贡死地，他还跑到国王那里告发奥尔贡，说他曾窝藏一个反叛者的文件。答尔丢夫还带着国王的侍卫官及随从上门，眼见奥尔贡完全处于被动和绝望的地步，不料这时侍卫官却当众宣判了答尔丢夫的罪行，命令随从将他逮捕。原来国王英明，早已察觉到答尔丢夫的阴谋，赦免了奥尔贡的罪。戏剧在奥尔贡全家感恩戴德、欢欣鼓舞的赞美声中结束。

3. 作品分析

《伪君子》是莫里哀的代表作品，其中矛盾的处理，情节的安排、人物的塑造都严格遵循着法国古典主义戏剧的创作原则，然而《伪君子》戏剧的思想内容涉及比较敏感的宗教问题，所以其戏剧公演的时间一推再推。

《伪君子》写于1664年，这个时期正是法国国王路易十四执政时期，宗教势力比较强大，而皇太后安纳·多特利史还组织了一个"圣体会"，其成员都是高级教士、大主教，控制着人们的思想。《伪君子》首次在宫廷中上演时，立刻就遭到了这些人的反对，他们感到非常恐惧，认为戏剧写的就是自己。以皇太后为首的许多皇亲国戚和巴黎大主教纷纷起来反对戏剧的公演，他们说，"莫里哀侮蔑以信教为假面目，不尊敬神圣的教规"，他写这样的剧本就是犯罪。虽然莫里哀对戏剧的禁演提出了抗议，并在以后的几年中为争取这部戏剧的演出不断地抗争和努力，最后经历了多次波折，到了1669年2月才再次得以公演。

《伪君子》是一出五幕戏，戏剧主要是围绕着答尔丢夫而展开争论。剧作家为了塑造答尔丢夫，可谓煞费苦心，虽然主人公答尔丢夫在前两场没有出场，但能够让观众处处感受到答尔丢夫的存在。戏剧的第一幕和第二幕是为答尔丢夫的登场埋下了伏笔，是对他间接地描写。戏剧开始剧中人物就集中围绕着答尔丢夫是一个什么样的人而展开争论,以奥尔贡和柏奈尔夫人为一方,柏奈尔夫人一出场就大骂全家人,看不惯他们的行为,在她的眼中儿媳妇欧米尔、孙子达米斯、孙女玛丽亚娜和女仆人桃丽娜的生活都不符合宗教规矩。在她看来,只有答尔丢夫才是真正的"道德君子",因为他只关心上天的利益。奥尔贡出场后也不停地打听答尔丢夫去哪里了,对克雷央特说道:"哎!倘若你知道我是怎样遇到的他,你也会像我这样地爱他的……有时我送点钱给他用,但是他每次都很客气地退还我一部分。'太多了!'他说,'一半已经太多,我实在不配你这样怜恤我。'有时我一定不肯收回,他便当着我的面把钱散布给穷人;后来,上天叫我把他接到我的家里,自从那时起,我们这里一切都显得兴旺起来……你绝不会知道他对上天的虔诚已达到什么程度:一点点小事他也要扣在自己身上,认为自己罪孽深重,甚至即使错误无关于他,他也会感到难受;竟然到了这个地步。有一天,他祷告的时候捉了一个跳蚤,事后还一直埋怨自己不该生那么大的气,把它捏死。"随后奥尔贡还准备毁掉女儿玛丽亚娜与瓦赖尔的婚约,将女儿许配给答尔丢夫。从第一幕开始到第二幕整个戏剧的矛盾开始全面爆发,矛盾双方主要集中围绕着答尔丢夫是一个什么样的人。正如作者所说:"我为了这样,整整用了两幕,准备我的恶棍上场。"

第三幕开始剧作家首先用"色"这样的事情来检验答尔丢夫的品质。答尔丢夫一上场首先表现出虚伪的面目,他见到桃丽娜马上递过去手帕,"哎哟!天啊,我求求你,说话以前你先把这块手帕接过去。""把你的双乳遮起来,我不便看见。因为这种东西,看了灵魂就受伤,能够引起不洁的念头。"仿佛答尔丢夫不近女色,但是讽刺的是,当欧米尔为了女儿玛丽亚娜的婚事来请求答尔丢夫放弃时,答尔丢夫趁机调戏欧米尔,他一边调情,一边欺骗,打着上帝的幌子向欧米尔求爱:"上帝又把他老人家稀有的珍品都陈列在您一人身上:他把那迷人跟动人的美都放在您的脸上,所以我一看见您这位绝色美人……心不觉就发生了炽烈的情爱。"他让欧米尔相信这种爱情不算罪恶。当欧米尔也拿上帝来质问他时,他为了达到淫欲的目的,竟撕下伪善的面目对欧米尔说:"哎呀!尽管是虔徒,我总是个人呀,一看见您这样天仙似的美人,这颗心可就再也把持不住,什么理智也没有了。"欧米尔反问道:"不过真的答应了你所要求的那件事,又怎能不同时得罪你总不离口的上帝呢?"答尔丢夫说:"如果你只抬出上帝来反对我的愿望，那么索性去除这样一个障碍吧。"为了满足自己的肉欲，上帝也不要了，彻底撕下挡在眼前的遮羞布。当达米斯将这件事情告知父亲奥尔贡时，答尔丢夫马上佯装成一个被诬陷的虔诚教徒，化险为夷，进一步取得奥尔贡的信任。奥尔贡不仅相信答尔丢夫，更要把女儿下嫁给他，而且取消达米斯的财产继承权，将其转给答尔丢夫。

　　戏剧发展到第三幕、第四幕时，莫里哀在金钱和财产的问题上，继续拷问着答尔丢夫的道德水准。第一幕奥尔贡谈到答尔丢夫时，说他对任何东西都不爱恋，把世界看成粪土。当奥尔贡给他钱时，他总是虚伪地说，"太多""一半已经太多""我完全不配你这样怜恤我"。但是当奥尔贡与儿子达米斯因为答尔丢夫调戏欧米尔之事闹矛盾，奥尔贡将达米斯赶走，将财产权交给答尔丢夫时，他却用上帝作为挡箭牌，说："一切都是上帝的旨意，应该遵从。"并说他之所以这样做完全是害怕这份财产落在坏人手里。而他则是要"拿来替上帝增光，来替别人造福"。随着戏剧的展开，矛盾逐渐叠加，如答尔丢夫与玛丽亚娜的婚事的矛盾、奥尔贡对儿子达米斯财产转交答尔丢夫的矛盾，以及答尔丢夫对欧米尔的美貌垂涎所引起的矛盾，最终都被逐步引爆。这样戏剧的第四幕玛丽亚娜、达米斯、欧米尔、桃丽娜与答尔丢夫的矛盾转变为答尔丢夫与奥尔贡的矛盾，并且这种矛盾达到了不可调和的程度。当答尔丢夫调戏欧米尔的事情败露，奥尔贡准备将答尔丢夫赶出家门时，答尔丢夫立刻显露出阴险、凶狠的面目，他不仅想霸占奥尔贡的财产，而且要其倾家荡产、身败名裂。他竟狠毒地跑到国王那里告发奥尔贡，揭发他窝藏政治犯，并领着宫廷侍卫前来捉拿奥尔贡，将其置于死地。从整个戏剧来看，贪财、好色是答尔丢夫的本性，而上帝是他手中的武器，虚伪则是他达到目的的手段。

　　在《伪君子》中，女仆桃丽娜是戏剧的正面人物形象，也是作家理想化的人物。在整部戏剧中作家对桃丽娜是歌颂的、赞美的，表现出一个为人正直、洞察敏锐、坚决勇敢的女仆形象，她在戏剧中起着穿针引线的作用，也是坚决反对答尔丢夫的人。在戏剧开始时，她就告知柏奈尔夫人答尔丢夫不过是一个假装虔诚的人，"一个素昧平生的人竟突然做起主人来。一个穷光蛋，来的时候连双鞋子都没有，全身的衣裳顶多值60个铜子，现在居然忘了本来面目，对什么都要阻挠一下，以主人自居起来！"桃丽娜在反对答尔丢夫的过程中表现出机智、勇敢的态度。随后当奥尔贡毁掉瓦赖尔与玛丽亚娜的婚约时,她毫不畏惧,积极支持玛丽亚娜与瓦赖尔的自主婚事,鼓励软弱无力、毫无斗志的玛丽亚娜反抗奥尔贡的家长作风,用反讽的语气告知玛丽亚娜:"不,一个做女儿的原应该听从父亲的话,哪怕他让她嫁给一个猴子呢!"桃丽娜的话激起了玛丽亚娜的斗志,玛丽亚娜说:"现在我什么都敢干了。"桃丽娜与达米斯不同,当达米斯发现答尔丢夫调戏自己的母亲时,虽表现出勇敢,但是这种勇敢缺少斗争艺术,只懂得大吵大闹,想不出什么好的办法,而桃丽娜表现得有胆有智。她设法揭露答尔丢夫的假伪善,在与奥尔贡的斗争中显得很机智,她抓住奥尔贡信教的特点进行讽刺:"谁要把自己女儿许配给一个她所厌恶的男子,那么她将来所犯的过失在上帝面前是应该由作父亲的来负责的。"当她犀利的言语激怒了奥尔贡时,她又立刻抓住把柄说:"哎!您是个虔诚的教徒,却动起怒来了!"在戏剧的第五幕中答尔丢夫到国王那里告发了奥尔贡,法庭的携杖执达吏郑直先生前来处理奥尔贡的财产,桃丽娜讽刺道:"这位郑直先生的神气可实在透着不正直!"莫里哀在桃丽娜身上赋予了他认为的最高尚的品质,使这一形象光彩夺目,充分体现了莫里哀的民主思想和对下层人的态度。莫里哀是一个古典主义作家,而古典主义对题材、人物都有严格的等级限制,戏剧只能够写宫廷、贵族,仆人是"下等人",不能够写入戏剧。但是莫里哀突破了古典主义的陈规旧套,而以热情的笔触来讴歌他们,这显示出了莫里哀的伟大。当然从整个戏剧来看,莫里哀对桃丽娜的形象有人为拔高之嫌,因为桃丽娜从身份来讲只是一个女仆,戏剧中桃丽娜不但敢与主人顶撞,而且在家中仿佛与小姐玛丽亚娜平起平坐,这就有些缺少真实感了。

 艺术特征

《伪君子》是莫里哀的代表作品,其戏剧的主题思想、人物形象和艺术特点都表现了法国古典主义的美学特征。

首先,这部戏剧基本上遵循了法国古典主义"三一律"原则。整个剧情是紧紧围绕着主人公虚伪的性格展开的。戏剧没有涉及无关的情节,戏剧冲突显得集中紧凑、一气呵成。从戏剧的开始到结束,时间没有超过一昼夜,发生的地点一直在奥尔贡的家里。

其次,形象的典型性。莫里哀善于在自己作品的人物身上找到最重

要、最鲜明的性格特征来加以描写，突出人物的主导性格。在答尔丢夫身上表现出来的基本特征就是伪善，戏剧一开始就争论答尔丢夫是不是一个虔诚的教徒，随后剧作家用"贪色"和"贪财"检验答尔丢夫的品质，精心雕琢着答尔丢夫这一不朽的艺术形象。戏剧中的其他人物也表现出鲜明的性格特征，如机智大胆、有胆有识的桃丽娜，保守愚蠢、专横傲慢的奥尔贡等，都具有独特的性格特征。

再次，生动鲜明的个性化语言。《伪君子》中答尔丢夫总是满口的虚伪滥调，他在向欧米尔献媚时句句不离"上帝"："我愿上帝大发慈悲保佑你的灵魂和身体全都健康，并且还保佑你的生命，正如侍奉上帝的人群中最卑微的我所祝愿的一般。"这些话语可谓绘声绘色、绝妙传神地表现出答尔丢夫的虚伪本性。奥尔贡表现出一种专横的家长式作风。他脾气暴躁，时常讲起话来气势汹汹、不可一世，语言总是命令式的。当他看到儿子达米斯为了婚事替妹妹玛丽亚娜说话时，便马上怒吼起来："我得跟你们斗一斗，让你们知道我的话是必须服从的，我是这里的一家之主。"口气强硬，不可更改。而桃丽娜的语言总是表现出一种机智、勇敢，语言中常常带着反讽和双关语，话中带着刺。譬如，奥尔贡试图说服自己的女儿玛丽亚娜与答尔丢夫成婚时，桃丽娜在一旁坚决反对，她用反讽的语气对奥尔贡说："先生，您这样似乎很精明的人，脸上还长着这么多胡子，会糊涂得至于……"作为一名地位很低的女仆用这样的语气讲话比较符合桃丽娜的身份。

由于受法国古典主义艺术原则的影响，莫里哀在《伪君子》中虽然为我们塑造了个性格鲜明的艺术典型，强调了主人公的主导性格，但是缺少莎士比亚戏剧中人物性格的丰富性和多样性；虽然整个戏剧情节的矛盾冲突干净利落、进展迅猛，但缺少莎士比亚戏剧的"福斯塔夫式背景"和多线条的戏剧情节。这些都是莫里哀作品的局限。

4. 思考题

① 法国古典主义文学的基本特征是什么？列举其代表作家和作品。
② 简述巴洛克文学形成的原因和思想内容。
③ 简述弥尔顿《失乐园》的思想内容。
④ 莫里哀戏剧创作的民主倾向表现在哪里？
⑤《伪君子》一剧的主题思想是什么？试分析剧中答尔丢夫这一人物形象。

第五讲　18世纪欧洲文学

　　18世纪的启蒙运动是欧洲资产阶级继文艺复兴之后又一次资产阶级思想文化解放运动，在这个时期欧洲各国反封建斗争达到了空前激烈的程度。启蒙运动就是为了教育人民，启迪愚昧，为推翻封建统治在舆论上做好准备。启蒙文学在小说方面取得了巨大的成就，出现了世俗小说、哲理小说、书信体小说、哥特式小说等；在戏剧理论方面有进一步的发展，出现了狄德罗的戏剧理论，以及歌德、席勒、哥尔多尼等的戏剧创作。

一、18世纪欧洲文学发展简介

　　欧洲资产阶级经过二三百年的发展，到了18世纪已经相当强大了，他们迫切要求在政治上有所作为，从18世纪上半期开始资产阶级掀起了一场声势浩大的全欧性的思想文化解放运动，这就是启蒙运动。启蒙运动是文艺复兴反封建反教会斗争的继续和发展，不过在资产阶级革命迫在眉睫的形势下它比文艺复兴带有更加强烈的政治性质。18世纪的启蒙学者在两个方面提出了自己的主张，一是他们针对专制制度，以"自然法则"为依据，提出了"自由"、"平等"、"博爱"的口号，反对等级制度，反对私有制。二是针对宗教迷信，他们提出了"自然神论"和"无神论"的主张，以自然神论来反对天主教的一神论思想，以无神论来否定神权统治的绝对权威。

　　启蒙主义者是崇尚理性的，他们以理性的光辉来描写未来的理想社会，他们认为只要消灭封建社会，未来的社会就是理想的社会，可以建立一个理性王国，实现自由平等、人人幸福。18世纪欧洲启蒙主义学者将自己看成全体被压迫人民的代表，真诚地相信封建制度一旦消灭，便可以带来普遍的幸福，而且衷心地愿意促进这种事业。启蒙主义者的历史观是唯心主义的，他们过分强调思想意识的力量和少数天才的作用；也有一些启蒙主义学者希望通过依靠开明的君主来实行自上而下的改革，这也显露出启蒙主义者的思想局限性。

18世纪的启蒙主义文学首先从英国开始，后经法国和德国，然后在全欧展开。英国的启蒙文学首先在小说、诗歌和戏剧方面取得成绩，出现了一批作家和作品，如丹尼尔·笛福（1660—1731）的《鲁滨孙漂流记》（1719）、《摩尔·弗兰德斯》（1722）；约拿旦·斯威夫特（1667—1745）的《格列佛游记》；萨缪尔·理查生（1698—1761）的《帕梅拉》（1740—1741），书信体小说《克莱丽莎·哈娄》（1747—1748）；亨利·菲尔丁（1707—1754）的《约瑟·安特鲁传》（1742）、《汤姆·琼斯》（1749）；托比亚斯·斯摩莱特（1721—1771）的《蓝登传》（1748）等。除此之外还有奥利佛·哥尔德斯密（1730—1774）的《威克菲尔牧师传》（1762）；查理·布林斯莱·谢立丹（1751—1816）的喜剧《造谣学校》（1777），以及诗人罗伯特·彭斯（1759—1796）的诗歌。法国启蒙运动时期也出现了一批作家、作品，如阿兰·勒内·勒萨日（1668—1747）的长篇小说《吉尔·布拉斯》（1715—1735）；查理·路易·德·瑟贡达·孟德斯鸠（1689—1755）的《波斯人信札》（1721），伏尔泰（1694—1778）的《查第格》（1784）、《老实人》（1759）、《天真汉》，戏剧《布鲁图斯》（1730）、《穆罕默德》（1742）、《札伊尔》（1732）；德尼·狄德罗（1713—1784）的《修女》（1796）、《宿命论者雅克》（1896）、《拉摩的侄儿》（1823），正剧《私生子》（1757）、《家长》（1758）；让·雅克·卢梭（1712—1778）的《社会契约论》（1762）、《论人类不平等的起源和基础》（1755）、《新爱洛伊丝》（1761）、《爱弥儿》（1762）、《忏悔录》（1778）；加隆·德·博马舍（1732—1799）的《塞维勒的理发师》（1775）、《费加罗的婚礼》（1784）等。德国的文学也取得了很大的成就，如高特荷德·埃夫拉姆·莱辛（1729—1781）的戏剧《萨拉·萨姆逊》（1755）、《明娜·封·巴尔赫姆》（1767）、《艾米丽亚·加绿蒂》（1772）、《智者纳丹》（1779）；歌德的《浮士德》、《少年维特之烦恼》；约翰·克里斯托弗·弗里德里希·席勒的《华伦斯坦》（1799）、《海盗》（1780）、《阴谋与爱情》（1783）、《威廉·退尔》（1804）等。

二、18 世纪欧洲文学的基本特征

18 世纪是欧洲文学发展过程中一个重要的时期,欧洲戏剧从古希腊产生起到 18 世纪开始出现转折,戏剧平民化倾向已经萌芽。欧洲小说经历了三百多年的发展,英法两国出现了繁荣发展的局面,18 世纪欧洲文学进入了一个新的发展时期。

1. 启蒙运动的精神实质

启蒙思想家将批判的矛头指向了当时封建统治阶级的两大精神支柱:即专制制度和宗教迷信。他们用著书立说的方式呼吁民主自由,用权利平等的思想来取代封建特权和等级制度,以一种积极入世的思想,努力将自己的理论观念转换成纯粹现实化和世俗化的文学作品。另外,启蒙学者用自然神论和无神论的思想向罗马天主教为代表的宗教势力发动猛烈的进攻,批判神权政治,反对宗教迷信和愚昧思想,为新时代的到来在思想上做好舆论准备。

18 世纪是一个解放思想、名家辈出的时代,一批思想家和作家走上了启蒙的舞台,提出了许多他们那个时代最先进的思想观念,成为引领人们走出封建樊篱和宗教迷雾的灯塔。从伏尔泰(1694—1778)、孟德斯鸠(1689—1755)到"百科全书派"都承认人生来是平等自由的,人的天赋能力是平等的,并以此为依据来实现政治上和财产上的平等。法国思想家卢梭(1712—1778)认为,服从自然法则是对的,而违反自然法则是坏的,在这样的基础上他写了《论人类不平等的起源和基础》(1755)、《社会契约论》(1762)两篇论文,提出了"自然人"的论点,将其同社会人做对比。卢梭描写了在原始社会的自然状态下人与人之间是平等的,享有生存的权利,为此提出了"返回自然"的思想。卢梭在他的著作中驳斥了封建社会把人的不平等说成是天经地义的、命中注定的思想,他在《论人类不平等的起源和基础》中说:造成人类不平的现象是私有制度,是人压迫人的阶级根源,只有铲除这种根源,人人平等的社会关系才能实现,所以他提出要"返回自然"的主张。而德国哲学家康德(1724—1804)在他的《纯粹理性批判》(1781)等书中对传统的理性主义进行了反思,他认为理性只能用于判别经验范围之内的事情,对信仰以及形而上学之类的命题不能给予证明,譬如上帝、天堂、地狱等存在问题,单凭理性是不能证明这一切的，也是无能为力的。康德的著书立说对天主教的神权统治是一种质疑，虽然观点比较晦涩难懂，但表达了德意志新兴资产阶级的呼声。

卢梭和康德从社会的、哲理的角度指出了社会的不平等现象，那么，启蒙时期的文学家们也同样用自己的文学作品批判了封建社会的专制制度。法国作家孟德斯鸠在书信体小说《波斯人札记》（1721）中多次提到一种虚构出来的生活在阿拉伯的穴居人。在这个故事中，随着人口的增长，穴居人逐渐成立了王国，选一位老者作为国王，这位老人非常悲哀地说：王国的建立不是自由，而是一种套在人们头上的枷锁。在这里孟德斯鸠指出了专制制度的本质特征，这就是绝对服从。在这种制度下人们无论在肉体和心灵都会受到极大的压抑和摧残，他向往洞穴人用自由维系的社会关系，并描绘出了社会乌托邦的理想。作家通过这个故事声讨了专制制度的罪恶以及追求自由的渴望，提出了自己的政治、社会、宗教、道德等启蒙思想。法国启蒙学者类似这样的主题还有伏尔泰的《老实人》以及书中描写的神话式的"黄金国"。在这个"黄金国"中，里面没有宗教的迫害和束缚，没有法庭和监狱，人人过着丰衣足食、自由平等的生活，这就是伏尔泰为世人设计的乌托邦式的理想国。对社会的反思还有英国作家斯威夫特的《格列佛游记》，作品通过格列佛几次出海的历险故事对英国的君主政体、议会制度、司法制度、财政教育、殖民政策、社会风尚等进行了深刻的揭露和辛辣的嘲讽。

18世纪的启蒙运动在欧洲持续了将近一个世纪，从英国小说家笛福和诗人亚历山大·蒲柏（1688—1744）开始到法国大革命爆发之后的18世纪末期为止，启蒙运动震撼了整个欧洲的封建统治，轰轰烈烈的宣传和鼓动，启蒙运动的新思想、新观念对重重障碍的突破，启蒙学者提出的理性、自由、民主、法制、平等、博爱、科学以及对宪政的三权分立的近代西方政治制度的概念为启蒙运动的顺利发展起到了助推作用。通过这场声势浩大的思想解放运动的冲刷，专制统治和宗教的神圣光环黯然失色，合法性受到质疑，新的民主精神、自由制度的曙光开始照耀在欧洲广阔的地平线上，最终爆发了1789年的法国大革命，这是欧洲启蒙运动思想的直接结果。

2. 小说形式的多样性

欧洲小说从14世纪意大利小说家乔万尼·薄伽丘的《十日谈》开始，

经历了拉伯雷的《巨人传》，塞万提斯的《堂吉诃德》之后，到了18世纪欧洲小说发生了重大变化，这种变化主要有两种倾向，一是小说的世俗化倾向，另一种是小说的哲理化倾向。

小说的世俗化倾向，这是欧洲小说发展的趋势。欧洲文学的发展从古希腊开始到18世纪走的是一条逐渐平民化的道路，从古希腊文学主要表现神的故事，人与神、人与命运的抗争，到文艺复兴时期描写王公贵族的喜怒哀乐，爱恨情仇，再到18世纪启蒙运动的思想宣传，文学平民化倾向愈来愈明显突出，在这方面英国小说率先起到了模范带头作用。英国小说打破了古典主义的清规戒律，摆脱了贵族气息，开始关注中下层人的日常生活，出现了像笛福《鲁滨孙漂流记》的鲁滨孙，斯威夫特《格列佛游记》的格列佛，菲尔丁《汤姆·琼斯》的汤姆等中下层人物形象。笛福第一次描写了英国早期资产者的形象鲁滨孙，这个不安现状的中产阶级为了追求财富三次冒险出海，最后遭遇风浪，船撞礁石，漂到一个荒无人烟的海岛上。面对恶劣的生存环境，鲁滨孙用自己的智慧和双手战胜了困难，成了荒岛的主人。正如英国有位批评家所说："人们如果要重新抓住资产阶级在它的年轻的、革命的、上升时期的旺盛而自信的精神，那么最好的引导无过于笛福与《鲁滨孙漂流记》了。"恩格斯也说鲁滨孙是"一个真正的'资产者'"。

斯威夫特的《格列佛游记》描写了外科医生格列佛随船出航，几次死里逃生。作家斯威夫特将格列佛作为小说的主人公，通过格列佛的航海历险和与不同人物的对话，对英国的君主政体、议会政治、司法制度以及财政、教育、军队、殖民政策、社会风尚、贫富悬殊等诸多问题都进行了深刻的批判。亨利·菲尔丁的代表作品《汤姆·琼斯》描写了弃儿汤姆的故事，以及与乡绅女儿苏菲的悲欢离合，为读者展示了18世纪英国社会的全貌，叙述的视角可谓从农村到城市，从外地到首都。

哲理小说是18世纪欧洲新的小说形式。在哲理小说中，小说作者试图通过小说的形式来阐释某一哲学观点和政治思想，通过艺术的形式表达一种思想，批判现实、展示理想。哲理小说不像一般的小说那样追求故事情节的曲折性和生动性，而是把思辨的哲理，高深莫测的玄学转化为鲜明感性的艺术形象，将抽象观念化为具体的画面，以显示其哲理和寓意。18世纪法国启蒙运动时期的启蒙学者伏尔泰，其哲理小说有《查第格》、《老实人》、《天真汉》；还有狄德罗的《修女》、《宿命论者雅克》、《拉摩的侄儿》等，这些哲理小说高扬理性旗帜，在批判不合理的社会形式和传统观念时，往往正面提出资产阶级共和国的设想或乌托邦的蓝图，恩格斯高度评价了这一类文学作品所起的社会作用，他认为这是"卓越的法国唯物主义文献"，"迄今为止不仅按形式，而且按内容来说都是法兰西精神的最高成就；如果考虑到当时的科学水平，那么就是在今天看来它们的内容仍有极高的价值，它们的形式仍然是不可企及的典范"。①

书信体小说作为一种文学形式在18世纪比较流行，这种文学形式具有很强的时效性、私密性和对话性。书信体小说往往是两个或两个以上的主人公之间的通信，以对方作为倾诉的对象，讲述自己和身边发生的事情。书信体小说在形式上是用书信的形式作为表达主人公内心的途径和格式，将自己的真情实感、亲眼看见的一切故事用书信的形式描述出来。18世纪各个国家都有书信体小说，如：英国塞缪尔·理查逊的《帕梅拉》、《克拉丽莎·哈娄》、《格兰狄森》；德国歌德的《少年维特之烦恼》；法国孟德斯鸠的《波斯人信札》，卢梭的《新爱洛伊丝》等。书信体小说从15世纪西班牙人创作开始，到18世纪末期逐渐走向衰落，最终到了19世纪基本上无迹可寻，这其中的原因是多方面的，除了叙述方式、叙述内容等多种原因以外，还因为时代的发展，人们的交往方式和阅读兴趣也在不断发生新的变化。

哥特式小说是18世纪英国小说的重要形式，其文学影响大、持续时间长、流行范围广。1764年英国作家霍勒斯·沃波尔（1717—1797）出版了第一部哥特式小说《奥特兰托城堡》（1764），因小说风格独特，充满悬念和神秘色彩而受到读者的欢迎，作家们争相模仿。除了沃波尔以外，还有威廉·贝克福德、安·拉德克利夫、马修·刘易斯、威廉·戈德温、查尔斯·马图林、玛丽·雪莱等。哥特式小说在题材上一般以中世纪古堡、寺院为环境，通过神秘、恐怖的事件来营造气氛、设置悬念，将整个小说氛围推到顶峰。在人物的配置上以女性的柔弱与恶人的邪恶相对比，形象鲜明突出。1820年后，哥特式小说的文学浪潮渐渐衰退，并以詹姆斯·霍格的《一个获释罪者的隐秘回忆和自白》作为终结标志，但是哥特式小说对

---

① 《马克思恩格斯选集》第二卷，人民出版社，1972，第592页。

后来的英国作家,如勃朗特姐妹、狄更斯、哈代等作家产生过深远的影响。

3. 戏剧的平民化倾向

18世纪欧洲戏剧无论在戏剧理论上还是在创作实践上都发生了重大的变化,戏剧理论在17世纪法国古典主义戏剧的基础上有新的突破,在创作上戏剧平民化的倾向日益明显,使启蒙时期的西方戏剧迈出了独特的一步。

从古希腊的亚里士多德到17世纪法国古典主义,欧洲在戏剧上走的是一条贵族化的道路,戏剧的主人公不是神,就是国王,或者皇亲国戚,而17世纪的法国古典主义戏剧在表现这些方面的成就达到了登峰造极的高度。法国古典主义理论家布瓦洛明确告诫作家要关注宫廷、歌颂王权,作品要倡导主旋律,符合理性,但是正是在封建势力达到鼎盛的时候,古典戏剧开始走下坡路。18世纪的启蒙思想家打出"自由""平等""博爱"的旗帜,为戏剧走向平民化提供了政治理论依据。戏剧创作在平民化的问题上迈出了可喜的一步,出现了像博马舍(1732—1799)的《费加罗的婚礼》(1786)、莱辛(1729—1781)的《萨拉·萨姆逊》(1755)、《艾米丽亚·加绿蒂》(1772)、席勒(1759—1805)的《阴谋与爱情》(1784)等,这些戏剧的主人公大多都是下层平民,充满真挚的情感,面对恶劣的生存环境表现出自己的智慧和勇气,冲破一切束缚,在争取自由、平等的过程中用生命来捍卫自己的忠贞和情感,在道义上取得了胜利。欧洲戏剧平民化应该是从18世纪开始,这种思想为欧洲传统戏剧迈入现代做好了准备。

18世纪在传统戏剧理论的基础上,戏剧理论有了进一步的发展,法国戏剧理论家狄德罗提出了正剧的概念,也称"悲喜剧"。狄德罗在戏剧理论和实践上进行了积极的探索,将悲剧因素与喜剧因素相融合,狄德罗说:"一切精神事物都有中间和两极之分,一切戏剧活动都是精神事物,因此似乎也应该有中间类型和两个极端类型。两极就是喜剧和悲剧。除了痛苦和快乐之外悲剧和喜剧之间有个中间地带。"狄德罗将悲剧与喜剧的中间地带称为"正剧",也就是悲喜要素相结合的第三种戏剧类型,即悲喜剧。正剧的提出是对17世纪法国古典主义戏剧理论的一种发展,因为法国古典主义极力崇尚古希腊,以古希腊戏剧为楷模,悲剧以庄严肃穆、慷慷激昂为风格，而喜剧以滑稽幽默、插科打诨为特点，但是悲剧与喜剧作为人类情感表达的两大形式在现实生活中有很大的局限性，而正剧的出现在理论与实践上都弥补了这方面的不足。

狄德罗（1713—1784）在戏剧"真实观"的基础上，也提出了戏剧的"悬念"、"舞台幻觉"、"情境与性格"等诸多理论问题，这些理论的提出是对亚里士多德《诗学》中所阐释的戏剧"情节整一"理论的发展和补充。悬念是观众对戏剧情节发展的一种期待，正是这种期待引起了观众对剧情的内心体验，使观众能够比较容易进入戏剧情节，形成舞台幻觉。这种舞台幻觉能使观众在观看戏剧时仿佛有身临其境、置身其中之感。悬念能引起观众的感情共鸣，使观众在感情上有一种认同感；另外，也能够引起观众对戏剧的未来走向形成一种期待，使观众欲罢不能，为形成戏剧的舞台幻觉提供先决条件。从戏剧角度来讲，舞台幻觉与戏剧悬念是影响观众的一对孪生姐妹，两者缺一不可。

狄德罗的"情境与性格"是戏剧叙事理论又一个现实主义命题，是19世纪现实主义"典型环境与典型性格"的雏形。戏剧情境与人物性格在狄德罗的《论戏剧艺术》中并没有一个完备的理论论述，但"情境与性格"的提出则预示着欧洲戏剧已经开始从古典主义向现实主义戏剧转变，显露出近现代现实主义的曙光，这一理论也说明了欧洲戏剧叙事理论与戏剧实践已经开始注意到戏剧内部矛盾的变化。

三、启蒙运动文学的地位和影响

欧洲启蒙运动是继文艺复兴之后又一次声势浩大的资产阶级思想文化解放运动，思想家们提出的一系列启迪蒙昧、教育人民的思想观念，使启蒙运动具有很强的政治色彩和理论色彩。启蒙运动丰富了欧洲小说的表现形式，出现了哲理小说、书信体小说等形式，使小说的艺术形式多样化，风格各异。18世纪的欧洲戏剧表现出平民化倾向，在戏剧理论方面提出了"正剧"的理论观念，以及戏剧的悬念、舞台幻觉、性格与情境等诸多理论问题，对后世欧洲戏剧的发展产生了深远的影响。

四、歌德与《浮士德》

歌德是德国最伟大的民族诗人、小说家和思想家，他的一生正处在封建关系逐渐解体和资本主义生产关系开始形成的时期，可以说歌德及其文学创作是德国资产阶级革命的一面镜子,他把德国文学推向了一个前所未有的高峰,使其走出德国国界,为西方文学的发展做出了巨大的贡献。

1. 作家生平与文学创作

约翰·沃尔夫冈·歌德(1749—1832)出生在德国中部美茵河畔的法兰克福市,少年时期的歌德在父母的影响下受到良好的教育,1765年他按照父亲的意愿来到莱比锡大学攻读法律,但是他却对文学、绘画、自然科学感兴趣,1768年因病辍学。1770年,在家里休养一年半的歌德来到了斯特拉斯堡继续上学,斯特拉斯堡地处德法边界,受法国启蒙运动影响很大,同时这个地方也是德国"狂飙突进"运动的策源地。歌德在这里接受了卢梭、斯宾诺沙等人的思想,结识了"狂飙突进"运动的领袖克林格尔和一批青年作家。1771年歌德在斯特拉斯堡获得博士学位,后返回故乡。歌德早期的代表作品是《铁手骑士葛兹·封·伯利欣根》(1773)和书信体小说《少年维特之烦恼》(1774)。《少年维特之烦恼》出版后曾引起轰动,一时形成了"维特热",这部书在欧洲很快被翻译成多种文字,成为德国文学中第一部走出国界,影响欧洲和世界的作品。

1775年歌德应邀来到魏玛,在魏玛做了官,当上了枢密顾问,后当内阁大臣,主持魏玛公国政务。德国在18世纪是一个四分五裂的国家,共有300多个小诸侯国家,魏玛仅是其中一个。1775—1786年歌德在魏玛一直忙于政务,在这期间歌德从一个叛逆的诗人变成了一个封建朝臣,这表现出歌德身上的妥协性。1786年歌德在改革措施屡屡失败的情况下,隐名埋姓独自逃到了意大利,访问游历了威尼斯、佛罗伦萨、罗马等地,在研究古希腊艺术的过程中接受了温克尔曼(1717—1768)的观点,把淳朴、宁静、和谐作为艺术的理想以及美的追求。在这个时期他写了一系列作品,如:《埃格蒙特》(1788)、《伊菲格尼亚》(1787)、《塔索》(1790),还有《浮士德》的一部分,这些作品表现了歌德所追求的那种宁静和谐的人道主义理想。1794年歌德与席勒建立了友好关系,从此迎来了以后十年相互合作的文学创作丰收时期,史称"魏玛古典主义"时期。两人在一起主持魏玛剧院,编杂志,合作写诗等,歌德还创作了一批重要作品,如长篇小说《威廉·迈斯特的学习时代》(1795—1796),叙事长诗《赫尔曼与窦绿苔》(1798)和《浮士德》第一部。

歌德的晚年是在隐居生活中度过的,完成了他后期的一些重要作品,如：长篇小说《威廉·迈斯特的漫游时代》（1829），长篇小说《亲与力》（1809），自传《诗与真》（1811—1830），理论著作《歌德谈话录》等。在歌德生命中的最后几年，他以顽强的毅力完成了诗体悲剧《浮士德》的第二部。1832年歌德去世，享年82岁。

2. 《浮士德》故事梗概

诗体悲剧《浮士德》共分三部分，悲剧前一部分和悲剧第一部、第二部。悲剧前一部分共三个小部分，即《献诗》、《舞台序幕》和《天上序曲》。前两个部分是诗人抒怀，与浮士德追求人生没有关联，在《天上序曲》中，天帝与魔鬼靡非斯特为"人"是否有理性而争执起来，引出了全书的第一个打赌。

《浮士德》第一部是描写浮士德在小世界，也就是德国市民社会当中进行人生探索的前两个阶段。第一个阶段是知识悲剧阶段。浮士德在中世纪书斋中度过了大半辈子，为了了解宇宙的秘密，孜孜不倦地钻研中世纪的各种学问，到老才发现所学的知识毫无用处，这时靡非斯特变成一条狗溜进了书斋，同浮士德打赌，这也是书中的第二个打赌，条件是他可以凭借魔法让浮士德追求各种知识和享受，一旦浮士德满足了其灵魂就归魔鬼所有，浮士德答应了靡非斯特的条件走出书斋。第二阶段是爱情悲剧阶段。靡非斯特带着浮士德来到德国市民社会，首先他们来到莱比锡城的奥尔巴赫地下酒店，浮士德对大吃大喝、寻欢作乐不感兴趣，靡非斯特将浮士德带到魔女之厨，喝了返老还童的药汤，恢复了青春的活力和爱情的渴望，这就引出了浮士德和玛甘泪的爱情悲剧。

第二部开始是浮士德追求人生的第三个阶段，即政治悲剧阶段。浮士德沉睡在风景优美的阿尔卑斯山上，周围的小精灵跳着舞向他身上撒着迷魂潭里的水，使浮士德忘却过去。一觉醒来的浮士德在魔鬼靡非斯特的带领下来到了神圣罗马帝国的宫廷，这是一个摇摇欲坠的王朝，浮士德扮演着魔法师的角色来到这里为朝廷服务，想方设法挽救这个行将灭亡的朝廷。第四个阶段是艺术悲剧阶段。由于皇帝异想天开，他要求浮士德把古代美人海伦招来供他玩赏。魔鬼先把浮士德带到原来的中世纪书斋中，书斋依然如故，但浮士德的学生瓦格纳不再像原来那样迷信古书，而是用近代科学精神来进行人造人的实验，在靡非斯特的帮助下试验成功。浮士德利用玻璃瓶的小人发出的光（即科学与理性之光）从现实回到了古希腊。

浮士德看到海伦一见倾心，两人结合生子——欧福良。欧福良像其父亲一样永不满足、不断追求，当他听到远方的召唤后越跳越高，最终陨落在浮士德的脚下，海伦悲恸欲绝消失在浮士德的怀中，海伦留下的长袍化作白云托起浮士德飞回了北方。第五个阶段是事业悲剧。浮士德帮助皇帝镇压了一次叛乱，皇帝赏给浮士德一块土地，浮士德在这块土地上移山填海，创造人间乐园。此时的浮士德已是百岁老人，由于忧愁双目失明，这时魔鬼们已开始忙碌着为浮士德挖掘坟墓。"咚咚"的挖掘声使浮士德以为人们在创造人间乐园，此时的他已经完全满足了自己的人生追求，喊出了"你真美啊，请停留一下！"魔鬼想夺取浮士德的灵魂，但浮士德的灵魂被天使接到了天上。

3. 《浮士德》作品分析

《浮士德》是歌德用毕生的心血来完成的一部传世杰作，在欧洲文学史上它与荷马的《伊利亚特》和《奥德赛》，但丁的《神曲》，莎士比亚的《哈姆雷特》齐名，称为欧洲文学的四大名著，历来享有崇高的声誉。

歌德《浮士德》的题材来自中世纪德国民间传说以及其他有关的作品。相传浮士德的名字从第一次出现到现在已经有500年的历史，据说他生于1480年，死于1540年，是个游方学者。在他活着的时候就有著名的人物在笔记和通信中提到过他，说浮士德是个农民的儿子，出生于魏玛的罗达，曾在弗兰茨·封·济金根手下当过教师，1513年到法兰克福，开馆授徒，后死于贫困潦倒之中。浮士德去世后，关于他的生平有各种传说，但主要内容是他同魔鬼签订了契约，利用魔法追求各种知识和享受，约期满了之后，魔鬼就带走他的灵魂。1587年法兰克福的出版商约翰·施比斯出版第一部记述浮士德的小说——《关于著名的巫师和术士约翰·浮士德博士的故事》。书中将浮士德描写成是一个追求知识、贪图享乐、以灵魂换取支配别人的权力的人物形象。1589年英国剧作家克里斯托夫·马洛将浮士德的故事改编成剧本《浮士德博士的悲剧》，在这里马洛发展了浮士德的形象，将文艺复兴的时代精神注入浮士德身上，把浮士德写成是一个不信上帝，追求知识，渴望征服大自然的人文主义者的形象，具有强烈的反教会倾向。1592年英国一个喜剧团将这部戏剧带到德国演出，从此以后浮士德的戏剧在德国的舞台上不断上演。18世纪的启蒙运动时期，莱辛也对浮士德的题材进行了改编，将浮士德塑造成一个追求科学知识，追求进步的形象，最后天使将浮士德救到了天上。有关浮士德的形象从约翰·施比斯到克里斯托夫·马洛再到莱辛，无论人物的形象还是思想都得到了很大的发展，融进了各个时期的精神。

歌德最早接触浮士德的题材是从童年时期的木偶戏中，1771年歌德到斯特拉斯堡上学的时候就有撰写《浮士德》的想法，1773年开始创作《浮士德》，1775年写了初稿的一部分，此时歌德才26岁，也是德国"狂飙突进"运动时期。1775年歌德到魏玛做官中断了《浮士德》的写作。1786年歌德来到了意大利，他再次开始了《浮士德》的创作，到了1790年歌德发表了《浮士德》第一部的一部分片段，1806年完成了《浮士德》的第一部。此后歌德一直在构思第二部，直到1825年歌德开始创作《浮士德》第二部，1831年作品才全部完成，这时歌德已经82岁。《浮士德》耗费了歌德毕生精力，从二十几岁的年轻人到八十几岁的老人，前后共近60年。在这60年中，欧洲各国发生了翻天覆地的变化，由于歌德像浮士德那样不断探索、积极进取，跟上了时代的发展潮流，所以为后世留下了这样一部具有历史总结意义的史诗性巨著。

《浮士德》共两部，12 111行。从结构形式上讲，《浮士德》可分为悲剧前的一部分和悲剧本身两部分，共三部分。悲剧前的一部分包括三个小部分：《献诗》、《舞台序幕》、《天上序曲》，前两个小部分与书中浮士德探索人生的故事情节没有太大的关联，真正故事的开始是第三个小部分，即《天上序曲》。《天上序曲》大约写于1798年，它是全剧的总序和眉目，全剧真正的开端。在《天上序曲》中天帝与魔鬼靡非斯特争论，天帝认为人是有理性的，虽然会犯错误，但最后将走向真理；而靡非斯特认为人虽然有理性，但一定会走向堕落，二者最终以浮士德打赌，让魔鬼靡非斯特引诱浮士德，这就形成了悲剧中的第一个打赌。《天上序曲》在整个诗体悲剧中起着一个统领全书的作用，以此证明人到底是什么样子，并从天帝与靡非斯特争论中引出浮士德与靡非斯特的第二个打赌以及浮士德探索人生的五个阶段。《天上序曲》同《浮士德》第二部的最后片段相呼应，在基督教教义的外壳中突出作品的主题。

《浮士德》中的浮士德是一个虚构的、象征性的形象，他积极探索的一生总结了欧洲资产阶级从中世纪末期到19世纪初期所走过的艰苦历程，表现了资产阶级知识分子的思想发展轨迹，他积极入世、勇往直前的精神表现了资产阶级上升时期的精神状态。

浮士德在中世纪阴暗的书斋中已经度过了大半生,他博览群书、穷尽所有学问,但到头来还是无法解决任何实际问题,到了晚年才发现自己所学的一切都是毫无用处的死知识。在这一节中浮士德决心摆脱自己所处的环境,想将自己所学的知识用来探索外部世界,但是由于知识脱离实际只能以失败告终。理想与现实的巨大差异使浮士德极其痛苦,他想到了自杀。这时复活节的钟声唤醒了生的欲望,他来到郊外,看到生机勃勃的大自然,听到百姓赞美他的父亲能够济世救人,这使他认识到只有将自己的知识同实际生活相结合才是有意义的。当靡非斯特变成一条狗溜进浮士德的书斋同浮士德签订契约时,浮士德立刻答应,走出书斋。歌德在这里通过浮士德走出书斋的情节对中世纪僵死教条以及脱离实际的学问进行了否定,对中世纪的精神束缚进行了诅咒,表现了德国狂飙突进运动的反叛精神。歌德的伟大在于他看到了实际行动的重要性,让靡非斯特将浮士德引出书斋,投身现实。

当浮士德走出中世纪书斋所面对的是一个到处充满诱惑的现实世界,靡非斯特为了使浮士德满足,首先将人的弱点作为突破口,即食与色。靡非斯特把浮士德带到莱比锡城的奥尔巴赫地下酒店,但是浮士德对于吃喝玩乐毫无兴趣。极力想引诱浮士德的靡非斯特又将浮士德带到了魔女之厨,喝了魔女的返老还童药汤,变成了翩翩少年,产生了爱情的需求,这就引出了他与玛甘泪的爱情故事。玛甘泪生活在一个封建礼教和宗教思想都非常浓厚的德国小城镇,这里的市民非常保守,玛甘泪追求爱情的行为立刻遭到了周围人的议论和指责,甚至她的母亲、哥哥也对玛甘泪的爱情行为加以阻止,面对这一切玛甘泪本人非常矛盾。玛甘泪在追求爱情时表现出了德国市民的觉醒和软弱性,玛甘泪的悲剧反映了德国社会的鄙陋和沉闷,正是这个社会扼杀了一个刚刚露出一点个性解放要求的幼苗。实际上,玛甘泪与浮士德的性格截然不同,玛甘泪生活视野非常狭窄,整天只能在料理家务和照看弟弟妹妹中寻找生活的乐趣,而浮士德却不同,浮士德同靡非斯特签订契约是要探索外部的世界,安适、平静的环境是不适合浮士德的,因此,他们最终以悲剧结束。最后浮士德意识到自己不应该放纵情欲,必须放弃这种平庸的生活,向着更高境界做进一步的探索。

浮士德在第二部一开始,就睡躺在风景迷人的阿尔卑斯山的一个山坡上，一群精灵在浮士德的身边一边跳舞，一边向浮士德身上洒迷魂潭的水。一觉醒来的浮士德感到浑身是力量，有探索世界的精力，于是浮士德扮演成魔术师的角色，在魔鬼靡非斯特的带领下来到了神圣罗马帝国的宫廷，这引出了浮士德的第三个悲剧阶段，即政治悲剧。在朝廷上，浮士德看到了大臣们正在向国王禀报各地的情况，这是一个摇摇欲坠的封建朝廷，官吏贪赃枉法，士兵拦路抢劫，诸侯割据一方，国库财政空虚，人民怨气冲天，整个国家像一个即将爆发的火山。18 世纪的启蒙学者为了改革社会把希望寄托在开明君主身上，像伏尔泰、狄德罗、歌德等都在封建朝廷里做过官。但是歌德在这里是否定了这条道路，他认为这样做是行不通的，充其量也只是使一个摇摇欲坠的封建王朝苟延残喘而已。

皇帝异想天开地想通过浮士德的魔法将古代美人海伦召到他这里，这就引出了浮士德的第四个悲剧阶段，即爱情悲剧。浮士德与海伦的结合是一段寓意性的故事，海伦在这里是古典美的代表，这个故事代表着现代人与古典美的结合，用古典美来陶冶和影响现代社会，改造现代社会。随着欧福良的陨落、海伦的消失，浮士德追求古典美以悲剧结束，只留下海伦的外衣，这说明只留下古代艺术的美的形式，而美的力量和美本身仅仅是幻想而已，歌德通过浮士德的艺术悲剧否定了通过艺术来改造社会的幻想。

浮士德在结束了和海伦虚幻爱情悲剧之后，又重新回到了现实，他感到这种脱离实际的生活是徒劳的，应该面对现实。在一次帮助皇帝镇压叛乱后，浮士德获得了一块皇帝赏赐的土地，他决心要发动群众，移山填海，创造人间乐园。此时浮士德已是百岁老人，创造人间乐园的雄心壮志使他激动不已，虽然"忧愁"吹瞎了浮士德的眼睛，但无法阻止浮士德内心探索理想的行为。他情不自禁地说："我为几百万人开拓出疆土，虽然还不安全，但也可自由勤苦。""是的，我完全献身于这种意趣，这无疑是智慧的最后的断案：要每天每日去开拓生活与自由，然后才能够享受自由与生活。我愿意看见熙熙攘攘的人群，在自由的土地上居住着自由的国民。"浮士德最终发出内心的呼声："你真美呀，请停留一下！"浮士德对自己为人类创造人间乐园感到满足，他认为自己的终极目标实现了，当死神正要抢走他的灵魂时天使从天而降，将浮士德的灵魂救到了天上。尽管浮士德的人间乐园是通过被吹瞎了眼睛后幻想出来的，以悲剧结局，但是歌德通过浮士德的积极追求为我们描写了 19 世纪初期的欧洲现实，展示了美好的未来。

　　浮士德一生积极探索、不断追求、永不满足的性格体现了上升时期欧洲资产阶级知识分子崇尚真理的精神。郭沫若说："《浮士德》是一部灵魂的发展史，是一部时代精神的发展史。不过在歌德的笔下，浮士德却成了全人类的代表。"浮士德是全人类的代表，这是诗体悲剧《浮士德》在悲剧前一部分《天上序曲》中表达的思想。天帝同魔鬼靡非斯特打赌，其争论的焦点就是人类能不能排除各种诱惑和干扰，克服困难，走向真理。从这一点来讲浮士德的何去何从实际上代表着人类的何去何从，因为资产阶级已经将自己看成是全人类的代表，歌德要用浮士德形象表明这种思想。

　　浮士德的人生探索是以悲剧结束的，他的每一个人生阶段都孕育着悲剧因素，在诗体悲剧中作家没有回避浮士德遇到的困难和挫折。中世纪的书斋生活没有使浮士德获得探索宇宙奥秘的知识，所学的一切都在现实面前变得毫无用处，尽管他有决心、有勇气但是无法走出书斋，在这里歌德用事实批判了中世纪僵死的教条、脱离实际的知识追求。浮士德同玛甘泪的爱情悲剧，实际是保守的德国市民社会造成的，强大的封建礼教不能容忍一点点带有个性解放的东西，必将其扼杀在萌芽之中。这正是历史的要求与这种要求的无法实现的悲剧性冲突，因此这种悲剧带有时代的必然性。歌德在这一节中对个人感官享乐以及感官刺激等给予否定，使浮士德走出人生探索的低谷，向更高的境界飞驰。浮士德为朝廷服务是一条妥协的道路，这是歌德通过自己的亲身体验得出来的经验感受，从客观上讲，个人的力量是非常渺小的，是无法挽救一个腐朽政权的倒塌。浮士德同海伦的结合是一个浪漫、凄美的爱情神话，因为这种故事只能存在于故事之中，与现实生活的距离相差甚远。用美的思想去陶冶情操来改造社会在那个时代总是有一种杯水车薪、无济于事的感觉，只能是一种幻想，歌德否定了这条路。浮士德最后在移山填海，改造大自然中找到了自己的终极目标，这是歌德对19世纪初期资本主义生产蓬勃发展的热情歌颂。尽管这样，歌德的内心世界是矛盾的，因为在生产发展、财富增加的背后是一部血淋淋的历史，充满着掠夺、欺诈和战争。尽管浮士德不赞成靡非斯特的强权政治以及毁掉一切的做法，但是浮士德的一些做法同靡非斯特没有本质的区别，正是浮士德命令靡非斯特对人民"要用快乐和威吓来驱遣，要给予金钱、诱惑，甚至迫害也要"。《浮士德》在这一节中这样写道："以人为生，不知流血多少，夜里便听得鬼哭神嚎。"这是一个时代的缩影，因此浮士德的悲剧不是他个人的悲剧，是时代的悲剧，是社会的悲剧。

浮士德的形象不仅是歌德用毕生精力去思考现实的结果，而且在作品中贯穿着一种批判精神和否定精神。它的辩证精神，即善与恶、肯定与否定、进步与落后是可以相互转化的，这种对立的关系不是绝对的，而是相对的。浮士德与魔鬼靡非斯特是善与恶的代表，是肯定精神和否定精神的化身。浮士德作为善的代表在靡非斯特的一时引诱下同样会犯错误，而靡非斯特作为恶的化身也有"作恶造善"的特点；浮士德探索人生离不开靡非斯特，因为靡非斯特是浮士德前进道路上不可缺少的动力；同样靡非斯特也离不开浮士德，因为只有通过浮士德不断沉沦下去才能证明自己的结论，即人终将会堕落下去的观点。同样在浮士德的内心中也充满着矛盾，正如他自己说的那样："有两种精神居住在我的心胸，一个要想同另一个分离，一个沉溺在迷离的爱欲之中，执拗地固执地生活在这个尘世；另一个猛烈地要离去凡尘，向那崇高的灵的境界飞驰。"靡非斯特正是看中了浮士德身上有迷恋尘世的一面，不断地引诱浮士德堕落，但是浮士德内心中也有志向高远、永不满足、不断追求的一面，因此他总能从错误中总结教训，找到人生的真理，走向正途。歌德通过浮士德探索人生告诉我们：人类前进的道路是曲折的，充满着矛盾和斗争，但是只要人类向善就不会堕落；反面的力量不但不能阻挡人前进，反而会从反面促进人类前进。

艺术特征

歌德的《浮士德》是作家一生思想探索和艺术追求的总结，也是欧洲资产阶级三百年思想发展的总结，代表着启蒙运动时期欧洲文学的最高成就，在艺术创作上表现出独特的艺术风格。

首先，现实因素和幻想因素相互交织，现实主义手法和浪漫主义手法巧妙结合。浮士德是歌德笔下虚构的、象征性的人物形象，作家塑造这个形象其目的就是能够自由地表述欧洲资产阶级知识分子300年精神探索的过程，如果用写实性的人物很难完成这样的艺术使命。在《浮士德》中有各种幻想的、神话的、虚构的形象以及大量虚构的情节。譬如浮士德返老还童，靡非斯特带着浮士德上天入地，凭借瓦格纳的"人造人"发出的光，即科学理性之光回到古希腊，与海伦结婚，生子欧福良等，这些都是浪漫主义的表现手法。但是歌德又使整个作品充满现实主义精神，譬如对中世纪烦琐知识的批判，对德国保守市民社会的否定，对走服务封建朝廷这条道路的否定，对用美改造社会不切实际的否定，都是来源于现实，这种现实主义与浪漫主义手法相结合，提高了作品的思想容量。

其次，用对比的方法突出作品的主题。《浮士德》从头到尾贯穿着对比的意识——人物的对比、场面的对比、情节的对比。作品中浮士德的形象在每一个阶段都有同其他人物的对比，如在中世纪书斋中浮士德与瓦格纳的对比，在爱情悲剧中浮士德与玛甘泪的对比，在政治悲剧中浮士德与朝廷里昏庸无能的皇帝、大臣的对比，在艺术悲剧中浮士德与海伦的对比都形成了巨大的反差。从整个作品来看，浮士德与靡非斯特之间的辩证关系贯穿全剧，犹如一个钱币的两个方面一样。在诗体悲剧的场面安排上也贯穿着对比的手法，比如，阴暗的中世纪书斋与春光明媚的郊外，玛甘泪幽静的闺房与瓦蒲基斯之夜狂欢的场面，浑浑噩噩的神话世界和庄严肃穆的古希腊社会形成了对比。

再次，作品结构的片断性与思想的统一性相结合。从故事结构来看，浮士德积极探索人生大致分为五个阶段，即知识悲剧、爱情悲剧、政治悲剧、艺术悲剧和事业悲剧，这五个探索阶段在故事情节上没有必然的联系，只是浮士德人生探索的五个不同片段，而这五个片断最终是用浮士德精神将其串起来，这种精神就是自强不息、不断进取、百折不回、永不满足。

最后，多样的艺术手法使作品内容丰富多彩。歌德在《浮士德》中为表现不同的人物、环境、气氛、内容的差异性精心选用不同的诗体和创作风格。不同的内容寻找不同的艺术表现形式，如玛甘泪与海伦的人物塑造分别采用了不同的诗体和风格，一个是德国市民社会成长的少女形象，一个是典雅端庄的古希腊美人形象。在语言上，浮士德与靡非斯特的语言也有很大的差异性，浮士德的语言充满矛盾和富于哲理性的议论，而靡非斯特的口中经常发出来一些机智、犀利、挖苦、讽刺的语言。另外，作品中使用了大量的象征、比喻、暗喻等手法，尤其是《浮士德》第二部的哲理性和抽象性比第一部更加突出，这使得浮士德的形象显得更加抽象，削弱了其真实感人的艺术力量。

4. 思考题

① 什么是启蒙运动？启蒙运动产生的历史背景和启蒙文学的主要特点

是什么？

②《鲁滨孙漂流记》在英国文学史上有何地位？书中主人公鲁滨孙是一个什么样的形象？

③席勒的《阴谋与爱情》的基本内容是什么？这个剧本在艺术上有何特点？

④怎样看待歌德《少年维特之烦恼》中维特这个人物形象？

⑤简析浮士德形象，《浮士德》的艺术特点是什么？

第六讲 19世纪前期欧洲浪漫主义文学

浪漫主义文学是19世纪前30年欧洲的主要文学思潮，它既是一种文学流派，也是一种创作方法。浪漫主义文学最早出现于18世纪末的德国，后波及英、法、俄等国，对美国浪漫主义文学的产生与发展有深刻的影响。

一、19世纪前期欧洲浪漫主义文学简介

欧洲浪漫主义文学的产生是时代的产物，体现了时代精神以及社会发展的历史趋势。1789年的法国大革命打破了欧洲牢不可破的封建统治，但法国大革命之后欧洲激烈动荡的社会现实、连绵不断的反法同盟战争使启蒙学者梦想建立的理性王国完全破灭，社会上普遍出现了一种失落的情绪，这种情绪在文学上得到了反映。

欧洲的浪漫主义是在反对古典主义的斗争中发展起来的。古典主义统治欧洲文坛达200年之久，古典主义强调文学的理性原则，创作上遵循"三一律"法则，将悲喜剧严格分离，这种整齐划一、教条僵死的思想严重束缚了文学的发展和作家情感的表达，这成为浪漫主义文学崛起的重要原因。欧洲浪漫主义文学在产生之时受到德国古典主义哲学的影响，如康德（1724—1804）、费希特（1762—1814）、谢林（1775—1854）、黑格尔（1770—1831）等，夸大作家的主观作用，强调天才、灵感以及人的精神力量，这为浪漫主义文学的产生提供了思想基础。另外，圣西门、傅立叶、欧文等人的空想社会主义思想也直接影响着浪漫主义文学。

欧洲浪漫主义文学注重作家的主观精神表达，作家将自己的全部情感通过自然山水以及其他形式表达出来，给人一种清新的感觉；但这也迎合

了一些作家的思想，在启蒙运动进入低潮之时能够躲避在自己的精神世界之中进行思索，在文学上出现了对夜、死亡等主题的描写。欧洲浪漫主义文学从德国开始，后经英国、法国、俄国，传至北美，直接影响着美国浪漫主义文学的形成。欧洲浪漫主义出现了众多代表性作家：如早期德国的奥古斯特·施莱格尔（1767—1845）、弗里德里希·施莱格尔（1772—1828）、诺伐里斯（1772—1801）和蒂克（1773—1853）；晚期的阿尔尼姆（1781—1831）、布伦塔诺（1778—1842）、艾沁多尔夫（1788—1857）、沙米索（1781—1838）、霍夫曼（1776—1822）和海涅（1797—1856）。英国第一代浪漫主义作家是湖畔派诗人，其代表作家有华兹华斯（1770—1850）、柯勒律治（1772—1834）和骚塞（1774—1843）；第二代浪漫主义作家有雪莱（1792—1822）、拜伦以及历史小说作家司各特（1771—1832）。法国早期浪漫主义作家有夏多布里昂（1768—1848）、史达尔夫人（1766—1817）；晚期有乔治·桑（1804—1876）、拉马丁（1790—1869）、维尼（1797—1863）、大仲马（1802—1870）和雨果（1802—1885），雨果是法国浪漫主义文学运动的旗手。

二、19世纪欧洲浪漫主义文学基本特征

1. 浪漫主义就是文学上的自由主义

法国浪漫主义作家雨果曾经指出："浪漫主义其真正的定义不过是文学上的自由主义。"英国湖畔派诗人华兹华斯也说过："一切好诗都是强烈感情的自然流露。"真诚表达作家情感，冲破一切障碍和束缚是浪漫主义文学的重要特征。

浪漫主义强调作家的个人情感和主观理想的表达，强调文学创作上的自由主义和理想主义。浪漫主义是在反对古典主义的理性原则和艺术规范的过程中发展起来的，浪漫主义感到古典主义强调的理性原则和创作法则严重束缚了作家的想象以及情感的表达。古典主义从17世纪到19世纪初期已经历了近两百多年的发展，古典主义固有的歌颂国王和王权的政治原则、以理性为指导思想的文学创作原则，推崇古希腊罗马文学为楷模的艺术原则以及文学的宫廷倾向已严重地阻碍了作家自由地表达思想。德国浪漫主义文学思潮是在18世纪末魏玛古典主义文学繁荣时期兴起的，德国的作家对庸俗的现实深感不满，对法国大革命的结果表示失望，最终转向精

神领域里的探索。他们创办刊物《雅典娜神殿》宣传自己的思想，弗里德里希·史雷格尔打出浪漫主义的旗帜，他说："浪漫主义是一种前进的综合文艺。"主张作家自由创作，不要受到任何的束缚，强调文学创作的绝对自由。

1798年英国浪漫主义作家华兹华斯和柯勒律治出版了《抒情歌谣集》。在这个歌谣集的序言里华兹华斯提出了浪漫主义的文学主张："所有好诗都是强烈感情的自然流露。"华兹华斯重视诗歌对作家内心世界的发掘和拓展，提倡要发扬民间诗歌的优良传统。华兹华斯是一位具有返回自然和泛神论思想的作家，以他为首的湖畔派诗人将自己的文学创作与美丽的大自然紧密地结合在一起，用一种清新、自然、淳朴的诗风来抒发情感、描写自然。

法国浪漫主义文学作家雨果从客观现实出发，倡导在追求艺术宗旨上要遵循自然规律，顺应天性。他认为一切事物都是在通过两种不同的要素对比的形式中表现出来的，他在《克伦威尔·序言》（1827）中说："在生活中，在从摇篮到坟墓的人生中，存在着两种敌对原则之间无时无刻不有的对立和斗争。""丑就在美的旁边，畸形靠近着优美，丑怪藏在崇高的背后，美与丑并存，光明与黑暗相共。"① 雨果的"美丑对照原则"是针对法国古典主义的创作原则提出来的。法国古典主义所追求的创作原则在雨果看来是完全违背了生活原则和艺术原则。生活中的美与丑、善与恶、真与假、悲与喜等都是处于一个统一体之中，而艺术的任务就是将这些再现出来。雨果的"美丑对照原则"要求艺术要接近自然、反映自然、抒发个性，冲破一切束缚，自由表达自己的情感。雨果说："人心是艺术的基础，就好像大地是自然的基础一样"，"每个伟大的艺术家都按照自己的意志铸造艺术"。艺术是从内心世界中慢慢地流淌出来的，它遵循着人的天性，任心灵在空中翱翔，浪漫主义文学是一种充满主体光辉的审美创造。

2. 突破古典主义艺术界限

长期以来关于浪漫主义有多种说法，一是浪漫主义是对古典主义的反驳，浪漫主义是在反对古典主义的斗争中形成的；一是浪漫主义继承和发展了古典主义的文学原则形成自己的独特风格。在浪漫主义的分类问题

---

① 维克多·雨果：《雨果论文学》，上海译文出版社，1980，第30页。

上，将浪漫主义分为积极浪漫主义和消极浪漫主义。然而从浪漫主义与古典主义的文学原则和主张等来看还是有差异性的。另外，浪漫主义文学在表现方法上也打破了一切清规戒律，突破了古典主义的艺术界限，尤其是在表现方法上喜欢用夸张、对比的方法去追求强烈的艺术效果；喜欢写异国情调、离奇的故事和奇幻神秘的景象；塑造非凡的传奇性的人物形象，用绚丽多姿的场面对比平庸、丑陋的现实。

浪漫主义与古典主义最大的区别是在对待中世纪文化的态度上。古典主义崇尚古希腊文化，这种文化价值观从文艺复兴时期以来一直如此，而中世纪在人类历史的发展史上被看作是一个黑暗的时代，这种观点被许多人所认同，就连恩格斯也在自己的著作中有阐释。但是这种认识被德国浪漫主义作家所打破，他们通过自己的收集、整理，为我们展示了一个新的、充满活力的中世纪民间文学。中世纪民间文学不仅影响了施雷格尔兄弟、格林兄弟，而且让人们在审视中世纪文学时形成了一种理想化、神秘化的艺术视野。正如海涅所说："德国浪漫派不是别的，而是中世纪诗情的复活。"

古典主义将自己看成西方传统的一部分，是古希腊文学的直接继承者。古典主义推崇古希腊，从文学形式到内容都将其看成是自己的楷模。古希腊强调理性原则，文学体裁泾渭分明，追求典雅、庄重、和谐的风格，注重艺术中高贵的简洁、沉着的庄严、明确的线条、清晰的结构和高尚的主题等。但是，作家个人的体验和幻想、对大自然的迷恋以及对中世纪艺术的眷顾在这种文学中是没有一丝地位的。在这种文化氛围中突围是不可避免的，强调作家主观世界的抒发和表达，将原来隐秘的内心，如潜意识的、非理性的、梦幻的意识等通过文学形式表现出来。浪漫主义作家强调一种自由思想的表达，回归大自然，从自然中寻找创作的灵感，将大自然看成是人类心灵的栖息地。

浪漫主义文学不仅在思想上尽力挣脱古典主义的束缚和影响，而且在艺术创作上也力图有所突破。浪漫主义作家非常善于通过虚构的故事创造一些拍案叫绝、传神离奇的情节，将不可能发生的事情变成正在发生的故事。然而这种文学创作并不是凭空的瞎想，而是在假定性的艺术氛围中将其演绎的天衣无缝、顺理成章，如《基督山伯爵》（1846）。有的作品注重传奇人物的塑造，这些人物并非芸芸众生，而是能力超群、才华出众，无论从经历、社会地位方面都具有传奇性，如《悲惨世界》（1862）中的冉·阿让。美丽的大自然、异域风情的场面也是浪漫主义作家在文学创作中不会放过的描写对象。他们将大自然和异国他乡看成是可以施展自己文学创作才华的空间，任自己的思绪自由驰骋，如夏多布里昂的《阿达拉》（1801）、拜伦的《唐·璜》（1818—1823）、乔治·桑的《魔沼》（1846）等。书中的异域风情、大自然的美丽画卷和神秘朦胧具有浓郁的浪漫色彩，令读者目不暇接、充满想象。

浪漫主义文学在艺术风格上与古典主义不同。有些浪漫主义作家在启蒙运动走向低潮时回避现实、逃避现实，出现悲观迷茫的情绪，将情感寄托于中世纪的民间故事和传说之中，还有一些人在创作上表现出极度悲观，对夜和死亡等题材情有独钟。

3. 寄情于山水，从民间文学中寻找精神食粮

德国诗人席勒在《论朴素的诗与感伤的诗》（1795—1796）中写道："自然是培养、点燃诗之精神的唯一火焰，是诗之精神汲取力量的唯一源泉。"浪漫主义作家认为在自然的境界里，一切束缚人的物质的、精神的东西都将被解除，在这里人性能够得到释放、情感得到抒发、生命的价值得到尊重和实现。席勒对自然的认识表达了浪漫主义作家崇尚人与自然和谐共处、崇尚自由和个性解放的诉求，大自然成为浪漫主义作家神往的理想境界。

1798年英国诗人华兹华斯和柯勒律治共同出版了一部诗集《抒情歌谣集》（1798），这标志着英国浪漫主义文学的开始。华兹华斯在这部书第二版的序言中说道："我通常都选择微贱的田园生活作题材，因为在这种生活里，人们心中主要的热情找到了更好的土壤……因为在这种生活里，人们的热情是与自然的美以永久的形式合而为一的。"① 自然对于华兹华斯和其他诗人来讲是寄寓个人感情的栖息地。启蒙运动之后令人失望的现实、丑陋的城市文明，以及对法国大革命的失望，无不让人感到悲观绝望，只有大自然才能够真正抚慰华兹华斯的内心世界。在华兹华斯的创作生涯中他的整个诗篇几乎都是讴歌自然以及自然与人的关系，这成为其全部诗篇的中心主题。虽然描写自然风景、抒发情感、歌颂大自然的美并非华兹华

---

① 伍蠡甫、胡经之：《西方文艺理论名著选编》中卷，北京大学出版社，2004，第42页。

斯的独创（如18世纪的诗人汤姆逊、哥尔德斯密斯、蒲柏、格雷等也创作过类似题材的作品）但是还没有哪位诗人能够像华兹华斯那样能将两者如此紧密地结合在一起。他的作品《早春命笔》、《这尘世拖累我们太多》、《水仙》、《我好似一朵孤独的流云》、《丁登寺》等都表现了人与自然的密切关系。华兹华斯通过对自然的描写表达了一种回归自然，摆脱城市文明困境，试图建立一种人与自然和谐关系的理想境界，显示出一种超越时代的人文关怀。华兹华斯的自然山水诗影响了整整一代西方人，正如英国著名评论家马修·阿诺德指出："华兹华斯的诗歌之所以伟大，是因为华兹华斯以非凡的力量感受到了自然给我们的愉快；也因为他以非凡的力量一次又一次地把这种愉快展示给我们，使我们分享这种愉快。"①

如果说华兹华斯的诗歌以歌颂大自然、让自然充满着灵性和感情、陶冶人的情操、提升人的道德水准来恢复人的美好天性的话，那么柯勒律治的诗歌《古舟之咏》（1798）则是将人置于自然的对立面。《古舟之咏》通过一个老水手射杀信天翁的故事，由受罚、忏悔到心中恢复"爱"、最终获救，表达了诗人心中的人与自然的关系。信天翁象征着自然之灵，它的被杀是对自然神灵的一种亵渎，老水手最后看到了水蛇的出现，心中的爱重新出现，经历了从忏悔到获救的心路历程。柯勒律治从宗教的观念出发将爱与恨、罪与罚等观念统一在人与大自然的关系之中。

浪漫主义文学对中世纪民间文学具有浓厚的兴趣，在这方面最重要的成就是《格林童话》。《格林童话》是由雅各布·格林和威廉·格林两兄弟收集整理德国中世纪民间童话编辑而成。法国古典主义崇尚古希腊古罗马文学，对中世纪民间文学极度轻视，认为这些文学是一些不登大雅之堂的东西。但是，这些中世纪民间文学产生于民族土壤之中，其根深深扎在自己民族文化传统的土壤里，具有朴素自然、清新刚健的特点。在叙事上生动活泼、富于表现力和想象力，与繁缛的古典主义文学大相径庭。《格林童话》是民间文学与浪漫主义的完美结合，也是浪漫主义文学反对古典主义文学的斗争中凸显出来的一支重要的文学现象，它保留了德国的民间文化传统，蕴含着唯美浪漫的审美追求和善恶分明的道德伦理规范，构成了民族的价值观和文学观。

---

① 孟庆枢、李毓榛：《外国文学名著鉴赏》上册，吉林文史出版社，2001，第371页。

在挖掘中世纪民间文学的行动中，英国作家司各特（1771—1832）也取得了突出的成就。《艾凡赫》（1819）以12世纪末年英国狮心王理查在位时期的民族矛盾和阶级矛盾为背景，讲述了一个具有传奇色彩、骑士精神的英雄故事。作为一个浪漫主义小说作家，他将不同线索编入男女主人公的爱情之中，同时作品的人物众多，上自国王下至黎民百姓，为我们塑造了大量的侠客骑士，酣畅淋漓地描述了一个风云变幻的中世纪。正是小说中表现出的强烈英雄主义和骑士色彩，让这部作品成为浪漫主义文学中最亮丽的风景线。

三、19世纪欧洲浪漫主义文学的地位与影响

19世纪初期的欧洲浪漫主义文学既是一种创作方法，也是一种文学派别，这种文学理念最早可追溯到柏拉图的"灵感说"，具有浓厚的文化传统底蕴。浪漫主义文学与现实主义文学相比更好地展示了作家的内心世界，能让人深入体验到作品中人物心灵世界的变化，这不仅为浪漫主义文学形成一个完善的创作方法，而且也直接影响着后来出现的象征主义文学。

浪漫主义文学挣脱了历代文学的清规戒律，使作家在创作上达到一种自由表达、无拘无束的状态，使文学避免了不必要的虚饰，抒发了作家的真性情。浪漫主义重新发现了中世纪民间文学的价值，使一直被误解的中世纪民间文学的意义得到了肯定。

浪漫主义完善的理论阐释、全新的表达方式使欧洲文学迎来了一大批优秀的作家和作品，为19世纪的欧洲文学吹来了一股清凉的春风。

四、拜伦与《恰尔德·哈洛尔德游记》

拜伦是英国19世纪杰出的浪漫主义诗人，他的诗歌具有叛逆性和反抗性，表达了他对封建专制制度的憎恨，揭露了社会的弊端和罪恶，抒发了他对自由的热爱和向往。他的诗歌塑造了一系列的叛逆形象，即"拜伦式英雄"，从这些形象中我们也可以看到作家拜伦的影子。他的诗歌内容犀利、形式新颖，富于激情和宁折不弯的精神。

1. 作家生平与文学创作

乔治·戈登·拜伦（1788—1824）出生在英国伦敦一个古老的英格兰贵族世家，童年时期拜伦是随着母亲在苏格兰的阿伯丁城度过的。拜伦天

资聪颖，但生来微跛，性格敏感、自尊、孤独、叛逆。10岁时继承家业，成为拜伦第六世勋爵。1799年移居伦敦，1801—1808年先后在哈罗中学和剑桥大学读书，大学毕业后在贵族院世袭了上议员职位。

拜伦一生酷爱文学、哲学，1807年出版处女作诗集《懒散的时刻》，1809年发表了《英国诗人与苏格兰评论家》，这两部作品初步显露出拜伦的文学才能与批判锋芒。1809—1811年，拜伦游历了葡萄牙、西班牙、希腊和土耳其等国家，开阔了视野，并开始创作抒情叙事诗《恰尔德·哈洛尔德游记》的第一章和第二章，在诗中展示了南欧等地的异域风光、风土人情，表达了被奴役民族渴望自由解放的愿望，首次塑造了一个孤独、忧郁、悲观的"拜伦式英雄"——哈洛尔德。

1813—1816年，拜伦创作了一系列以东方故事为题材的诗歌，包括：《异教徒》（1813）、《阿比道斯的新娘》（1813）、《海盗》（1814）、《莱拉》（1814）、《柯林斯的围攻》（1815）和《巴里西娜》（1816），这组诗歌被称为"东方叙事诗"。在这一组诗中拜伦为我们塑造了一系列高傲倔强、不满现实、奋起反抗，但又孤独忧郁、脱离群众的"拜伦式英雄"的人物。由于婚姻的失败，上流社会的流言蜚语，此时拜伦情绪低落、忧郁悲观，精神处在低谷阶段，直接影响了他在这个时期的文学作品，如《希仑的囚徒》（1816）、《曼弗雷德》（1817）。1816年秋诗人迁居意大利，参加了烧炭党反对奥地利的斗争。以后的6年是拜伦诗歌创作的重要时期，如诗剧《马利诺·法利哀诺》（1820）、神秘剧《该隐》（1821），政治讽刺诗《审判的幻景》（1822）、《青铜世纪》（1822）以及未完成的长诗《唐·璜》（1818—1823）等。

1821年烧炭党人起义失败，拜伦对此深感沉痛。1823年拜伦变卖了自己的全部家产组织了一支军队开赴希腊前线，参加希腊反对土耳其的异族统治，成为希腊民族解放斗争的领袖之一。1824年4月拜伦巡视战场，得了风寒，不幸病逝。

2.《恰尔德·哈洛尔德游记》故事梗概

恰尔德·哈洛尔德是一个英国贵族青年，厌倦了上流社会纸醉金迷、狂欢无度的生活，他忧郁、孤独、悲观，为摆脱这种环境决定出游。哈洛尔德首先来到葡萄牙、西班牙。西班牙人民在拿破仑的铁蹄下过着痛苦的生活，在这里诗人歌颂了西班牙人民的反抗和斗争，塑造了参加萨拉哥萨保卫战中一位西班牙女游击队员的英雄形象。

第二章开始，恰尔德·哈洛尔德出现在希腊的雅典。他为这些国家受到外族入侵而感到哀伤。诗人眼望光辉灿烂的古希腊遗址，追忆着古希腊的光荣传统，对在土耳其统治者奴役下的希腊悲惨的命运表现出特别的关切，并企图激发希腊人民争取自由解放的斗志。

第三章，诗人以沉郁的歌声抒发了对上流社会的不满、对自己不幸遭遇的愤慨。恰尔德·哈洛尔德来到了比利时，在这里他凭吊了滑铁卢战场，评说了拿破仑的功过，把威灵顿指挥的反法同盟军发动对拿破仑的战争叫作"屠杀"。他从比利时沿着莱茵河来到瑞士的日内瓦湖畔，诗人在这里以激昂的颂歌赞扬了法国大革命的先驱们——启蒙主义者卢梭和伏尔泰，表达了他对启蒙运动提出的自由平等思想的忠诚。

第四章是诗人旅居意大利写的。意大利正处在奥地利的统治之下，此时的意大利四分五裂，诗人回忆了意大利的光荣历史，激励意大利人民应该奋起反抗，要自己拯救自己，实现国家民族的统一和解放。

整个诗歌伴随着恰尔德·哈洛尔德的行踪，描述了欧洲各国的美丽风光和风土人情，如葡萄牙的山峦、西班牙的斗牛、希腊的古迹、阿尔巴尼亚的群山、莱茵河的风光、日内瓦湖的夕阳、古罗马的建筑遗迹等，还对一些作家以及他们的艺术品进行评说。诗人拜伦随着变换的异域风景夹叙夹议，表达了对哲学、政治、艺术等观点。

3. 作品分析

拜伦的《恰尔德·哈洛尔德游记》是一篇浪漫主义的叙事长诗，诗歌反映了19世纪初欧洲一些重大的事件，描述了南欧一些国家的民族斗争。反对民族压迫、反对侵略、热爱自由和平是这部叙事长诗的中心思想，但同时也表现出拜伦世界观的局限性。

长诗由四章组成，4 700余行，记述了拜伦两次游历欧洲时的经历，它既是一篇热情生动的旅途抒情日记，也是一篇对当时重大历史事件评论的长诗。这部长诗是拜伦经过8年时间写成的。长诗的前两章是诗人第一次出国时，漫游葡萄牙、西班牙、阿尔巴尼亚、希腊等地的诗体游记；后两章是诗人第二次离开英国之后，旅居比利时、瑞士、意大利等地的感想和见闻。这两章分别发表于1817和1818年。

《恰尔德·哈洛尔德游记》中有两个重要的人物形象，哈洛尔德与抒情主人公,即拜伦本人。哈洛尔德的形象是虚构的,他的游历路线把长诗连成一个有机整体,而抒情主人公的议论和抒情插曲丰富了长诗的内容,增强了感染力。

哈洛尔德是一个对资本主义社会不满的英国贵族阶级的浪子、叛逆者,一个既不甘心向上层统治阶级献媚逢迎,又耻于同人民群众为伍的极端个人主义的忧郁孤独的漂泊者。他终日陷入痛苦的深渊之中,既不满资本主义现实,又不留恋过去,更不探索未来新路,按照他自己的说法,他的痛苦根源"既不是爱情,也不是恨,更非卑微的野心难以实现,而是经历、目睹和耳闻所引起的"。因此,他是当时英国和欧洲其他许多国家里资产阶级知识分子的典型代表。

在长诗的第一章里,诗人对主人公做了概括的描写,哈洛尔德是一个忧郁、孤独、悲观失望的英国贵族上流社会的叛逆者。他是"显赫过的家族"的后裔,享受过"酒醉饭饱"、"狂欢无度"的生活。但是,他"还没有过完三分之一的生命",却突然厌倦了旧日生活,毫不留恋地把它抛开。他决心离开祖国,到炎热的地方变换一下情调。

在诗歌的第一章和第二章里,哈洛尔德游历了葡萄牙、西班牙、阿尔巴尼亚和希腊,然而他对自己耳闻目睹的一切保持一种旁观的态度。他观察生活,自己却没有参与生活斗争的勇气。他所目睹到的一切都不能减轻他的忧伤——他仍然孤独地翻山越岭,走了一处又一处。哈洛尔德的失望和忧郁反映了1789—1794年法国大革命失败后,资产阶级民主派知识分子对启蒙思想的幻灭所产生的悲观情绪。产生这种情绪的原因则是拿破仑帝国的统治和即将发生的复辟以及欧洲的"神圣同盟",因而这一形象具有典型意义。他概括了当时英国以及欧洲许多国家中的资产阶级民主派知识分子对现实不满又找不到新的道路的典型特征。

在长诗的第三章中,拜伦又重新提到自己的主人公哈洛尔德,诗人说他"心里满是创伤,纵不致命,也难复原,他已再也不会和从前似的多愁善感"。哈洛尔德"自己最不适合与人们为伍,真是志趣各异,格格不入"。他"孤独而骄傲,宁离人间去独自生存"。哈洛尔德得了"世纪病",始终没有摆脱忧郁、孤独的个人主义和悲观情绪。

在长诗中,抒情主人公和哈洛尔德的精神面貌完全不同。他是一位精力充沛、感情炽热的旅行家、评论家,他对面临的一切问题都做出积极的评论。长诗中这位热情激荡的抒情主人公反映了那个时代的先进人物——资产阶级民主派的愿望和思想，也是拜伦思想中健康的、积极的因素的形象反映。哈洛尔德的形象和长诗中抒情主人公表现了拜伦思想中矛盾着的两个方面——积极面和消极面。两者是密切联系、不可分割、互相补充的，由此我们可以看到拜伦的世界观对他创作的决定作用。拜伦诗歌的主角带有明显的自传性，人物或多或少地表现了他自己的性格，他充分抒发了个人的感情。热烈地追求个性解放和个人自由，他不满现状，受到英国反动统治阶级的诬蔑和迫害。同时贵族出身的高傲性格使他不能和人民群众融为一体。因此他成了高傲、孤独、反抗、悲观和忧郁的复杂矛盾的综合体。

《恰尔德·哈洛尔德游记》具有鲜明的政治倾向性：反对侵略、渴望自由、歌颂民族解放斗争，这构成了长诗的主导思想。西班牙人民反侵略战争的描写是长诗中最动人的部分。1809 年 7 月拜伦来到西班牙和葡萄牙交界的山间，当时西班牙笼罩在战争的炮火下，拜伦以现实主义手法，刻画了这个奋起与法国占领者作战的国家的严峻形象：

> 茶褐色的莫伦纳山脉上，
> 加满了一尊尊重炮，
> 你尽量地向四周眺望，
> 只见榴弹炮堵塞的小道，
> 林立的栅栏和灌了水的沟槽，
> 一营营的军队和不断的哨岗。

诗人热情赞颂西班牙人民在解放战争中所表现的英勇精神，诗中写到西班牙游击队、农民和手工业者，他们英勇地走上战场，和敌人做殊死斗争。诗人赞扬了他们的过去，同时也歌颂了他们不屈的现在。诗人塑造了一个西班牙游击队姑娘的英雄形象。她高唱战歌，"英勇地走向战场"，她"用炮弹轰散密集的队伍，率先向败兵追赶"。

> 朋友战死后，她没有流无用的眼泪，
> 首领牺牲了，她站上他危险的岗位，
> 伙伴要逃跑，她阻止这卑鄙的行为，

敌人退了，她率领人马去追击。

这位少女是曾参加过有名的萨拉哥萨（西班牙北部重镇）保卫战并获得"萨拉哥萨少女"称号的女游击队员。拜伦看出了正是这些普通的老百姓才是真正的爱国者。与此同时，诗人把贵族和平民做了对比，愤怒地指出：这里除了贵族，人人都算得上高贵，只有堕落的贵族甘心做敌人的奴才！而人民是要"抵抗到底"的。

被土耳其奴役的希腊的悲剧命运是长诗构思的主要内容。诗人以敬仰的心情追忆古希腊的英雄时代、上古建筑的雄伟遗址、希波战争的古战场，所有那些都在长诗中鲜明地再现出来。可是当时希腊人民还在土耳其的奴役下，没有起来为自由而斗争。拜伦对逆来顺受的希腊人大为不满。

你的子孙还不奋起，只是空口咒骂，
他们在土耳其的皮鞭下呻吟的可怜，
只好做一辈子奴隶，言行都一样卑贱。

拜伦对希腊人企求外国援助以求得民族解放，感到失望和痛苦。他劝告希腊人民，放弃那幼稚的幻想。他呼吁希腊人民起来反抗，用自己的力量进行反抗：

世世代代做奴隶的人们，你们知否，
谁要获得解放，就必须自己动手，
必须举起自己的右手，才能战胜？
高卢人或莫斯科人岂能对你们公正？

在长诗中，拜伦不仅对土耳其残酷统治进行了批判，同时也对阿尔巴尼亚人民的反抗精神进行了热情的歌颂。

在长诗的第三章里，诗人评论了欧洲发生过的一些重大历史事件。这一章反映了1815年以后欧洲历史新阶段的面貌。1815年6月，拿破仑在滑铁卢一役，被英、荷、普联军大败，于是向英军投降。诗人面对滑铁卢战场的遗址，引起了无限的哀思，20年叱咤风云的总结是悲惨的。拜伦明确表示，他反对在"神圣同盟"扶植起来的专制暴政。诗歌中的瑞士如画景色，使拜伦想起了在日内瓦湖边住过的启蒙运动者伏尔泰和卢梭。他说法国思想家卢梭"把整个世界投入熊熊的火焰，直到所有的国王化为灰烬"。可是19世纪的历史证明，卢梭、伏尔泰的理想成了泡影，因为法国革命之后，欧洲还是"恢复了跟先前无异的地牢和宫廷"，诗人认为总会有一天人们会继续革命以推翻暴政。

长诗第四章，对意大利民族解放和人民命运的关怀。诗人把意大利光荣的过去和它悲惨的现在做对比。面对罗马的废墟，诗人无限感慨："美丽的意大利！你是世界的花园，是艺术和大自然所产生的一切集其大成之地，纵使你成了废墟，有什么可与你相比？"诗人拜伦称赞但丁、彼得拉克、薄伽丘、塔索，歌颂古代英雄，号召意大利人民打碎外国人的枷锁，建立统一的、民主的意大利。诗中的革命内容，吓得奥地利政府下令禁止第四章在意大利境内发行。反对暴政、渴望自由，赞扬和声援南欧各国人民的解放斗争是贯穿全诗的主导思想，也是《恰尔德·哈洛尔德游记》中最积极、最有力的因素。

但是必须指出的是《恰尔德·哈洛尔德游记》的长诗中也散发了一些消极因素和不健康的因素。在《恰尔德·哈洛尔德游记》前两章里，拜伦对西班牙斗争的前景和希腊人民命运表示了忧郁、悲观的看法；在第三、四章里，拜伦对法国大革命和它在历史上应起的作用做了错误的理解。在这种悲观思想的状态下，他认为任何解放斗争都是没有结果的。拜伦对一系列重大历史问题的看法是属于唯心主义的，他看不到人民是历史发展的真正动力，只是看到那些所谓的英雄人物在历史上的作用。正是这种唯心的英雄史观使拜伦常常以"救世主"的姿态出现在长诗中。他认为群众的思想是"暗淡无光"、"眼睛只关注着泥坑"，只有他"宁愿跟艰苦的激流抗争"。

另外，诗人始终没有指出民族解放斗争的具体道路，只表现出一种忧郁悲观的情绪，这些悲观情绪，明显地反映了拜伦世界观的矛盾和个人主义特点。

艺术特征

首先，《恰尔德·哈洛尔德游记》是一部抒情、叙事长诗，哈洛尔德只是在外表上和情节发生联系，诗人不是以情节去吸引读者，而是用笔罩全诗的各种情绪使人受到感染。实际上情节的全部历程都是为诗人的主观情绪——他的自由翱翔的思想和浩荡奔放的感情所决定的。拜伦很少考虑自己作品的写作计划,甚至根本不去考虑。在叙述中,诗人不断置身其中,时刻表明自己的态度:他有时欢欣鼓舞,有时愤怒,有时悲伤,有时抗议,有时发出号召,总是不断地打断情节的进程,经常使情节的叙述停留下来。这是《恰尔德·哈洛尔德游记》的基本特征。这种主观抒情,是积极浪漫主义最基本的特征,同时也是浪漫主义和现实主义在创作方法上的最大不同。

其次,《恰尔德·哈洛尔德游记》采用了多方面的对比手法,如自然与社会的对比,各民族英雄的过去与屈辱的当下对比,被压迫民族的痛苦遭遇和英国贵族资产阶级的所作所为的对比,统治者与人民的对比等。诗人善于将抒情、叙事、回忆、对比、现实描写、讽刺、歌颂等穿插在一起,如写阿尔巴尼亚的淳朴,就想到英国资产阶级的奢靡,写西班牙和希腊,就会谴责英国的政策和英军的可耻行为,目的在于突出地表达诗人要强调的民主主义思想内容。

再次,《恰尔德·哈洛尔德游记》对自然景物和社会风俗的描写达到了风景如画、如闻其声、如见其人的程度。如对阿尔比斯山险峻山峰的描写、对阿尔巴尼亚人的淳朴风俗的刻画。诗人笔下的威尼斯的城邦、罗马的古迹、瑞士日内瓦湖上的风光,使读者颇有身临其境的感觉。这一切描写还带有抒情的、愤激的性质。长诗运用一系列浪漫主义形象来表达自己的感受和印象,但在一些章节中,也可以看到现实主义成分。如第一章35节中关于西班牙人民军事生活的描写,第一章72~79节那动人心弦的斗牛场面。

最后,语言丰富有力,生动简洁、流畅自然,不仅形象逼真,而且能启发读者的想象,从而显露出作者深邃的思想。第四章第1节对威尼斯水域的形象描写、第四章第140节对古罗马奴隶角斗场的描写都是很好的例子。

4. 思考题

① 19世纪欧洲浪漫主义文学有哪些基本特征?有哪些代表作家和作品?

②《恰尔德·哈洛尔德游记》的基本内容和主要艺术特色是什么?

③怎样认识恰尔德·哈洛尔德这个艺术形象?

④《巴黎圣母院》的主题是什么?这部作品是怎样运用对比原则来塑造人物形象的?

⑤《悲惨世界》一书的主要思想价值和局限性是什么?怎样认识冉·阿让这个人物?

第七讲 19世纪中后期西欧现实主义文学

1830年司汤达发表的《红与黑》成为欧洲浪漫主义与现实主义文学的分界线，被学界认为这是现实主义文学的开始。从1830年七月革命至1917年俄国十月革命，欧洲现实主义文学历经了80多年的发展历史，它伴随着资本主义在欧洲的确立、发展和垄断，以及工人阶级作为一支独立的力量不断成长和壮大，这个时期涌现出一大批关注现实、反映社会、批判社会丑陋现象的写实性作品。

一、19世纪中后期西欧现实主义文学发展简介

19世纪中后期欧洲处在一个社会动荡不安、经济迅猛发展的时期。1830年的七月革命结束了法国波旁王朝的统治，但法国封建势力依然强大。从1832年宪章运动开始，英国在以后的十几年中曾掀起过三次宪章运动浪潮，虽然运动以失败告终，但它显示了英国工人阶级和普通民众的力量。在三四十年代，欧洲发生了多次工人起义，如法国里昂工人起义、德国西里西亚纺织工人起义等。1871年法国民众成立了巴黎公社，建立了第一个无产阶级政权。19世纪中叶欧洲从原来的自由资本主义逐渐进入了垄断资本主义，社会发生了很大的变化；1914年第一次世界大战爆发，导致了1917年的俄国十月革命。

19世纪中后期在欧洲文学史上，法国和英国两个国家的现实主义文学取得了较大的成绩，出现了一大批优秀的作家和作品，其他国家，如德国、西班牙、意大利等文学成就较小。法国出现了现实主义作家如司汤达（1783—1842）、巴尔扎克（1799—1850）、梅里美（1803—1870）、福楼拜（1821—1880）、雨果（1802—1885）、莫泊桑（1850—1893）、罗曼·罗兰

(1866—1944);英国出现了狄更斯(1812—1870)、盖斯凯尔夫人(1810—1865)、夏洛蒂·勃朗特(1816—1855)、艾米丽·勃朗特(1818—1848)、萨克雷(1811—1863)、托马斯·哈代(1840—1928)、萧伯纳(1856—1950)等。除了英法以外,还有波兰的亚当·密茨凯维奇(1798—1855)、亨利克·显克微奇(1846—1916),保加利亚的赫里斯多·保特夫(1849—1876),匈牙利的裴多菲·山陀尔(1823—1849),丹麦的安徒生(1805—1875),挪威的易卜生(1828—1906),比昂松(1832—1910),瑞典的斯特林堡(1849—1912)等。欧洲现实主义文学以真实性、暴露性、批判性作为衡量文学的标准,冷静、客观是现实主义的创作风格,社会的方方面面,如政治、经济、道德等则是他们文学创作的主题。在选材上这些作家能够将小到细节,大到一个时代都收入到他们的作品之中。

伴随着19世纪中后期欧洲现实主义文学的发展,其他文学流派也相继出现,如自然主义文学、现代派文学和无产阶级文学,这是文学发展的必然规律,使得19世纪下半期各种文学现象此起彼伏、繁荣昌盛。

二、19世纪中后期西欧现实主义文学的基本特征

19世纪的西欧现实主义文学继承了文艺复兴以来的现实主义文学传统,高举人道主义的大旗,关注社会、反映人生、暴露黑暗、批判现实,把现实主义文学创作方法推向了一个新的高度,形成了独特的创作思想和艺术特征。

1. 人道主义思想的新发展

19世纪西方文学中的人道主义是欧洲资产阶级人道主义的重要组成部分。人道主义作为西方文学的指导思想是一条贯穿在整个西方文学发展过程中的红线,其源头我们最早可以追溯到古希腊。对西方人来讲,古希腊社会是一个充满童真的时代,她像一个天真的儿童,好奇浪漫、富于想象,这从古希腊人留下的许多优美神话故事和文学作品中可以看到。古希腊文学中有浓厚的人本思想,这使古希腊人能够完全按照自己的形象来塑造神,使希腊众神具有人神同形同性的特点,神的形象实际上是希腊人内心世界对自己的一种折射。在史诗、悲剧中人与命运的抗争、人与神的搏斗彰显出人类童年时代所具有的强大意志力量,凸显出人的尊严以及征服

外部世界的信心。

西方文学中的人本思想从古希腊开始可谓薪火相传，生生不息。1 000多年的中世纪，虽然宗教统治一切，文学、艺术、科学仅仅是服务于宗教的工具，但是即使在那种情况下西方文学对人的追求与探索也并没有停止，如骑士文学对男女之间情感的大胆描写，可谓与文艺复兴时期资产阶级反对禁欲主义、倡导人文主义思想遥相呼应。尤其是14—16世纪的文艺复兴和宗教改革的思想解放运动，资产阶级用人文主义作为思想武器去反对神权，争取人权，肯定人的价值，倡导个性解放，反对禁欲主义，使人文主义思想得到了积极的发展。

18世纪启蒙学者针对封建专制提出了"自由、平等、博爱"的口号，针对宗教迷信提出了无神论和泛神论的思想；法国思想家卢梭用"返回自然"的思想批判私有制度，争取人人平等的权利。经历了启蒙运动的欧洲资产阶级知识分子，在19世纪打出了人道主义的大旗，以客观、真实、冷静的创作态度，用文学作品反映劳资矛盾，描述下层普通人的生活，批判不人道的社会。在这批作家中许多出身于社会中下层，了解民众的疾苦和艰辛，他们接受过启蒙思想、空想社会主义学说和基督教的博爱思想，用人道主义作为思想武器，把批判的矛头指向大资产阶级的金钱统治和资本主义罪恶。他们同情弱者，主张宽恕仁慈以及自我牺牲精神，宣扬抽象的人类之爱和改良主义，对社会的弊病提出了点滴的改革良方。

19世纪的人道主义为20世纪西方文学提供了思想基础，如法国哲学家、文学家萨特曾经提出"存在主义是一种人道主义"，他用存在主义文学为第二次世界大战之后的西方人描述出一条自我拯救的道路，为滞留在荒原上的人们指出了一条摆脱荒诞处境的道路。纵观人道主义的发展过程，西方文学从古希腊的"人本思想"开始，文艺复兴的"人文主义"、18世纪的"启蒙思想"、19世纪的人道主义以及20世纪萨特的存在主义哲学都贯穿在整个西方文学的发展进程中，使西方文学在关注外部世界的同时，也不断地认识和关注人自身的价值。

2. 个人反抗与个人奋斗的典型

19世纪西欧现实主义文学塑造过各类人物形象，其中最突出的人物类型是个人反抗社会与个人奋斗的典型，高尔基认为19世纪的全部文学差不多都建筑在这两个典型之上。为什么在19世纪会集中出现这样的文学现象呢？这同整个社会的发展有着密切的关系。

随着欧洲社会进入19世纪，经过几百年发展的资产阶级逐渐强大起来，他们不仅要在经济上有话语权，而且在政治上也要有话语权，推翻封建专制，争取自由发展。在启蒙运动"自由""平等"的召唤下，中下层出身的平民知识分子更是感到等级森严环境的不公和挤压，深感生不逢时、怀才不遇，徒有一身本领却无法施展才华，唯有通过个人奋斗才能改变现实，通过反抗才能突破环境，因此，这种对现实的抗争逐渐在现实主义文学中显现出来。对现实不满，反抗现实在19世纪现实主义文学中是一个普遍现象，正如司汤达在谈到《红与黑》中的于连·索黑尔时这样写道："在法国有二十万个于连·索黑尔，他们眼见不少吹鼓手、下级军官和见习生平步青云，成为拿破仑帝国的元老和公侯之先例，你怎样能期望他们不去反对那些昏庸无能的高官显爵呢？"这些出身中下层的年轻人面对等级森严的社会和不合理的社会现象深感不满和孤愤，甚至一些破落的贵族子弟也加入个人反抗社会的文学形象画廊之中，如巴尔扎克《高老头》中的拉斯蒂涅、罗曼·罗兰《约翰·克利斯朵夫》的约翰·克利斯朵夫……拉斯蒂涅家道中落，虽然过去家族曾经显赫一时，但这一切已经成为过去，小说《高老头》开始的时候，拉斯蒂涅作为一名学法学的大学生只能够乖乖地啃他的书本，希望将来能够做一个清正的法官，但现实并不允许他按照自己设定的方式来生活，鲍赛昂子爵夫人和伏脱冷对他的劝导以及高老头的现身说法改变了拉斯蒂涅。小说的最后，他站在埋葬高老头的山坡上，欲火炎炎地眺望着巴黎上流社会高尚住宅区，下定决心要同巴黎上流社会拼一拼。拉斯蒂涅与于连·索黑尔等人的文学形象已经形成了欧洲文学史上令人瞩目的独特文学风景线。

19世纪英国小说作家大多出身于小资产阶级家庭，许多作家在童年和少年时代都有一段个人痛苦的经历，因此，这些作家在描写下层人生活的时候显得得心应手、生动逼真。他们通过自己的笔描绘了那个时代的现实，同时也通过自己笔下的人物再现了自己的奋斗过程。这些作品的主人公都有着改变个人处境的强烈愿望，急切地追求一种符合他们发展需要的生存境遇，以个人的力量和方式实现对环境的突围，像简·爱、大卫·科波菲尔等；但也有一些人物力图通过使用卑劣的手段竭力爬上社会的更高阶层，像萨克雷《名利场》中的丽贝卡·夏普等。

19世纪现实主义作家笔下的人物对待环境和人际关系有一种抗争意识，虽然这种抗争是一种个人行为，但由于他们没有明确改革社会的目标，一切行为都出于个人目的，因此具有强烈的个人主义色彩，这形成了他们思想的独特性和复杂性。在他们中间有些人在奋斗过程中对社会采取的反抗态度是毫不妥协、至死不渝；也有些人把反抗和妥协结合在一起，因为他们的反抗不是为了推翻这个社会而是要融入上层社会之中；他们在道德上表现出复杂性和多样性，有的是善的，有的是善恶兼容的，有时以善抗恶，有时却是以恶抗恶。

3. 现实主义文学的真实性

19世纪的欧洲现实主义文学最突出的特点是真实性，这种真实性一方面来源于现实主义文学对自身的要求，面对现实，反映现实，批判现实；另一方面也是现实主义文学构成要素的结果，它与一些浪漫主义作家试图逃避现实、躲进自己营造的世界之中进行畅想完全不同。

环境或者典型环境在19世纪现实主义文学中首次被着重提出，这改变了从古希腊以来将命运作为在塑造人物性格中的决定因素，而将环境作为影响人物性格与行动的重要原因。典型环境与典型性格是19世纪现实主义文学的典型特征，应该说对环境的重视从18世纪狄德罗的理论中已见端倪，他在论戏剧的时候提出了"情境与性格"的观点，这是典型环境与典型性格的雏形，然而真正将环境与人物从理论到实践紧密地结合起来，是在19世纪，欧洲现实主义文学在这一时期形成一整套完备的理论。对环境的重视是现实主义文学作家从文学真实性的视角认识到人物性格形成过程的重要性，这是对文学真实性认识问题的进一步深化。在现实主义作家看来，环境不仅指人物生活的物质环境，也包括人物所处的时代背景和文化背景。巴尔扎克是19世纪作家中最早发现典型环境的重要性的，他在自己的小说创作中非常注意环境的描写。他认为一处环境、一件家具都能够反映出时代的风貌，所以他非常注重对地域外貌、街道房屋、家具陈设、室内装饰、服装等的描写。通过这些描写为出场的人物进行铺垫，让环境对人物性格的形成起到重要的辅助作用。着重写物质环境与人物的社会关系，这是巴尔扎克文学真实性的重要特点之一。他的许多小说大多都呈现出一种三段式的表现形式：环境—人物—情节，如小说《高老头》就是这种形式的代表作品。往往在小说开始时，巴尔扎克都有一大段非常详细的环境描写，在《高老头》中，作家用了几页的篇幅来描写伏盖公寓，从环境中引出人物，再进入情节，为拉斯蒂涅、高老头、伏脱冷等人物的出场做好准备。这种细腻的环境描写使读者感受到了人物性格形成的坚实基础，而不是天马行空般的，因此故事的真实性也从作品中油然而生。

现实主义文学的真实性同细节描写有着密切的关系。细节描写是对作品中的人物细微动作、神情、景物和物件的描写，它是作家深刻体验生活，把握瞬息万变、丰富多彩的社会变化所筛选出的最具有典型意义的细小动作和事物，与作品表现出的真实性有着密切的关系。细节描写能够使人物变得栩栩如生、血肉丰满，使人物性格能够更立体。如高老头作为曾经的巴黎商业巨子、成功的面条商人，尽管他已经入住伏盖公寓多年，但是他并未改变当年做生意留下的习惯——每当吃饭时总是趴在面包上用鼻子闻一闻。虽然这种细节并不显眼，但是能够表现出高老头的习惯和个性，这使人物的形象更加丰满。巴尔扎克在塑造葛朗台时也是经过深思熟虑的。葛朗台老头在法国大革命期间大搞投机倒把、买空卖空，同时继承丈母娘、外婆和外公的三笔遗产，成为莫索这个地方的首富，临死前金钱积累达到1 700万法郎。葛朗台老年人生最大的快乐就是每天打开壁橱看一看堆积如山的金币，尤其是在弥留之际，他看见牧师为其祷告时手拿金光闪闪的十字架，也要伸手去抓，正是这个动作使他一命呜呼了。真实的细节描写是一切现实主义文学赖以生存的基础，它永远是构成文学作品鲜活生命的重要因素。在对待真实性和典型化原则问题上现实主义与19世纪的自然主义是有较大区别的。自然主义理论是法国作家左拉提出来的，他以孔德的实证主义和泰纳的文艺思想为基础。左拉认为自然主义文学强调文学创作的真实性和科学性，但否定文学的典型化原则；作家应该超越道德、政治，对社会的描写采取纯科学的态度；将人看成生物学意义上的人，用生理学、遗传学的观点来解释人的行为和思想，重视生理和遗传因素。从上述情况可以看到，虽然现实主义和自然主义都强调文学的写实性，但在创作方法、人物塑造、作家倾向等方面有明显的差异性。

现实主义文学对现实的批判性、暴露性与真实性密切相连。现实主义文学追求客观的真实性原则，这一流派的作品在西方文学史上对现实的揭露和批判是最深刻，这也是由现实主义文学的创作原则决定的。现实主义作家自觉地反映现实，将其耳闻目睹的现实如实地反映在自己的作品中。

正如巴尔扎克在《人间喜剧》前言中明确宣布："法国社会将成为历史家，我不过是这位历史家的书记而已，开列恶癖与德行的清单，收集激情的主要事实，描绘各种性格，选择社会上主要的事件，结合若干相同性格的特点而组成典型，在这样做的时候，我也许能够写出一部史学家们忘记写的历史，即'风俗史'。"由于巴尔扎克面对的社会是一个恶多善少的状况，所以他笔下有一大批利己主义者和金钱至上者，反映了金钱对人的腐化。狄更斯、雨果、萨克雷等作家在创作上追求无情的真实性，就是在他们给作品起名时表现得也比较突出，如《艰难时世》、《悲惨世界》、《名利场》等，从这些作品名字上来看也具有很强的暴露性和批判性。

三、19 世纪中后期西欧现实主义文学的地位和影响

19 世纪欧洲现实主义作家高举人道主义的大旗，以社会责任为己任，对不平等的社会现象进行了辛辣的讽刺和批判，以博爱仁慈之心对弱者表示深切的同情，使普通人看到了正义的曙光。在人物塑造方面扩大了人物的表现范围，将人物的塑造与社会环境联系起来，描写了一批个人反抗社会、个人奋斗的知识分子典型。典型化原则成为作家的创作准则，他们将环境的典型性与人物的典型性融汇在一起，使作家笔下的形象更具有倾向性，为 20 世纪西方现实主义文学创作奠定了基础。

四、司汤达与《红与黑》

司汤达是法国现实主义文学的奠基人，他的文学作品再现了 19 世纪上半期的法国社会现实，尤其是拿破仑统治时期和波旁王朝复辟时期的社会风貌以及各个阶层错综复杂的阶级关系和重大的阶级斗争，具有丰富的政治社会内容和深刻的社会意义，开法国乃至欧洲现实主义文学之先河，在世界文学发展史上占有重要的地位。

1. 作家生平与文学创作

司汤达（1783—1842），原名亨利·贝尔，生于格朗诺布城，法国著名的现实主义奠基人之一。司汤达的一生经历了 1789 年的法国大革命、拿破仑雾月政变、拿破仑帝政时期、波旁王朝复辟时期和法国的七月王朝时期。司汤达生活的时期是一个大动荡、大分化的时期，由于他受到 18 世纪法国启蒙运动的影响，所以他的作品始终能够做到反映时代、揭露现实，因此具有深刻的思想性和积极的社会意义。

司汤达是从1814年开始文学创作的，他的作品有《海顿·莫扎特和梅达斯泰斯的生平》（1814）、《意大利绘画史》（1817）、《罗马·那不勒斯和佛罗伦萨》（1817）、《论爱情》（1822）、《罗西尼的生平》（1823）、《拉辛与莎士比亚》（1823—1825）、《罗马漫步》（1829）、《阿尔芒斯》（又名《爱的悲剧》，1827）、《红与黑》（1830）、《回忆拿破仑》（1836）、《一个旅游者的见闻录》（1838）、《巴马修道院》（1839）、《意大利遗事》（1839）。另外还有司汤达去世以后发表的作品，如《司汤达日记》（1888）、未完成的长篇小说《拉米埃尔》（1889）、自传性小说《自我心中的回忆》（1892）、《拿破仑生平》（1929）等。

1842年司汤达回巴黎治病，3月28日因中风而逝世，遗体葬于蒙马特尔公墓，碑文上用拉丁文刻着作家生前拟定的几行墓志铭："亨利·贝尔，米兰人，写作过，恋爱过，生活过。"

司汤达生前在文坛上得不到承认，人们对其褒贬不一、毁誉参半。茹利·让年说，《红与黑》运用的是一种"怪异的形式"，"表现的仅是一种为了吓唬别人的粗鲁"。雨果说，他读《红与黑》"不能读到四页以上"，"司汤达根本不懂得如何写小说"。然而也有一些作家却对司汤达给予高度评价，法国作家巴尔扎克曾说过司汤达是一位"观念文学卓越的大师"；泰纳称司汤达是"近代最大的心理小说家"；丹麦评论家勃兰兑斯说："他是心理学家，而且只是心理学家。他唯一经常研究的对象是人的心灵，他是第一批认为历史本质是心理学的现代思想家之一。"德国哲学家尼采说："司汤达是我生命中一件令人愉快的意外事件。"尼采（1844—1900）在自己的《自传》一书中写道："司汤达是很了不起的，他具有一种能够预知人们心理的眼光；他对事实的把握，使人想起那些最善于把握事实的人……"司汤达虽然生前没有获得法国文学界的普遍认同，他去世时为他送葬的只有他的妹妹、堂兄和作家梅里美三人，但是司汤达本人对自己的作品满怀信心，他预言道："到1880年的时候，将会有人了解我。""我抽了张彩票，得奖的号码是：1935年拥有读者。""我一定要为20世纪而写作。"为什么司汤达会有如此预见？为什么《红与黑》等作品成为20世纪文学界的热点？有的评论者认为在司汤达的美学思想和思维方式中蕴含着某些属于20世纪的现代意识，如作品的反理性主义主题、构思的不确定性和开放性结构等。

2. 《红与黑》故事梗概

聪明好学、记忆力超强的于连出生在法国维立叶尔小城一个锯木场主的家庭。1815年波旁王朝复辟之后，这样的家庭在社会上的地位是非常低的，原来拿破仑统治时期平民能够凭着自己的本领出人头地的时代已经一去不复返了。

一心向往拿破仑的于连只好放弃参军穿红装的念头，改为跟着西朗神父学习拉丁文，以便将来能够成为一名神父。此时，维立叶尔市长德·瑞那聘请于连做他孩子的家庭教师，在当家庭教师的过程中于连同德·瑞那夫人发生恋情，并迅速坠入爱河。德·瑞那夫人对于连的暧昧与照顾引起了维立叶尔小城人的猜测，这使得于连只能离开家乡前往省城贝尚松神学院以掩人耳目。

虽然贝尚松神学院的神职人员都信奉上帝，但派系林立、争斗激烈。经过维立叶尔小城历练的于连此时已经变得沉稳老练，他尽量将自己伪装起来。但是好景不长，他的靠山彼拉院长因为教派之间的争斗已经在这里待不下去了，走之前他要求于连跟他到巴黎去。在彼拉院长的推荐下，于连当上了巴黎势力最大的德·拉·木尔侯爵的私人秘书。在巴黎于连凭着自己的超强记忆参加了保皇党会议，并冒着生命危险将会议精神带到英国去，后来受到了侯爵的嘉奖。工作之余，他与侯爵的女儿发生了恋情，虽然玛特尔小姐生性高傲，但是于连欲擒故纵的方法最终使玛特尔小姐臣服。木已成舟的婚事把德·拉·木尔侯爵气得七窍生烟，最后只能为于连伪造法国大革命期间一个逃亡贵族私生子的身世。侯爵还为了女儿的婚事替于连搞到了一个骠骑兵中尉的头衔，并给了丰厚的陪嫁。

踌躇满志的于连好景不长，一封来自维立叶尔小城的揭发信断送了于连30岁当将军的美梦。原来德·瑞那夫人在维立叶尔小城神父的逼迫下向德·拉·木尔侯爵写了揭发信，这使得于连恼羞成怒。他坐上马车回到了维立叶尔小城，向正在做祷告的德·瑞那夫人开了两枪。于连被法庭以故意杀人罪判为死刑，在最后的日子里玛特尔小姐买通狱卒想让于连越狱，但遭到了于连的拒绝。他同德·瑞那夫人在牢房度过了人生中最幸福的日子，最后毅然走上了断头台，而德·瑞那夫人三天后也忧郁而死。

3. 作品分析

《红与黑》是司汤达以《司法公报》上刊登的一位家庭教师杀害女主

人的新闻报道为小说情节的基础，进行了大量的艺术加工，并注入了作家对波旁王朝复辟时期法国社会各个阶层、阶级之间冲突的认识，具有鲜明的时代特色，勾勒出复辟时期法国社会的生活图画。

司汤达在一篇用自己的假名来谈论《红与黑》创作的文章里说道："这部小说并非小说，作者所叙述的故事是1826年在兰纳附近确实发生了的事情。男主人公当过他第一个情妇的孩子的家庭教师，她所写的一封信阻碍了他和第二个情妇——一个非常有钱的小姐结婚。他对他第一个情妇开了两枪之后，在兰纳城判处死刑。司汤达先生一点也没有臆造。"《红与黑》的素材源于这个刑事案件，并且情节和结果有很大的相似性，但是它绝对不是一般的言情小说和刑事犯罪的纪实文学，因为它的故事情节远远超越了刑事案件本身，成为一部以波旁王朝复辟时期为背景，通过大量真实可信的历史实事和社会变动真实反映社会的现实主义小说。

《红与黑》最初叫《于连》，1830年校印期间，改为有象征性意义的名字《红与黑》，并加了副标题"一八三〇年纪事"，表明作家试图通过这部文学作品来反映当代法国社会的意图。司汤达在《论〈红与黑〉》一文中说这部小说是"认真地描写19世纪前期最初30年间压在法国人民头上历届政府带来的社会风气"。在《红与黑》中作者借一个出版家的口说："若是你的人物不谈政治，那就已经不是1830年的法国人了。你的书也就不再是一面镜子，像你所要求的了……"由此可见，司汤达是有意要把《红与黑》写成一部政治小说。

《红与黑》描写了19世纪20年代查理十世统治后期的社会生活。主人公于连是个小资产阶级知识青年，他不满等级压制，渴望拿破仑式的前途。他凭自己的聪明才能爬上了上流社会，最后因不被上流社会所容而被判处死刑。小说围绕着于连在维立叶尔市、贝尚松神学院和巴黎贵族社会的经历，描写了各阶层人物和第三等级之间紧张而尖锐的阶级斗争形势。波旁王朝复辟后，各种社会势力错综复杂，封建势力卷土重来；拿破仑虽然倒台了，但他的资产阶级法权思想的影响仍在，人民向往拿破仑时代，自由思想流行。资本主义经济和资产阶级力量已发展起来，价值法则在社会生活中起作用，"唯利是图"已成社会风气；于连出生以及生长的维立叶尔小城弥漫着唯利是图的社会风气，在这种环境里老索黑尔就是一个典型的代表，是一股正在形成过程中的资产阶级力量。有的也企图依靠自己的经济实力来要求政治上的权利,试图通过投靠保王党和修道会来提高自己的社会地位,成为新贵族,如哇列诺投靠教会成为维立叶尔济贫所的所长,最后步步高升,飞黄腾达,在整个小说的发展过程中他得到了男爵的头衔,当了众议院议员,并最终成为贝尚松省的省长。小资产阶级也要求突破等级限制,他们或当教士,从教会中寻求出路,或投靠贵族获得高贵的地位,于连就是试图走这两条路,最后他投靠了德·拉·木尔侯爵,达到了他人生的顶峰。同时,平民阶级要求突破等级限制的行动使贵族惶恐不安,他们担心"罗伯斯庇尔有重新出现的可能"。在贵族的客厅里人们总离不开政治话题,他们害怕"在每一段篱笆后面都有一个罗伯斯庇尔和他驾来的囚车"。玛特儿的哥哥曾经告诫玛特儿时说:"若是再有一次革命,他(于连)会把我们送上断头台。"修道会势力也非常猖獗,贵族与教会明争暗斗。查理十世依靠修道会力量加紧复辟君主制的活动,通过教士的活动来控制全国的思想和政权,阴谋伪善成风。德·拉·木尔侯爵召集的秘密会议充分表现出封建复辟势力的反动性和革命即将爆发的紧迫气氛。

《红与黑》中的于连·索黑尔作为小说的主人公多年以来是一个有争议的人物形象,从众多的评价中可以看出,大致分为如下方面:第一,于连是一个否定性的形象。理由是于连是一个"不可救药的个人主义者""彻头彻尾的个人主义野心家",政治上是个"变色龙",爱情上也是"道德败坏的典型",为了向上爬"他什么坏事都准备干","只要能达到个人名利,什么都干得出",他在法庭上慷慨陈词,"无非是'黄粱梦'散后的怨怒……哀鸣"。第二,于连是一个肯定性的形象。理由是于连是一个有才能、有智慧、精力充沛的小资产阶级个人主义者,是法国波旁王朝复辟时期个人反抗社会、个人奋斗的艺术典型。

于连这个形象在当时有着充分的现实基础,是拿破仑帝国崩溃之后,波旁王朝复辟时期法国社会的产物。司汤达说:"在法国有20万个于连·索黑尔,他们眼见不少吹鼓手、下级军官和见习生平步青云,成为拿破仑帝国的元老和公侯,你怎么能期望他们不去反对那些昏庸无能的高官显爵呢?"因此,造就于连这一形象有很深厚的社会基础。年轻的于连踏上社会的时候,他性格的主要特点是反抗性,他憎恶贵族和教士,憎恨不平等的社会,心中充满着个人反抗社会的平民意识和英雄主义热情。首先,他出身于小资产阶级家庭，这样的家庭在王政复辟时期是属于受歧视的阶层，因此他抱怨现实，不满社会。其次，他自幼受拿破仑部下老军医的教育，喜欢读拿破仑的英雄事迹，受到了资产阶级民主、自由、平等思想的熏陶，形成了具有反抗性的性格。但是，于连的反抗仅仅是出身微贱、个人欲望不能满足的反抗，为了向上爬，他的性格中还有妥协性的一面。这一对矛盾性格构成了于连悲剧命运的主线，他得志之时正是他妥协性格占上风、政治上堕落之时。

于连从小就想从军，走拿破仑的道路，成为"世界的主人"，但波旁王朝的复辟使他的"英雄梦"成为泡影，于是他下定决心，"宁愿冒九死一生的危险也得发财"。他看到裁判官和神父打官司，结果神父赢了，而且40岁左右的神父年俸10法郎，是拿破仑手下大将年俸的三倍，为什么放着"有利可图"的行当不做呢！于是他决心穿上黑色教士服，把他根本不信的《新约全书》和《教皇传》等背得滚瓜烂熟。

他憎恨一切有钱人，同情贫民，这出自他的平民意识，但他又瞧不起下层人民。他以才能显示自己，提高身价，用高傲对抗等级歧视。他和德·瑞那夫人的爱情关系，首先是从他对贵族的鄙视、征服和报复的心理出发的，他把自己爱情上的胜利看作是同"拿破仑的辉煌胜利"一样。他憎恨贵族和教士的虚伪与卑鄙，但为了达到自己的目的，他又学习他们的虚伪和卑鄙。他崇拜拿破仑，但知道德·瑞那市长敌视拿破仑，于是就烧掉拿破仑像。他已背离了童年时对拿破仑的崇拜，向社会现实妥协了。在英雄主义的热情和虚荣心的驱使下，他的反抗性越来越收敛，而他的虚荣心和妥协性越来越明显。

当于连与德·瑞那夫人的私情败露之后，他为了当上主教，到贝尚松神学院学习。他憎恶那充满虚伪与尔虞我诈的环境，但他认为在狼的社会里生存下去，必须先把自己变成一只狼，才能和他们较量。于是他收起了高傲，学会谨慎，变得更加虚伪自私，伪装真诚与顺从，博得彼拉院长的欢心。后来在彼拉院长的推荐下，他来到了"阴谋与伪善的中心"——巴黎。由于他勇敢、聪明和才智，参加保皇党会议，凭着超强的记忆力，于连将会议的秘密情报送到英国去，所以受到木尔侯爵的青睐，得了勋章。至此，他已变成了贵族的心腹，贵族则成为他顺杆往上爬的工具。

为了达到他的野心，于连用卑鄙的手段获得了玛特儿的爱情，伪造了身世，得到了贵族的封号、骠骑兵中尉的委任状和一份地产。他终于穿上军装，置身于贵族的行列中，做着30岁当司令的美梦。此时他的反抗性格已经消失了，他不再憎恨贵族；不再反抗等级制度，已然变为封建阶级的鹰犬了。但是好景不长，统治阶级不会允许微贱的人混迹于富贵人的高等社会里，一封德·瑞那夫人的揭发信打破了他的"锦绣前程"，打碎了他的美梦。他在法院的慷慨陈词正是小资产阶级个人主义反抗的总结，同时也揭露了封建制度的不合理、贵族对平民的阶级压迫。他宁死不屈，拒绝上诉、忏悔，以死抗议这个社会。这时，他已从美梦中醒来，恢复了反抗性，表现出早年的英雄气概。于连的人生道路概括了王政复辟时期小资产阶级的反抗和妥协，具有很高的典型意义。

司汤达在《红与黑》中着重描写了主人公的恋爱生活。于连和德·瑞那夫人以及玛特儿小姐的关系在小说中占有重要的地位，而且成为情节发展的关键。作者通过三个人物错乱复杂的关系，表达了他对恋爱的见解。司汤达继承了启蒙学者的思想，认为每一个人都有享受人生幸福的权利，为了获得爱情，一个人应该勇敢地打破一切阶级的界限和封建道德的束缚。然而，在司汤达看来，于连和德·瑞那夫人以及玛特儿小姐的恋爱是野心造成的。在于连到市长家做拉丁文教师之后，他恋慕德·瑞那夫人的美丽容貌和高贵品质，在于连心目中，德·瑞那夫人嫁给德·瑞那市长简直是一朵鲜花插在牛粪上。于连在德·瑞那夫人家始终维护着自己作为一个平民的自尊心，就连德·瑞那夫人赠送礼物，他也认为是对他的一种侮辱。这就是为什么当德·瑞那夫人的手触着他而缩回去时，于连认为这对他是"自卑的情感的创伤"。

在木尔侯爵的府邸中，玛特儿小姐的才智、容貌和自由思想强烈地吸引了于连。这时的于连已有了一次恋爱经验，而且在神学院经历过14个月的锻炼，已经不是当初那个初出茅庐的乡下青年了。于连同玛特儿小姐的恋爱不同于与德·瑞那夫人的恋爱，他不是采用主动进攻的方法，而是采取以守为攻、欲擒故纵的策略。他和玛特儿之间那种变幻多端的恋爱经历简直就是平民和贵族之间自尊心的较量和搏斗。在于连的心目中，这个巴黎最时髦、最美丽、最浪漫的年轻小姐请他午夜幽会的邀约可能是一个圈套，但经过激烈的思想斗争他最终毅然赴约了。

在玛特儿做了他的情人之后，阶级的自尊心使她两度和于连"绝交"，致使于连痛苦难熬。最后于连采用了一个花花公子的招数,用他惊人的傲慢和故意追求玛特儿小姐的女友德·菲花格元帅夫人的策略来战胜玛特儿的抵抗,使玛特儿冲破了阶级的障碍,甘心情愿做他驯顺的妻子。这时的于连感到了胜利之后的幸福和满足,他的"平民翻身反抗的心情"获得了酬报。

于连谋杀德·瑞那夫人的动机并不是由于她的告发断送了他飞黄腾达的前程,主要是由于他发现自己唯一信任和热爱的女人竟会背信弃义、成为敌对阶级的帮凶,把他出卖了。在于连谋杀德·瑞那夫人被捕入狱后,他拒绝越狱、上诉,因为他知道自己年轻时代的美梦在波旁王朝这个等级森严的社会已经没有实现的可能,他对平庸的时代已经毫无所求。同时,也因为他发现德·瑞那夫人依然保持着对他的完全信任和真正的爱情,这个发现恢复了他人生美好的理想,也使他更深切地意识到他的谋杀罪行的残暴和不可饶恕。从他和德·瑞那夫人的关系来说,他相信被判死刑对于他是绝对公正的,这个判决也可以说是他的自我裁判。

艺术特征

司汤达的《红与黑》被认为是法国以及欧洲现实主义文学的开始,体现了现实主义创作原则,为我们再现了1815—1830年波旁王朝复辟时期的社会现实,开西方现实主义文学之先河。其艺术成就如下:

首先,塑造典型环境中的典型性格。在《红与黑》中,作家通过于连性格形成史,具体描写了三个典型环境——维立叶尔市的唯利是图和虚荣;贝尚松神学院的宗教专制和假冒伪善;巴黎贵族社会的阴谋与腐败。小说描写了资产阶级大革命时期民主思想的影响,复辟时期平民受压的处境,尖锐复杂的阶级关系和社会风气,这个环境是典型的。于连的英雄主义热情和虚荣心、反抗性和个人奋斗的道路、妥协和虚伪都是这特定历史环境的产物,是各种社会风气影响的结果,概括了19世纪20年代法国小资产阶级青年的特征。

其次,司汤达善于根据人物的社会地位和生活环境来细致地描写人物的心理活动,并通过展现他们的内心世界来刻画他们的性格。这对于刻画于连矛盾而复杂的性格起着重要作用,如小说写于连开始反对当家庭教师,他对父亲说:"我不愿当奴仆。""要我和奴仆同桌吃饭,我宁可死掉!"他想逃走当兵,但又一想,如果跑了,做神父的好职位也就没有了,于是只好忍辱答应。这段心理描写,表现了他反抗和妥协的矛盾性格以及向上爬的决心。又如,写他在德·瑞那市长家里感到压抑和烦闷,但一到大自然中就心情舒畅,他在山上看到雄鹰在高空中展翅飞翔,羡慕它的力量和高傲,把它看作"拿破仑的命运"的象征,由此又想到自己的命运。这种心理状态揭示出他要做强有力的大人物的内心世界。再如,描写于连对玛特儿的爱情关系,他的心理活动是很复杂的,其中,既有平民的自尊心和虚荣心,也有爱情的欢乐和失恋的痛苦。小说写他赴约之前,先是高兴,然后是疑虑重重,最后想到要维护自己的荣誉,在这个过程中,有感情的激动,也有冷静的思考和安排,心理描写非常细致,表现出于连经过神学院的磨炼,已不是鲁莽的青年了,他的性格发展了。司汤达以他精湛的心理描写艺术,使人物形象更加丰满,增加了真实感。

最后,小说的结构完整严密。《红与黑》以于连的生活史为主线,随着于连的向上爬描写了三个典型环境:维立叶尔小城、贝尚松神学院、巴黎上流社会。从于连的人生轨迹可以看到他从维立叶尔小城到贝尚松,再到巴黎的上流社会,这种由偏僻外省到首都,由小到大,由低到高,线索和层次非常清楚,这种逐层升高的结构方式和于连的人生轨迹构成一个有机联系。并通过于连的经历,反映了19世纪20年代后期的社会风貌。

4. 思考题

① 西欧现实主义文学出现的历史条件和基本特征是什么?
② 19世纪英国现实主义文学有哪些显著特点?
③ 19世纪中后期法国现实主义文学有哪些主要代表作家和作品?
④ 如何理解《红与黑》是一部政治色彩浓郁的小说?
⑤ 分析于连·索黑尔的矛盾性格。

第八讲 19世纪俄罗斯文学

19世纪是俄罗斯文学史上群星灿烂的时代，在这一百年中出现了一大批世界级作家，普希金、莱蒙托夫、果戈理、屠格涅夫、车尔尼雪夫斯基、冈察洛夫、陀思妥耶夫斯基、托尔斯泰、契诃夫等，同时也出现了一大批影响世界的文学作品，19世纪被世人称为是俄罗斯文学的黄金时代。

一、19世纪俄罗斯文学发展简介

从俄罗斯文学的发展历史来看，最早可追溯到《伊戈尔远征记》（大约1185—1187）。这个手抄本于18世纪末被发现，它号召基辅罗斯的王公贵族们团结起来共同对付波洛威茨人的入侵。基辅罗斯是一个以东斯拉夫人为主逐渐发展起来的封建国家，公元988年符拉季米尔大公将基督教定为国教，改变了斯拉夫人信奉多神教的思想方式，巩固了封建统治。14世纪东北罗斯各国为了共同抵御蒙古人的入侵和占领开始联合起来，以符拉季米尔大公国为中心建立统一的俄罗斯国家。1547年，伊凡四世正式采用"沙皇"（这个词来自罗马皇帝称呼"恺撒"一词，意为皇帝）称号，成为一个多民族的、强盛国家的统治者。1584年伊凡四世去世，俄罗斯经历了费多尔（1584—1598）、鲍利斯·戈都诺夫（1598—1605）等人的统治，直到1689年彼得一世（1672—1725）上台以后俄罗斯经济、政治等方面得到较大的发展。

俄罗斯文学在19世纪之前没有太大的发展，19世纪初期的文学主要受到西欧的影响，在俄罗斯的文坛上几种流派同时并存，如以罗蒙诺索夫、苏马罗科夫为代表的古典主义文学，卡拉姆辛等为代表的感伤主义文学，茹可夫斯基等人的浪漫主义文学，以及冯威辛、拉季谢夫等人为代表的讽刺现实、批判现实的文学。19世纪初期影响俄罗斯的有两件大事，一件是1812年拿破仑侵略俄国，另外一件是1825年的十二月党人起义。19世纪初期的俄罗斯，正处在封建农奴制社会逐渐解体，资本主义生产关系开始形成的时期，当时阻碍俄国历史进程的有两大社会障碍，一个是沙皇专制制度，另一个是农奴制度。1812年拿破仑入侵俄罗斯对整个俄国影响很大，外族入侵激起了整个民族意识的觉醒。1816年远征归来的近卫军官和贵族进步青年开始组织起秘密团体，即"救国同盟"。这个"救国同盟"在1818年改名为"幸福同盟"，后于1821年解散成立了秘密的"南社"和"北社"。十二月党人经过长期的思想和组织准备，于1825年12月14日公开发动了旨在推翻沙皇专制制度的起义，这次起义遭到了残酷的镇压，起义主要领导人或被绞死，或被流放。尽管这场起义最终失败了，但是它的积极影响是巨大和深远的，它揭开了俄国解放运动的序幕，开创了俄国解放运动史上第一个革命时期——贵族革命时期。到了19世纪60年代初期，沙皇政府被迫在1861年颁布法令，开始自上而下地废除俄国的农奴制度，这是19世纪俄国历史的一个转折点。农奴制改革以后，从19世纪60年代到1905年，这是俄国革命的准备时期。1917年在列宁领导下的布尔什维克推翻了沙皇的统治，建立了第一个社会主义国家。

19世纪的俄罗斯作家可谓群星灿烂，代表性的作家、作品有普希金（1799—1837）的《叶甫盖尼·奥涅金》（1833）、莱蒙托夫（1814—1841）的《当代英雄》（1840）、果戈理（1809—1852）的《死魂灵》（1842）、屠格涅夫（1818—1883）的《父与子》（1862）、陀思妥耶夫斯基（1821—1881）的《罪与罚》（1866）、车尔尼雪夫斯基（1828—1889）的《怎么办》（1863）、冈察洛夫（1812—1891）的《奥勃洛莫夫》（1861）、托尔斯泰（1828—1910）的《安娜·卡列尼娜》（1877）、契诃夫（1860—1904）的短篇小说等。

二、19世纪俄罗斯文学的基本特征

1. 从萌芽走向成熟的俄国现实主义文学

俄罗斯现实主义文学形成于19世纪初期的沙皇专制制度与农奴制度下，因此，它所面临的历史使命与西方现实主义文学有比较大的差别性。俄国现实主义文学所面对和批判的不是正在兴起的资本主义，而是已经没落的、阻碍着社会向前发展的封建制度，以完成资产阶级民主革命的历史使命。

俄国现实主义文学始终贴近俄国的社会发展，这就决定了俄国现实主义文学同俄国社会的历史变革以及俄国的解放运动保持着密切的联系。俄国现实主义文学所具有的革命性、战斗性、深刻的现实主义、强烈的爱国主义、高度的人道主义精神和人民性都由这个流派与俄国人民的解放运动的密切联系来决定。俄罗斯现实主义萌芽于19世纪的20年代中期，在十二月党人反对沙皇专制制度和农奴制度的政治氛围下，由普希金开创，果戈理将其推向成熟。俄国现实主义文学在19世纪五六十年代走向繁荣，到了契诃夫时代，俄国现实主义文学逐渐衰微，现代派文学开始出现，最终出现了19世纪末20世纪初的俄罗斯文学的第二个繁荣时期，即"白银时代"。

俄国现实主义文学的形成经过了一个漫长的过程。18世纪在冯维新（1744/1745—1792）、拉季舍夫（1749—1802）的作品中有明显的现实主义因素，如《从彼得堡到莫斯科旅行记》（1790），真实记述了农民的生活状况，地主每星期要强迫农民服6天劳役，只留给农民假日和月夜，这在"札依采伏"和"铜村"等章节中得到反映和描述。19世纪初期克雷洛夫的寓言以及格利鲍耶陀夫（1794/1795—1829）的喜剧《聪明误》（1823）对现实主义的形成有着很大的贡献。到了普希金（1799—1837）时期，他在各种文学形式里——抒情诗、长篇小说、中篇小说、短篇小说、悲剧、叙事诗、故事诗等，都运用了现实主义的写作方法，特别在他的诗体小说《叶甫盖尼·奥涅金》（1833）等作品里，真实、全面地反映了俄国过去的和当代的社会生活，体现了现实主义原则，达到了典型环境与典型性格相结合的高度。俄国现实主义是在果戈理文学创作中走向成熟的。19世纪30年代果戈理发表了《小品集》、《密尔格拉德》，而《钦差大臣》（1835）则确定了他在现实主义文学中的领导地位。1842年《死魂灵》的问世是俄国现实主义文学的伟大胜利。19世纪的俄国现实主义文学通过普希金、莱蒙托夫、果戈理的创作实践以及别林斯基的理论评述，到了40年代已经全面走向了成熟。

俄国现实主义在19世纪五六十年代迅速走向繁荣，出现了一大批优秀作家和作品。屠格涅夫是19世纪俄罗斯杰出的小说作家，他的6部长篇作品《罗亭》（1856）、《贵族之家》（1859）、《前夜》（1860）、《父与子》、《烟》（1867）、《处女地》（1869）以及其他作品不仅揭露了社会的弊端，而且还探讨了"怎么办"的问题。19世纪五六十年代有一大批作家作品不断地涌现出来，如冈察洛夫的《奥勃洛莫夫》、奥斯特洛夫斯基（1823—1886）的《大雷雨》、托尔斯泰的《战争与和平》（1869）、陀思妥耶夫斯基的《罪与罚》和《白痴》（1868）、涅克拉索夫（1821—1878）的《谁在俄罗斯快乐而自由》（1876）、车尔尼雪夫斯基的《怎么办》。19世纪七八十年代到19世纪末期，在现实主义文学创作上最有成就的是托尔斯泰、契诃夫和谢德林。托尔斯泰将农奴制改革以来俄国发生的社会变化写入了他的长篇小说《安娜·卡列尼娜》中，而他的第三部长篇小说《复活》（1889—1899）是19世纪俄国文学中现实主义的最高成就，是托尔斯泰思想转变之后的思想总结和长期艺术探索的结晶。契诃夫是继托尔斯泰之后在现实主义文学创作上最有成就的作家，他的文学作品始终洋溢着乐观主义情绪和对新生活迫近的预感，在艺术上达到了前人未曾达到的高度。

2. 不同类型的人物系列

19世纪的俄国文学同俄国解放运动有着紧密的联系，这不可避免地影响到作品中的人物形象，"多余人"、"小人物"、"新人"成为俄国文学中不可缺少和无法忽视的人物系列。

"多余人"是19世纪上半叶俄国文学中的正面人物形象，在时代潮流的冲击下一部分贵族感受不到现实生活中有任何值得感兴趣的事情，但他们又不甘心沉沦到底。他们对自己所处的生活环境不感兴趣，但又没有力量同本阶级决裂，思想上脱离人民。命运注定他们不得不生活在这样一个环境中，于是他们犹豫徘徊、无所事事，正如赫尔岑所说的那样，他们"永远不会站在政府方面"，同时他们也"永远不能够站在人民方面"，这种人是俄国农奴制崩溃中的社会产物，如普希金《叶甫盖尼·奥涅金》中的奥涅金，莱蒙托夫《当代英雄》中的毕巧林，屠格涅夫《罗亭》中的罗亭，冈察洛夫《奥勃洛莫夫》中的奥勃洛莫夫。"多余人"形象从奥涅金开始到奥勃洛莫夫结束，这也反映了一个时代的结束和另一个时代的开始，即从俄国贵族革命时期过渡到了平民革命时期。

俄国文学中的小人物首先也是从普希金开始的，他的《驿站长》开创了俄国文学中小人物的先河。小人物是俄国文学史中一个特殊的概念，它是专指文学作品中所描写的沙皇政府机关中那些下级的小官吏、小职员、小办事员,他们官级低下、生活贫困、无权无势,是显赫大人物管制下的受损害、受侮辱的牺牲品。普希金《驿站长》中的维林就是这样的人物形象,他是一个俄国十四等文官,整年过着提心吊胆、抑郁苦闷的日子,生活中唯一能给他安慰的是女儿冬尼亚,可是女儿后来也被一个贵族军官骗走了,最后维林在痛苦无望中死去。普希金在《驿站长》中对主人公充满着同情,流露出强烈的民主主义思想。

　　继普希金之后,果戈理也创作了《狂人日记》和《外套》,也从不同角度展示了小人物的特性。小说《狂人日记》和《外套》选自《彼得堡故事集》(1835),文中充满着人道主义精神。《外套》描写了小官吏阿卡吉·阿卡吉耶维奇,这是一个地位卑微、心胸狭窄、精神麻木的人,新做的一件外套竟成了他鼓舞自己的一个了不起的理想,使他的生活有了新的意义。可是在外套做成之后,他却因外套被强盗抢走而忧郁死去。果戈理的《外套》继承和发展了普希金开创的写小人物的传统。陀思妥耶夫斯基的《穷人》(1845)和契诃夫的《小公务员之死》都是写小人物的作品。再如《小公务员之死》描写了一位叫切尔维亚科夫的小公务员在看戏的时候,由于无意之中打了一个喷嚏,把唾沫星溅到坐在前排的将军秃脑袋上,这位小公务员害怕这位显赫的大人物不原谅自己,急忙道歉。尽管这样,回到家的这位小公务员还是心惊胆战,惶惶不可终日,在登门道歉被将军大骂和申斥之后,在忧郁惊吓中一命呜呼。俄国文学中的小人物形象在世界文学史中占有一席之地,在这一类作品中包含着作家对小人物的同情,对社会不平等的强烈抗议,同时也希望能改变这种现状,建立一个人人平等的理想社会。

　　"新人"是19世纪中期出现的具有民主主义思想的平民知识分子,屠格涅夫的《父与子》的巴扎罗夫是新人的最早代表。"新人"的出现是俄国现实生活向作家们提出的新课题,同俄国人民解放运动紧密相连。先进人物的出现在文学中得到迅速的反映,正如车尔尼雪夫斯基所说:"现在已经不能从贵族知识分子那里期待任何好的东西了,他们的时代已经过去了。现在俄罗斯已经有一些较为完善的人了。"车尔尼雪夫斯基所说的"较为完善的人"实际上就是平民知识分子。

　　除了屠格涅夫在文学作品中描写"新人"的形象以外,车尔尼雪夫斯基的长篇小说《怎么办》也成功塑造了拉赫麦托夫等一系列革命者的形象。应该说在20世纪五六十年代关于"多余人"和"新人"的地位问题以及在革命中的作用成为革命派和自由派之间激烈争论的焦点之一。

3. 理论争鸣成为文学发展的风向标

19世纪俄罗斯文学取得的令世人瞩目的成就同俄国理论家对文学的批评和指导息息相关，理论家成为俄罗斯文学创作的灯塔和风向标。

19世纪俄国现实主义文学在形成过程中，别林斯基（1811—1848）曾做出过很大的努力，维护了现实主义的健康发展。别林斯基是19世纪40年代俄国文艺思想战线的卓越领导者，他对果戈理有着极高的评价，把果戈理这一派称为俄国"自然派"。应该说俄国现实主义经过普希金、莱蒙托夫、果戈理的创作实践，和别林斯基的理论阐述，从实践到理论已经成熟。但是，俄国现实主义文学的发展并不是一帆风顺的，19世纪40年代别林斯基与果戈理之间的论战表现出一个理论家对文学发展的敏锐性和洞察力，以及坚持正义和真理的执着态度。随着《钦差大臣》、《死魂灵》第一部的问世，果戈理面对着来自不同的声音，其思想逐渐发生变化，在向现实妥协的态度中创作了《死魂灵》的第二部，并开始构思和写作《与友人书信选》（1847）。《与友人书信选》涉及果戈理自己的宗教信仰、美学思想和斯拉夫派和西方派之间争论所表现出的态度。别林斯基针对果戈理的《与友人书信选》，发表了书评《尼古拉·果戈理的〈与友人书信选〉》，对果戈理进行了全面的抨击，从全书立意到章节前的引文，从作者的写作态度到写地主、官员提出的那些可笑的建议，从果戈理对自己先前创作的忏悔到他宣扬的宗教立场都遭到了别林斯基的一一驳斥。但是，果戈理对别林斯基的批评不能接受，写信给别林斯基为自己辩护，后者则又写了《致果戈理的信》（1847），在他看来果戈理的书已经背离原来的现实主义创作原则，在一个人压迫人的社会里果戈理的恭顺和妥协是没有任何意义的，对君主的效忠就是对人民的背叛。

五六十年代正是俄罗斯农奴制改革前后的时期，是俄国历史上极其重要的时期。1861年沙皇政府被迫颁布法令废除俄国的农奴制，这是19世纪俄国历史上的转折。19世纪60年代前后的俄国文坛围绕着农奴制的改革在思想战线上展开了剧烈的斗争。以车尔尼雪夫斯基为首的革命民主主义者代表广大农民的利益，他们主张进行农民革命，认为全部土地应该无偿地归还给农民。社会的政治斗争反映在文艺领域的各个方面，争论的焦点集中围绕着几个重大的问题进行：文学与现实的关系问题，正面人物形象与"多余人"形象问题，继承与维护普希金、果戈理和别林斯基的传统问题等。在这场争论中，车尔尼雪夫斯基、杜勃罗留波夫（1836—1861）主编的《现代人》杂志处在革命最前沿，集聚着一大批进步作家。在这一时期《现代人》杂志发表了一系列优秀的文艺批评、政论和作品，宣传革命民主主义的政治主张和美学思想，如车尔尼雪夫斯基的《生活与美学》（1855）、《俄国文学中果戈理时期概观》（1855），杜勃罗留波夫写的《什么是奥勃洛莫夫性格》、《黑暗王国中的一线光明》、《真正的白天何时到来》等。在19世纪五六十年代的文艺争论中，由于意见不一致，《现代人》杂志内部形成两派，以屠格涅夫为首的一部分贵族出身的，对农奴制改革抱着自由主义态度的作家离开了《现代人》杂志。随着杜勃罗留波夫1861年逝世，诗人和翻译家米海洛夫被流放到西伯利亚矿山做苦役，1862年6月15日沙皇政府下令《现代人》杂志停刊8个月，接着车尔尼雪夫斯基被捕，被监禁在彼得堡要塞里，后被流放到西伯利亚长达20多年，《现代人》杂志于1866年6月1日完全停刊。在这个时期除《现代人》杂志以外，其他进步刊物，如赫尔岑主编的《警钟》、沙皮列夫主编的《俄罗斯的话》等进步刊物在反对沙皇制度、宣传革命思想、维护农民利益方面也做出了极大的贡献。

　　在19世纪下半叶到20世纪初期，列夫·托尔斯泰一直是俄国文学界备受关注的作家，如何认识托尔斯泰成为俄国社会的价值取向和风向标。针对托尔斯泰作品，评论者从不同的视角和观念去评判，从托尔斯泰作品中汲取自己所需要的东西，代表自己阶层和利益去宣传、发表一些言论。尤其是1905年俄国资产阶级民主革命的爆发使俄国社会形势更加动荡复杂，有人利用托尔斯泰在俄国的影响，大肆鼓吹以"勿以暴力抵抗邪恶"、"全人类之爱"、"道德自我完善"为主要内容的托尔斯泰主义，竭力鼓吹托尔斯泰是"伟大的先知"、"生活的导师"、"思想的明灯"、"世界的良心"等，他们抹杀了托尔斯泰文学作品中愤怒揭露、强烈抗议、无情鞭挞沙皇政府的积极部分，在这种情况下，列宁于1907—1910年先后发表了七篇论文全面评价托尔斯泰，它们是《列夫·托尔斯泰是俄国革命的镜子》、《列·尼·托尔斯泰》、《转变没有开始吗》、《列·尼·托尔斯泰和现代工人运动》、《托尔斯泰和无产阶级斗争》、《"保留"的英雄们》、《列·尼·托尔斯泰和他的时代》。列宁不仅深刻分析了托尔斯泰世界观和创作的矛盾、二重性，而且揭示了形成这种矛盾、二重性的根源。列宁说："托尔斯泰的观点和学说中的矛盾并不是偶然的，它反映了19世纪最后三十几年俄国实际生活所处的矛盾状况。""托尔斯泰的学说不是什么个人的东西，不是什么突发的和独特的东西，而是千百万人在相当长的时期内实际所处的一种生活条件产生的思想体系。"

19世纪的俄国文学与理论有着密切的关系，这种关系往往同俄国的解放运动紧紧地联系起来，成为文学发展不可缺少的思想导向和里程碑。

三、19世纪俄罗斯现实主义文学的地位与影响

19世纪是俄罗斯现实主义文学在俄国文学史上群星灿烂的黄金时代，涌现出一大批世界知名的作家和作品，使俄国文学摆脱了落后面貌，真正走出国界，成功亮相在世界面前。19世纪的俄国现实主义文学始终与俄国民族解放运动、俄国的社会变革保持着密切的联系，这就使得俄国文学深深地打上时代的烙印，作品中的题材、人物、理论争鸣等体现出了时代的特点。正是这一黄金时代为19世纪末20世纪初期俄国出现的"白银时代"打下了坚实的基础，也为20世纪苏联文学的创作提供了丰富的营养。

四、托尔斯泰与《安娜·卡列尼娜》

列夫·托尔斯泰是俄国现实主义文学最杰出的代表，也是世界最伟大的作家之一，他的文学创作活动持续了将近60个春秋，跨越了俄国解放运动三个历史时期。托尔斯泰的思想在他文学创作的几十年间经历了巨大的变化，他从一个受过资产阶级启蒙思想影响、具有民主主义和人道主义倾向的进步贵族青年，发展成为宗法制农民思想的代表。托尔斯泰的文学是俄国革命的一面镜子，他的作品反映了1861—1905年俄国社会的发展轨迹和俄国社会各阶级斗争的政治动向。

1. 作家生平与文学创作

列夫·尼古拉耶维奇·托尔斯泰（1828—1910）出生在俄国图拉省雅斯纳亚·波良纳一个古老的贵族家庭。托尔斯泰的初等教育是在家里完成的，1844年他进入喀山大学东方文学系学习，第二年转入法律系。在学校期间托尔斯泰阅读过法国启蒙思想家的著作。受其影响，1847年他离开喀

山大学回到家乡，成为雅斯纳亚·波良纳年轻的庄园主，也成了农民和贵族之间对立的一方。随后托尔斯泰在农事改革中试图调节地主与农民之间的紧张关系，但是最终失败，他将这次失败的尝试写进了中篇小说《一个地主的早晨》（1856）。1851年托尔斯泰以贵族士官生的资格参加了俄国住高加索的军队，并亲身参加了保卫塞瓦斯托波尔的战争，将这场战争写进了《塞瓦斯托波尔故事》中，开创了俄国文学描写战争的现实主义传统。1852年托尔斯泰在《现代人》杂志上发表了第一部中篇小说《童年》（1852），之后完成了《少年》（1854）和《青年》（1857）的创作。

1855年塞瓦斯托波尔失守，托尔斯泰离开高加索地区，回到了彼得堡，结识了文学家和批评家涅克拉索夫、冈察洛夫、屠格涅夫、车尔尼雪夫斯基等人。19世纪50年代的托尔斯泰站在贵族地主阶级的立场上去考虑农民与地主的关系问题，虽然托尔斯泰同情农民，但他的一切改革措施都是出于挽救贵族地主阶级的动机，对放弃土地特权、将其归还给农民的要求并不认同，他主张农民要用赎买的方式获得土地。托尔斯泰1856年以片断的形式发表《一个地主的早晨》，表达了他对地主与农民的关系问题的关注。1857年托尔斯泰第一次出国旅行，游历了法国、瑞士、意大利和德国，对资本主义社会有了一定的了解，看到了资产者的冷酷与无情，并将其想法写进了短篇小说《琉森》（1857）。1863年托尔斯泰发表《哥萨克》，这部小说描写了哥萨克人的淳朴的劳动生活、哥萨克人美好的形象，体现了作家托尔斯泰平民化的思想，为19世纪80年代托尔斯泰创作思想的转变做了准备。

19世纪60年代，托尔斯泰将自己的注意力投向了俄国历史，1863—1869年他完成了史诗性的长篇小说《战争与和平》。19世纪70年代的重要作品是《安娜·卡列尼娜》，这部小说写于1873—1877年，托尔斯泰受到一个刑事案件的启发，将其扩大成对俄国农奴制改革以来俄国在政治、经济、家庭、爱情、婚姻等方面发生重大变化的思考。70年代末、80年代初托尔斯泰的世界观发生了根本的变化，从贵族地主阶级的立场转变到宗法制农民的立场上来，这也使得托尔斯泰的作品在思想上发生变化。八九十年代他发表了一批惩恶扬善和教诲的作品，如《伊凡·伊里奇之死》（1886）、《黑暗的势力》（1886）、《克莱苔尔奏鸣曲》（1887—1889）、《教育的果实》（1890）等。托尔斯泰晚年的代表作品是《复活》（1889—

1899），这部作品达到了现实主义文学的高峰。在小说中作家对沙皇专制制度、司法制度、土地私有制度和官办教会进行了辛辣的批判和嘲讽，由于小说触犯了教会，1901 年托尔斯泰被俄国宗教局开除了教籍。

托尔斯泰晚年不仅宣传他的宗教道德学说，而且号召人们平民化，放弃特权。他决心放弃贵族的生活和特权，过平民化的生活，但与家人发生了冲突。1910 年 10 月 28 日他离家出走，1910 年 11 月 7 日在阿斯塔波瓦车站因患肺炎病故，享年 82 岁。

2. 《安娜·卡列尼娜》故事梗概

安娜出身于贵族世家，丈夫是圣彼得堡部长级官员，由于兄长奥布朗斯基出现婚外情使得嫂子杜丽闹着要离婚，为了使他们和好安娜坐火车从圣彼得堡到莫斯科去调解他们之间的矛盾。在莫斯科期间，安娜在上流社会的社交场合上认识了来自圣彼得堡的皇家副官渥伦斯基。此时，渥伦斯基正在莫斯科热烈地追求贵族小姐吉提，但当他看到安娜后立刻改变了追逐爱情的方向，但此时安娜还无法接受这份感情。

回到了圣彼得堡，安娜在火车站发现自己的丈夫卡列宁的耳朵特别丑，这时她对丈夫的认识开始发生变化。渥伦斯基回到圣彼得堡后在社交界拼命追求安娜，在多次表白之后安娜终于承认了这份感情。安娜怀孕了，并产下一个小女孩。她向丈夫卡列宁提出离婚，但遭到丈夫的强烈反对，最终安娜离家出走。安娜开始与渥伦斯基同居，并且到国外旅游，这时的安娜是幸福的，但是这种甜蜜的生活随着时间的流逝以及他们回到圣彼得堡后渥伦斯基忙于各种公务而逐渐消失。当安娜想再次回到圣彼得堡上流社会时，整个上流社会拒绝接纳她。在社交场合中一些贵妇人开始议论纷纷，对她进行排挤和人身攻击，这使得安娜再也不敢踏入社交界一步，她过着一种深居简出的生活。卡列宁为了惩罚安娜，剥夺了她对孩子的探望和监护权，这使得安娜十分痛苦。此时渥伦斯基和安娜开始为一些小事争吵，安娜越来越感到渥伦斯基对自己的感情是虚伪的、没有结果的。安娜在生命的最后已经对社会、人生和情感完全绝望，最终到火车站卧轨自杀了。

3. 作品分析

《安娜·卡列尼娜》是托尔斯泰继《战争与和平》之后写的第二部长篇巨著，就其艺术价值来说，它是俄国和世界文学史上最优秀的作品之一，是 19 世纪 70 年代俄国资本主义发展时期社会生活的生动画卷。

列宁在论述托尔斯泰和他的时代时说道:"在《安娜·卡列尼娜》里,托尔斯泰借康·列文的嘴,非常清楚地表明了这半个世纪俄国历史的变动是什么……'现在在我们这里,一切都翻了一个身,一切都刚刚开始安排',对于1861—1905年这个时期,很难想象有比这更恰切的说明了。"然而托尔斯泰也像民粹派一样,闭着眼睛,不愿正视在俄国"开始安排"的东西正是资本主义制度。资本主义制度的到来,不能不在俄国社会的经济、政治、家庭、道德等各种领域里带来变动,同时,也不能不使托尔斯泰在创作这部小说时,进行一系列的紧张探索。

1872年1月8日,图拉省公报上发表了一则消息,说1月4日晚7时,一个穿着体面的青年女子,在一个小火车站卧轨自杀了。这位女子叫安娜·彼留可娃,她是地主比比可夫的情妇。她为什么要自杀呢?因为比比可夫对她变了心,打算要与他儿子的女家庭教师结婚,于是安娜·彼留可娃出走自杀了。这件事不仅为托尔斯泰创作这部小说提供了素材,而且也触发了他思考家庭、婚姻、爱情等一系列社会问题。从1873年起,在5年的创作过程中,情节在扩展,主题在深化,把原来带有"私生活"性质的故事,扩大成了一部具有鲜明时代特点、概括许多重大社会问题,并具有高度艺术概括力的大型作品。

小说开篇的第一句话就概括了资本主义发展,在家庭婚姻方面所引起的变化:"幸福的家庭都是相似的,不幸的家庭各有各的不幸。奥布浪斯基家里,一切都混乱了。"接着,小说描写了许多贵族之家的"不幸"和"混乱"。如:奥布浪斯基和家庭女教师的暧昧关系被发现了,妻子正闹着离婚、分家;薛杰巴茨基老夫妇为了女儿吉提择婿经常吵架拌嘴;卡列宁的妻子爱上了青年军官渥伦斯基,并与他离家出走。上流社会的其他家庭,夫妻、父子、亲眷之间更是存在着一种互相欺骗玩弄的关系。培脱西公爵夫人和托希喀维奇保持着人人皆知的"秘密关系",西尔顿男爵夫人和他人公开住在一起等;他们把已婚的男女通奸,视为社交场上的风流韵事。虽然这些家庭悲剧各有特色,但是其不幸的根源则是相同的,这就是社会的变动给家庭生活、婚姻与爱情所带来的巨大影响。在展示家庭生活时,小说突破了家庭本身的框子,把它们扩展到广阔的社会背景上,揭露了整个俄国的专制制度,包括宗教制度、婚姻制度、法律制度,以及整个农村资本主义经济、政治逐渐代替封建主义的经济、政治的变化过程,具有巨大的概括力。

安娜是19世纪70年代俄国上流社会中追求个性解放的贵妇人，是俄国现实主义文学所塑造的最鲜明的妇女形象之一。托尔斯泰以巨大的艺术力量描写了安娜一生的命运及其结局，描写了她的道德追求、生活遭际，唤起了读者的同情与关注。

安娜把爱情作为美来追求，作为合乎人道的生活权利来追求，但是，这却引起了她的生活悲剧、家庭悲剧以及生命的悲剧。从外表上看，安娜相貌美丽、体态匀称、表情动人，同时她道德高尚、感情纯真，富有内在的美，使人感到从她外表到内心世界都是迷人的。比如，列文说她有"惊人的诚恳"，吉提觉得她内心里"有一个特别的、崇高的内心世界"，在整部小说中，作者也特别强调这些。但是，在贵族专制社会里，安娜并未得到好的命运。在小说中，读者刚刚见到她时，有一种压抑的东西笼罩着她，不时从她的脸孔上、眼睛里流露出来，使读者马上想象到，这是个不幸的女人。

在爱情上，安娜首先是贵族社会的牺牲品。原先，卡列宁在做省长时，他为了攀结贵族，于是与安娜的家庭常常来往，因而引起人们的猜测，都说卡列宁在追求这家的姑娘安娜。于是安娜的姑母就对卡列宁说："如果你不愿意让我们丢人，你就娶了她吧！"这样，一桩地方势力和官僚相结合的包办婚姻便成功了。这种包办婚姻则是贵族地主社会中普遍而典型的现象，所以安娜初入社会，就是一个受害者和牺牲品。在安娜出嫁后又成了丈夫的附属品。卡列宁是彼得堡显赫的大官僚，是一架毫无感情的官僚机器。他醉心于功名利禄，是一个死气沉沉的官僚制度的化身。卡列宁眼里没有人，没有人的生动活泼的感情，对安娜来说，他是一个可怕的深渊。在婚后的8年生活中，他们之间没有爱情，没有真正的生活。安娜平静、安定、务家，关心孩子的教育，表面上还算幸福，但是这只是暂时的，就连她的嫂嫂、老实的杜丽也看出了他们生活中有一种虚伪的东西。卡列宁并不需要什么爱情，他需要妻子充当自己官场活动中的花瓶，借妻子的美貌去升官，去炫耀自己当今如昔。因此，安娜在这个家庭中，完全成了一个被埋葬了的女人。

长期以来，安娜要"尽力去爱丈夫"，以便使爱情与母爱统一、和谐，可是家长制、虚伪的东西在阻碍着她，使她根本无法产生对卡列宁的爱。她试图从对儿子的母爱中寻求解脱，然而母爱越深，就越感到爱情的可贵，就越需要爱情；母爱越深，也就越来越不能填补爱情的空白，所以，在莫斯科与渥伦斯基相见仿佛向她打开了一个新的世界，她感受到爱情的欢乐与喜悦。安娜追求爱情的幸福，就是保卫自己的生活权利，因此她同丈夫的公开决裂，爱上了渥伦斯基，便是一个正直妇女对上流社会生活方式和传统的道德观念的抗议，是对束缚人的健康感情的一切虚伪的清规戒律的抗议。正为安娜自己所说，"罪不在我，上帝生了我这样的人"，"我要爱情，我爱生活。"

安娜绝不是逢场作戏的女人，她对爱情的态度是严肃认真的。当安娜认清自己的幸福追求之后，她反抗卡列宁以及卡列宁世界的勇气和毅力是惊人的。她不能再继续忍受卡列宁的冷酷与虚伪，在彼得堡上流社会面前，同渥伦斯基的关系完全公开化了，誓死维护自己的尊严与权利，要求与卡列宁离婚，然而卡列宁却夺走了儿子，接着整个贵族上流社会也起来反对她。安娜所追求的是光明正大的爱情生活，不想去过那种像上流社会女人那样背着丈夫偷情的双重生活。所以，她不仅敢于蔑视丈夫的权威，而且还敢于向整个贵族社会挑战；既争取母权，又争取人权，是个清醒的个性解放者。安娜与卡列宁的矛盾，实质上是个性解放和专制制度的矛盾，作品通过安娜的形象，提出了当时整个社会普遍存在的妇女解放问题。

在安娜的悲剧中，我们看到了贵族社会的冷酷无情。这样一个内心不平凡的年轻女人，因忍受不了贵族社会生活及其道德原则而被迫死去，托尔斯泰认为安娜悲剧的根源隐藏在整个制度的罪恶基础之中。在安娜的悲剧中，我们首先看见了贵族社会的黑手。安娜生活的彼得堡上流社会，是由"浑然一体"的三个社交集团组成，他们都互相认识、互相拜访。一个是由以卡列宁为首的政府官吏集团，他们是一些尔虞我诈、钻营利禄的官僚机器。第二个是由莉济亚·伊发诺夫娜伯爵夫人为首的年老色衰、慈善虔敬的贵妇人和聪明博学、自命不凡的男子所组成，他们是一伙假仁假义、两面三刀的伪君子。卡列宁就是靠着这个集团获得社会地位的。第三个集团以培脱西公爵夫人为中心，他们是个"跳舞、宴会和华丽服装的集团"，是"一只手抓牢宫廷，以免堕落到娼妓地位"的高等嫖客和娼妓。

在这个彼得堡上流社会里，原先他们是怂恿渥伦斯基追求安娜的，促使他们结合，认为妻子欺骗丈夫，逢场作戏的通奸行为毫不为奇。可是当安娜公开与丈夫决裂之后，安娜在他们的眼里便成了罪人。他们讽刺她、讥笑她，并且疏远她。这让安娜在彼得堡过着一种深居简出的生活，不敢踏入社交界大门。更重要的是，在贵族道德的压力下，安娜产生了激烈的思想矛盾：一方面，她喜欢自己所获得的新东西，另一方面，她又感觉这种生活是不可能继续下去的，不可能有什么幸福；一方面，她热烈地追求新生活，另一方面，又觉得与妻子的义务是矛盾的；一方面，她要求与所爱的人结合，走出卡列宁的家，另一方面，对儿子的深厚的母爱又使她不能舍弃家庭。

安娜与渥伦斯基的结合，本来是要寻找幸福的，但是这种爱情只是一种幻想，很快便昙花一现，因为渥伦斯基并不想使爱情化为家庭。渥伦斯基是彼得堡的花花公子，他追求安娜是出于虚荣心，将来并不准备去承担什么家庭义务。所以，后来当渥伦斯基的爱情逐渐冷却之后，安娜便完全绝望了。这样，安娜在为自己的生存权利的斗争中，在力量悬殊的情况下失败了。安娜处在这样地位：对丈夫她是不忠实的妻子；对情人，她只是个屈辱的情妇；而她自己，又将成为失去儿子的母亲。在这种情况下，她周围的人、整个贵族社会，都从她的不幸中得到了好处。丈夫利用她的不幸得到了升迁；情人利用她的不幸，得到了情欲的满足和漂亮的名声；上流社会利用她的不幸，掩盖了自己的丑恶。

通过安娜的命运与悲剧，托尔斯泰反映了农奴制度崩溃与资本主义生长时期俄国错综复杂的矛盾。在"一切翻了身"的时代，资本空前侵袭，物欲横流，个性遭到毁灭，一切高尚的东西，一切宗法制的旧关系，都淹没在利己主义的冰水之中。托尔斯泰通过安娜的嘴喊出："一切都是虚伪的，全是谎话，全是欺骗，全是罪恶！"安娜的悲剧是一幕惊心动魄的社会悲剧。安娜与丈夫卡列宁的冲突，绝不是一般家庭纠纷，而是资产阶级的民主要求与封建专制制度之间矛盾的反映。安娜的悲剧反映了那个时代俄国革命还不成熟。

小说中的康·列文是托尔斯泰的艺术化身。这一自传性形象，反映了作者在1861年改革后的精神危机以及他对19世纪70年代种种社会问题的看法。列文的生活明显地分为两个阶段：起初，他集中精力搞农业实践活动、搞农事改革，失败以后他转向了哲学探索。

列文不同于一般的贵族和地主，这个"乡下人"的外貌甚至是很古怪的，既不像贵族，又不像农民。他体格强壮、肩膀宽阔，蓄着卷曲的胡须，戴着羊皮帽,有时似乎毫无办法地东张西望,忽然间涨红了脸,像个羞怯和生气的小孩一样,因此,贵族社会把他看成是个无能的人,然而,列文对贵族社会同样是轻视的。列文是个在农奴制改革后力图保持宗法制农村关系的地主,他对资本主义侵袭下农村旧基础的崩溃感到忧虑,听到新兴的商人从地主手中低价购买土地和森林、贵族日益贫困感到极大的不安。

列文企图维护与巩固贵族地主的经济地位,但他又找不到出路。他一方面反对保守的地主对农民的残酷剥削,加重他们的地租负担,另一方面他又不同意自由主义者的观点,主张采用西欧资本主义的经营方式,这一切都在他的内心里形成了一种极其矛盾又无法疏解的情绪。列文的这种情绪在"一切都翻了身而刚刚安排下来"的时代,是很有典型意义的。

列文对地主与农民的关系非常关心,同时对农业减产和农民不干活颇为焦虑。他企图寻找调和地主与农民利益的办法——让农民们成为股东,变成农业企业的合伙人。但是,俄国的资本主义已经开始迅速地成长起来了,农村正在破产,所以这种乌托邦式的幻想是不能实现的。这实质上是在保留地主土地所有制的基础上,来建立地主与农民之间的宗法制关系,所以,这就决定了列文的解决社会矛盾的探索必然失败。

列文无时无刻不在进行精神探索,他反对城市资本主义"文明",反对乡村中残酷剥削农民的地主,他也反对那些商人。他否定了他的哥哥尼古拉·列文,也否定了他的另外一个哥哥——资产阶级自由主义者谢尔盖·列文。他认为卡列宁不好,而渥伦斯基同样也不好,同时觉得奥布朗斯基的生活也没有什么趣味,但什么是好的呢?他找不出来,他找到的是善,是为上帝而活着。

列文在与农民接触中,意识到自己阶级生活的丑恶,想去过一种"劳动的、纯洁的、共同的"生活,但是他又没有决心同本阶级的生活方式决裂,他只能到宗教中寻找出路。在小说的结尾,托尔斯泰用抽象的道德原则和宗教说教代替对尖锐的社会问题的解答。有一次,列文同一个农民谈话,这位农民谈道:"弗克尼奇是个老实人,他为了灵魂而活着。他记着上帝。"这样列文恍然大悟了,他开始否定理智,从宗教信仰、"爱人如己"等抽象法则中去寻找人生意义,也就是说,他开始了道德自我救赎。但是,列文并非是一个消极人物,他在生活中积极的追求精神是可敬的。他参加劳动,对事业有很大的兴趣,对爱情专一,也能够接近农民,热爱自然，这都是他性格健康的表现。

列文选择吉提为妻，这是他的幸福也是他的不幸。诚然，吉提是个纯真而诚挚的贵族少女，但是除了贵族的生活圈子之外，很难想象她能够同丈夫过另外一种生活。可是，在这个过渡时期，列文开始意识到本阶级日趋没落，他渴望同人民群众接近，但是，他对吉提的爱又把他拖入陈旧的生活轨道。如果说，列文在自己的生活圈子里逾越一步的话，那么他就不能成为幸福的人了。因此，托尔斯泰通过列文的家庭生活，又指出这种生活也是不幸的。

如果我们从安娜、卡列宁、渥伦斯基身上能看到鲜明的性格特征的话，而我们却很难用一句话来概括列文的性格。在列文的探索中，提出了许多社会、哲学问题，他那不可解决的矛盾，正是作者世界观的反映。列文的可贵不是他的"勿抗恶"，而是在他的思想里、言辞中对改革后的俄国环境的真诚、率真和尖锐的批判。

艺术特征

车尔尼雪夫斯基在评论托尔斯泰早期创作时指出："托尔斯泰最重视研究心理的过程，这种过程的形态、规律和心灵的辩证法。"托尔斯泰在小说中描绘出社会过渡时期俄国社会各阶层人物心理矛盾变化过程。《安娜·卡列尼娜》像一面镜子照出了人物微妙多变的心灵，使得这幅社会风俗画面显得更加丰满、生动和真实。

首先，托尔斯泰擅于揭示人物内心世界矛盾发展过程。小说里有150多个人物，无论是主要的还是次要的，他们的性格和心理状态都在这面镜子里做了生动的反映，反映出了他们整个心灵变化的来龙去脉。安娜内心充满悲剧性，因为她是一个因被上流社会压抑、抛弃而感到痛苦的贵妇，同时又是一个认识到上流社会卑鄙、虚伪，明白她的悲剧是社会悲剧的妇女。因此，安娜的内心世界、心理状态是极其复杂的。

以第2部第9节为例，看作者是怎样刻画安娜心里活动过程的。卡列宁在社交场上发现安娜与渥伦斯基"有失检点"的谈话之后，坐在房子里等安娜回来，想与她认真谈一谈。可是安娜回来后不愿谈，只说"还是去睡得好"。这一场面，安娜从说谎到要睡，到反守为攻，终于弃旧图新的整个过程，写得环环相扣，又步步深入，抛弃卡列宁而向往渥伦斯基，写得十分自然。

其次，肖像画是作为刻画人物心理本质的重要手段，是一种通过外表显示内心的方法。例如，卡列宁的眼睛是"呆滞"的，吉提的眼睛是"诚实"的，安娜的眼神是受压抑的，通过眼睛读者可以看到人物想到的一切。例如，安娜与渥伦斯基爱情发展的几个阶段，有不同的眼神变化。这些变化代表了安娜被压抑的精神生活和她"过剩的生命力"。渥伦斯基第一次在火车站与安娜相见时，便透过她的眼睛窥视到了其内心深处。

安娜对渥伦斯基的爱情也是透过眼睛表露出来的。在他们相爱初期，安娜是有顾虑的，她多次劝说甚至拒绝渥伦斯基，即便在这样的时刻，她的眼睛里也会流露着埋藏在内心深处的一番"话"。在培多西家里那次决定性的谈话中，渥伦斯基就从安娜的眼睛里看到了自己的胜利。他狂喜地想："终于到来了！她爱我！她自己承认了！"作者用了三个感叹号，表示从安娜的眼睛里流露出来的爱情多么强烈。当安娜在爱情上陷入困境时，安娜好像眯着眼睛，以表示她内心不平的境况。

再次，"心灵辩证法"与"心理讽刺"相结合是刻画否定形象的方法。小说写了一系列讽刺性的形象，如卡列宁、渥伦斯基、奥布朗斯基、莉蒂亚、培多西等，通过他们揭露了贵族集团的颓废堕落。例如，卡列宁在赛马场上，时而"谄媚的鞠躬"，时而"漫不经心的问候"，表现了他投机钻营的那种虚荣与伪善的心理。又如，当安娜告诉卡列宁她与渥伦斯基的关系后，卡列宁的心理活动很值得注意。他反复考虑，推翻自杀念头后，想到了离婚。可是他又想到，离婚会有利于安娜，这样，她的罪行就得不到惩罚。于是他那一向宽容大度的样子完全消失了，露出了极度虚伪、极度凶狠的本质，这证明他完全是个伪君子。

奥布朗斯基是一个没落中的世袭贵族的化身，他像霉菌一样可以适应一切环境。有一次他把培多西送到门口，两人逗趣一番。他走到妹妹安娜那里，看见她正在流泪，刚刚还兴高采烈的奥布朗斯基，立刻陷入一种十分自然的感伤之中。读者觉得很不自然，但是这对于奥布朗斯基却是十分自然的，因为他的本质特点是虚伪的。他与马尼洛夫的"让路"是一样的，不过他们表现得比常人高级罢了。

讽刺的生命是真实。托尔斯泰往往把人物生活的各个方面以及人物心理的各种变化展现给读者，不露声色地引导读者从那些关键地方去观察人物的心灵深处。

最后，是意识流手法的运用。《安娜·卡列尼娜》虽然不是意识流小说，但在一些情节中运用了意识流手法。在第1部的第29章中，安娜回彼得堡火车上，由于无事可做读英国小说消遣。小说的主人公差不多要得到幸福以及男爵的爵位和领地，而安娜愿意和他一同去领地。她突然觉得应当羞愧，她自己也就为了这事羞愧。这时，她重温在莫斯科期间的美好，接着她昏昏欲睡，同时出现了各种幻象。在这里作家对安娜扑朔迷离的心理活动进行了细致的描写，做到了意识在自然流动中不留痕迹。再如，第7部第28~31节描写安娜自杀前的心理活动。作者描写了她复杂多变的回忆、联想、想象等夹杂交错的意识流动。第29节里出现了"肥胖红润的绅士"、"卖冰激凌的小贩"、"理发大师丘金"，以及"晚祷的钟声"等，这些毫不相干的事情，在安娜的脑海中纠缠在一起，深刻地表现了安娜遭到渥伦斯基遗弃后，面临上流社会的压力、吉提等人的轻蔑时的怨愤和绝望的心情，揭示了安娜自杀前的心理状态。

4. 思考题

① 19世纪俄国现实主义文学有何显著特点？

② 解释俄国文学中的"多余人"、"小人物"、"新人"的含义。

③ 康·列文作为一个"忏悔贵族"系列形象之一是如何在作品中体现托尔斯泰思想的？

④ 为什么说安娜·卡列尼娜的悲剧不仅是个人的悲剧，也是社会的悲剧？

⑤《安娜·卡列尼娜》怎样体现出托尔斯泰"心灵辩证法"的艺术特点？

第九讲 19世纪美国文学

　　美国在独立战争之前长期处在殖民统治的状态，在政治、文化、文学等方面受欧洲的影响很大，尤其是在文学上缺少反映美国人自己生活的作品，国内流行的文学主要是英国人写的游记、日记和宗教方面的著作。独立战争结束之后的很长一段时间，人们忙着生存，还无暇顾及民族文学的建设，一直到19世纪上半期才真正出现反映美国人自己的文学，所以19世纪初美国文学才开始了从无到有、从小到大的生长时期。

一、19世纪美国文学发展简介

　　19世纪是美国文学的重要形成时期，也是美国经济恢复和繁荣的时期。18世纪末期美国通过独立战争摆脱了英国人的殖民统治，为资本主义的发展扫清了障碍。进入19世纪之后经济上的迅猛发展使美国人民对未来的前途充满信心，这在许多文学作品中得到反映。但是美国南部和北部在经济发展上并不平衡，北方实行的是以雇佣劳动为基础的资本主义制度，而南方实行的是以奴隶劳动为基础的种植园蓄奴制度，随着社会的发展南北双方在政治上和经济上分歧越来越大，导致1861—1865年南北战争爆发，最终林肯领导的北方取得了胜利。列宁曾指出：南北战争具有"极伟大的、历史性的、进步的和革命的意义"。

　　南北战争结束了美国南北分裂的状态，为美国资本主义的发展扫清了道路，使经济得到了长足的发展。1860年美国工业生产居世界第四位，而到了1894年已经跃居第一位，生产量大约是欧洲各国生产总量的一半。1898年美国同西班牙的战争取得了胜利，夺得了许多殖民地，并对外扩张，1900年美国参加了八国联军镇压义和团运动。

19世纪的美国文学走过了一段漫长的发展过程。在独立战争之前的殖民时期，美国文学受英国文化影响比较大，即便在独立战争之后的很长一段时间内，美国文学仍然不能摆脱英国的影响。在南北战争之前由于受到杰克逊总统的民主主义路线的鼓力和推动，以及欧洲浪漫主义文学思潮的影响，美国掀起了浪漫主义文学运动，先后出现了众多的优秀作家和作品，如欧文（1783—1859）的《见闻札记》（1820）、库柏（1789—1851）的《最后的莫希干人》（1826）、霍桑（1804—1864）的《红字》（1850）、爱默生（1803—1882）的《论自然》（1836）、梭罗（1817—1862）的《华尔登或林中生活》（1854）、爱伦·坡（1809—1849）的《黑猫》（1843）、麦尔维尔（1819—1891）的《白鲸》（1851）、惠特曼（1819—1892）的《草叶集》（1855）等。南北战争之后许多作家开始关注现实，美国最先提倡现实主义文学的是豪威尔斯，他被称为美国现实主义文学的奠基人。豪威尔斯认为浪漫主义的气数已尽，已经过时，今后的文学应该忠实地描写"日常的、平凡的事物"。现实主义文学在南北战争之前开始出现了描写反蓄奴制度的作家作品，如斯托夫人的《汤姆叔叔的小屋》等，南北战争之后涌现出一批忠于现实、反映现实的作家和作品，如马克·吐温（1835—1910）的《哈克贝利·费恩历险记》、弗兰克·诺里斯（1870—1902）的《鳕鱼》、欧·亨利（1862—1910）的《麦琪的礼物》、杰克·伦敦（1876—1916）的《马丁·伊登》等。

二、19世纪美国文学的基本特征

1. 美国民族文学的萌芽

　　美国独立战争前后北美的文学相当落后，许多人还忙于生存和竞争，还顾不上民族文学的自身建设。美国人所阅读的文学作品不是英国的就是本地作家对英国作家作品的拙劣模仿。社会上流行的是英国人写的著作，书中反映的是英国人的思想和观点，这种情况一直到了欧文和库柏才有所改观。

　　欧文和库柏的文学创作表现出美国人极力摆脱欧洲文学影响的努力，反映了美国人自己的想法。欧文和库柏在建立美国民族文学的过程中主要通过自己的文学作品来叙述美国的历史传说、风土人情和自然景色，并以崭新的面貌显现出美国社会发展的蓝图。欧文的代表作是《见闻札记》，包括小说、散文、杂感等，共计32篇。欧文的《见闻札记》被誉为"美国富有想象力的第一部真正杰作",作品"组成了它所属的那个民族文学的新时代"。《见闻札记》以真实与虚构并存,用高超的写作技巧和丰富的想象力来创作作品,这部书中有一篇叫《瑞普·凡·温柯尔》的故事具有浓郁的美国乡土气息和浪漫传奇色彩。故事描写的是荷兰殖民时期一个普通农民瑞普的传奇经历,瑞普为躲避妻子的责骂上山打猎,在一个经常闹鬼的地方喝了一种仙酒,昏睡了20年,当他醒来之后,发现现任统治者已是手拿宝剑、头戴三角帽的华盛顿将军,时代已经发生了重大变化。这个故事看起来比较荒诞离奇,但其内容具有浓厚的美国本土色彩。19世纪20年代历史小说开始在美国兴起,美国历史小说是在受到英国司各特历史小说的影响下产生的,但是这些作品在反映美国的独立战争、独特的殖民历史、复杂的种族关系以及北美的风土人情等方面突显了美国历史小说的特点和内容。库柏在美国民族文学的建设中起着不可或缺的作用,他的主要作品是《皮袜子的故事集》系列小说,其中有《最后的莫希干人》、《拓荒者》(1823)、《大草原》(1827)、《探路人》(1840);另外还有其他历史小说,如《间谍》(1821)、《考宁斯马克》等。《最后的莫希干人》以1757年英、法两大帝国在美洲争夺殖民地为背景,故事地点发生在北美洲的赫德森河源头和乔治河一带(即小说描写的霍里肯湖,或称圣水湖)。小说描写的是英国的威廉·亨利堡司令孟罗上校的两个女儿科拉和爱丽丝前往堡垒去探望身处危险的父亲,但在路途中被劫持,演绎出一场场紧张激烈的故事情节。1821年库柏还出版《间谍》一书,主人公哈维·柏齐是一位爱国的革命者,伪装成小商贩出没于英军统治的地区,为华盛顿提供英军的情报。在《间谍》一书中作家宣扬的是爱国主义思想,小说以惊险曲折的故事成为美国民族文学的先驱和代表。库柏的文学创作在美国具有重要的意义,歌德曾在晚年的日记中高度赞扬库柏"即使在欧洲,人们也确信库柏具有独特的天才,很高程度的独特天才,他第一次把美国的过去和现在,提高成为文学的素材"。美国历史小说在当时出版的数量和销量都是惊人的,其中不乏优秀作家和作品,如亨利·赫伯特(1807—1858)的《兄弟们》(1835)、约翰·莫特雷(1814—1877)的《莫尔顿的希望》(1839)、查尔斯·霍夫曼(1806—1884)的《格雷斯拉尔》(1840)、丹尼尔·汤普森(1795—1868)的《青山男儿》(1839)、罗伯特·伯德(1806—1854)的《林中尼克》(1837)都是美国历史小说中的成功之作。

这些小说多以独立战争或殖民历史为主要内容，表现爱国主义精神，但由于不同的历史观，其内涵也不同，美国因广袤的地域及复杂的种族关系而显示出许多差异性。

2. 超验主义与美国浪漫主义文学

美国浪漫主义文学应从欧文和库柏算起，在创作的早期由于受到独立战争时期争取独立的激情以及对美国发展前途满怀信心的影响，他们对现实抱着乐观的态度。19世纪30年代之后美国的浪漫主义文学又有了新的发展，出现了能够体现时代精神的作家，如爱默生、梭罗、霍桑、麦尔维尔、爱伦坡、惠特曼等。

美国浪漫主义文学没有与西欧浪漫主义文学运动同步发展，19世纪30年代之后美国浪漫主义文学又一次出现了新的高潮，这与上升时期的美国人的热情、对美国未来的希望以及杰克逊总统推行的民主主义路线的鼓舞是分不开的。另外，美国浪漫主义的发展也直接受到来自哲学上兴起的超验主义的影响。超验主义原本是一些思想家对哲学和宗教中一些不合理的观念进行改革所提出的一些思想观点，后来发展成为一种针对传统宗教观念的思想解放运动，对文学影响比较大。超验主义在哲学上强调的是"对人们直觉认知真理能力的认识，或对人们超越感官而得到知识的能力的认识"。按照爱默生的解释，它表达了"任何属于直觉意识范畴的思想"。超验主义强调精神和超灵的作用，认为人凭直觉可以认识真理；它也强调大自然是人的精神象征的思想，如爱默生在《论自然》中所说："自然界的每一种景观都与人的某种心境相呼应。"超验主义对人的价值进行了肯定，强调人的主观能动性，反对权威，主张个性解放，这些思想同浪漫主义的文学主张是一致的，这对美国浪漫主义作家打破现有文学上的清规戒律和各种束缚、歌颂人的智慧和才能、宣扬个人意识和绝对自由有积极的作用，表现了处于上升时期的美国资产阶级的自信心和自豪感。

在超验主义思想运动中，一些美国作家本身就是倡导者和实践者，如爱默生、梭罗等。人与自然的关系是超验主义者非常关心的，在他们看来，工业的发展带来了人的个性以及人性的丧失，造成人与自然的分离，为此人们应该建立一个人与自然相和谐的社会。梭罗的代表作《华尔登或林中生活》就是根据梭罗自己在森林中度过的26个月的经验而写的生活记录。这部作品表现了作者回归大自然的思想和主张，即在森林中过着简陋的生活，自食其力，一边劳动一边思索问题。从《华尔登或林中生活》中，我们一方面能够感受到人与自然和谐相处的重要性，另一方面也能够看出作者在找不到真正的社会出路的情况下，试图逃离拜金主义和传统价值观念的社会，寻找一个理想的社会，用浪漫主义的幻想作为一种解决矛盾的办法。

在美国浪漫主义文学作家群中，最能体现美国积极乐观、向上奋发浪漫主义精神的应属惠特曼和他的诗歌作品。诗歌是作者情感的自然流露，在惠特曼的诗歌中我们能够感受到作者受到超验主义思想影响而发自内心对自然的亲切感以及对美国社会蓬勃发展的激动心情。惠特曼的《草叶集》在对大自然的描写时充满着积极向上、自豪满足的乐观情绪，在《大路之歌》、《自己之歌》中讴歌了美国的壮丽河山，描绘了森林、草原、田野和大海，给人奋发进取的激情。惠特曼的《草叶集》也有充满着战斗精神的诗歌，即反对压迫、奴役，鼓舞斗志的诗歌，如《敲啊！敲啊！鼓啊！》这著名的诗篇鼓舞了民众的士气，展示了人们反对奴隶制的决心和无畏的战斗勇气。《啊，船长，我的船长哟！》纪念了领导美国人民解放黑奴并取得伟大胜利的美国总统林肯。惠特曼的诗歌风格豪放、激昂，这是因为《草叶集》多数诗歌产生在风云变幻、社会动荡的南北战争时期，惠特曼站在民主主义立场上，成为一名反蓄奴战争大旗下出色的鼓手。

在超验主义影响下，美国浪漫主义文学运动中也有一种悲观主义倾向，如霍桑、麦尔维尔等人的作品。他们对美国发展进程中社会存在的丑恶现象深感不满，同时比较迷茫，然而他们不是具体地、历史地去研究这种"恶"与社会制度的关系，而是把它抽象化、象征化，"恶"被描写成一直伴随着社会发展而存在的客观事物，这使他们的文学作品弥漫着悲观、神秘的气氛，如霍桑的《红字》，麦尔维尔的《白鲸》等。

3. 美国现实主义文学

美国现实主义文学产生于19世纪南北战争前后，在南北战争之前美国文学中描写黑人的作品，如斯托夫人的《汤姆叔叔的小屋》具有鲜明的现实主义创作风格和艺术特色。在美国现实主义文学中有两种不同的创作风格和价值趋向，一种是乐观、粉饰地去反映现实，一种是冷静、客观地描写社会。

美国最早提倡现实主义文学的是豪威尔斯，他被认为是美国现实主义文学的奠基人。豪威尔斯认为浪漫主义的气数已尽，已经过时，今后的文学应该忠实地描写"日常的、平凡的事物"，强调文学反映现实的真实性。豪威尔斯在《批评与小说》中这样说道："我承认首先关注运用反映人类现实的标准来判断一部有创造性的作品。在任何其他标准之前我们要问作品是真实的吗？是真实地反映男女实际生活，反映他们生活的主旨、生活的脉搏和生活的原则的吗？"在这里豪威尔斯强调文学要反映大众的生活，文学创作的素材要来源于现实、忠于现实，而不是像浪漫主义作家那样用理想的或脱离实际的目光来看待现实中的一切，以真实准确的创作原则来处理作品中的社会问题和政治问题。作为现实主义作家，豪威尔斯虽然强调真实性，但他也同其他作家一样，由于生活的视野和人生的经历所限，创作内容基本上局限在中产阶级的生活圈子中。作品描写的基本上是一些家庭与工作中的平凡生活，以及事业上的成功与失败，在描写平凡的实际生活时往往掩盖社会矛盾，甚至美化社会。由于豪威尔斯等作家认识社会不够深入，只看到了生活的表面现象，所以其作品显得有些肤浅。当然像豪威尔斯这样的作家，他对美国现实还抱着一分希望，并用一种乐观的态度来看待一切，这种思想必然会反映在自己的作品中。

豪威尔斯（1837—1920）作为美国现实主义的倡导者仅代表着美国现实主义的一种态度，并不能代表全部。因为还有相当一批作家，如马克·吐温、弗兰克·诺里斯、欧·亨利、杰克·伦敦等则对现实抱着一种冷静、客观的态度，真实地反映南北战争结束以后美国的现实状况以及人民的实际生活水平。弗兰克·诺里斯的《鲟鱼》（1901）描写了垄断资本对农村的渗透，铁路就像鲟鱼的触角一样深入每一个地方，真实地反映出在资本积累的过程中受害最深的是普通的劳动者。欧·亨利的《麦琪的礼物》描写了一对贫穷的年轻夫妇为了爱情，在圣诞节前变卖了自己心爱的东西，为对方购买礼物以寻求精神上的满足，但是这终究逃脱不了贫困命运的捉弄。杰克·伦敦的《铁蹄》（1908）描写了工人与垄断资本家之间的斗争以及资产阶级政权的反动性。马克·吐温的众多小说对南北战争之后的美国进行了批判，《镀金时代》揭露了金钱主宰一切，金钱之风笼罩着政界、司法界、新闻界，形成贪污盗窃、贿赂欺诈的社会风气。《汤姆·索亚历险记》和《哈克贝利·费恩历险记》揭露了美国呆板陈腐的教育制度以及种族歧视、庸俗之风、宗教迷信等。《败坏了赫德莱堡的人》

揭露了一些所谓荣誉公民，表面上貌似清高廉洁，实则是贪婪虚伪的赫德莱堡的拜金主义心理。

南北战争之后，美国社会发生了重大转型，带给美国人的是一个严酷的现实和沉痛的种族歧视创伤。现实主义文学随着社会的变化进入新的发展时期，产生了一批能够谴责社会黑暗、批判种族歧视、同情弱者的文学作品，涉及的题材方方面面，从农村到城市，从国内到海外，主题广泛，显示出美国现实主义作家的责任感和求实精神，这使美国现实主义文学能够在19世纪八九十年代成为美国文学的主潮，并直接影响着20世纪的美国文学。

三、19世纪美国文学的地位与影响

19世纪的美国文学走过了从无到有，从弱到强的发展过程，摆脱了依赖、模仿英法文学模式的创作道路，真正建立起了美国民族自己的文学，使其走出国界，屹立于世界文学之林。19世纪的美国文学曾掀起了浪漫主义和现实主义文学运动，浪漫主义文学配合了国家、民族蓬勃发展的趋势，彰显出美国人民对国家发展前途的憧憬，现实主义文学弘扬了人道主义精神，批判社会黑暗，针砭社会弊端，倡导博爱思想，同情受苦民众。

四、马克·吐温与《哈克贝利·费恩历险记》

马克·吐温是19世纪后期美国现实主义文学的杰出代表，是一位卓越的幽默讽刺作家。他具有强烈的资产阶级民主主义思想，其作品对当时一切不公正社会现象进行了辛辣的讽刺和嘲弄，表现出了一代美国知识分子的社会良知。他的小说艺术独具一格，在美国文学史上占有重要的地位。

1. 作家生平与文学创作

马克·吐温（1835—1910）是作家的笔名，他的真名叫萨缪尔·朗荷恩·克莱门斯，家乡在密苏里州的佛罗里达村。马克·吐温12岁就开始了独立的劳动生活，做过各种各样的工作，当过密西西比河的领航员。"马克·吐温"在英语里是水手的术语，意思是水深12英尺①，表示船可以安全通过，作家以此作为自己的笔名，可以看出他特别看重他童年时代在密西西比河上的生活经历，这也成为他许多小说的社会背景。

---

① 1英尺=30.48厘米。

1861年南北战争爆发，马克·吐温结束了领航员的生活，到西部内华达州去探矿，1862年从事记者工作，开始了他的写作生涯。马克·吐温的创作可划分为三个时期。早期创作（大约1863—1870）：这个时期创作了一些幽默性的作品，为第二个时期的讽刺性作品进行了准备和过渡。1867年发表了短篇小说集《加利维拉县跳蛙及其他》，1869年出版散文集《傻子国外旅行记》，1870年短篇小说《竞选州长》使马克·吐温的文学成就达到了一个高度。马克·吐温在这个时期从一个幽默作家成长为社会评论家，明显地表现出作家思想和创作的发展轨迹。中期创作（19世纪70年代初—90年代中期）：这个时期马克·吐温在对社会的认识上以及写作技巧上逐渐趋于完美，涉及了各种社会主题，使其创作达到了新的高峰。马克·吐温发表了他和查尔斯·华纳合著的第一部长篇小说《镀金时代》（1874），随后发表了《汤姆·索亚历险记》（1876）、《王子与贫儿》（1881）、《哈克贝利·费恩历险记》（1884）、《在亚瑟王朝廷里的康涅狄格州的美国人》（1889）、《傻瓜威尔逊》（1894）等作品。后期创作（1896—1910）：这个时期马克·吐温经营的出版公司和投资的打字机试制工程失败，使他在精神和经济上遭受沉重的打击，为偿还债务他开始到世界各地演讲，这增强了他对世界的认识以及更多地了解到美国在国外的殖民侵略行为，发表了一些积极进步的演说。这个时期在文学创作上最突出的成绩是1899年发表的中篇小说《败坏了赫德莱堡的人》，通过这个虚构的故事作者检验了人们的"诚实"与"谎言"、"清高"与"低俗"之间关系的转换。除了文学创作以外，马克·吐温还写了一些政论文章，如《给坐在黑暗中的人》、《为芬斯顿将军辩护》、《战争祈祷》、《沙皇的自由》；杂文《什么是人》以及死后发表的中篇小说《神秘的陌生人》等。

2.《哈克贝利·费恩历险记》故事梗概

少年哈克的父亲是一个酒鬼，已经一年多没有消息了，圣彼得堡镇的寡妇道格拉斯收他为养子，但哈克讨厌过那种所谓"规矩和体面"的生活。有一天哈克的父亲回来了，抓住哈克并将其带到偏远的树林中，靠打猎捕鱼为生。用猎物换酒喝的父亲喝得酩酊大醉回到家中，回家后发酒疯将哈克毒打一顿，无法忍受的哈克趁父亲到镇上的机会驾着一只木筏逃跑了。

逃跑的哈克在一个荒岛上遇到了寡妇道格拉斯的姐姐华森小姐的黑奴

吉姆,吉姆也是为了避免被转卖而逃了出来,两人商议到伊利诺伊州的卡罗镇这个不买卖黑奴的"自由州"去寻找自己的安全之地。第二天晚上他们来到了一个大河湾,以为到了他们要寻找的"自由州",吉姆激动地说,到了自由州自己要拼命挣钱,要将自己的老婆和孩子赎出来。哈克此时心情很复杂,他感到自己在帮助一个逃亡的黑奴,这是一件非常严重的事情,他想告发吉姆,但是当他遇到一个追捕逃亡奴隶的船只时却失去了告发吉姆的勇气。

两个人继续往下游漂流,一天他们收留了两个正在被追捕的人,原来他们都是骗子,一个自称是"国王",另一个自称是"公爵"。他们上了木筏之后控制了这只木筏,他们在巴克维尔镇、阿肯色州到处招摇撞骗,甚至还将吉姆偷偷地卖掉了。原来买吉姆的是斐尔普斯家,正是哈克的好朋友汤姆的姨父家。哈克与汤姆商议后决定解救吉姆。虽然他们采取了行动,但最终还是失败了。此时,汤姆站出来告诉大家吉姆已经不是奴隶了,因为两个月前华森小姐在临终时已经恢复了吉姆的自由。当莎莉阿姨问汤姆为什么不早一点告诉大家,汤姆回答道,他想尝尝冒险的滋味。

3. 作品分析

1884年的《哈克贝利·费恩历险记》是马克·吐温最重要的作品,体现了作家的思想深度和艺术成就。海明威在评价这部小说时说:"全部的现代美国文学来自一本马克·吐温写的叫作《哈克贝利·费恩历险记》的书。"这部小说通过白人小孩哈克和黑人奴隶吉姆沿密西西比河顺流而下,追求自由的故事,表达了作者对南方蓄奴制度的抗议,对民主自由的向往,再现了南北战争前的美国社会,成为19世纪上半叶美国社会的缩影。

《哈克贝利·费恩历险记》在内容上同《汤姆·索亚历险记》有联系,是姊妹篇,然而在表现社会生活方面,前者比后者有更大的社会容量,即通过哈克和吉姆的流浪生活表现了逃离"文明社会"的主题思想。

《哈克贝利·费恩历险记》再现了南北战争之前19世纪40年代的美国社会,这也是美国南部和中西部地区的缩影。小说叙述了汤姆的好朋友哈克在逃亡自由州前与逃亡过程中所发生的事情。哈克被一个寡妇收养,由于无法忍受体面生活的规矩束缚、学校呆板的教育以及父亲醉酒后的打骂而逃出了家庭,准备到一个自由的地方去生活。在逃跑流浪的过程中,哈克遇到了逃亡的黑奴吉姆,两人结伴向自由州漂流,通过种种事情的考验,最终成为好朋友。小说表现了一个西方文学中常见的主题,即逃离文明社会,当然由于两个人所处的社会地位不同,因而"文明社会"对他们有不同的含义。

在西方文学中逃离"文明社会"的主题一般表现主人公由于厌恶文明社会的规矩、束缚或无法容忍文明社会的迫害而出现逃离的现象,而去的地方一般是森林、边疆、大海等荒无人烟的地方。《哈克贝利·费恩历险记》中的密西西比河成为两个人躲避文明社会的天堂,而小小的木筏成为他们自由的避难所。在小说中哈克应该是一个天性善良、向往自由的儿童,他在同寡妇相处的时间里感到这种环境不适合自己,"道格拉斯寡妇,她把我认作她的干儿子,她许下了愿,要教我文明规矩。可是一天到晚,憋在房间里,有多难受。你想,寡妇的言谈举止,一桩桩,一件件,全都那么呆板,那么一本正经,在她家里一天到晚过日子真是活受罪……到了我实在忍受不了的那一天,我就溜之大吉了。我重新穿上我原来的破衣烂衫,重新钻进了那只原本装糖的大木桶,好不痛快,好不逍遥自在"。这是哈克同道格拉斯寡妇在一起的情景,而哈克同父亲在一起的时候是另外一番情况,父亲爱喝酒,喝完酒后就打哈克,"他说,要是我不能给他凑点钱,他便要狠狠地揍我,搞得我青一块紫一块的。我从撒切尔法官那里借了三块钱,爸爸拿去,喝得大醉,醉后到处胡闹,乱骂人,装疯卖傻,而且敲着一只白铁锅,闹遍了全镇,直到深夜"。而黑人奴隶吉姆应该比哈克更值得同情,情况更加悲惨。这部小说不仅表现了现代人对文明社会的敌对心理,而且也表明了作者对南方蓄奴制的鲜明态度。

1884年马克·吐温发表了《哈克贝利·费恩历险记》,这距离南北战争结束将近20年,战争中颁布的《解放黑奴宣言》已经历了20年,然而20年来美国黑人在社会中的地位并没有得到改善,歧视黑人、迫害黑人、杀害黑人的事情时常发生,譬如:田纳西州通过了种族歧视法案,田纳西州也出现了迫害黑人的三K党等,这一切引起了马克·吐温对社会的关注,他将自己的思考、愤怒、抗议写进了这部小说中。小说中的黑人吉姆在马克·吐温的笔下是一个具有丰富感情和优秀品质的人,他渴望自由,不能忍受压迫和奴役,为了不被主人卖到南方去,他从家中逃跑,幻想能够逃到自由州去,通过劳动赚钱,将自己的老婆孩子赎出来,过上自由的生活,这种最起码的生存权利成了吉姆人生中最大的理想,但这在蓄奴制度下都是不可能实现的,马克·吐温在描写吉姆的字里行间中表达了对蓄奴制度的抗议。哈克和吉姆的逃离包含着两种含义:一是这个社会使他们无法获得最起码的生存环境,正如布鲁斯·金说:"奴役和对人的拍卖,说明了在文明社会里形成的对他人博爱的缺乏。不论是为了反复灌输规矩,还是为了确立一个人的尊严,不论是为了经济上的收益还是完全出于恶意,文明社会似乎是由为他人预备的残酷行为而构成的。"二是哈克和吉姆对美好事物的向往,在书中就是"自由州"。"善不是和文明社会联系在一起,而是和逃离文明社会联系在一起的。"哈克和吉姆虽然在逃离文明社会的原因不同,但是逃离这个扼杀人性的文明社会是一样的。

在美国文学中,成长文学是一个重要的主题,也是马克·吐温小说创作的主题。《哈克贝利·费恩历险记》是《汤姆·索亚历险记》的姊妹篇,两部小说都描写了儿童成长过程中的痛苦和烦恼。成长,这是人类从童年时代走向成年世界的必经过程,也是从一个懵懵懂懂的自然人向一个掌控世界的社会人的生命蜕变过程,这其中包括身心以及精神独立的心路历程。在马克·吐温之前和之后,西方文学有众多作家曾经创作出一些成长文学作品,如:莎士比亚《哈姆雷特》中哈姆雷特式的成长;歌德《少年维特之烦恼》中维特式的成长,《威廉·迈斯特的漫游时代》中威廉·迈斯特式的成长;夏洛蒂·勃朗特《简·爱》中简·爱式的成长;巴尔扎克《高老头》中拉斯蒂涅式的成长;塞林格《麦田里的守望者》中霍尔顿式的成长,另外还有19世纪美国霍桑的《年轻的布朗先生》、《红字》;麦尔维尔等作家的《白鲸》、《红色勇士勋章》、《小妇人》、《乡村医生》、《我的安东妮娅》、《看不见的人》、《婚礼的成员》、《向苍天呼吁》、《店员》、《波特诺伊的抱怨》、《棕色姑娘、棕色砖房》、《我知道笼中鸟为何歌唱》、《秀拉》、《所罗门之歌》等。然而像其他作家一样马克·吐温创作的成长题材无不打上了时代的烙印,表达了时代的诉求,以及自我与社会的碰撞经历,这成为不同时代、不同国家、不同民族的文学共同聚焦、不断表现和深度挖掘的对象,从而成为一个具有超越时代、国界、人种的文学题材。

《哈克贝利·费恩历险记》描写了富于儿童天性的哈克的成长过程,这同其他成长小说有相似之处,小说描写了哈克的迷茫痛苦、外界诱惑、出走考验、逐渐成熟的几个阶段。哈克住在寡妇道格拉斯家里,每天接受着如何遵守各种各样的规矩、如何做人，以及怎样过上体面生活的教育，然而这一切对一直无拘无束、渴望自由的哈克来说是一种身心的束缚，也是对他自然天性的精神折磨。后来酒鬼父亲再次出现，酒后发疯并毒打哈克。哈克面对生活中所发生的一切感到迷茫痛苦，决心逃离这个迫害自己的环境，于是开始了他成长过程中的长途旅行。哈克在一个小岛上意外地遇见了逃亡的黑奴吉姆，两个人乘木筏准备逃到不买卖黑奴的自由州去。在帮助吉姆获得自由的过程中，哈克经历了激烈的思想斗争，因为按照传统观念，这种做法是违背当时社会常规的。哈克作为白种人，不可避免地受到社会观念的影响，虽然一开始哈克答应不告发吉姆，但是白人对黑人的偏见并没有在哈克的思想中完全消除，这时哈克处在极其矛盾的心理状态之中，他一方面帮助吉姆逃走，另一方面受到良心的谴责，因为社会上的一切都告诉他：奴隶是不能够反抗主人的。而且当时在美国若帮助黑人逃跑被认为是卑鄙下流的犯罪行为，为此哈克时常用嘲笑的、恶作剧方法对待吉姆。在小说的第15章，两人在河上遇险走失，为了找寻哈克，吉姆不顾自己的生命安危，而哈克回来后却骗吉姆说那只是他做的一个梦。等吉姆明白过来后，立刻严肃地怒斥哈克的无理取闹。这时，哈克意识到了自己的错误，"这下子真叫我感到自己太卑鄙，我恨不得要过去用嘴亲亲他的脚"。最终他鼓起勇气向吉姆道了歉，进一步认识到黑人也是人，是与他同样平等的人。哈克思想的成熟并非一朝一夕的事情，在第16章中哈克与吉姆快要到达自由州的时候，哈克的思想又开始反复，决心上岸以后去告发吉姆，但吉姆一路上的关爱和照顾，以及他的淳朴情感和高尚品质唤起了哈克的良心和同情心。哈克下定决心撕毁给华森小姐的告发信，并说："好吧！下地狱就下地狱吧！"决心同吉姆同甘苦、共命运。正如马克·吐温自己对这部小说的评价："在我的这本书中健全的心灵与畸形的良心产生冲撞，良心遭遇了失败。"哈克凭着自己的能力做出了正确的判断和选择，在道德、思想上迈向了成熟。

《哈克贝利·费恩历险记》虽然涉及多种主题，但是这部小说之所以经久不衰在于它为广大读者提供了一个更为普遍的人生成长的心路历程，即文学原型。这是一个具有典型成人仪式的成长小说，它打动了千千万万个读者，使其为哈克所经历的迷茫、反叛、冒险、痛苦、坚定、成熟而魂牵梦绕，因为它代表了人类成长的原型经验。

《哈克贝利·费恩历险记》的主要情节描述了哈克与吉姆沿着密西西比河乘着木筏逃亡自由州的过程。马克·吐温通过对密西西比河的原生态的自然风光与两岸世俗世界的鲜明对照，显示出密西西比河神秘亲切、回归自由的氛围。尽管马克·吐温在创作《哈克贝利·费恩历险记》时并没有打算把这部小说写成生态学意义的小说，但是我们从作品的字里行间可以看出马克·吐温流露出的朴素的生态观念，即人与自然的和谐关系。

密西西比河，在美洲土著的印第安语中是大河的意思，它的流域面积占美国国土面积的40%多，流经34个州，被美国人称为母亲河。马克·吐温童年时代曾在密西西比河上当过领航员，他的笔名就是根据领航员的术语"十二英尺"而来。马克·吐温对密西西比河怀有深厚的感情，他非常熟悉这条流淌不息的母亲河。在《哈克贝利·费恩历险记》中马克·吐温将哈克与吉姆在密西西比河上的漂流经历作为小说的重点来描写，从中体现了人与大自然、人与人之间的和谐关系。作为19世纪中后期的美国作家，马克·吐温在人与自然的生态观念方面继承了前人，尤其是库柏、爱默生、梭罗的生态文学传统，这对后来的美国生态文学产生了深远的影响。美国作家梭罗作为超验主义运动的代表人物对资本主义文明是抱着唾弃的态度的，他认为过分的物质享乐会使人的生活失去意义，主张人应该回到大自然中去，只有这样生活才会有意义。梭罗的代表作品是《华尔登或林中生活》，这是他根据自己在林中度过的26个月的经历写成的生活记录。在这段时间里，他住着简陋的小屋子，在湖边开垦一小块土地，过着简朴的生活；一边生活，一边读书、写作、思考问题，同时考察着林中的动植物等问题，体现了梭罗主张回到大自然中去的思想理念。

在密西西比河上的漂流象征着哈克和吉姆摆脱了世俗生活的各种束缚和迫害，回归到大自然中去。大自然为二人提供了生命的庇护和安全保障，漂泊不定的木筏和荒芜人迹的岛屿成为他们的天堂和世外桃源。小说鲜明地体现了"回归自然"这一生态文学永恒主题的思想，在密西西比河的漂流中哈克更多地作为一个自然人而存在的，他"开放全部感官去感受自然，去体验自然无限的美"。林中的小鸟"坐在树枝上，叽叽喳喳，挺亲热地冲着我叫"。在哈克的眼睛里一切都是那样亲切、可爱，自己仿佛是自然中的一员，他没有将自己看得高于一切，而是以平等的眼光看待自然界中的一切。哈克对世界的看法实际上是马克·吐温对世界的一种态度,这在 19 世纪 80 年代美国工业突飞猛进的时代背景下是非常难得的。19 世纪,西方工业资本主义实现了垄断,社会高度商业化,自然资源遭到了疯狂的掠夺,环境污染日益严重,自然界的生态平衡受到极大的破坏,马克·吐温为世人提出了珍视自然,保护生态,尊重人与人、人与自然的关系问题。

作家在描写主人公享受自然的过程中也指出了社会的发展对自然的破坏。哈克的处境是非常恶劣的,正如小说中所描写的那样"到处呈现出一片停滞和衰败的景象。乡镇是鄙陋的,居民贫困而愚昧,社会上拜金主义盛行,人们贪得无厌,杀人越货的强盗肆意横行,江湖骗子到处流窜,居民们精神空虚,二流子们穷极无聊"。这一切同密西西比河上的环境截然不同,实际上漂流在密西西比河的木筏就是他们的家——与世隔绝的避难所。"木排往下游走了两英里①,到了密西西比河中间,我才放了心。随后我们挂起了信号灯,认定我们已经再一次进入了自由安全的地界。"现代人被"物化"的社会压迫着,在生活的缝隙里苟延残喘,心灵的唯一慰藉恐怕就是来自大自然的施舍了,这种施舍就是"家园"。生态文学为文学提出了一个重要的思想观念,即"家园意识"。"家园意识"的提出首先是因为在现代社会中,环境的破坏与精神的紧张使人们普遍产生一种失去家园的茫然之感,同时又有一种渴望家园的感觉,实际上哈克与吉姆就是想通过自己的行为去努力实现自己的梦想。

马克·吐温试图在《哈克贝利·费恩历险记》中告诉人们这样一个道理:人是自然界的一部分,人的生存离不开自然界,自然界是人和所有生命失不再来的家园。他认为,人与自然的和谐,首先是要善待自然、尊重自然、顺应自然,否则就要受到自然的惩罚。在这部小说中马克·吐温将这些道理告诉我们。文学就是人学,文学的作用在很大程度上是矫正人们的精神与灵魂、思想与观念,并呼吁人们创造出更为合理的自然空间,使现代人与自然之间保持平衡,从而使自然环境和社会环境达到高度的和谐统一。

《哈克贝利·费恩历险记》标志着马克·吐温现实主义文学创作达到

---

① 1 英里 = 1.609 344 米。

了一个新的高度，是描写儿童题材的优秀作品，代表了他文学创作的最高水平，在艺术上具有很高的价值。

首先，是小说第一人称的叙事视角。《哈克贝利·费恩历险记》采用第一人称的叙事方式，通过"我"的视角，即哈克的儿童视角来观察、感受、思考所讲述的故事。第一人称的使用使读者感到更加真实可信、惊心动魄。在书中我们能够体会到哈克对道格拉斯小姐种种清规戒律的压抑感，遭父亲酒醉后打骂的痛苦以及环境的烦闷枯燥，同时我们也能够感受到在密西西比河漂流中的惊险刺激，他一路上遇到各种各样的人物，各种各样的社会问题。反思现实中的荒诞罪恶，使哈克在了解社会真实面目的过程中不断成长起来。

其次，是象征手法的运用。小说中运用了象征手法，哈克和吉姆顺着密西西比河漂流的最终目的地是具有象征意义的自由州卡罗，这是隐藏在密西西比河迷雾中的一块圣地，也是两个人努力去寻找的地方，但是哈克和吉姆的木筏从其旁边漂过，也没有找到这个自由的天堂。这个象征着自由、民主、幸福的地方只能存在于人们的想象中，这也是马克·吐温对现实社会认识的深刻一面，因为19世纪后半期的美国并不存在这样一个没有种族歧视、人人幸福的地方，但同时作家也没有得出一个悲观失望的结果，而是给读者一个积极的未来和美好的希望。

再次，在结构上采用流浪汉小说的形式。流浪汉小说始于16世纪的西班牙，《哈克贝利·费恩历险记》在结构上采用流浪汉小说的形式，哈克和吉姆为了寻找自由州沿着密西西比河流浪。但是马克·吐温的小说不同于以往的流浪汉小说，他的作品主人公不是一般的流浪者，而是怀揣理想信念的人物，是为寻找一种精神支柱和奋斗目标而开始长途跋涉的流浪者。虽然这种形式在艺术上需要完善，但它确实能帮助读者了解当时的美国现实，譬如：停滞衰败、虚伪死板的美国内地生活景象，居民的贫困和愚昧，社会在金钱观念的影响下变得唯利是图、精神空虚、百无聊赖，蓄奴制的残酷落后，土匪杀人越货，骗子招摇撞骗，人们的习俗还存留有野蛮的残余等。

最后，小说中大量地使用通俗的民间口语、俚语，有浓厚的生活气息，给人一种亲切的感受。小说中还使用了几种方言，具有鲜明的民族特色，因此马克·吐温被西方作家誉为英语语言大师，海明威曾经说过：

"全部的美国文学起源于马克·吐温的《哈克贝利·费恩历险记》。"另外，小说中人物的语言具有高度的个性化，这为小说塑造鲜明的人物形象提供了前提条件。

4. 思考题

① 简述19世纪美国浪漫主义文学的两次浪潮，超验主义对浪漫主义文学运动的兴起起到怎样的作用。

② 美国现实主义文学有哪些代表作家和作品？其作品的思想内容是什么？

③ 分析《哈克贝利·费恩历险记》的哈克和吉姆的人物形象，为什么海明威说美国一切文学都是来自《哈克贝利·费恩历险记》这部小说？

④ 分析《哈克贝利·费恩历险记》的艺术特点。

⑤ 为什么说马克·吐温不是"一味逗乐"的幽默讽刺的作家？

第二编

20世纪西方文学

第十讲 20 世纪西方现实主义文学

20 世纪西方现实主义文学是伴随着西方思想文化转型、社会生活变革形成的。西方在整个 100 年中经历了开始于 1914 年和 1939 年的两次世界大战,社会在战争与和平中发展,而 1917 年的俄国十月革命以及第二次世界大战结束之后出现的社会主义国家使西方现实主义文学又一次获得了艺术创作的新生。20 世纪,现实主义继承了西方传统文学的优秀传统,批判现实、反映现实,成为西方文学发展进程中成就最辉煌的文学流派。

一、20 世纪西方现实主义文学简介

20 世纪的西方现实主义文学是令世人瞩目的文学现象,出现了一大批作家和作品,赢得了世界性声誉,为现实主义文学的内涵注入了新的血液。

20 世纪法国出现了一批著名的作家和作品,如罗曼·罗兰(1866—1944)的《约翰·克利斯朵夫》(1912);马丁·杜伽尔(1881—1958)的《蒂博一家》(1922—1940);弗朗索瓦·莫里亚克(1885—1970)的《和麻风病人接吻》(1922);安德烈·纪德(1869—1951)的《伪币制造者》(1926);阿拉贡(1897—1982)的《断肠集》(1941)、《爱尔莎的眼睛》(1942)和《法兰西晨号》(1945);安德烈·莫洛亚的一系列名作家传记,如《雨果传》(1954)和《巴尔扎克传》(1965)。战后玛格丽特·尤瑟纳尔(1903—1987)的历史小说《亚德里安回忆录》(1951)和《炼金》(1968)。20 世纪后半期法国最有成绩的女作家是玛格丽特·杜拉斯(1914—1996),她的代表作品是《情人》(1984)。

英国 20 世纪初的著名戏剧作家萧伯纳(1856—1950),其代表作品是

《巴巴拉少校》（1905）等戏剧；约翰·高尔斯华绥（1867—1933）的代表作有《福尔赛世家》三部曲（1906—1921）、《现代喜剧》三部曲（1926—1928）和《尾声》三部曲（1931—1933）；威廉·萨默塞特·毛姆的代表作品是《人生的枷锁》（1915）、《月亮与六便士》（1919）；赫伯特·劳伦斯（1885—1930）的代表作是《查泰莱夫人的情人》（1928）；金斯莱·艾米斯（1922— ）的代表作是《幸运的吉姆》；约翰·奥斯本（1929—1994）的代表作是《愤怒的回顾》（1956）；威廉·戈尔丁（1911—1993）的代表作为《蝇王》（1954）。

德国作家及其代表作有托马斯·曼（1875年—1955年）的《布登勃洛克一家》（1919），埃里希·保尔·雷马克（1898—1970）的反战小说《西线无战事》（1929），安娜·西格斯（1900—1983）的《第七个十字架》（1942），君特·格拉斯的《铁皮鼓》（1959）。奥地利作家及作品有施蒂芬·茨威格（1881—1942）的《一个陌生女人的来信》（1922），《一个女人一生中的二十四小时》（1927）。

20世纪美国出现了众多作家和作品，有杰克·伦敦的《马丁·伊登》，尤普顿·辛克莱（1878—1968）的《屠场》（1906），约翰·斯坦贝克（1902—1968）的《愤怒的葡萄》（1939），海明威（1899—1961）的《老人与海》（1952），托妮·莫里森（1931— ）的《所罗门之歌》（1977），艾丽斯·沃克的《紫色》，索尔·贝娄（1915—2005）的《洪堡的礼物》（1975），尤金·奥尼尔（1888—1953）的《毛猿》（1922），田纳西·威廉斯（1911—1983）的《欲望号街车》（1947），阿瑟·米勒（1915—1905）的《推销员之死》（1949）。

1917年在列宁的领导下苏维埃政权建立，诞生了世界上第一个社会主义国家。伴随着苏联社会主义国家的出现，文学发生了质的转型。苏联文学一改19世纪俄罗斯文学的面貌，在创作方法、表现手法、人物塑造以及文学所体现出来的人民性、党性原则、政治宣传作用方面都达到了这个时代的最高水平。尤其是1934年苏联作家第一次代表大会上提出的"社会主义现实主义创作方法"为苏联文学奠定了发展的基调。1954年苏联第二次作家代表大会提出的"写真实"、"积极干预生活"的原则对苏联文学的发展起到了积极的作用。20世纪苏联出现了许多优秀作家和作品，有高尔基（1868—1936）的《母亲》（1906），肖洛霍夫《静静的顿河》和《一个人的遭遇》，索尔仁尼琴（1918—2008）的《伊凡·杰尼索维奇的一天》（1971），柯切托夫（1912—1973）的《叶尔绍夫兄弟》（1958），瓦西里耶夫（1924—2013）的《这里的黎明静悄悄》，帕斯捷尔纳克（1890—1960）的《日瓦戈医生》（1955），索尔仁尼琴（1918—2008）的《古拉格群岛》（1973）等。

二、20世纪西方现实主义文学的基本特征

20世纪西方现实主义文学继承了19世纪以来的现实主义文学传统，即研究社会、忠于现实、反映现实、针砭时弊以及追求文学的真实性、批判性和典型性，同时也兼收并蓄、博采众长，形成一支能够容纳百川的新型文学流派。

1. 忠于现实、反映现实

20世纪是一个社会发生巨变的时代，两次世界大战使世人蒙受了巨大的灾难，残酷的战争撕碎了西方人的道德伦理观念；苏联社会主义国家快速发展以及殖民地人民的觉醒、反抗、独立改变了世界的发展格局。第二次世界大战结束后美苏两个超级大国的争斗、对峙使世界的发展更加复杂；科技的发展、原子武器的使用、宇宙飞船遨游太空、互联网的普及改变了人们认识世界的视角和视域。20世纪的西方现实主义文学就是在这样的背景中发展，它不仅仅关注现实，而且将文学的笔深入到人物的内心世界，拓宽现实主义的边界，出现了心理现实主义、结构现实主义、魔幻现实主义，丰富了现实主义文学的内涵和外延。

史诗性的文学是20世纪作家对西方社会一种全景图式的描写，作家站在历史的高度和社会发展大趋势的潮头对外部世界进行了宏大叙事，使文学走出19世纪西方作家笔下的贵族客厅、社交场所等狭隘的生活圈子，将自己的注意力关注到一个时代、家族、民族的命运变迁。罗曼·罗兰《约翰·克利斯朵夫》和《欣悦的灵魂》为读者展现了1880年到第一次世界大战法国和欧洲的社会实景图，高尔基的《母亲》通过主人公巴威尔从自发斗争到自觉斗争的成长过程表现了俄国工人阶级的觉醒过程。关于十月革命，有阿·托尔斯泰（1882—1945）《苦难的历程》、肖洛霍夫的《静静的顿河》和帕斯捷尔纳克的《日瓦戈医生》，这三部作品都具有史诗性，再现了从俄罗斯到苏联社会转型的那个动荡的岁月和在社会剧变中普通人

们命运的历史变迁，当然作品中也融进了作家的情感和对社会的认知。

20世纪西方现实主义文学继承了西方优秀的文学传统，尤其是对现实的批判体现出文学的真实性、暴露性、深刻的人道主义和人民性。美国作家德莱塞（1871—1945）的《美国的悲剧》（1925）描述了一个普通的美国年轻人克莱德·格里菲斯，他为了追求"美国式生活方式"而最终堕落成一个杀人犯。克莱德的悲剧具有代表性和普遍性，他的悲剧首先是个人的悲剧，为了能够得到富家小姐桑德拉、过上一种体面的生活而谋杀了一个无辜的少女，最终堕落成杀人犯；同时他的犯罪也是社会造成的，克莱德在豪华的戴维逊旅馆当茶房期间，吃喝玩乐、尔虞我诈、损人利己的处世哲学使他染上各种恶习，他看到了金钱的魔力，渴望能过上富人的豪华生活。在工厂里当工头时这种追求享乐的思想增强十倍，因此他最后堕落成灭绝人性的杀人犯，这也暴露出了美国的社会问题。在克莱德受审的过程中，小说围绕着民主党和共和党对克莱德案件所进行的明争暗斗，揭示了其中争名夺利、争取选票的真相。从《美国的悲剧》的名字都可以看出作品的批判性和暴露性，类似的作品还有斯坦贝克的《愤怒的葡萄》、杰克·伦敦的《马丁·伊登》等。

20世纪的西方现实主义文学具有深刻的人道主义思想，它不仅批判现实、暴露黑暗，而且随着社会的发展更加关注社会的道德伦理、人的异化问题、生态问题对人的影响等深层次问题。萨特曾经说存在主义就是一种人道主义，这是他对20世纪西方人道主义思想的进一步发展。在第二次世界大战后萨特的存在主义文学为滞留在荒原上的人们指出了一条拯救自己的道路。20世纪的西方现实主义作家肩负着批判社会、改造社会，使人从物欲横流的社会中解放出来的重任。

2. 文学的党性原则

苏联文学是在俄国十月革命的烈火中诞生的，它的到来改变了西方现实主义文学的格局，这是一种新型的无产阶级社会主义文学。苏联文学以列宁的文学党性原则为指导，以社会主义现实主义作为文学的创作方法，它塑造的人物是社会主义的建设者，并把培养人的共产主义品德和和谐发展的个性作为文学的根本目的。

十月革命之后，新旧势力的较量决定了苏联文学的复杂性和矛盾的尖锐性，正是在这种状况中逐渐确立了社会主义文学在苏联的地位和影响。

1934年召开的第一次苏联作家代表大会成为苏联文学史上具有划时代意义的一次大会,为苏联文学性质、任务和方向做了明确的规定,成立作家协会、制定章程,确立了社会主义现实主义为苏联文学创作和批评的基本原则,结束了从1917年以来苏联文学发展的探索阶段。苏联文学从20世纪30年代到斯大林去世这一时期有成绩也有失误,但成绩是主要的,培养了一大批杰出的作家,出版了大量的、优秀的现实主义作品,如肖洛霍夫的《静静的顿河》等。当然,在这个时期文学与政治的紧密关系使文学中也出现了一些歌功颂德、粉饰太平之作,但总体上来讲,苏联文学积极的、健康的、优秀的作品占主流地位。

1953年斯大林去世,这成为苏联文学的转折点。社会的变革,文学自身的发展和要求,迎来了苏联第二次作家代表大会的召开。大会上针对"写真实"、"非英雄化"以及删改社会主义现实主义创作方法有关内容进行辩论。文学的改革对于推动苏联文学的健康发展起到了积极的作用,清除了个人迷信在文学上的影响,纠正了"无冲突论",打破了文学上的教条主义的种种禁锢,深化了现实主义的文学创作。1954年爱伦堡的《解冻》成为最早体现清算个人迷信这一社会心理变革的先声,引领了"解冻文学"的发展潮流,出现了如柯涅楚克的剧本《翅膀》、帕斯捷尔纳克的《日瓦戈医生》、杜金采夫的《不是单靠面包》、索尔仁尼琴的《伊凡·杰尼索维奇的一天》等作品。

20世纪60年代后期到80年代,苏联文学结束了10年文学观念和发展方向上的论战,进入了一个稳步快速发展、创作空前繁荣的时期。在理论上提出了社会主义现实主义开放体系的思想,要求文学坚持党性、人民性、当代性和人道主义精神,在艺术形式上吸收各种艺术流派表现手法,做到在内容和形式上有新的突破和创新。在这种文学发展形势中苏联文学在农村题材、工业题材、军事题材、道德题材等方面取得了巨大的成就。作家队伍空前壮大,艺术思维大大拓宽,优秀作品不断涌现,如农村题材的有阿勃拉莫夫(1920—1983)的《普里亚斯林的一家》(1973)、阿列克赛耶夫(1918—)的《不屈的小柳树》、切尔内赫(1935—)的《适得其所的人》(1973)等;工业题材的有利帕托夫的《普隆恰托夫经理的故事》、德沃列茨基的《外来客》(1972)、格列勃涅夫《能干的女人》、索佛朗诺夫的《权利》、阿弗杰因柯的《兢兢业业》、科列斯尼科夫的

《阿尔图宁三部曲》、赫拉勃罗维茨的《驯火记》、伊勃拉基姆列科夫的《中生代石油的故事》、格拉宁的《奇特的一生》、鲍卡廖夫的《炼钢工人》、盖利曼的《奖金》等；军事题材的有恰科夫斯基（1913— ）的《围困》（1968—1975）、瓦西里耶夫（1924—2013）的《这里的黎明静悄悄》、贝科夫（1924—2003）的《方尖碑》（1973）、巴克拉诺夫（1923—2009）的《永远十九岁》（1979）等；道德题材的有恰科夫斯基的《遥远的星光》、拉斯普京（1937— ）的《活着，可要记住》、邦达列夫（1924— ）的《选择》等。

20世纪80年代到苏联解体，苏联文学出现多元化趋势。1986年召开了第八次苏联作家大会，会议要求文学要密切配合戈尔巴乔夫的"新思维"运动，这改变了原来的苏联文学的发展方向，一些作品一反苏联文学正面描写现实，以肯定为主的创作传统，将暴露黑暗面、批判社会弊端作为文学的主导方向。另外一些曾被封杀的作品以及侨居国外持不同政见者的作品开始回流苏联，如布尔加科夫（1891—1940）的《狗心》、雷巴科夫（1911— ）的《阿尔巴特街的儿女们》、格罗斯曼的《人生与命运》、扎米亚金（1884—1937）的《我们》、索尔仁尼琴的《古拉格群岛》等。

3. 开放的现实主义创作方法

西方现实主义文学进入20世纪后，所面临的社会环境与文学环境已经不同于以往，社会的动荡、战争的残酷、传统价值观念的崩塌等成为现实主义文学面临的问题。战争的残酷性使曾经高举人道主义大旗的作家深感迷茫和绝望，物欲横流、大工业的迅猛发展让人感到物对人的挤压和异化。在这样的氛围中各种文学思潮纷至沓来，理性与非理性的思想混杂在一起，使现实主义经受着来自不同思潮的冲击。

20世纪西方现实主义文学不仅继续面临着19世纪下半期以来自然主义的质疑和挑战，而且面临着更加复杂多样的文学思潮的冲击和影响，如象征主义将现实仅作为一种客观对应物，外部世界成为剧作家寄托情感、内心感应的象征物；表现主义将人的内心世界看得高于一切，内心世界成为表现主义文学表现的全部，而客观现实早已被抛弃到了脑后；唯美主义则从另外一个角度来看待文学与现实世界的关系，它认为艺术形式的美就是一切，文学创作是为艺术而艺术，用形式美去遮蔽现实、漠视现实，以消解文以载道的作用。

客观真实性和典型化原则是西方现实主义文学的指导性原则，但是这一切则随着文学形势的发展其内涵也在不断地发展和变化。德国戏剧作家布莱希特曾与卢卡奇关于现实主义展开过论战，提出了"现实主义的广阔性和多样性"的创作命题，表明现实主义既可以强调细节的真实性，也可以在表述中运用象征、讲故事的方法来观照现实。20世纪60年代阿拉贡与加罗第分别提出了"开放的现实主义"和"无边的现实主义"的观点。到了20世纪70年代初苏联的苏奇科夫和马尔科夫针对1934年第一次苏联作家代表大会确立的社会主义现实主义创作思想，提出了社会主义现实主义开放体系的新观点。20世纪的西方现实主义文学理论就是在创新中丰富、阵痛中转型、争论中发展、突围中实现自我的。

20世纪西方现实主义文学不仅在作品主题上做出了突破，继续高举人道主义大旗，批判假恶丑，弘扬真善美，还对20世纪新出现的社会问题进行反思，如对人的异化问题、孤独意识等主题进行开拓，将个人命运与社会剧烈变化紧密地联系起来。西方现实主义文学能在20世纪此起彼伏、流派众多的文学思潮中立于不败之地，就是因为有一种容纳百川的胸怀，特别是在表现形式和创作方法上能博采众长、不断创新。受西方现代派文学的影响，一些现实主义文学作家开始将自己的注意力集中在人物的内心世界，在描写现实的基础上对人物的心理变化与外部社会生活糅合在一起，写出人物激烈的，甚至是悲剧性的内心冲突，如奥地利小说作家茨威格就是一个善于描写人物心灵变化与精神世界活动的现实主义作家。还有一些现实主义作家吸收了象征主义文学、意识流文学、表现主义文学等的表现手法，将人物的意识流动、内心独白、时序颠倒以及绘画和电影的表现方法运用在文学中，体现作家的表现意图，如托马斯·曼（1875—1955）的《约瑟和他的兄弟们》（1926）、艾特玛托夫（1928—2008）的《一日长于百年》（1980）、布尔加科夫的《大师和玛格丽特》。也有将现实做魔幻化处理来表现现实的，如加西亚·马尔克斯（1927—2014）的《百年孤独》、阿斯图里亚斯（1899—1974）的《玉米人》等。还有美国剧作家阿瑟·米勒通过戏剧舞台实践活动将戏剧表演与电影的表现手法相结合，对舞台空间进行重新认识。这些作家将现实与虚幻、过去与现在、生活与宗教融为一体，使作家在对现实的表现上更加丰富多彩，顺应了20世纪西方现实主义文学的发展需要。

20世纪的西方现实主义文学处在一种多种文学流派、多种哲学思想并存的时代，它在表现方法上吸收了他者之长，扬弃自身之短，但无论怎样变化都没有改变其产生之初所具有的人道主义思想，以及忠于现实、反映现实、批判现实的宗旨，适应着时代的发展，其内容不断地更新和变化。

三、20世纪西方现实主义文学的地位与影响

20世纪西方现实主义文学首先继承了19世纪以来现实主义文学传统——客观面对现实，用写实的方法表现瞬息万变的社会发展，反映人所处的生存状态以及在急剧变化的社会环境中人的命运变迁。苏联文学是20世纪西方现实主义文学中一支新生力量，它的党性原则、创作方法、表现手法、人物的塑造等对世界文学史产生过深刻的影响。20世纪的西方现实主义文学具有容纳百川的胸怀，采各种文学之长为己所用，打破了19世纪以来西方现实主义的文学模式，在表现方法上形成与其他文学流派边界的模糊性，增强了自身的生命力。

四、肖洛霍夫与《静静的顿河》

肖洛霍夫是苏联著名的小说作家，他用自己的作品再现了20世纪上半期苏联顿河哥萨克地区的巨大变化，表现了哥萨克民族的历史命运变迁以及走向新生活道路的艰难过程。肖洛霍夫的小说中充满浓郁的哥萨克民族特色，他笔下鲜活的人物、大量民歌民谣的引用、奇异的顿河、大草原壮丽风光都浸透着作家对家乡的一片深情。

1. 作家生平与文学创作

肖洛霍夫（1905—1984）出生在顿河流域维新斯卡亚镇的克鲁日林村，他的祖先原是梁赞省人，后来迁居顿河，因是"外乡人"很受歧视。父亲是位没有固定职业的平民知识分子，贩卖过牲口，当过店员、磨坊的管理员；母亲是位有一半哥萨克血统的妇女。

1911年起，他在几个地方陆续读了几年小学和中学，1918年国内战争爆发，德国干涉军入侵了顿河地区，肖洛霍夫的学生生涯便这样永远结束了。1919年，他目睹了顿河上游哥萨克的大规模暴动，1920年顿河建立革命政权之后，15岁的肖洛霍夫积极投身于各种社会活动，他当过扫盲教师，参加过业余剧团，当过革命委员会的办事员，当过长期的粮食采购员。肖洛霍夫回忆说："从1920年起，我在顿河草原上东奔西颠，到处漂

泊。当过很长时间的粮食采购员。我们追赶过土匪……也被土匪追赶过。可是那些土匪终于得到了应有的下场。那些年我遇到过许多麻烦事,真可谓艰苦备尝……"

1922年秋,肖洛霍夫来到了莫斯科。他当过装卸工、泥水匠、会计、出纳员和办事员,同时他继续读书,以弥补知识的不足。1923年9月19日,《少年真理报》刊登了他第一篇习作《考验》,接着又发表了《三个纽扣》和《检查员》,这标志着肖洛霍夫文学生涯的开始。1924年肖洛霍夫的第一篇短篇小说《胎记》发表了,从这时起一直到1926年,他陆续写了一些取材于顿河地区哥萨克生活的短篇故事,后来集成《顿河的故事》,于1926年出版,从此这位才华横溢的青年作家登上了文坛。

从1925年秋,他开始创作史诗性小说《静静的顿河》第1部,并于1928年出版,而第4部则是在1940年初出版,前后经历了15年的时间。这部作品使他当之无愧地跻身于群星灿烂的苏联作家群的前列。在此期间,1932年,他又完成了长篇小说《被开垦的处女地》第1部。卫国战争开始后,他以军事记者的身份走上前线,在《真理报》、《红星报》上发表了一系列特写。1943年5—11月和1944年2月,他在《真理报》上发表了反映卫国战争的长篇小说《他们为祖国而战》的片段,战后的1949年、1954年和1969年又发表了这部作品的一些片段,该书直到作家去世仍未完成。1956年和1957年之交,肖洛霍夫发表了短篇小说《一个人的遭遇》,1955—1960年,他发表了《被开垦的处女地》第2部。

1930年,肖洛霍夫经老作家绥拉菲摩维奇等人的介绍加入了苏联共产党。1934年当选为苏联作家协会理事,并多年担任理事会书记处书记。1939年他被选为苏联科学院院士。1961年被选为苏共中央委员,并为历届苏联最高苏维埃代表。由于他的文学创作成就,他曾荣获斯大林奖金、列宁奖金、社会主义劳动英雄称号、5枚列宁勋章以及其他奖章和勋章,1965年获得诺贝尔文学奖。1984年2月21日去世,享年79岁。

2. 《静静的顿河》故事梗概

《静静的顿河》以顿河流域的鞑靼村为背景,以葛利高里·麦列霍夫人生探索为主线,描写了顿河地区和哥萨克民族从1912年到1922年10年间的巨大变化以及他们在寻找人生道路时的痛苦与挣扎、徘徊与觉醒的过程。

小说从1912年开始。葛利高里一家是一个和睦而勤劳的家庭，尚未服满兵役的葛利高里在顿河草原上赛马、捕鱼、游玩、劳动，过着一种无忧无虑、放荡不羁的生活，葛利高里被认为是村庄里最能干的小伙子。但是1914年第一次世界大战爆发了，战火把葛利高里卷到前线，他应征入伍了。葛利高里抱着效忠沙皇的荣誉感和哥萨克军人的天职走上战场，同时在他身上也有劳动者的思想感情，看不惯沙皇军队士兵强奸妇女的行为，对战争残酷的杀戮十分厌倦，内心十分痛苦。当他第一次枪杀一个奥地利人时，沉重的痛苦折磨着他，"憎恨和疑惑的心情揉碎了他的灵魂"。然而，后来的残酷战争使他的内心逐渐变硬了。他救了一个龙骑兵团长，得到了四级乔治勋章，但是他一直不了解为什么来打仗，为谁而打仗，哥萨克为什么要背井离乡，为什么人类要相互残杀。

　　在莫斯科眼科医院里，他遇见了布尔什维克贾兰沙。他向葛利高里宣传了革命真理，揭露了帝国主义战争的实质，虽然这时葛利高里效忠沙皇和哥萨克军人天职的观念开始动摇了，但是这种认识还处在朦胧和不巩固的状态之中。从医院回到家乡，他的晋升和勋章滋生了他的优越感，贾兰沙对其宣传的一点点真理的火花也渐渐熄灭了。所以，后来他重返前线，支配他的仍然是哥萨克的荣誉感。十月革命中葛利高里受到哥萨克革命领袖波特捷尔科夫的影响，参加了红军，这是他又一次接触到革命的真理，但是他不了解革命，对红军未形成坚定的信念，当看到波特捷尔科夫坚决镇压白匪军官时，他动摇了，同时又与波特捷尔科夫决裂了。

　　葛利高里因腿部受伤，第二次回到了家乡。他感到很疲倦，想逃避斗争，渴望过一种和平劳动的生活。他向父兄声明要站在苏维埃政权方面，不料遭到了痛骂。虽然他希望保持内心的平静，但是战火很快蔓延到他的家乡鞑靼村。1919年2月，月申斯克爆发了反革命叛乱，葛利高里参加了白军，后来他的哥哥被红军杀死了，于是葛利高里变得更加残忍了。他残酷地杀害红军士兵，成了连长、团长、师团长，哥萨克的偏见牢固地支配着他，当意识到革命会使他失去土地、特权和荣誉时，他就完全站在叛军一边了。为哥哥报仇的心理使他越发反动、残酷。

　　他讨厌那些士官生和军官们，因为他们把他视为粗野的、愚蠢的"哥萨克"；葛利高里也对白匪军把英法干涉者带到顿河来不满和愤怒，与此同时，红军的某些真理和英勇行为引起他的关注，他想与红军讲和，但又缺乏勇气。在顿河的白匪被摧垮之后，走投无路的葛利高里才投奔了红军，当了连长，后又担任了副团长，但此时他并不相信布尔什维克的真理。复员回家到村子里，他拒绝登记，不向人民低头认罪，于是偷偷地逃跑了，参加了佛明匪帮，在反对苏维埃政权的道路上他越走越远。佛明匪帮被打垮后，在逃亡的路上，他埋葬了最亲爱的阿克西妮亚，并且像狼一样在森林里流浪。

1922年，当美丽的顿河春水荡漾时，葛利高里回到了家里，除了小儿子对他的变化表示惊骇外，别人都不认识他了。10年前生龙活虎般的小伙子，现在变成了满头白发、满脸胡须、日暮穷途的匪徒。他完完全全地被毁灭了。

3. 作品分析

肖洛霍夫的长篇小说《静静的顿河》共4部8卷150万字。作者用了整整15年的时间完成了这部鸿篇巨制。他1925年末开始动笔，1928年完成第1部、1929年完成第2部、1933年完成第3部、1940年完成第4部。

小说第1部一问世，绥拉菲摩维奇（1863—1949）便在《真理报》上撰文，肯定了作家的天才，并给予高度评价，指出这是"一个非同凡响的、同谁都不相像的、具有自己独特面貌、具有远大前景的作家"。1929年高尔基说："法捷耶夫、肖洛霍夫以及像他们那样的天才，目前还是极少数几个人。"1931年第3部出版受阻，高尔基又挺身而出，捍卫了肖洛霍夫。他看完了原稿，在给法捷耶夫的信中说：这是"一部具有很高价值的作品……肖洛霍夫非常有才能，他可以成为一个优秀的苏联作家"。

《静静的顿河》当之无愧是哥萨克社会历史的一面镜子。过去普希金、果戈理、托尔斯泰都描写过哥萨克社会生活及其艺术形象，然而唯有肖洛霍夫通过20世纪头20个年头的社会巨变，最广泛、最深刻、最形象地表现了哥萨克人的历史命运。作家通过一系列艺术形象拉开了哥萨克这个陌生世界的帷幕。

"哥萨克"一词来自突厥语，意为"自由人"、"脱离本民族的人"、"好汉"、"冒险者"。哥萨克的祖先大多是逃亡的农民，少数是城市贫民和家奴。苏联著作界认为它出现于15世纪或16世纪，俄国移民局1914年出版的《亚洲俄罗斯》一书和1973年苏联出版的《苏联大百科全书》则把"哥萨克"的出现定为14世纪。在那前后，一批又一批农民、城市贫民和家奴不堪忍受封建贵族残酷压迫，逃至南俄边境谋生，他们来自俄罗斯族、乌克兰族以及其他民族。

俄罗斯族人最初逃到顿河流域，这就是后来的顿河哥萨克。乌克兰族人和白俄罗斯族人为逃避波兰贵族的压迫，逃到了第聂伯河下游无人区的草原，这就是后来的第聂伯哥萨克，后来又出现了其他地区的哥萨克。经过600年的发展，到了20世纪他们已经不承认自己是俄罗斯族、乌克兰族或者白俄罗斯族。顿河哥萨克出现最早，虽然其主体是俄罗斯族，但是也混杂了其他民族的血统，如葛利高里就是俄罗斯族与土耳其族的混血后裔。

哥萨克是一个还保留着古代宗法制村社特点的混合体，它是有一定自治权的政治组织，同时又是经济组织和军事组织。由民主选举产生村长、镇长，最高权力机构是军州哥萨克军事会议。每个哥萨克村为一个小群体，民政由村长管理，重大问题由村民大会讨论。哥萨克既是农民又是军人，两者浑然一体，但首先是农民。从《静静的顿河》来看，他们仍然以农为主，靠人力、畜力和马拉农业机械耕作。葛利高里在战场上仍想着农活，即使当上了叛军师长后，想的也是回家与牛打交道。因此他们对战争对农业的破坏是很痛心的，他们把土地当作命根子。在土地制度上，哥萨克实行公有而又归个人使用的制度。除了哥萨克贵族和将军世袭外，每户哥萨克都可得到"份地"。而"份地"平均数很大，每户有土地50余俄亩①，比非哥萨克高10倍，但是也存在贫富差别。大地主可以拥有数千俄亩，中小地主不少于千亩。这样就决定了他们对革命的态度。

哥萨克是军人，但不是兵。因为他们是逃亡的农民，从15世纪开始反叛俄罗斯，但被沙皇政府镇压、利用；免除他们的地租，发给俸禄，供给武器，让其保卫边疆。1689年彼得一世对哥萨克进行整顿，建立了由政府直接领导的哥萨克军，直到20世纪初已建立了11个哥萨克军。沙皇政府向他们灌输效忠意识和等级观念，作为军人要盲目地、自动地履行军职，要忠于上帝、忠于沙皇、忠于哥萨克的传统思想。

《静静的顿河》原稿叫《顿河乡土》。从故事发展的时间来看，它整整延续了10年，其中包括第一次世界大战、二月革命、十月社会主义革命和

---

① 1俄亩≈1.09公顷。

国内战争等。原先在《顿河乡土》写过几个印张之后，肖洛霍夫忽然领悟到，如果不了解哥萨克方面的情况，那就很难理解许多哥萨克人为什么在革命期间站在反革命行列，在哥萨克人中阶级斗争为什么如此复杂尖锐，不了解他们的历史道路，就很难深刻了解他们今天的行为与社会心理。这样肖洛霍夫想到必须叙述哥萨克人的历史，描写出哥萨克人的特点，以及他们在走向革命时所经历的艰苦复杂的道路。因此他放下了《顿河乡土》，重新寻找小说的开头，将书的年代向前推移，追溯到第一次世界大战之前，甚至追溯到1877年的俄土战争。作品中主人公们的经历和生活就构成了现在的小说的第1部内容，而原来的《顿河乡土》的部分手稿经过修改后成了小说的第2部。

小说以顿河流域的鞑靼村为背景，这个村落非常闭塞，地处穷乡僻壤，离城市较远，外面广大世界的消息也不会很快传到这里来，村里还保留着传统的生活方式和古老的风俗习惯。伟大的十月革命使哥萨克人的命运发生了根本性的变化，那种所谓哥萨克人的社会阶级结构盘根错节、坚不可摧的神话被打破了。正像任何一个地方的俄国农村一样，社会解体和阶级分化的规律也在鞑靼村进行着。革命摧毁了哥萨克的等级制度，摧毁了沙皇的武装基地，解放了那些愚昧落后的哥萨克，使他们觉醒过来，成为顿河地区进行社会主义革命和建设苏维埃政权的基本力量。

葛利高里·麦列霍夫在小说里出现时才19岁，是一个乐观、热情、充满着青春活力的哥萨克青年。他的祖母是土耳其人，在他身上有着东方人的血统。他身材很高，生着下垂的鹰钩鼻子，有一双热情的发蓝的扁桃形眼睛。葛利高里出身于中农家庭，他热爱劳动并有同情心。小说第二章描写了他与父亲在顿河上钓鱼的场面，以后又描写他在芬芳茂密的顿河草原上割草，这说明健壮的葛利高里是个劳动能手。他热爱大自然，有复杂而敏锐的思想，也有深厚的同情心。有一次割草，他误砍死一只小野鸭，他把死去的小野鸭放在手上，很怜惜。他与阿克西妮亚的关系，也表现了他对不幸妇女的同情。

从第一次世界大战开始一直到1922年苏联国内战争结束，葛利高里一直在不断地探索前进的道路，三次参加白军，两次参加红军，他徘徊在两大政治集团之间，但最终以悲剧结束。他不知道为什么来打仗，不知道为谁而打仗，他在白军和红军里没有找到自己的位置，深感痛苦："以前的一切事情都是一片混乱、一片矛盾。探索出一条正确的道路是很困难的；好像是踏上一条沼泽当中的小路，脚底下的土地摇晃起来，道路也失去了，而且也没有信心——所走的道路是不是应该走的那条路。"葛利高里试图在两大阶级对峙的过程中寻找到第三条道路——走哥萨克自己的道路，但是这种想法最终是失败的。

葛利高里是一个复杂的人物，各种社会矛盾都投射在他的身上。他是哥萨克中农中最早的觉醒者，但同时又是他们中最迟的归来者，其复杂性来自社会影响和社会环境。他出生于中农家庭，由于所处的经济状况，所以按照列宁的说法："不由自主，而且也不可避免地忽而倾向资产阶级，忽而又倾向无产阶级，在理智上倾向无产阶级，而在偏见上又倾向资产阶级。"这是葛利高里政治上动摇不定的阶级根源。另外，哥萨克的等级制度毒害了他。葛利高里的父亲是沙皇军队的下士，竭力培养他忠于沙皇，给他灌输种种陈腐观念。这样，葛利高里的身上就聚集着许多矛盾：劳动者的美德和私有者的贪欲、哥萨克的偏见和革命的真理、人类的优美天性和野蛮的恶习之间的矛盾。按照其出身与天性，他是应该走向革命道路的，但是他那私有者的灵魂，在哥萨克偏见的影响下，不仅毁灭了他的才能，而且使其变成人民的罪人。葛利高里是一个悲剧形象，他作为一个反映全体哥萨克中农的代表，意义缩小了，因为他最后并没有反映中农的思想情绪；但他却超出了20年代顿河哥萨克的范围和特点，成为在社会的转型中没有找到自己道路的人的典型。

对于《静静的顿河》的结尾，许多评论家发表了不同的看法。苏联作家阿·托尔斯泰曾经要求肖洛霍夫不要这样结束《静静的顿河》，认为主人公葛利高里不应该作为一个土匪走出文学。评论家谢尔宾纳认为小说的结尾葛利高里抱着儿子，抱着他生活中残留下来的、唯一使他暂时同大地联系起来的东西，陷入未可知的深渊。英国著名作家德·塞林和西班牙评论家何塞·马里阿·瓦利维尔捷等认为葛利高里的一生是个悲剧，但是小说结尾是他人生的新阶段。我国肖洛霍夫研究者认为：作家看到了历史的必然，作家看到了像葛利高里这样的劳动哥萨克，无论他们有多少历史的迷惘，走过多少曲折的道路，他们都能够勇敢地带着一颗刚毅的、活生生的心灵回到苏维埃政权方面来。认为作家抓住了这个历史的必然，给他的主人公的命运做出了非常有利的、深刻的归结。

肖洛霍夫在同一位评论家谈话时说:"麦列霍夫返回故土,他仍然有着一颗活生生的心灵。这里面表现了他的力量!……这是我的一大发现。"肖洛霍夫在小说中力图将葛利高里塑造成一个有人格魅力的形象,作者十分同情主人公的个人命运,在葛利高里身上表现了革命与人性的矛盾,表现了他的迷茫与痛苦,在复杂的内战环境中由于政治上的不成熟和周围人的偏见,虽然他苦苦地探索出路、探索真理,最后还是步入歧途,但是肖洛霍夫还不时提醒读者,他的主人公仍然是一个出类拔萃、具有活生生人性的人。在塑造葛利高里形象的同时,肖洛霍夫反思了历史。他认为葛利高里走上反革命道路是由于红军政策上的失误,肖洛霍夫曾上书斯大林批评红军的过火行为。肖洛霍夫在给高尔基的信里说,他要"反映斗争的哥萨克的政策和欺压中农哥萨克的错误的方面,因为不写这些就不能揭示暴动的原因。不然,就这样无缘无故地,不仅不会发生暴动,跳蚤也不会咬人"。

艺术特征

肖洛霍夫的《静静的顿河》是一部史诗性的长篇巨著,体现了作家的美学思想,散发着浓郁的哥萨克的民族气息,为我们打开了一个独特的、全新的艺术视角,具有很高的文学价值。

首先,是小说的史诗性。《静静的顿河》以主人公葛利高里·麦列霍夫的人生探索为主线,串起了一系列重大事件,其中包括第一次世界大战、俄国的二月革命、科尔尼洛夫叛乱、十月革命,国内战争以及西线战场等,描写了苏维埃政权在炮火中诞生以及沙皇统治的终结,小说涉及的人物众多、场面宏大、作品构思宏伟,具有史诗性。小说中广泛地引用了历史文献、编年史、命令、日记、书信等资料,并依据这些史料从宏观的视角审视和评述了各个时期的军事形势和事件,具有历史的真实性和感染力。

其次,小说着意刻画主人公丰富复杂的感情世界。葛利高里三次参加白军、两次参加红军,一路冲杀,一生戎马,但葛利高里在作家的笔下绝非头脑简单、四肢发达的人物,而是一个有着非常丰富内心世界的哥萨克人。作者描写了第一次世界大战爆发之前和之后葛利高里对阿克西妮亚情感的变化,对战场上的细腻感受,对哥萨克民族的前途命运的思考等。作品对其他人物情感的描写也非常细腻,将在顿河哥萨克地区动荡的过程中普通人的快乐与痛苦、迷惘与悲伤都写得感人肺腑、淋漓尽致。

再次,是浓郁的民族色彩。小说通过葛利高里一家和鞑靼村,真实地描写了顿河哥萨克民族的日常生活和民族习俗。作品描写了葛利高里家中的各种贮藏室、养牲口的后院,屋脊上用白铁片做成的铁公鸡——用它象征富裕和康宁。小说也描写哥萨克人的节日、葬礼、婚宴、晚会、服装、跳舞等,具有浓郁的民族特色。

4. 思考题

① 两次世界大战和苏联社会主义国家的建立对西方文学产生了怎样的影响?

② 简析约翰·克利斯朵夫的艺术形象。

③ 为什么说克莱特的悲剧是美国的悲剧?

④ 谈谈《静静的顿河》的思想价值和艺术成就。

⑤ 简析葛利高里·麦列霍夫的人物形象。

第十一讲　象征主义文学

象征主义是西方现代派文学中出现最早、时间最长、影响最大的文学流派，尽管"象征主义"一词出现于1886年，但早期象征主义文学可追溯到19世纪中期波德莱尔的诗歌创作。西方象征主义文学发展到20世纪20年代又形成了晚期象征主义，出现了艾略特等重要代表作家。象征主义文学的成就主要在诗歌和戏剧两大领域，这是一个有思想纲领、有文学创作的文学思潮。

一、象征主义文学发展简介

"象征"一词最早来源于希腊文，意思是一块木板分成两半，双方各执其一，后来象征的内涵更加丰富了。19世纪的文学家和艺术家将象征主义作为一种文学的创作方法，他们认为在自然万物之间、自然与人之间、人本身各种感觉之间存在着隐秘的内心感应，作家应该用暗示、启发、象征的手法来表达这种感应，从而使作品达到一种超越现实、更加真实的状态。1886年，法国诗人让·莫亚雷斯在《费加罗报》上发表文学宣言，主张用"象征主义者"来评论当时的前卫诗人，他的这份宣言标志着象征主义文学流派的诞生。但象征主义作为一种文学现象要比让·莫亚雷斯所提出的概念更早，最早可追溯到19世纪中期法国作家波德莱尔和美国作家爱伦·坡，人们一般将他们看作是象征主义文学的先驱。象征主义分为前期象征主义和后期象征主义，作为文学思潮前期象征主义是从19世纪70年代开始到20世纪初期第一次世界大战，而后期象征主义是从20世纪20年代到40年代。

前期象征主义最早是从诗歌开始，代表作家是法国诗人波德莱尔以及魏尔伦、韩波和马拉美。波德莱尔（1821—1867）的代表作品是《恶之花》（1857），在这部诗集中作者大胆运用"象征"和"通感"的表现手法，使其诗歌开一代法国象征主义诗歌之先河。在波德莱尔之后，出现了前期象征主义诗人魏尔伦，其主要诗集有《感伤集》（1866）、《无言罗曼斯》（1874）等，魏尔伦（1844—1896）诗集的主题是颓废、忧伤和痛苦，艺术上强调诗歌的韵律和词语的音乐性；他的《诗的艺术》（1882）一文中表述了他的象征主义诗歌主张。韩波（1854—1891）的创作不是太多，一生有一部诗集和两部散文集，由于他受到过帕纳斯诗派的影响，诗歌形式追求完美、富于幻想，具有象征的特点，其诗歌作品有《七岁诗人》、《醉舟》和《元音》等。马拉美（1842—1898）是前期象征主义重要的诗人，他的主要作品是《诗的馈赠》、《牧神的午后》、《骰子一掷绝不会破坏偶像》等，马拉美非常注意诗歌的造型美和音乐美。在前期象征主义文学中戏剧也是重要的一个组成部分，梅特林克（1862—1949）、霍普德曼（1862—1946）、约翰·沁（1871—1909）、易卜生（1828—1906）等这些剧作家用自己的艺术才华将一部又一部象征主义戏剧搬上了舞台，尤其是比利时象征主义戏剧作家梅特林克还提出了"静止戏剧"理论，并将这种戏剧理论运用到自己的戏剧中。19世纪末到20世纪初期，俄国出现了白银时代，这个时期的俄国象征主义诗歌比较繁荣，代表作家是亚历山大·勃洛克。

后期象征主义文学运动在第一次世界大战之后又重新兴盛起来，直到第二次世界大战爆发。后期象征主义文学的中心从原来的法国转到英国等欧洲国家，重要的作家有英国象征主义诗人阿瑟·西蒙斯、艾略特和爱尔兰的叶芝，还有法国象征主义诗人瓦雷里，奥地利象征主义诗人莱纳·马利亚·里尔克等。

二、象征主义文学的基本特征

1. 理论创新是象征主义文学的风向标

西方象征主义最早从诗歌开始，随后影响到象征主义戏剧、绘画等文学艺术。作为一种文学流派，象征主义有着深厚的理论基础和美学阐释，为象征主义文学艺术的发展奠定了基础。

波德莱尔作为象征主义的先驱者，除了写出《恶之花》和《巴黎的忧郁》两部作品外，他的理论也为象征主义文学理论的产生奠定了基础。1855年波德莱尔对诗歌的功用提出了"通感"论，他认为"诗表现的是更真实的东西，即只在另一个世界才是充分真实的东西"。波德莱尔的文学创作是在欧洲现实主义文学鼎盛时期，他在文学上已经不再去关注描写客观的外在形态，而是发挥作家主观的想象，以寄托自己的精神。在1855年的《通感》中他将外部世界比喻为"一座象征的森林"，在大千世界的万物之间存在着隐秘的、内在的各种关系，人与自然、人与人之间存在着一种通感，共同组成一个象征的森林。正是这种"通感"理论使波德莱尔向象征主义迈出了一大步，为象征主义文学和理论奠定了基础。

波德莱尔在诗歌创作上提出了"通感"说，对象征主义起到了风向标的作用，为象征主义诗歌和文学思潮的形成打下了坚实的基础。在波德莱尔之后魏尔伦的宇宙观、人生观和文学观同波德莱尔一脉相承，对象征主义进行了丰富和发展。魏尔伦在理论上提出了诗歌的音乐性问题，即"音乐，至高无上"。魏尔伦强调诗歌语言的音乐性，语言要像音乐一样具有流动性、朦胧性和梦幻性，反对诗歌用讽刺和雄辩的理性风格来创作，追求诗歌语言的纯正和形式的完美。魏尔伦强调诗歌的音乐性，突破了文学上各种清规戒律的束缚，为象征主义理论做出了贡献。

韩波是继魏尔伦之后又一位象征主义理论家和实践者，他提出了"他者"理论和"通灵人"理论，他认为诗人应该成为一个"他者"去观察一切，但观察的对象不是外部世界，而是自己的思想、情感和精神活动，应将注意力投放在自己的内心世界。诗人是一个"通灵人"，他要依靠自己的直觉来沟通感觉、宇宙和人生，封闭理性，让灵魂在各种感觉之间流动和沟通。在诗歌创作上强调诗歌的音、色、声之间的相同，让诗歌的声音染上色彩，让色彩带上音乐，打破普通的审美视觉和听觉，增强诗歌的象征性和艺术感染力。韩波的象征主义理论在诗歌实践中更具有实验性和可操作性，使象征主义理论成为一个被更多人理解和实验的文学派别。

马拉美对诗歌的认识与其他作家不同，他说诗歌不要求叫人理解，它只能触人心弦，引人共鸣，供人推测。一切美都是神圣的，而神圣的又都是神秘的，要创造美应该用神秘的、暗示的方法来进行，马拉美在文学创作上特别推崇类推和暗示的方法。这种暗示是不指明对象的，马拉美认为，指明对象将会严重减少读者对诗歌的兴趣；"暗示"理论实际上同波德莱尔的"通感"理论在内在关系上有着密切的联系，马拉美认为，暗示就是"一点一滴地去复活一件东西，从而展示一种精神状态，或者选择一件东西，通过一连串疑难的解答，去揭示其中的精神状态"。在马拉美的"暗示"理论之外，他在自己的创作中还提出了文字的组合和音乐性等问题。

波德莱尔、魏尔伦、韩波、马拉美在象征主义萌生之时提出了"通感"、"音乐性"、"暗示"等理论问题，为象征主义文学的产生奠定了坚实的理论基础，这为1886年让·莫亚雷斯在《费加罗报》上发表象征主义文学宣言提供了理论和文学的创作条件。象征主义文学理论不仅指导着诗歌创作，而且对象征主义戏剧的产生影响深远，比利时象征主义戏剧家梅特林克是一位极具代表性的作家。在象征主义戏剧创作实践中，梅特林克提出了"静止戏剧"理论，他打破了戏剧追求戏剧性的特点，使戏剧在静止的状态中突显人与自然之间的关系，将剧作家的创作意图通过静静的戏剧场面和象征体表达出来。梅特林克在《日常生活中的悲剧性》中说道："他处在静止中，而我们也就有时间可以对他进行观察。于是掠过我们眼前的，不再是生命的一个激动不安的、稀有的顷间——而是生命本身。有千百种的规律比情欲的规律更有力量，更可尊重；这些规律同一切被赋予无敌力量的事物一样，都是沉默、审慎、行动缓慢的；因此，当生命进入一系列宁静的顷间、冥想君临我们的时候，我们就能够看见和听到这些规律。"[1] 梅特林克提出的静止戏剧理论实际上为戏剧的发展开辟出一条新的发展道路，强调了戏剧的静止氛围以及通过这种静止方法去实现剧作家的创作意图，同时也给观众创造出一种安静的环境去体验戏剧中的一切。

2. 象征主义诗歌

象征主义文学从诗歌开始，最早可追溯到19世纪中期法国作家波德莱尔的《恶之花》。《恶之花》分为六部分，即《忧郁与理想》、《巴黎风光》、《酒》、《恶之花》、《叛逆》、《死亡》，这些作品在逻辑上相互衔接，在内容上相对独立。作品描写了诗人内心的忧郁，努力走向现实，但巴黎的现实令人失望，用酒无法解决自身的沮丧和痛苦，只有放纵自己以示叛

---

[1] 吕效平：《戏剧学研究导论》，南京大学出版社，2006，第56页。

逆，但是最终的出路只能是死亡。正如诗人在评价《恶之花》时说："在这本残酷的集子里，我放入了我全部的心、全部的思想、全部的信仰以及全部的仇恨。"《恶之花》是病态之花，恶之为花，波德莱尔将丑作为一种审美对象，用梦魇般的笔调描写荒诞社会造成的忧郁、变态人性和绝望的沉沦，从而对古典诗的理想化审美标准进行解构，从中引出道德的教训，重新建构新的价值体系和美学观念。波德莱尔的《恶之花》创作于现实主义文学思潮盛行时期，尽管波德莱尔提出了"通感"理论，但他的作品内容仍然没有摆脱对现实的描写。波德莱尔的诗歌摒弃了浪漫主义那种对现实虚幻的美好憧憬，表达了作家对现实的不满以及找不到出路的苦闷情绪，充满着反叛精神。

魏尔伦继波德莱尔之后成为法国象征主义诗歌重要的代表人物之一。魏尔伦的诗歌始于19世纪60年代，这是一个各种文学派别竞相发展的时代，浪漫主义文学虽然大势已过，但余温尚存；而帕纳斯派"为艺术而艺术"的文艺观念也不断影响着文坛，魏尔伦作为象征主义代表人物是在不断摆脱这两种流派影响的状况下逐渐成长起来的。魏尔伦吸收了浪漫主义作家内省的特点以及帕纳斯派的"为艺术而艺术"的艺术宗旨，摒弃了浪漫主义直抒胸臆以及传统的道德观念和理性判断，采用暗示的方法来表达作家的创作意图。从魏尔伦的第一部诗集《感伤集》（1866）到他的第二部诗集《戏装的乐图》（1869）已经开始发生变化，他的象征主义思想和创作方法逐渐形成，一直到1874年的《诗艺》之后完成了象征主义的华丽转身。魏尔伦的《诗艺》开篇就说："音乐高于一切。"正是音乐性使得魏尔伦在诗歌的格律方面能够突破传统，大胆地摆脱修辞的束缚，在诗歌中将不和谐音加进去，打破了传统诗歌的格律，让人体验到瞬间流动的、轻盈的诗歌节奏，赢得了"诗人之王"的美名。

韩波被称为法国象征主义诗坛上的一匹黑马，年少而才华横溢，他像一道光芒四射的明星划破天空，消失在茫茫的黑夜之中。韩波生前留下的诗歌不是很多，但他对诗歌的见解以及诗歌创作为象征主义文学留下了宝贵的财富，推动了象征主义文学向前发展。韩波是波德莱尔象征主义诗歌理论的继承者，他要使自己成为一个"通灵者"，"必须使各种感觉经历长期的、广泛的、有意识的错位，各种形式的情爱、痛苦和疯狂，诗人才能成为一个通灵者"。韩波对现代派文学、艺术、音乐影响巨大，被看成是超现实文学的里程碑式的人物，如《元音》、《醉舟》、《地狱一季》、《灵光集》等。韩波提出了自己要成为一个"通灵者"，这就是要让诗人在听、看、感触到常人难以达到的东西，打乱所有的感觉意识，从而进入未知的领域，创造出卓越的诗歌。韩波在《元音》中将视觉与听觉、嗅觉联系在一起，给元音赋予各种色彩以及各种象征的形象，使人看到他人看不到的东西，从中窥视到色、香、声的各种形态。在《醉舟》中存有大量的意象，凭着作家丰富的想象，将自己从未见过的大海和航行描写得神奇和梦幻，将"通感"的方法提升到一个新的高度。韩波追求"染色听觉"、"感官错位"，强调象征、隐喻、通感和音乐感，发扬波德莱尔的"声、色、味"交叉重叠感受的艺术主张，扩大了诗歌的表现范围和表现力。

马拉美被称为"象征主义之王"，在其作品中，他将直觉、梦幻、象征、暗示、音乐性等创作方法运用在诗歌创作之中。马拉美的代表作品是《牧神午后》，在这首诗中马拉美运用多种艺术思维方式将梦境、乐境、语境融为一体，充分体现了他的创作风格。马拉美的诗歌是暗示性的，诗中的真实意图读者只能够一点一点地去猜想，只有这样才能真正体现出诗歌的神秘性，诗歌的象征性是从这种神秘性而来的。运用暗示、隐喻将语言词汇发挥到最充分的程度，挖掘出词语的内在潜力和深层次含意，有学者称马拉美几乎改变了法兰西的语言规范，使原本以清澈、严密、逻辑性著称的法语向着朦胧、松散、灵活、跳跃的方向演变，马拉美将空白、沉默、间隔等作为自己诗歌的一个组成部分，他让空白的诗行成为作家创作的组成部分，纸上的空白、字词之间的间隔与作者思绪的起伏、对外界自然的感应，以及与读者驰骋的想象紧密结合起来。追求极致是马拉美诗歌的特点，他的诗歌能够让人感到音乐性，而诗歌的音乐性使得诗歌达到了暗示和象征的最佳效果。

3. 象征主义戏剧

象征主义戏剧是在象征主义诗歌的影响下发展起来的，波德莱尔的《恶之花》以及1886年让·莫雷亚斯在巴黎《费加罗报》发表的象征主义宣言对西方戏剧界产生很大的影响，使西方戏剧出现了一批以象征主义作为创作方法的剧作家，如挪威的易卜生、比利时的梅特林克、德国的霍普德曼、英国的叶芝和约翰·沁，以及活跃在戏剧舞台上一批有影响的象征主义戏剧，这使西方戏剧在19世纪末异彩纷呈，给观众一种焕然一新的感觉。

象征主义戏剧是在19世纪现实主义、自然主义和浪漫主义戏剧的夹缝中发展起来的，戏剧的发展使一些剧作家从原来的创作开始转向象征主义戏剧创作，这不可避免使其戏剧打上深深的思想烙印，譬如挪威剧作家易卜生的戏剧经历了从社会问题剧《玩偶之家》（1879）到象征主义戏剧《野鸭》（1884）的转变过程；德国的霍普德曼也经历了从《日出之前》、《织工》（1892）到《沉钟》（1896）的变化，还有比利时的梅特林克同样经历了从浪漫剧和浪漫主义历史剧《马莱娜公主》、《阿里亚娜与蓝胡子》到象征主义戏剧《闯入者》（1890）、《群盲》（1890）和《青鸟》（1908）的转变。这种转变不仅是一种戏剧艺术形式的转变，更是一种观念的转变。

挪威戏剧家易卜生的象征主义戏剧具有浓重的象征氛围，尽管戏剧中的社会背景以及人物的塑造与现实主义戏剧比较接近，但是他的象征主义戏剧已经与其之前的社会问题剧完全脱节，剧作家将现实生活与戏剧的象征体和象征氛围完美地糅合在一起，使戏剧在象征主义戏剧的氛围中演绎着一个又一个动人的故事，如《野鸭》、《建筑师》（1892）、《当我们死人醒来的时候》（1899）等，给人一种遐想的空间。在象征主义戏剧中也有一些戏剧内容与现实生活完全脱节，戏剧的故事往往发生在远离正常人生活的地方，要么发生在黑暗的别墅里和荒岛上，如梅特林克的《闯入者》和《群盲》，要么发生在荒无人烟的海岛上，或者现实与仙界相混合的地方，如约翰·沁《骑马下海的人》和霍普德曼的《沉钟》等。从象征主义戏剧的艺术特性来看，后者可能更接近象征主义戏剧的艺术精神，给人朦胧多义、寓意想象的空间，使象征主义戏剧有别于现实主义戏剧和浪漫主义戏剧，具有独特的个性和风格。

在表现方法上，象征主义戏剧不同于现实主义戏剧——追求一种客观逼真、清晰明了的艺术效果，同时它也不同于浪漫主义戏剧——强调一种主观抒情、紧张曲折、奇遇夸张的异国风格，象征主义戏剧的核心内容是强调戏剧的整体象征氛围，这种象征主义氛围不是局部的，而是整体的，剧作家主要通过戏剧中的象征体一点一点地表现出来，给人一种神秘莫测的感觉。如梅特林克的《闯入者》发生在一个漆黑、冷清的夜晚，剧中的死神一步一步逼近这户人家，给人一种压抑、神秘、恐惧的感觉；《群盲》

中一群孤独无助的盲人迷失在一个无法逃离的海岛上,老牧师的死使他们失去了返回原来收容所的可能性,茫茫的大千世界、孤独无助的绝望处境,人们焦虑无望的呐喊使人对前途和未来感到茫然和绝望;约翰·沁的《骑马下海的人》中的大海给人一种神秘莫测的感觉,茅利亚家中的不幸遭遇使观众感到在茫茫的大千世界里存有命定的因素,使人在自然界面前显得十分渺小和柔弱。

象征主义戏剧不像现实主义戏剧着重表现一些公众的题材,而是强调剧作家个人的生活感受和思考,即强调在大千世界中人与自然、自然与自然以及人与人之间都存在着一种内心感应,即通感;象征主义戏剧极力探寻戏剧的"客观对应物",并将自己的感受寄托在这些象征体上面,达到一种人与"客观对应物"在精神与情感上的一种默契和沟通。由于剧作家在处理戏剧中的"客观对应物"的问题上往往采用暗示的、隐喻的方式,这就使得戏剧情节具有朦胧的、多义的不确定性,给人一种令人遐想的空间。同时这种艺术效果也会使戏剧显得晦涩难懂,影响了戏剧的审美效果。

三、象征主义文学的地位与影响

象征主义文学是一个有宣言、团体和文学创作的西方现代派文学的重要流派,19世纪下半期到20世纪初期涌现出许多象征主义作家,这成为西方文学中一道独特亮丽的风景线。象征主义作家打破了19世纪写实文学一统天下的格局,从作家主观感受现实出发,剧作家运用象征、暗示、隐喻、梦境、直觉等方法,将剧中人物转瞬即逝的迷茫恍惚、耽于幻想、精神分裂等心理状态通过艺术形式表现出来;而象征主义诗人则通过多义、朦胧、抒情的艺术效果来表达自己的内心世界,这无论在思想内容上,还是在表现手法上都极大地拓宽了西方传统诗歌和戏剧的表现范围,形成了新的审美感受和艺术效果,并对其他西方现代派文学,如表现主义、荒诞派戏剧等有深刻的影响。

四、梅特林克与《盲人》

梅特林克(1862—1949)是比利时杰出的象征主义戏剧作家、戏剧理论家、诗人。他的一生创作了众多的戏剧,早期戏剧具有浓郁的悲观主义和神秘主义色彩,晚期戏剧风格明朗、节奏快捷,为观众展现了一个又一个独特的艺术场面，形成了自己独特的风格。在戏剧理论上提出了"静止戏剧"理论，为欧洲现代派戏剧多元化发展奠定了理论基础。

1. 作家生平与文学创作

莫里斯·梅特林克（1862—1949）1862年8月29日生于比利时根特市。青年时学习过法律，当过律师，后结识巴那斯诗派的诗人，参加过象征派文学运动。1889年出版了第一部诗集《暖房》和第一个剧本《马莱娜公主》，受到好评。从1889年到1896年梅特林克创作过8部戏剧：《闯入者》（1890）、《盲人》（1890）、《普莱雅斯与梅丽桑德》（1892）、《阿拉丁和帕拉密德》（1894）、《丁达奇尔之死》（1895）、《室内》（1895）等。这个时期剧作家提出"静止戏剧"理论，通过静止场面表现了生存与死亡的哲理性故事，流露出浓厚的悲观主义色彩和宿命论思想。

1896年是梅特林克戏剧的分界线，他移居法国巴黎，发表了散文集《卑微者的财富》（1896），戏剧《阿格拉凡和赛莉塞特》（1896），散文集《明智和命运》（1898）、《蜜蜂的生活》（1901）、《花的智慧》（1907）以及戏剧《莫娜·娃娜》等。这一阶段的作品梅特林克力图摆脱前期的悲观主义思想，用自然神论来表达对世界的看法，这种思想比较集中地体现在1908年的戏剧《青鸟》中，这部戏剧流露出一种轻松愉快、浪漫清新、明朗乐观的基调。1911年梅特林克获得诺贝尔文学奖，瑞典皇家学院在颁奖辞中写道："由于他多方面的文学活动尤其是其戏剧作品中表现出的丰富、具有诗意的奇特想象，这种想象有时虽以神话的面貌出现，却充满了深邃的灵感和震撼人心的启示。"[1]

1914年第一次世界大战爆发，之后梅特林克发表了戏剧《斯蒂尔蒙德市长》（1919）、《白蚁的生活》（1927）、《蚂蚁的一生》（1930）等。1932年梅特林克获得伯爵爵位。第二次世界大战爆发之后梅特林克侨居美国佛罗里达州，1947年返回法国，梅特林克1949年5月6日病逝，享年87岁。

2. 《盲人》故事梗概

在北方一座古老的森林里，无边无际的黑夜已经笼罩着整个世界，12位双目失明的盲人在海岛上默默地等待着准备带领他们回收容所的老牧师。原来老牧师趁着天气还没有变冷，想让他们到海岛上晒晒太阳、透透

---

[1] 《诺贝尔文学奖颁奖获奖演说全集》中国广播电视出版社，1993，第115页。

空气，但是当这群盲人被带到海岛之后，他们再也没有等到老牧师回来。

这帮盲人开始时是静静地等待，他们凭着敏锐的听力判断着周围的环境，盲人之间的讲话、天空中星星眨眼睛的声音以及候鸟拍打着翅膀从头顶向远处飞去的声响都成为他们了解他人、知道自身位置的参照物。但是随着时间的流逝，黑夜变得死一样的静，空气中透着冰冷的寒气，这使他们想立刻回到收容所的心情更加急迫。失去方向感的盲人们在猜着老牧师曾远去的方向，回忆着自己来到收容所之前曾经过的不同经历，倾听着远处大海拍打着岸边的声响，这一切使得盲人越来越感到孤独，为自己能否顺利地回到收容所而焦虑不安。

远处的钟声已经打过了 12 下，但是老牧师仍然没有回来。人们开始骚动起来，有的愿意这样继续等下去，有的想试图离开这里，但是一帮没有任何视力的人面对这种环境却显得不知所措，不知向何处去，茫然与孤独压在人们的心中。此时，收容所的一条狗出现在人们的面前，给盲人带来了一丝希望，但是在这条狗的引导下人们发现了老牧师的尸体，这无疑给这群盲人刚刚出现的一线希望泼了一盆冷水。

回收容所已经是不可能的了，绝望的心情占据着每一个人的心，一阵狂风将枯叶卷上空中，大片大片的雪片飘落下来，远处海浪疯狂地拍打着岸边的岩石，发出隆隆的声音，在慌乱之际有人仿佛听到有脚步声由远而近不断靠近他们，人们急切地问道："是谁？"但无人回答。这时人们仿佛感到死神已经站在他们中间，祈求上帝拯救他们的声音不断响起。

3. 作品分析

梅特林克的《盲人》一开始将我们带入一个神秘、空灵、永恒、象征的戏剧环境里。"北方一座古老的森林，在繁星点点的深邃夜空下显得永恒无尽。""森林里异乎寻常的黑暗，虽然月光一会儿在这里，一会儿在那里，挣扎着，要暂时驱除一簇簇树叶的阴影。"剧作家在这里极力渲染一种不可预测的、无法确定的未来，戏剧发生的空间、时间和氛围让人们感到一丝寒意。在这样的氛围中，唯一能够带领盲人们走出海岛的老牧师已经死了，他就躺坐在树林的中央，而那些不知情的盲人们还在焦急地等待着他的归来，观众和读者看到这里犹如一座大山压在心头，有一种无助、无奈的悲剧感。

《盲人》是继《闯入者》之后梅特林克的又一部象征主义戏剧，它给观众的感受要比《闯入者》更加沉闷，戏剧中的恐惧气氛随着戏剧的发展在一点一点地积累，这种感受最终汇聚成一种绝望情绪。戏剧开始时观众通过盲人们漫不经心的对话渐渐地感受到一种无助的恐惧感，并逐渐增强，形成一种冲击人内心世界的力量，让人感到压抑得透不过气。戏剧开始盲人甲第一个问道："他还没有回来吗？""得先知道咱们现在在哪儿呀。"虽然这是两句漫不经心的话，但剧作家已经为我们设置了第一个戏剧悬念。对盲人们来讲"我们在哪儿"——这个人人都无法回答的问题，随着戏剧的发展竟成为他们一个必须面对而又无法解决的关乎生死存亡的问题。老牧师何时回来是每一个盲人都关心的问题，而他们自己又在海岛的什么地方呢？

要想走出海岛必须等待老牧师回来才能够实现，但是老牧师始终都没有出现在他们面前，这使得人们凭着自己的生活经验在猜测着老牧师远去的方向。正像盲姑娘说的那样："他告诉我，他朝灯塔那个方向走。"但是灯塔又在哪个方向呢？虽然听说灯塔离这里不远，但是灯塔在哪里没人知道。他们又想凭着敏锐的听力试图分辨出大海的方位，但此时的大海风平浪静，仿佛在沉睡之中。就这样时间在一分一秒地过去，漆黑的夜晚茫然一片，谁都无法知道自己在什么地方。这时"远处的地方，传来了12下缓慢的钟声"。这钟声仿佛告诉他们收容所并不遥远，可是谁又能将他们带出海岛回到自己的家呢？天空中夜莺的鸣叫并没有给他们引来老牧师，盲人们期望能够回家的愿望再次落空。此时天气突变，"一阵狂风，森林摇晃起来，树叶黑乎乎地落了一地"，"海咆哮着，突然猛烈地冲击着就在他们跟前的悬崖"。大海仿佛将他们围了起来，其凶猛之势好像要将他们一下子卷走。在这样的危急时刻，"在枯叶中远远传来一阵急促的脚步声"。好像人们感到有一线希望，但这只是剧作家对盲人们面对灾难时采用的一种拖延术和迂回法而已，这也预示着更大的灾难即将降临。这急促声音的发出者原来是收容所的一条狗，虽然这条狗好像给盲人们带来了生的希望，但也正是这条狗又将人们再次推向了绝望的深渊，因为在狗的引领下他们发现了死去的老牧师。此时，狂风大作，惊涛拍岸，大雪纷飞，这群处在危难中的盲人们不知所措，陷入深深的绝望之中，而此刻死神的脚步声已经响起，伴随他们的是伤心的哭泣和期盼的绝望。戏剧以等待老牧师的来临为线索，描写了一个等待的主题，随着盲人的等待，一种焦虑、恐惧、绝望的戏剧氛围慢慢地形成并笼罩着整个戏剧舞台，最终达到一种无法排解的情绪。这群没有姓名、没有履历的盲人深陷海岛，孤独地为自己的命运呐喊和悲鸣，使观众和读者不禁反观自身，沉思自己的命运。这部戏剧始终伴随着希望与绝望、生存与死亡的情感波动，整体的象征效果给我们展示了一幅令人绝望的生活图画。

梅特林克的《盲人》是一个典型的静止戏剧，整个戏剧没有出现矛盾冲突，也没有性格之间的碰撞，剧中人物唯一的动作就是等待着老牧师带领他们走出海岛回到收容所。戏剧中一群双目失明、需要他人帮助的盲人正在默默地等待着老牧师，出现这样的情况是因为，好心的老牧师为了让收容所的盲人们能更好地生活就把他们带到附近的海岛上，正如年纪最大的盲老妪说："今天他非要坚持出来走走，说要在入冬前，最后再看一眼沐浴在阳光下的海岛。今年的冬天看来会又长又冷，说是冰块已从北边过来了。"在海岛上盲人的活动范围是非常有限的，对于他们来讲要想回到收容所也并非易事，因此等待老牧师的到来就成为戏剧的中心内容。那么老牧师到底到哪里去了？为什么离开他们？对于盲人们是个谜，也是不可知的事情。正像盲老妪所说："他坐立不安，听说前几天下了几场大暴雨，河里的水都灌满了，堤坝也给冲坏了。他还说大海的情况叫他害怕，无缘无故的海浪汹涌而来，海岛边上的悬崖也都变矮了。他想去看看，但是他没有告诉我们他看到了什么。现在，我想他是去给疯女人找面包和水去了。他说了，他要走得很远很远……咱们等着吧。"老牧师什么时候回来是一个谜，谁也不知道将来会发生什么事情，在这样恶劣的环境中，等待成为走出去的唯一希望和目标，同时也成为连接老牧师和盲人们的纽带，这种以等待为目的的人际关系成为维系整个戏剧情节发展的关键，而且任何与等待有关的事情都会牵动着每一个人的神经。这里没有冲突、没有分歧，只有等待和期盼。在等待中人们通过自己的身体清楚地感受到周围世界的变化，在漆黑的夜晚里，夜莺的鸣叫、海水轻轻拍打着悬崖、缓慢的钟声、候鸟在树顶上飞过的响声都冲淡着他们等待老牧师回来的紧张气氛。戏剧中人们通过自己的听力不断在拓展认知的空间，通过对话的声音来判断自己与他人的方位，通过钟声判断自己与收容所的距离，但是人的听力毕竟是有限的，它能够解决一些问题但不能解决所有问题。他们不能够像夜莺和候鸟那样自由飞翔，在这样的环境中失明使人变得无能为力、孤苦伶仃，正像盲老妪对苍天呐喊的那样："我的上帝！我的上帝呀！请告诉我们现在在哪儿吧！"此时，大自然以绝对的力量压垮了这些有缺陷的人，人生缺陷在这里变得无法克服，等待与焦虑的情绪像暴涨的河水越积越多，形成一种绝望的情绪。戏剧中没有冲突只有绝望，没有动作只有焦虑的期待。从梅特林克的戏剧来看，《盲人》应该比《闯入者》更加静止，因为它没有任何外在的冲击力，一切都在等待中绕圈，在原地踏步。

象征主义戏剧重象征、重精神，轻人物性格和行动，梅特林克的《盲人》没有给观众塑造一个性格鲜明、突出典型的人物形象，戏剧给我们的是一群性格模糊的盲人群像。剧中12个盲人没有一个人有自己的名字，有的是剧作家根据一些残疾的原因、年龄的大小、男女性别等起的名字，应该说这些名字只是一些符号。梅特林克在人物表中为我们介绍的13个人物是这样排列的：教士、3个生来眼瞎的盲人（或称盲人甲、乙、丙）、年岁最大的盲老头、第5个盲人、第6个盲人，这是剧中6个男性盲人；而6个女性盲人有：3个正在祈祷的盲妇、年岁最大的盲老妪、盲姑娘、疯盲妇。《盲人》中的人物比起《闯入者》中的人物性格更加模糊和朦胧，只是根据盲人的特征来起名字。《盲人》中没有主角，戏剧描写的是一群人的盲目等待，而不是个人行为。

象征主义戏剧在渲染象征主义戏剧氛围时强调的是整体性，而不像现实主义戏剧那样将重点放在人物的性格之上，因此人物的典型化并非是象征主义戏剧关注的焦点，人物仅仅是剧作家借以传递思想的媒介而已。《盲人》没有中心人物，没有主角，人物类型化现象比较突出，然而《盲人》与其他戏剧尽管不同——没有主角，但是有一个人物让观众不能够忘记和忽视，这就是老牧师。在戏剧开始老牧师的地位是无足轻重的，戏剧开始仅仅介绍他已经死了，仿佛他与戏剧没有太大关系，然而随着戏剧的发展他逐渐成为一个中心人物。虽然他没有说过一句台词，但他始终在场，他存在于人们的话语之中。首先，他是事件的引起者，正是他善意地要求盲人们到海岛休闲游玩，才形成这样的局面。其次，他没有按时归来引起一系列的恐慌，盲人们因自身残疾而无法走出海岛，这就使得这种恐慌继续蔓延，汇聚成一种绝望的情绪。再次，盲人们由恐慌到绝望使老牧师成为戏剧的中心。戏剧开始老牧师是否能够回来成为戏剧最早的悬念，并且这种悬念一直保持到戏剧的中后部，老牧师的死使戏剧由原来的平静最后达到恐惧的最高点。戏剧的最后，人们仿佛听到了脚步声，盲人们都猜测着，随着声响的逐渐临近，发出脚步声的主人来到他们的中间，他们急切地询问："你是谁？"但没有人回答，实际上这是死神的来临。该来的老牧师没有来，死神却不邀而来，这增加了戏剧的悲剧气氛，正像年岁最大的盲老妪悲痛地大声喊着："可怜可怜我们吧！"但此时大地"寂静无声，孩子哭得更伤心了"。老牧师在戏剧中成为没有主角的主角，一个没有出场的主角。

艺术特征

《盲人》是梅特林克早期象征主义戏剧的代表作品，它践行了剧作家提出的"静止戏剧"理论，形成了独具特色的艺术风格，在西方戏剧发展史上具有很高的艺术价值。

首先，浓浓的象征是《盲人》的重要特征之一。戏剧中的海岛是一个远离现实人群生活的地方，盲人们从等待老牧师开始一直到戏剧的结束，戏剧始终笼罩在悲观、恐惧、绝望的氛围之中。封闭的海岛环境、盲人们特殊的身体条件、恶劣的天气状况、久等不到的老牧师以及面临着灭顶之灾的未来，使戏剧形成一种无法解脱的象征氛围，这种戏剧的象征氛围是整体的而不是局部的，它让人感到有一种绝望气息和死亡的氛围从始至终萦绕着他们。

其次，静止戏剧理论在戏剧中得到了充分的运用。《盲人》践行了梅特林克的戏剧理论，整个戏剧没有任何冲突，戏剧的动作是停滞的。一群盲人从等待老牧师的到来，发展到绝望的状态，整个戏剧没有发生任何冲突和对抗性的矛盾，戏剧没有形成对立的一方，一群人只是在等待，没有其他动作。静止戏剧的提出打破了西方传统戏剧强调的以戏剧冲突来完成戏剧的整个叙事的框框，改变了西方戏剧的叙事模式和方法，它不仅直接否定了18世纪以来西方舞台上流行的情节剧，而且也是对传统戏剧美学思想的一种挑战。

再次，是类型化的人物。象征主义戏剧在塑造人物时重在戏剧观念的传达，并不是要塑造一个性格鲜明的人物形象，观念性成为戏剧人物的类型化和概念化的基础和重要特点。《盲人》中人物的名字不具有个性化，作品在介绍戏剧人物时没有具体的名字，如教士、3个生来眼瞎的盲人、3

个正在祈祷的盲妇；年岁最大的盲老头、年岁最大的盲老妪；第5个盲人、第6个盲人、盲姑娘和疯盲妇。在这部戏剧中只有共性的人物，而没有个性化的人物，塑造人物的这种共性来源于戏剧的观念性。

4. 思考题

① 象征主义文学有哪些美学特征？

② 象征主义诗歌在艺术表现方面哪些地方对传统诗歌进行了突破？

③ 易卜生的象征主义戏剧与其他剧作家的象征主义戏剧的区别是什么？

④ 简述梅特林克的"静止戏剧"理论。

⑤ "静止戏剧"理论是如何在戏剧《盲人》中运用的？艺术特点有哪些？

第十二讲　表现主义文学

　　表现主义文学形成于20世纪初期，一般认为1915—1925年出现于德语地区，主要文学形式是戏剧与小说。作为一种文学流派，表现主义对西方文学影响比较大，它注重人物的心理描写，用共性的视角去塑造类型化的人物，将离奇诡诞的方法与细腻的、真实性的描写相结合来拓宽西方现代派文学的表现范围。

一、表现主义文学发展简介

　　"表现主义"一词源于1901年朱利安·奥古斯特·埃尔沃在巴黎举办的以"表现主义"为标题的小型画展，1911年美术批评家威廉·沃林格尔在德国《狂飙》杂志上发表文章，把塞尚、凡·高和马蒂斯的作品称作"表现主义绘画"。1914年之后表现主义普遍被人们认可。

　　表现主义接受了美术界思想的影响，1915—1925年，在德语地区出现了一批追求内心情感的真实表现，而非对客观世界进行逼真模仿的戏剧作品。他们认为事物的表象并不代表真实性，而人物的外在行为也同样不能够代表真实的东西，只有人的内心世界才是真实的。表现主义反对写实主义，他们要通过内心幻觉来代替现实的模仿，只有他们的心灵才是世界的真实反映。表现主义的哲学基础是克罗齐的"直觉即表现"学说和柏格森的生命哲学，在心理学方面也接受了威廉·詹姆斯的"意识流"理论和弗洛伊德的"无意识"理论。

　　表现主义戏剧的代表作家和作品有斯特林堡（1849—1912）的《一出梦的戏剧》（1901）、《鬼魂奏鸣曲》（1907）、《通往大马士革》（1898）；弗·魏德金德（1864—1918）的《青春觉醒》（1891）；凯泽（1878—1945）的

《从清晨到午夜》（1916）、《瓦斯》三部曲（1917—1918）；恩斯特·托勒（1893—1939）的《转变》（1919）；瓦尔特·哈森克勒佛尔（1890—1940）的《儿子》（1914）、《安提戈涅》（1917）。另外美国表现主义戏剧作家有尤金·奥尼尔（1888—1953）的《琼斯皇》（1920）、《毛猿》（1922）等。表现主义戏剧表现的主题是个人对社会的对抗、对文明的厌恶和寻找自我、两代人价值观念的冲突以及反对战争、宣传和平、反对暴力等。

表现主义小说的代表作家和作品有卡夫卡1912年的《变形记》以及《城堡》等。卡夫卡善于将荒诞的故事情节与绝对真实的细节描写相结合，呈现在读者面前的故事仿佛真有其事，怪诞离奇的情节、阴森恐怖的环境和详细真实的表述糅合在一起，使人有一种不寒而栗的感觉，表达了现代人的困惑、迷茫，反映了现代人的精神危机。

表现主义作为一场文学运动存在的时间并不是太长，1924年随着德国经济的好转和社会的稳定，表现主义文学逐渐衰落，但是作为一种文学的表现手法和创作技巧对后世文学产生了深刻的影响。

二、表现主义文学的基本特征

1. 突破传统文学心理叙事的界限

表现主义文学善于表现人物的内心世界，但是这种表现已经不同于传统文学，在这方面无论是戏剧还是小说都大大突破了传统，采用了大量的非理性、意识流般的表现方法。

卡夫卡的《变形记》描写了推销员格里高尔由人变为甲虫的故事，整个故事有许多地方表现了格里高尔的心理活动和内心独白。故事一开始，格里高尔清晨从梦中醒来发现自己已经成为一个大甲虫，并失去了人的语言和交流的能力，但他内心对外界的思考并没有丧失和停止，这种人虫合为一体的状况为作者卡夫卡利用格里高尔通过对外界的观察将内心世界充分外化提供了条件。

故事开始，格里高尔发现自己的身体发生了变化，各种思绪就不停地涌现，他想到了自己为养活全家长年累月奔波在外，受到来自各方面的白眼、斥责、侮辱以及不公正的待遇。他想到了冷酷的公司老板、为人势利的公司秘书。他想到了父亲因生意不好拖欠别人的债务还闲居在家以及自己还要挣钱供妹妹读书。格里高尔深深感受到家人在他身体变化之后对他的态度，这种变化使他感受到内心的压力。小说中卡夫卡为格里高尔的变化做了大段大段的心理描写，故事中时而是格里高尔对现实的回忆，时而是对过去的追溯，时空自由地跳跃，心理活动交错进行。卡夫卡在《变形记》中给了我们一个不可思议的故事，因为现实是不可能发生这样的故事的，然而作者却用一种非常细腻的、写实的笔法将格里高尔变形后的一切形象都呈现在读者眼前，这种描写使得小说中所发生的一切又仿佛是真实的，尤其是在心理描写上小说是完全按照事件发生的顺序来进行的。

表现主义戏剧中许多心理活动具有非理性色彩，但在表现人物内心世界时与传统戏剧的表现方法是一样的，即使用内心独白。传统戏剧中的内心独白具有非常强的理性色彩，人物的心理变化伴随着戏剧的发展和人物性格变化而展开，如莎士比亚的戏剧作品。但是表现主义戏剧在表现人物心理变化的时候完全突破了传统戏剧的叙事模式，将一种非理性、意识流般的心理变化状态呈现在戏剧舞台上。凯泽的《从清晨到午夜》充分运用了内心独白的表现方法，展现了逃亡的出纳员的内心世界。这部戏剧的表现方法已经不同于传统，凯泽在这部戏剧中将内心独白进行非理性化、意识流化，将其变成一场戏剧中的主干情节，而不是像传统戏剧那样仅作为附带的部分，如《从清晨到午夜》的第三场。

瑞典戏剧家斯特林堡是西方表现主义戏剧的鼻祖，他的《通往大马士革》、《一出梦的戏剧》和《鬼魂奏鸣曲》将梦的表现方法与戏剧情节相结合，使戏剧情节如梦一般。《一出梦的戏剧》主要表现因陀罗的女儿到人间体察苦难的故事，整部戏剧没有明显的时间和空间概念，仅以因陀罗的女儿体验人间疾苦为线索将所有事件、人物等串联起来。斯特林堡在《一出梦的戏剧》前言（1902）中曾经总结梦与戏剧的关系时写道：在戏剧中"任何事情都可能发生，任何事情都是可能的和似确有的，时间和空间是不存在的；在几乎没有任何现实的基础上展开自己的梦想，编织新的图案，将记忆、经历、自由想象、荒谬和即兴整合起来"。[①]

2. 类型化的人物形象

在表现主义文学中，人物的类型化十分明显，这与作家试图要表达一种观念和意图有着密切的关系。表现主义作家并不把塑造一个典型环境中

[①] 弗雷德里克·J·马克，等：《斯堪的纳维亚戏剧史》，剑桥大学出版社，2006，第211页。

的典型性格放在文学创作的中心地位，他要表现的是类型化的人物，而不是一个性格鲜明的人物，这种创作现象首先表现在人物的名字上，具有抽象化和观念性的特点。

表现主义文学中的人物名字大多是类型化的，如卡夫卡小说《城堡》中的K，凯泽的戏剧《从清晨到午夜》中的出纳员、银行经理、胖绅士等；另外还有斯特林堡的《通往大马士革》中的无名氏等，类似这样的情况还有戏剧家托勒的《变形》、佐尔格的《乞丐》、哈森克勒弗尔的《儿子》、恩斯特·巴拉赫的《死亡之日》、赖斯的《加算计》、欧文·肖的《埋葬死者》等。这些小说和戏剧在表现人物时尽力使人物具有代表性和类型化，因为作家不是要表现一个人物，而是要表现某一类人物。

卡夫卡《城堡》中的K不是作家按照典型环境中的典型性格来塑造的，只是作家对现实的一种认识和态度，小说通过主人公K的经历表现卡夫卡对现实的荒诞和人生的徒劳的认识。因城堡当局的任命，K作为一个土地测量员前来就职，但是他始终未能进入城堡，他的一切努力都是徒劳的、无效的，而他走向城堡的道路最终都不可能通往城堡，仅仅靠近城堡。他信心满满地等待着城堡中官员的召见，可是城堡的官员没有人知道要聘用一个像他这样的土地测量员。一时间他成为一个无身份、无工作、无收入的人。在其他人眼里他什么都不是，为了生存他做过校役，为学校生过炉子、搞过卫生，过着一种委曲求全、拮据猥琐的生活。他想通过曾经做过城堡中最高长官克拉姆情人的弗丽达去接近城堡，但最终也都没有达到目的。K的一切努力都是白费的，未婚妻弗丽达与人私奔了，他的助手也离他而去，城堡的官员没有找到任命K的任何文件，K感到一切都是陌生的，他出现了身份危机感，那种生活的无根性和无归宿感非常强烈。K在作家卡夫卡的笔下就是现代人的一种缩影，他是一个类型化的人物。

表现主义戏剧作家托勒曾经说过："在表现主义戏剧中，人物不是无关大局的个人，而是去掉个人的表面特征，经过综合，适用于许多人的一个类型人物。表现主义剧作家期望通过抽掉人类的外皮，看到他深藏在内部的灵魂。"表现主义在塑造人物时注重人物的类型化特点，表现主义认为人的内心世界是复杂的，但外表是具有普遍性的，如《从清晨到午夜》的人物大多具有类型化的特点，如人物的名字，出纳员、银行经理、胖绅士、母亲、女儿、救世军女孩等。由于表现主义戏剧人物具有共性色彩，这也使剧中人物经常使用面具，如这部戏剧中的假面舞女一、二、三、四。面具作为戏剧的表演道具能够给剧作家更大的想象空间和创作的自由度，这也是对现实主义的典型环境中的典型性格的理论的一种挑战。

3. 艺术形式与表现方法

表现主义文学对现实的理解与现实主义文学有很大的差异性。表现主义画家、理论家康定斯基在他的著名论著《关于艺术的精神》中提出"内在需要"的原则，他认为艺术作品是一种内在需要的外在表现，是一种非物质的，即精神世界的自发表现。现实世界不是表现主义关注的对象，心灵世界才是需要挖掘的地方，但是表现主义往往是用夸张的、扭曲的、变形的方法来表现内心世界的真实，而不像现实主义那样客观写实。如《变形记》中的格里高尔怎么能够成为一只大甲虫呢？作家就是用这样的形式来表现类似格里高尔这样的年轻人在社会竞争中所面临的处境，人面对社会竞争压力和各种物质挤压的时候就像一只甲虫，已经被异化。尤金·奥尼尔在戏剧《琼斯皇》中也采取类似的表现方法，如戏剧的第二场中，琼斯在极度恐慌中狼狈逃窜，内心的恐惧无以言表，仿佛出现恐怖的幻觉。剧作家奥尼尔在舞台上用具象的东西来形容琼斯极度恐慌的状态，"小而无形的恐惧们从树林的深黑处爬了出来。这些恐惧是黑色的、无定形的，人们只能看到它们闪闪发光的小眼睛。如果说它们还有可以描述的形体的话，那它们就像爬着的娃娃那样大小的蛆虫。它们动起来没有声音。总是不慌不忙地、吃力地想立直，可是立不直，又横倒不下来"。小恐惧们不是现实中存在的东西，而是剧作家的主观感受，奥尼尔将这种主观感受化为形象的、可视的舞台形象来表现琼斯的恐惧心理。

表现主义文学体现了作家对现实的认识，作品成为作家的一种主观感受现实的形象化，具有很强的非理性。斯特林堡的《鬼魂奏鸣曲》写了人与鬼的世界，戏剧展现了一个充满虚伪、欺骗和残杀的家庭。剧作家在表现这个故事时完全采用抽象的、梦幻式的表现方式，人与鬼、阳界与阴间混合在一起，这一切不是来自现实，而是一种剧作家的主观感受。斯特林堡的《一出梦的戏剧》完全用梦的形式来展开故事情节，这部戏剧颠覆了现实主义的文学传统，这里没有明确的时间和空间，没有首尾相连的故事情节，戏剧冲突出现淡化现象，语言意思的表达出现断裂感等。"1902年的《一出梦的戏剧》使斯特林堡的创作完全进入一种非理性幻觉的领域。"① 正像《中国大百科全书·外国文学》对表现主义戏剧的评价那样："表现主义戏剧的共同特点是：内容荒诞离奇，结构散乱，场次之间缺少逻辑联系，情节变化突兀，往往鬼魂与活人同时出现在舞台上，生与死、梦幻与现实之间没有明确的界线。""在语言上……往往用简短、快速、高声调、强节奏的冗长的内心独白来表现人物的思想感情，因而剧中人的语言像电报似的短促而不连贯，充斥口号式的套语和声嘶力竭的喊叫。同时，也大量运用其他非语言的手法如灯光、音乐、舞剧、哑剧、假面等来补充并加强语言的效果。"②

表现主义作家为了将自己的思想外化，时常在作品中使用象征体和象征手法以表达作家的内心隐秘世界和瞬息万变的心理情绪。如卡夫卡《城堡》中的城堡，凯泽《从清晨到午夜》第三场原野上的骷髅树，斯特林堡《鬼魂奏鸣曲》中的挤奶姑娘，奥尼尔《琼斯皇》中的小恐惧、从始到终不停的鼓声、运送黑奴的海船，托勒《转变》中作为死人和再生的十字架等，在这里表现主义同象征主义达到了异曲同工之妙。

三、表现主义文学的地位与影响

表现主义作家深受康德的先验哲学、柏格森的直觉主义和弗洛伊德的精神分析学说的影响，把人的主观世界、直觉和潜意识等看成是认识世界的主要途径。表现主义文学打破了现实主义文学在叙事故事、塑造人物时运用写实性、典型化的创作手法，而是采用非写实的、象征的、夸张的、扭曲的方法，这无疑拓宽了文学的表现方法，尤其是在表现人的内心世界的细腻变化和瞬息万变的思绪上有着创新意义。表现主义文学强烈的人道主义思想，关注人的生存状况，关注人的异化问题，对人类所面临的普遍性问题进行反思。表现主义文学成为20世纪初德语地区走向世界的一支重要的文学艺术流派。

---

① 约瑟夫·T·夏普雷：《经典戏剧导读》，公共事务出版社，1956，第755页。
② 《中国大百科全书》总编辑委员会：《中国大百科全书·外国文学》，中国大百科全书出版社，1982，第145页。

四、卡夫卡与《城堡》

卡夫卡是捷克著名的小说作家，虽然他生前默默无闻，但去世后却掀起了一次又一次的"卡夫卡热"。卡夫卡以独特的写作风格塑造了生活在社会下层的小人物，以他们的生命体验着各种各样的灾难感、恐惧感、无能为力的痛苦感受。他开创了表现主义创作风格，他的表现手法折服了许多作家，被看成现代派文学的先驱作家和重要代表。

1. 作家生平与文学创作

弗兰兹·卡夫卡（1883—1924）生于布拉格一个犹太商人家庭。1901年进入布拉格大学学习日耳曼语言文学，1906年获得博士学位。卡夫卡从中学时期开始阅读易卜生、斯宾诺莎、尼采、达尔文等人的著作，大学期间开始文学创作，在这期间接触到了存在主义先驱者克尔凯郭尔的哲学著作和中国的老庄思想，这对他的文学创作产生了深刻的影响。1908年，卡夫卡在布拉格一家工人工伤保险公司工作，1917年患肺病，1922年病休，1923年迁往柏林，终身未婚。1924年6月3日病逝于维也纳附近的基尔灵疗养院，享年41岁。

卡夫卡一生的主要文学成就是短篇小说和长篇小说，短篇小说有《乡下婚事》（1907）、《判决》（1914—1918）、《变形记》（1912）、《司炉》（1913）、《在苦役营》（1914）、《致科学院的报告》（1917）、《猎人格拉克斯》（1917）、《中国长城的建造》（1918—1919）、《饥饿艺术家》（1922）、《地洞》（1923—1924），其中《变形记》和《地洞》是这个时期的代表作品，体现出卡夫卡表现主义作家的艺术造诣和特色。卡夫卡的长篇小说有《美国》（1912—1914）、《审判》（1914—1918）、《城堡》（1922），在这三部小说中《城堡》是最优秀的。

卡夫卡善于写社会下层一些无权无势的小人物，他们在冷酷无情的社会中被挤压、被异化，如《变形记》中变成大甲虫的格里高尔，经常处在提心吊胆的恐怖氛围中的《地洞》中不知名的小动物，在等级森严、"奋斗至精疲力竭而死"的《城堡》中的K等。这些小人物实际上都是一些受侮辱、受损害的弱者，他们只能在孤独、苦闷、恐惧、自疚的生活状况中生存。

卡夫卡的文学观是非写实性的，他在创作上坚持主观感受现实真实性原则来创作文学,他将现实的与非现实的、合理的与荒诞的、梦幻与写实混杂在一起,把非现实的、荒诞的事件用一种非常细腻的心理发展逻辑写得仿佛真实地存在那样。然而也有一些作品在时间、地点和社会背景方面都是非常模糊的,故事情节有游离主题的现象,作品中人物形象支离破碎、怪诞不堪,故事主题混乱不清。

2. 《城堡》故事梗概

K 是一个土地测量员,他准备到城堡为其主人测量土地,但是天色已晚,只能够住在离城堡不远的村庄里。城堡给人的感觉是朦胧而虚无缥缈的。城堡的人已经知道 K 的到来,但认为 K 晚上不能进入城堡。第二天清晨 K 打算依靠自己的能力进入城堡,便独自向城堡走去,然而 K 最终发现这条路只能够接近城堡而不能通向城堡,最终也无法到达他的目的地。

K 想依靠其他人的力量来达到目的,他想通过信使巴纳巴斯的帮助进入城堡,但是信使令 K 很失望。后来他又通过掌管城堡的官员克拉姆的情人弗丽达来沟通他与城堡的关系,但一切努力都失败了。滞留在村子里的 K 只能接受校役的职位来维持生活,然而生活上的拮据、城堡派的助手的监视以及与他人私奔的未婚妻都使 K 感到绝望,为了实现进入城堡,K 使尽了浑身解数,但疲于奔命的 K 深深感到城堡就像一个遥不可及的天堂,只存在于幻想之中。

原本想通过未婚妻弗丽达来靠近城堡,但是弗丽达却跟助手耶雷米阿斯私奔了,K 最终无望而终。在 K 的眼里城堡就像一个不可接近,又不可忽视的命运主宰,它在不断地左右着 K 的命运,但又可望而不可即。偶尔 K 能够通过其他渠道得到城堡中对自己有用的信息,这使他激动不已,然而官员的召见和被任命为土地测量员的希望对于 K 来讲仅仅是昙花一现,稍纵即逝,甚至有时莫名其妙地擦肩而过。K 在不断失望中也去寻找其他的方法,他靠近与城堡有关的女人,如奥尔加、阿玛利亚佩碧等,但最终都以失败告终。

3. 作品分析

对于卡夫卡小说《城堡》中的"城堡"一词,不同的评论者从象征的、哲理的、社会的等各种角度来阐释它的真正含义,可谓一千个读者眼中有一千个哈姆雷特。

在小说中城堡始终笼罩在一种神秘的氛围之中。小说一开始就对城堡有所描述:"村子陷在厚厚的白雪里,城堡屹立在山冈上,但在浓雾和阴沉沉的夜色笼罩下,不见山冈的一点儿影子,连能够显示出那里有座高大城堡的一丝儿灯光也没有。"城堡在开始就给人们一种神秘的感觉。随着情节的发展这座神秘的城堡已经不是可有可无的东西,而是与人物的命运紧紧地联系在一起。由于迷路深夜时分才来到村子里的 K 要想在这里歇脚,可他必须得到城堡公文的任命和认可,但正像守城官的儿子说的那样:"这个村子归城堡所有,谁住在这儿,或者是在这儿过夜,从某种程度上来说就是住在城堡里,或者说就是在城堡里过夜。没有伯爵的许可,谁也不可以这样做。"正是在这样的情况下 K 陷入一种身份危机,他必须拿到一张被城堡任命的土地测量员的委任状,才能够解决一切问题。但是,城堡是一个能够看到但无法接近的地方,为了进入城堡他做过多方面的努力,他想通过信使巴纳巴斯传递消息,为了接近城堡最高官员克拉姆,K 极力讨好克拉姆的情人弗丽达,以结婚为幌子使其跟自己同居,他还通过各种关系打探消息,竭力接触各级官员来获得一张任命的证书,甚至他还亲自前往城堡,并试图进入城堡,但是 K 的一切努力都是白费,最终一切事情都没有着落和结果。

城堡在 K 的心目中是一个不可逾越的目标,尤其是他作为一个土地测量员的事情一直没有得到确定,这同城堡中的官僚机构的办事效率有着密切的关系。按照村长的解释,K 的事情只不过是一场误解和误传而已:"正如您所说,你已经被聘为土地测量员了,但非常遗憾,我们不需要土地测量员。这儿没有一点儿工作可供土地测量员来做。我们这些小农庄的界线已经标好了,一切都按正当手续登记入册了。我们还没有遇到过产权变更问题,边界方面的小小争端我们自己就可以解决。因此,我们要个土地测量员来干吗?"背井离乡、舍掉一切的 K 听到这些心里很不平衡,既然地方村庄并不需要土地测量员,但为什么又要招聘土地测量员呢?村长继续说道:"在像伯爵属下这样庞大的官方机构里,有时会出现这种情况,一个部门安排这样一件事情,另外一个部门安排那样一件事,彼此又互不沟通,上级监督部门虽然掌握十分准确的情况,但等到处理时已经晚了,这是由机构性质决定的,因此,总会出现这样那样的小小差错。"虽然村长说得很轻松,但是官僚机构的小小的错误对于 K 来说却是致命的,因为无人能够确定他在此地的真正身份,他就像一个漂浮物——不知道自己的归宿在哪里。

K在强大的官僚机构面前显得格外渺小和无力，一切努力都是徒劳和无奈的。K在证明自己被城堡任命为土地测量员的过程中，受尽了艰辛和挤压。首先，在城堡没有承认他被任命为土地测量员之前，他的一切行为都是非法的、非正式的。小说从头到尾都在说明他的身份是非法的。他刚来到这个村庄时就面临着没有城堡的允许不能在村子居住的问题，紧接着村长告诉他村子里不需要、城堡也从来没有任命过任何人作为土地测量员。面对这些，他只能委曲求全地接受学校校役的职务，帮着学校的教师生炉子、打扫卫生，做一些下人做的事情。他的一切活动都处在城堡派来的助手的监视之下，两个助手尽管在K面前表现得唯唯诺诺、唯命是从，但是实际上他们是城堡派来的监视人员。女招待弗丽达是伯爵克拉姆的情人，她也想过一种衣食无忧的生活，她也曾幻想着嫁给土地测量员K，但是K的工作没有着落、委任状杳无音信、衣食住行没有任何保障，这些最终使她另寻新欢——委身于K的一个助手耶雷米阿斯。K在整个过程中想让自己在做任何事情时都保持尊严，但每一次所争取的事情都使K感到尴尬、滑稽、可笑，这使他从一个力争自己的权利的人变成谨小慎微、庸俗猥琐的人。K的人生结果只能这样，在恐惧、猥琐中结束自己的生命。这实际上继续了卡夫卡的《变形记》的主题，就像推销员格里高尔·萨姆沙默默地离开这个世界一样。

《城堡》是卡夫卡去世之前未完成的作品，这个时期正处在西方文学与思想文化从传统向现代转型的过程中。卡夫卡在文学创作上体现出一种重主观、重表现的特点，"由内而外"是卡夫卡体现作家自觉意识的创作倾向。小说《城堡》的故事情节不是现实的客观反映，而是作家主观世界对现实的真实感受，小说内容表现了一个小知识分子在社会和生活的重压下的真实写照。现实中不可能存在遥不可及的城堡之类的建筑，但是小说中描写的官僚机构和官僚作风应该在实际生活中随处可见，并能被感受到。城堡对K来讲充满神秘的色彩，是一个可望而不可即的地方，无论他通过怎样的方法，如通过巴纳巴斯一家、弗丽达与最高统治者克拉姆的情人关系，以及村长等与城堡有着密切关系的线索去争取自己获得城堡的认可，但最终都没有任何收获。尤其是在小说的最后几章中，K得知城堡的官员准备接见他，过问有关土地测量员的事情时，他费尽千辛万苦来到旅馆，战战兢兢地等待着官员的接见，但是因为各种原因，他与官员会见的机会擦肩而过，这显示出 K 在强大官僚制度面前的渺小和无奈。尽管作家将 K 的经历写得细致入微，然而这只不过是作家对现实的一种感受和体验，具有一种陌生感，犹如一场噩梦。

艺术特征

  《城堡》作为卡夫卡文学创作的代表性作品之一有着自己的艺术特点，无论在塑造人物、处理情节和语言叙事等方面都体现了表现主义文学的艺术特点。

  首先，卡夫卡的《城堡》给我们一种寓意性的审美感受。在小说中作者为我们创造了两个不同的世界，一个是现实世界，即村中的客店、学校以及巴纳巴斯的家，无不散发着浓浓的乡土气息；而另一个是非现实的世界，即一个寓意式的世界，在这里仿佛不食人间烟火，是一个冰冷的、麻木的官僚机器。这个非现实的世界，使 K 无法接近。K 力图接近城堡，但他无论做何努力都不行。小说中的主人公 K 具有观念性和类型化的特点，卡夫卡在刻画这个人物的时候运用了现实主义的创作方法，详细地描写了这里的环境以及各色人物，对核心人物 K 的塑造给人的感觉既真实又有寓意性。

  其次，小说充满荒诞性。小说从头到尾都在描写主人公 K 为得到土地测量员的任命而努力，看似简单的事情其实并不简单，K 总是莫名其妙地与各种机会失之交臂，一切努力都变得徒劳和无可奈何。小说一开始 K 满怀信心地从外地风尘仆仆地来到客店，准备到城堡去上任，但是因为不能够证明自己的身份，所以他在身份和地位上都陷入了尴尬的处境。他千方百计地证明自己的身份，然而城堡在官僚制度的运转模式下不可能给予他身份的认同，他所做的一切努力犹如西西弗斯推石头上山——只是在徒劳地重复着一件事情。小说中有些情节对 K 来讲明明是有希望的，但是随着情节的发展却阴差阳错地出现转折，向相反方向发展。由于在处理这些事情上，每个人的态度不同，所以许多机会仅在一念之间便从手中悄悄溜掉了，最终让付出和努力与结果形成了巨大的反差，呈现出了荒诞性。

  最后，《城堡》是一部尚未完成的作品，小说的结尾是一个没有结尾的结尾。据马克思·布罗德的回忆，卡夫卡告诉他小说的结尾，K 在弥留之际终于接到了城堡的通知，允许他住在村子里，但不准进入城堡。实际上 K 的最后命运仍然是一个未被确定身份的人，一个没有归宿、永远漂泊的流浪人，这体现了小说作家卡夫卡对现实的极度悲观的思想。

4. 思考题

① 表现主义文学的哲学、心理学理论基础是什么？
② 表现主义文学在心理叙事方面与西方传统文学的区别是什么？
③ 如何认识卡夫卡《城堡》中 K 这一人物形象？
④ 简述卡夫卡《城堡》的艺术特点。
⑤ 斯特林堡表现主义戏剧对西方戏剧的影响是什么？

第十三讲　意识流文学

意识流文学盛行于20世纪20—40年代的英国、美国和法国等，对第二次世界大战后的新小说产生过重要的影响。它的思想基础是威廉·詹姆士（1842—1910）的意识流理论，弗洛伊德（1856—1939）的无意识理论，柏格森（1859—1941）的直觉主义等。意识流文学在创作方法上与其他传统文学的区别在于，它是运用人物意识的自由流动作为叙事导向和方式来叙事，其叙事模式主要是通过自由联想、内心独白与时序颠倒等来呈现人的心理活动。

一、意识流文学发展简介

美国心理学家威廉·詹姆斯在《论内省心理学所忽略的几个问题》中认为人的意识并非静止不动的或者是片段的衔接，它就像一条河，源源不断，因此称为意识流、思想流或主观生活之流。意识流文学的出现是对西方传统文学叙事方法的一种反叛，它打破了现实主义文学那种按部就班、客观叙事的模式，而是根据人的意识自由流动的方法来叙述故事。西方最早运用意识流叙事方法的作家可追溯到1887年的法国作家艾杜阿·杜夏丹，他的《月桂树被砍掉了》，就使用了"内心独白"的方法，开意识流叙事之先河。

在意识流文学中，重要作家有英国的弗吉尼亚·伍尔夫（1882—1941），其代表作品有《达洛卫夫人》（1925）。这部小说叙述了1923年6月的某一天，达洛卫夫人从早晨到晚上回忆了自己从18~52岁的生活经历。还有伍尔夫的《墙上的斑点》（1921）、《波浪》（1931），在这些作品中作家更是省去人物的身份和姓名，进行内心独白，丰富了意识流文学的表现技巧。英国另一位意识流文学作家是詹姆斯·乔伊斯（1882—1941），他的代表作品是《尤利西斯》（1922），作家使用了俄底修斯的罗马名"尤利西斯"作为小说的题目。乔伊斯原打算以尤利西斯的历险为主题写一个短篇小说，但作家最终在1914—1921年创作出一部长篇小说。《尤利西斯》全书共3部分18章，小说在叙事上大量表现人的无意识的心理活动，表面内容晦涩凌乱，但内部结构却与荷马的《奥德赛》密切相连。

法国的意识流作家是马塞尔·普鲁斯特（1871—1922），其代表作品是多卷长篇巨作《追忆似水年华》（1913—1922），这部作品共有7部15卷。小说没有中心人物、没有完整的故事、没有贯穿始终的情节，全书以叙述者"我"为主体，将其所思所想所见所闻融为一体，把心灵的追溯和意识流技巧作为作者的自我追求、自我认识内心经历的重要创作方法。美国的意识流文学代表作家是威廉·福克纳（1897—1962），其代表作品是《喧哗与骚动》（1929）。这部小说具体表现了一个大家族——康普生家族在西方世界从传统向现代转型的过程中逐步走向没落的故事。福克纳不仅在叙述方法上采用多个人物叙事，而且大量使用意识流的手法。

二、意识流文学的基本特征

意识流文学作为西方现代派文学中一个重要的派别，有其独特的艺术特性，它突破了自古希腊以来西方文学一贯坚持的"摹仿原则"和"情节整一"的艺术原则，根据人的意识流动的方式来叙事，打破了时空界限和逻辑顺序，深入地表现了人瞬息万变的内心世界和微妙的思绪变化。

1. 意识流文学中时间与空间的关系

在人的意识流动过程中，时间和空间是非常模糊的，它没有时间的起点和终点，也没有空间转换过程中的衔接部分，意识流文学就是用这样的方法来叙述故事和人物命运的变迁。关于时空在文学中的表现，西方哲学家和文学家有相关的论述。例如法国哲学家柏格森认为空间是纯粹的间断性，没有绵延，不处于时间之中；而时间是纯粹的不间断性，不断绵延，处于空间之内。空间是外在的、物理的东西，具有数量的特征，可以度量；而时间是内在的、心理的东西，它排斥数量的观念，不可度量。在这里他将时间与空间割裂开来，并提出了两种时间，即客观时间（空间时间）和心理时间，他认为我们越深入人的意识之中，客观时间越不适用。

实际上在柏格森看来客观时间就是现实的时钟时间，而主观时间指生命的延续。法国作家普鲁斯特吸收了柏格森关于时间的理论观念，提出了"超越时间"的观念，他认为人的感觉能将现在与过去重叠起来，使时间变得模糊和不清晰，感觉不到人处在什么时间点上；同时普鲁斯特还认为作家在表现人物时时间远比空间重要，因为作家会有更大的自由度，能够充分地展现和延伸人物的各个方面。伍尔夫在时间上并不重视客观的时间，而是如实地记录出现在自己内心世界的各种印象。时间就像一把扇子可以被作家随时打开和合上，并将各种场景交织、穿插、汇集到现在的时间点上，取得戏剧化的效果。福克纳的时空观念与上述理论家大同小异，他认为时间处于一种流动状态，除了在个人身上有短暂的体现之外，没有其他存在的形式。柏格森、普鲁斯特、伍尔夫、福克纳等作家和理论家都强调人内心世界的时间和空间不同于现实生活中的时间、空间，这样意识流文学中的时空概念有更大的自由度和灵活性，是一种主观性的东西。

　　无论是柏格森、威廉·詹姆斯、弗洛伊德，还是伍尔夫、乔伊斯、普鲁斯特、福克纳等，他们在强调意识的流动时更多的是强调人的自主性，这种自主性不受任何其他因素的影响，时空的变化具有主观性。它突显了时间与空间的变化，无不具有一种超时间和超空间的性质，使时空变成一种纯粹主观性的东西。普鲁斯特的意识流小说《追忆似水年华》不是对未来的展望，而是对过去的追忆，小说通过"我"的回忆，让读者随着叙事者的脚步经历了主人公的心路历程，穿梭和跳跃在过去、现在、未来之中，将一切融为一体，让时间在主人公的生命中延续。相比传统小说，《追忆似水年华》的情节已经不重要了，而决定小说的主要因素是时间，时间不再由人物的命运、情节的发展来决定，传统中的时间观念已经荡然无存了。在普鲁斯特的作品里时间也同样变得无拘无束，时间是在感觉和不自主的叙述者的回忆中产生的，从而打破了过去与现在之间的时间界限。

　　时间和空间在意识流文学中的变化形式是不规则的，因为它们的变化不再像现实中的时间那样，从一点开始一直不断地流向未来，流动的过程不再具有有序、稳步的特点；在空间上，不具有现实生活中那样具有一种有规则的存在形式，它处于混乱的、不定的、变形的、无秩序的状态。意识流文学会将所有时间和空间像压缩饼干似的挤压在一个点上，在作家的手上像一把扇子自由地开合。

  2. 意识流动的不确定性

  意识流文学，顾名思义其故事情节就像人的意识一样随意流动，任凭作家的写作思绪肆意流淌。这种叙事模式不受外部世界任何法则的束缚和制约，英国作家弗吉尼亚·伍尔夫在《墙上的斑点》中实践了这种创作原则。小说一开始这样写道："大约是在今年一月中旬，我抬起头来，第一次看见了墙上的那个斑点。为了要确定是在哪一天，就得回忆当时我看见了什么。现在我记起了炉子里的火，一片黄色的火光一动不动地照射在我的书页上；壁炉上圆形玻璃缸里插着三朵菊花……"小说随着作者对墙上斑点的联想，发散式地出现一连串的、漫无边际的联想，可以说各种思绪一拥而上。《墙上的斑点》在表现形式上将作家所经历的一切混杂在一起，过去的经历与现实的生活、事实的联想与回忆的片段相互结合。作家从墙上一个斑点开始，联想到冬天的火炉、城堡的红旗、红色的骑士骑着马上山坡，一些潜意识的思绪不断涌现；随后墙上的斑点又好像是钉子的痕迹，这一定是挂贵妇人的画像时留下的，由此想到了以前的房客和郊外的铁路；由于斑点太大太圆，不像钉子，转而又联想到生命的神秘、人类的无知、遗失的东西、生活的快速以及来世等。作者就这样顺着思绪一直想下去，想到了特洛伊城、莎士比亚、伦敦的周日等，在这里一切能够想象到的东西都会出现在作家的脑海之中，并顺着笔尖进入小说的情节里。可以说这些想象没有顺序、尊卑、高低、优劣，一切事情都是在想象之中再现的。在叙事方法上作家打破了那种按部就班、客观模仿的写作方法，一切事物都转瞬即逝，如天马行空，无规律可循。小说最后告诉我们，斑点原来是一只蜗牛，但是作家就是从这样一个斑点中悟出了人生的一切，并从漫不经心的文字中流淌出来。

  意识流小说在描写人物意识流动的过程中，具有很强的非理性色彩。弗吉尼亚·伍尔夫在《墙上的斑点》中任自己的思绪自由流淌，在叙事形式上具有很强的随意性和跳跃性，因为这种思绪活动没有规律性，它打破了一个故事从头到尾的发展顺序，在跳跃性中显现出一种凌乱的流动状态。《墙上的斑点》虽然在思绪上具有非理性，但是小说作家在意识的流动中始终围绕着一个点在联想，散乱中仿佛有一根线在牵着，无论怎样在空中飘荡最终还会回到原点上来，这好像在凌乱的、跳跃的、非理性的情节中具有某种理性的东西。

意识流小说在叙述人的思维活动时也呈现出人的意识流动的不确定性，即思绪时而绵延不断、时而又断断续续，给人一种飘浮感。典型的意识流文学颠覆了现实主义文学的创作原则，即文学是对现实生活的一种客观反映；也颠覆了自古希腊以来对文学的要求，即整一、匀称、和谐的特点。正是意识的随意性和不确定性使得伍尔夫《达洛卫夫人》不留痕迹地从一种叙事过渡到另一种叙事，也可以在同一时间分别叙述不同人物、不同场合中人物的思维活动和事情进展。

3. 意识流文学的内心独白

内心独白作为一种表现人物内心世界的方法，最早源自戏剧。戏剧是一种动作的艺术，而非叙述的艺术，因此，西方传统戏剧在表现人的内心世界时往往借助人物的内心独白来表现。后来这种表现方法也被20世纪表现主义戏剧所接受，但两者在叙事内容上有质的不同。作为一种方法，内心独白曾受到英国戏剧理论家阿契尔的批评，因为它在西方传统戏剧中的使用破坏了舞台幻觉，使观众的注意力游离于戏剧情节之外。

意识流文学在表现人的意识流动时借用了"内心独白"这一方法，并将这种方法非理性化。意识流文学的思想基础是威廉·詹姆斯的意识流理论、弗洛伊德的无意识理论和柏格森的直觉主义等非理性思想，而内心独白则是意识流文学表达思想的具体艺术体现之一。内心独白从字面意思上来看，是把人物的心理活动通过独白的形式呈现在读者面前，然而这种内心独白具有很强的非理性色彩，叙事的内容和形式呈现出发散式、多向度的特点，这使得内心独白的手法更加丰富多彩。内心独白是人物的自我交流，是把一种无声的、默默的内心活动转变成一种可视可听的画面呈现给读者的写作技巧，在这方面乔伊斯的《尤利西斯》则是最为典型的内心独白作品。在乔伊斯的文学作品中《一个青年艺术家的画像》（1916）是作家最早运用内心独白的作品，如果说这部作品还只是局部使用内心独白的话，那么《尤利西斯》中的内心独白则成为小说的主干。如小说的第6章中，布卢姆参加葬礼行程中的内心独白是通过布卢姆坐在马车上，将所见所闻的事件和人物化为内心独白的诱因。马丁·坎宁翰和鲍尔先生坐在马车上谈论着死者和行程中的所见所闻，这引起了布卢姆的伤感，小说将布卢姆的伤感切换成内心独白。紧接着布卢姆看到马丁·坎宁翰的视线从自己的身上移开，这又引起了布卢姆的内心独白，想到了他为人平和、有恻隐之心，进而想到了死者的验尸现场，死者是因为服了过量的药物意外死亡的。这时马车继续急速前行，布卢姆在与同行的两个人聊天中再次转入内心独白：这条街是埃克尔斯街，我的家就在前面。圣母济贫院也在这里，专门收留垂死者，太平间就在下面。马车继续行进，布卢姆看到了牛群挡住了道路，这又引起了第三次内心独白：牛无精打采地走着，身上还打着烙印，明天是屠宰日，屠宰之后今年的收入应该是可观的。马车穿过牛群，布卢姆的内心独白再次出现，一直走到葬礼墓地。在这部小说中，一个行为过程能够引起多个内心独白的还有第4章，在这个章节里斯蒂芬的内心独白连续不断，成为整个章节的主干部分。

《尤利西斯》的最后一章是第18章，整个章节文字长达58页，分为7大段，只有第3段和第7段最后结尾有句号，其余没有任何标点断句，全部内容是玛莉恩的内心独白。作家不断地用玛莉恩的口头语"是"来连接源源不断的、没完没了的内心独白，共有90多个，还将44个连接词"因为"像一根线一样去连接内容庞杂的内心独白。"是"和"因为"在这个章节的内心独白中起着一种语句停顿、语气转折的作用，这不仅意味着对他人行为的肯定，也是对自我思绪和思维活动的肯定，形成一种人物心灵对话的语言形态。除了以上这些，乔伊斯还将内心独白同时运用于不同人物，第4章中布卢姆因看见一只猫而产生了内心独白，这段内心独白在人、猫、鼠之间来回流动。

三、意识流文学的地位与影响

意识流文学是20世纪西方现代派文学中一个重要的文学流派，它以威廉·詹姆斯意识流理论、弗洛伊德的无意识理论和柏格森直觉主义为思想基础。它突破了现实主义客观真实性原则，颠覆了西方传统文学情节整一、匀称的线性叙事原则。意识流文学运用意识流动的随意性、跳跃性，人物内心独白，心理时空与现实时空的差异和错位等方法来表现人物在无意识和非理性状态中的各种表现和心理活动。意识流文学为后世文学提供了表现非理性内心世界的创作经验。

四、弗吉尼亚·伍尔夫与《达洛卫夫人》

弗吉尼亚·伍尔夫是英国著名的意识流小说作家、文学评论家、女权主义运动的先驱者，在其文学作品中她用细腻的笔触探索了 20 世纪人的精神世界，尤其是在探索女性意识方面成就突出，在西方现代小说发展史上有着重要的地位。在伍尔夫的小说中现实世界仅仅是凭借，而人物的内心世界和个人的感受则成为整个文学作品的主干。她善于借助第三人称的内心独白来推动故事情节的发展，表现人物转瞬即逝的思想变化。

1. 作家生平与文学创作

伍尔夫（1882—1941）出生于伦敦的一个文学世家，由于深受家庭环境和父亲的影响，她对伦敦富裕生活和文化名流是比较熟悉的，这一切都反映在她的文学作品之中。她的文学创作开始于 1915 年出版的小说《远航》，但是这部小说还是运用了现实主义的创作方法，没有脱离英国传统的思维模式，而自 1917 年的《墙上的斑点》开始，才真正踏上另一条创作道路。《墙上的斑点》通过墙上的一个小洞，以放射性的思维方式展示了人物意识的自由流动，成为作者意识流小说的开始。

真正使伍尔夫在文学界展露才华的是《达洛卫夫人》（1925）、《到灯塔去》（1927）和《海浪》（1931）。《达洛卫夫人》这部小说的主人公用一天的时间回顾了自己 30 多年的人生经历，小说在运用意识的流动以及意识流小说的独特方法时风格趋于成熟。《到灯塔去》运用多角度、多层次的叙事方法，通过偶然的外部事件展现人物内心的变化和意识的变动，表明作家这一表现方法达到了日臻完善的程度。《海浪》使伍尔夫的意识流小说达到了登峰造极的地步，这部小说几乎排除了外部活动的描写，凸显了人物的内心世界。

伍尔夫是一个优秀的文学评论家，在有生之年为《泰晤士报文学增刊》和《纽约先驱论坛报》等撰写文艺评论，后以《普通读者》为题结集出版。伍尔夫评论的体裁涉及散文、小说、诗歌、理论等，涉猎广泛；她贬低自然主义，推崇现实主义，风格清新，委婉多姿，具有女性作家评论的特点。其代表作品有《自己的房间》（1929）、《现代小说》（1919）等。

伍尔夫由于身体原因一直没有上过正规学校，成年之后一直患有精神疾病，精神多次面临崩溃，最终投河自杀，享年 59 岁。

2. 《达洛卫夫人》故事梗概

《达洛卫夫人》以达洛卫夫人意识的自由流动、生活回忆为叙事方式，用一天的生活展现了她 34 年的生活经历。小说在叙事中为我们呈现出两条主线，一条是达洛卫夫人通过一天的生活活动，回忆起自己30多年的生活；另一条是赛普蒂默斯·沃伦·史密斯，由于他参加过第一次世界大战，残酷战争的阴影一直笼罩着他，使其无法摆脱，最终精神崩溃而跳楼自杀。

克拉丽莎·达洛卫夫人已经50多岁了，丈夫理查德·达洛卫是英国国会议员，生活上比较安逸。1923年6月的一天早晨，伦敦大街一片繁忙，达洛卫夫人清晨走出家门去采购晚宴所需的东西。30多年前达洛卫夫人年轻的时候与彼得·沃尔什坠入爱河，两人可谓青梅竹马，而且非常恩爱，但由于性格的差异以及追求的生活目标不同，克拉丽莎嫁给了理查德·达洛卫，成为达洛卫夫人。一晃30多年过去了，失恋后的彼得浪迹天涯，在去印度的轮船上遇到了已婚的印度女子，两人陷入了爱恋之中。彼得这次回到伦敦就是为了办理与这位女子结婚的手续。克拉丽莎·达洛卫夫人见到阔别已久的初恋情人思绪万千，恍如隔世，但此时大家都不可能再回到从前热恋的状态中去了。

虽然第一次世界大战已经结束了5年，但是战争的阴影还不时地影响着英国人。赛普蒂默斯参加过第一次世界大战，在战场上他亲眼看见了战友埃文斯的死，他的内心深深地受到震撼。战争结束后，赛普蒂默斯经常被回想起的残酷的战争场面所折磨，这使其痛不欲生。妻子卢克丽西娅费尽千辛万苦安抚他，并陪着他到布雷德肖诊所就医，但医生敷衍的治疗以及即将被送到疗养院的结果使赛普蒂默斯痛苦绝望，最终跳楼自杀。

晚上，克拉丽莎·达洛卫夫人的晚宴如期举行，许多社会名流包括首相都前来捧场。在宴会上虽然达洛卫夫人应酬自如，但是她的内心有一种莫名的忧伤，尤其是布雷登肖在宴会上谈及赛普蒂默斯跳楼自杀的消息，更使达洛卫夫人感到人生无常，使其在欢乐的晚宴上心中浮现出一丝哀伤。此时，小说中的达洛卫夫人与赛普蒂默斯两条平行发展的线索交织在一起。

3. 作品分析

弗吉尼亚·伍尔夫通过小说主人公克拉丽莎·达洛卫夫人的生活为我们展示了作家的婚姻观、爱情观以及对生与死的认知。《达洛卫夫人》用了很大的篇幅描写克拉丽莎与彼得、理查德·达洛卫之间的关系，这是小说的主干部分，表现了作家对人生的认识。

　　作家伍尔夫在塑造克拉丽莎·达洛卫夫人时并不是孤立地去写，而是让她处在各种人际关系的核心地位。在个人情感上达洛卫夫人处于一种左右逢源而又自相纠结之中，一方面她遵循着一般英国女子在婚恋观上的世俗传统，另一方面又对自己年轻时的情感有着一种无比的留恋。年轻的克拉丽莎深深地爱着彼得，因为他们从小在一起长大，彼此爱恋，然而她又无法超越英国传统妇女在婚姻上的束缚，即通过婚姻将自己贮藏在衣食无忧的保险箱之中。她与彼得的思想存在着一种无法弥补的距离感，因为克拉丽莎更加向往进入上流社会，这是彼得无法满足她的，也是其真正离开彼得的原因，正如彼得曾经责骂克拉丽莎的那样，她想成为上流社会一个十足的女主人。

　　克拉丽莎选择理查德·达洛卫符合她的世俗观念。理查德·达洛卫是一个国会议员，无论从身份和家境都要比彼得强得多，虽然达洛卫比较平庸，但对于克拉丽莎来讲，他符合一个理想丈夫的标准。克拉丽莎通过婚姻实现了自己进入上流社会的目的，她整天忙于应酬、忙碌在各种事务之中，但是掩饰不住内心的空虚和生活的寂寞，她对自己的婚姻缺少一种自信和坦然，她与丈夫达洛卫缺少一种夫妻间真正的情感冲动。这一切也使得克拉丽莎在这种优越的生活中莫名地缺少一种安全感，正如小说中描写的，她会突然感到"心中有一个凶残的怪物在骚动！这令她焦躁不安。她的心灵宛如枝叶繁茂的森林，而在这密林深处，她仿佛听到树叶的'哗剥'声，感到马蹄在践踏；她再也不会觉得心满意足，或心安理得，因为那怪物——内心的仇恨——随时都会搅乱她的心，特别是从她大病以来，这种仇恨的心情会使她感到皮肤破损、脊背挫伤，使她蒙受肉体的痛楚，并且使一切对于美、友谊、健康、爱情和建立幸福家庭的乐趣都像临风的小树那样摇晃、颤抖，似乎确有一个怪兽在刨根挖地，似乎她的心满意足只不过是孤芳自赏"。达洛卫夫人是一个矛盾的混合体，她努力跻身于富裕高雅的上流社会，但过着一种沉闷空虚的生活；她热爱生活、对人平和，但又不乏庸俗势利，努力周旋于权贵之间；她情感细腻、富于浪漫色彩，但在一些事情上理智谨慎，不断压抑自己的心情。伍尔夫作为一名女性作家非常细腻地捕捉到主人公内心世界的情感变化，表现出一瞬间情感变化背后的深刻含义。

达洛卫夫人对生命与死亡的人生体验表现出敏锐的感受。在小说中达洛卫夫人的故事线索与赛普蒂默斯的线索其实并不相连，但是，作者通过第一次世界大战对英国普通人的影响以及赛普蒂默斯的个人遭遇展示了生与死的关系。小说一开始就通过达洛卫夫人的眼睛描写道："眼下正是6月中旬。战争已经结束，不过，还有像福克斯克罗夫特太太那样伤心的人，她昨晚在大使馆痛不欲生，因为她的好儿子已阵亡，那所古老的庄园得让侄儿继承了。还有贝克斯巴勒夫人，人们说她主持义卖市场开幕时，手里还拿着那份电报：她最疼的儿子约翰牺牲了。"虽然第一次世界大战1918年就结束了，战争已经过去了5年，但是战争对人们的影响并没有结束，这样的描写无疑反映了1923年英国社会的一个侧面以及战争对普通人造成的阴影。

　　小说在描写赛普蒂默斯的人生经历时更加渲染了战争的残酷。赛普蒂默斯参加过第一次世界大战，在战场上他亲眼看见了战友埃文斯的阵亡。战争使其患有精神幻想的疾病，常常沉浸在残酷的战争与战友阵亡的幻觉之中而不能自拔，最终因不能忍受这一切而跳楼自杀。在小说中达洛卫夫人与赛普蒂默斯并不认识，直到布雷德肖夫妇在晚宴上谈论赛普蒂默斯自杀的时候两条线索才开始交会在一起。"那小伙子自杀了——可怎么死的？当她第一次陡然听到什么故事时，总觉得身临其境似的：比如有人讲起火灾，她便感到自己的衣服着火了，身子烧灼了。这一回，据说那青年是跳楼自尽的：猛地摔在地上，只觉得地面飞舞，向他冲击，墙上密布的生锈的尖钉刺穿他，遍体鳞伤。他躺在地上，头脑里发出重浊的声音'呼、呼、呼……'终于在一团漆黑中窒息。"、"无论如何，生命有一个至关重要的中心，而在她的生命中，她却被无聊的闲谈磨损了、淹没了，每天都在腐败、谎言与闲聊中虚度。那年轻人却保持了生命的中心。死亡乃是挑战。死亡企图传递信息，人们却觉得难以接近那神秘的中心，它不可捉摸：亲密变为疏远，狂欢会褪色，人是孤独的，死神倒能拥抱人哩。"生与死是作品中一个非常重要的因素，成为整个小说基调的调色板，在达洛卫夫人以及繁华的伦敦生活之中涂抹着一层淡淡的哀愁和生命的思索。这不仅是达洛卫夫人心中思考的问题，也是作家伍尔夫审视的重要主题，正如她在日记中写道："在这本书里，我大概有太多的想法。我想表现生与死、精神健全与精神错乱；我想批评这个社会制度，展示它是如何运转的，展示它最强烈的方面。"① 生命是什么？达洛卫夫人和赛普蒂默斯虽然经历不同、身世不同以及对外部世界的感受不同，但是，对生活中公开的和潜在的恐惧心理以及对死亡的感受则是相似的，小说通过达洛卫夫人用琐碎的、瞬间的意识流动体现了这一主题。

伍尔夫在这部小说中最突出的艺术特点是她完全突破了传统小说创作的理性思维模式，用一种非理性的意识流动方式表现人物的心理变化。作家在叙事方式上使达洛卫夫人具有双重性，一种是现实中的自我，即理性的、现实的，遵守着英国现实社会的各种习俗，适应社会，活跃在英国上流社会；而另一种则是非理性的，任其思绪在时空叙事方面翱翔，用非常细腻的瞬间感受表现深刻的社会内容。作家伍尔夫在描写达洛卫夫人时，将心理时间与现实时间（物理时间）同时并用，整部小说用一天15个小时完成了对其30多年的人生经历的回忆。时间在小说中是流动的，不确定的，碎片式的。小说通过日常生活的琐碎事件和各种人物的感受给我们构建了一个想象的世界，使我们渐渐了解到主人公达洛卫夫人从18~52岁这34年的生活经历和感情纠葛。

这部小说打破了传统小说讲故事的叙事模式，小说的发展不再是以人物性格之间的碰撞为动力，而是以主人公自己对生活的感受、对往事的回忆，以及即兴的、瞬间的、随意的叙事方式跳跃性地向前发展。在伍尔夫看来，传统的以情节为主线的叙事模式已经不能够真正反映人瞬息万变的内心世界和正在发展变化的现实世界，伍尔夫的《达洛卫夫人》预示着小说叙事形式的转型，这种转型不仅表现在时间的叙事上，而且在人物性格塑造上也是新颖的。小说发展的动力不再是人物之间的对抗性冲突和较量，而是各种源源不断的人物的思绪和回忆。

小说的发展在时间上有两种方式，一种方式是以物理的时间为顺序，从小说描写伦敦的大本钟敲响的第一次开始，故事情节开始计算，一直到午夜23点为止，从达洛卫夫人去大街采购鲜花到晚上举行的家庭晚宴，这是人物活动的时空范围；另一种方式是小说又极力突破大本钟在时间上的束缚和限制，它是通过人物的心理活动来达到的，人的心理活动是没有限定的，可以将过去、现在和将来都融汇在一起，使现实与回忆交替出现成

---

① 谷启楠：《达洛维太太》前言，人民文学出版社，2003。

为可能。现实的时间像一条绳索，在这个有形的线索上挂着众多与小说主人公相关与无关的事情，整个小说没有中心事件，去中心化比较明显。空间的切换如电影一样，没有过渡和交代，通过这种方式增强叙事中的三维空间感。小说不仅以达洛卫夫人和赛普蒂默斯的生活作为叙事主线，而且有其他人，如彼得·沃尔什、休·惠特布雷德、理查德·达洛卫，以及伊丽莎白、基尔曼小姐和布鲁顿夫人这些不同的个人经历和生活命运，他们的喜好、向往、愤怒在小说中都蜂拥而至。

E. M. 福斯特曾经高度赞赏这部小说，称其为"经典之作"。弗吉尼亚·伍尔夫真实表现了一位进入晚年的女性的丰富的内心世界，在她的意识流动中既有沧桑的生活阅历，也有少女时代热恋之中细腻的感情变化。这两种经历和情感在小说中交织在一起，不同的时期展现出不同的人生经历，这使小说有一种目不暇接的感觉，各种情感犹如一个万花筒，随着人物的出现以及意识的流动不断变换着各种真实的感受。

艺术特征

首先，是意识自由的流动。伍尔夫作为意识流小说作家在叙述时并没有将故事情节放在首位，她认为外部的客观描写不能够真正反映现实生活，只有人的心灵世界才是最真实的，应该通过描写心灵每天接纳的成千上万的印象来表现意识瞬间的活动。达洛卫夫人漫步在街头，大本钟的钟声、人们的目光、城市的喧嚣、来往车辆的嘈杂、呼啸而过的飞机、熙熙攘攘的人群等，这一切都从四面八方扑面而来，给人们构成了战后伦敦的生活画面。在书中作家运用发散式的叙事方式将达洛卫夫人面对外部世界所接收的各种信息进行感悟、体验、思索。用琐碎的、碎片式的信息和人物意识的流动来消解、冲淡人物的主导地位，用思绪、感悟等要素重新建构小说的叙事模式。

这部小说运用了第三人称来叙事，在表现意识流动时采用了自由联想和蒙太奇手法，如小说开始达洛卫夫人和赛普蒂默斯同时出现在大街上，两人并不认识，面对同样的事情做出了不同的反应。当达洛卫夫人正在花店买花时听到窗外汽车一声巨响，作家在切换时十分自然。达洛卫夫人盯着汽车在想车上的人是谁，是威尔斯王子、王后或者首相？但是镜头马上切换到赛普蒂默斯，他对声响表现出莫名的恐惧，仿佛世界的鞭子已经高高举起，不知道要落向何方，天地间就要发生恐怖的事情。作家多角度、全方位的视角形象立体地展示了不同人物面对同一事物的意识流动。

其次，是浓郁的意向与象征。整部小说就像一片波涛起伏的大海，不断翻滚着情感的浪花，给人以寓意和遐想。意识的流动在小说中形成一种虚无缥缈、漂浮不定、真实与虚幻、现实与往事交替混杂的感觉，这种感觉中有一种意向和象征蕴含其中。大本钟反复地敲响，其声音回荡在伦敦上空，随着钟声小说主人公在思绪的流动中不断跨越人生几十年的沧桑岁月，从一个故事场面自然过渡到另一个故事场面之中。在意向与象征方面，作家也非常注意细节的象征作用，如彼得的小折刀也是其中一个例子。达洛卫夫人与彼得相见时，彼得不断开合手中的小折刀，一方面表明彼得长期浪迹海外，生活不拘小节；另一方面也暗指达洛卫夫人的生活也是不断地开与合。

再次，小说语言多样，富有特色。与伍尔夫同时代的英国作家福斯特高度评价过伍尔夫的小说语言："伍尔夫在黑暗之中将英国语言之光更向前推进了一步。"小说中运用了大量的比喻，将外部客观世界中的事物作为一种载体来展示主观世界的精神，如把史密斯太太比喻成一枝泡在水中的百合花，表现了她在生活和丈夫精神错乱的重压下的精神生活。小说语言中的一些句子成分不断重复表明作家试图表明和强调某种意义，渲染整个故事场景，如达洛卫夫人与彼得相见时，为了渲染场景作者不断重复一些词汇。作品中有时用对比鲜明的语言来表达人物的内心世界，如达洛卫夫人在早晨漫步在熙熙攘攘的伦敦大街上，在思绪流动中时而回忆起自己青春少女的时代，时而又感到自己已经到了暮年，两种截然相反的情绪和语言形成鲜明的对比。

最后，是小说的诗化意识。在伍尔夫早期练笔的短篇中常常采用一些独特的结构形式，如《墙上的斑点》的放射向结构，作品思绪肆意流淌，给人一种遐想的空间和诗化的意境。而中期作品常使用诗歌中的象征手法，如《到灯塔去》的灯塔象征着人类精神的寄托。晚期作品更具诗歌的高度概括性。《海浪》是作者的晚期作品之一，人的整个生命历程在一种奏鸣曲格式的发展过程中逐渐展开，它通过主导意象——海浪来描写主要人物的感情波澜，赋予小说独特的节奏形式，使得整个小说像一首节奏清晰的抒情诗。

4. 思考题

① 意识流文学的哲学、心理学基础是什么？

② 意识流文学的主要艺术特征是什么？意识流文学有哪些主要代表作家和作品？

③ 简述弗吉尼亚·伍尔夫在意识流文学中的艺术成就。

④ 简述伍尔夫《达洛卫夫人》的叙事特点。

⑤ 如何认识意识流文学中的时间与空间在小说中的转换和作用？

第十四讲 存在主义文学

存在主义文学产生于 20 世纪 40 年代，这一流派的文学以"人"为核心，针对人的存在以及生存困境等诸多问题进行思考，为第二次世界大战之后精神迷茫、仍滞留在荒原上的人们指出一条拯救自己、走出荒诞的道路。存在主义文学以萨特、加缪和波伏娃等作家的文学创作为主。

一、存在主义文学发展简介

存在主义文学以存在主义哲学为基础，而存在主义哲学最早可追溯到 19 世纪丹麦神学家克尔凯戈尔（1813—1855）那里，后经德国哲学家海德格尔（1889—1976）、胡塞尔（1859—1938）、萨特（1905—1980）、加缪（1913—1960）和波伏娃（1908—1986）等理论家的丰富和发展形成了一个完备的哲学思想体系。萨特是存在主义哲学思想的集大成者，萨特的存在主义哲学其思想内容大致有三点：存在先于本质、自由选择、世界是荒诞的。萨特认为，人是偶然来到这个世界上的，面对这个荒诞的世界，人是无能为力的，但是人唯一拥有的就是自由，人可以通过自己的自由选择创造自己的存在价值。

一般情况下，存在主义文学主要是指萨特的文学创作，也包括加缪和波伏娃等的文学创作。存在主义文学在思想上并不是一个思想艺术风格相统一的文学派别，因为萨特的哲学是一种"自由"哲学，他强调人面对荒诞处境时要通过自己的自由选择来创造自己的本质，通过不断地选择来对抗荒诞的现实。而加缪的哲学则是一种关于"荒诞"的哲学，波伏娃与萨特的哲学思想比较接近。萨特的文学是为了宣传存在主义哲学思想而存在的。萨特文学创作始于 20 世纪 30 年代，1938 年萨特发表了长篇小说《厌恶》，这是萨特的成名作，也是其小说创作中最有成就的作品。"二战"开始后萨特应征入伍，后被俘关进了战俘营，在那种困难时期他开始创作戏剧，他写了第一部团结抗敌的戏剧《巴理奥纳》。1943年正值法国沦亡之际，萨特发表了根据古希腊悲剧作家埃斯库罗斯的《奥瑞斯提亚》改编的《苍蝇》（1943），这部戏剧一上演便因其表现出的强烈反抗性质而立刻被禁止演出。1944年《间隔》问世，这是一部寓意性的哲理剧，剧中提出了"他人目光"和"他人就是地狱"等思想。1946年萨特创作了以第二次世界大战为背景的哲理剧《死无葬身之地》和描写美国种族歧视的社会问题的《可尊敬的妓女》，这两部戏剧以现实生活为题材，反映了现实，创作风格摆脱了早期文学创作从历史题材和神话传说中寻找创作素材的做法。1948年他创作了《肮脏的手》，由于涉及党派之争，这部戏剧备受争议。1951年萨特创作了《魔鬼与上帝》，主人公格茨的人生选择实际上代表了西方知识分子所走过的发展道路。一般评论家认为，萨特的《阿尔托纳的隐居者》（1960）是他戏剧中最典型的存在主义境遇剧，戏剧为我们展示了弗朗茨的特殊境遇，他的所思所想、一言一行都体现了剧作家对境遇剧的理解。

加缪一般情况下并不承认自己是一个存在主义者，但其所提倡的哲学思想与萨特是比较接近的。他不仅是一位哲学家，也是一位出色的文学家，他的文学更加有特色。他的主要作品有他的哲学随笔《西西弗斯神话》（1942），这部著作体现了他荒诞的哲学思想。在文学上，他在1942年发表了小说《局外人》，这部作品描写了对外界完全冷漠的莫尔索，莫尔索不仅对母亲的去世表现出冷漠，对待爱情、杀人，甚至对待法庭的死刑判决也表现出不可思议的冷漠。1947年，加缪的另外一部作品《鼠疫》为我们再现了地中海滨海小城奥兰，由于鼠疫的传播整个小城的人们都生活在令人绝望的气氛之中，表现出世界是荒诞的思想。加缪不仅是一个小说家，也是一个戏剧作家，代表作品有《误会》（1944）等，1957年获诺贝尔文学奖。

二、存在主义文学的基本特征

1. 浓郁的哲学色彩

存在主义文学是为哲学而存在的，文学的哲理性是其显著的特征。萨特、加缪和波伏娃首先是哲学家，他们善于用一种哲学的视角来看待现实生活中的一切，尽管他们的思想之间有较大的差异，但他们的文学都有强烈的哲学色彩，这使其具有共同的特征。存在主义文学不是为艺术而艺术的文学，它对现实有一种强烈的责任感，是一种行动的文学和思辨的文学。

萨特的文学是一种"自由"观念的文学，往往在戏剧开始时剧作家都将人物置于一种艰难的自由选择之中，使人物处于一个人生的十字路口，最终在艰难的处境中做出自己的选择。在1943年的《苍蝇》中俄瑞斯忒斯通过自己的艰难选择，最终为父报仇，杀死了克吕泰墨斯特拉和她的情人埃癸斯托斯。在戏剧中萨特展示给观众的环境是非常恶劣的，令人绝望、毛骨悚然。遮天蔽日的苍蝇、墙上令人恶心的血污、阿耳戈斯人面对罪恶保持沉默的处世态度、朱庇特的威胁、家庭教师的息事宁人的劝告以及最后姐姐的反悔……就是在这样的环境中俄瑞斯忒斯最终排除万难做出了自己的选择，并带着一群苍蝇离开了阿耳戈斯城。《苍蝇》的哲理思想是非常浓郁的，具有很强的寓意性。《苍蝇》的上演正值第二次世界大战期间，剧作家萨特在这里试图通过戏剧号召处于沦亡之中的法国人奋起抵抗，不做亡国奴，在国家危亡之际做出自己的选择。

在萨特戏剧创作生涯中表现"自由"哲学思想的戏剧是比较多的，1944年的《间隔》，1946年的《死无葬身之地》和《可尊敬的妓女》，1948年的《肮脏的手》，1951年的《魔鬼与上帝》和1960年的《阿尔托纳的隐居者》等都具有强烈的哲理色彩。其中，1944年的《间隔》是一部从反面表现剧作家"自由选择"的戏剧。《间隔》描写了三个鬼魂加尔散、伊内丝和爱斯黛尔进入地狱的故事。他们生前都做出了自由选择，他们进入地狱之后都带着自己的本质相互追逐、相互折磨。在戏剧中，加尔散感到在这样的环境中生不如死，虽然这里不是地狱但酷似地狱，三个人相互折磨、痛不欲生，最终发出了"他人就是地狱"的呐喊。萨特在《间隔》中告诫我们：人只有在生前才有选择的权利，死后就盖棺定论了，没有机会了。

萨特的存在主义文学描写了大量的"世界是荒诞的"故事，从小说《厌恶》开始，"世界是荒诞的"思想就从文学中表现出来。小说描写了洛根丁的荒诞生活，他感到世界是荒诞的，没有意义的，他撰写侯爵的传记也是在无聊中从事的事。他查阅侯爵的个人资料从英文字母A开头，到Z结束。小说作者从生活的每一个细节中都为读者透露出洛根丁荒诞无聊的信息。

在表现荒诞思想上,加缪在自己的文学创作中也同样如此,如哲学随笔《西西弗斯神话》(1942)描写了人生的徒劳。加缪从不承认自己是存在主义作家,但是他的一些作品却表现出与存在主义文学相近的特点。加缪的哲学是关于"荒诞"的哲学,他的作品对此进行了比较好的诠释。1942年的《局外人》表现了荒诞的主题。故事从莫尔索母亲去世开始到他在海边无意之中杀了人被判死刑为止,小说用一种冷静、冷漠、理性的口吻叙述莫尔索的人生经历,给我们一种世界是荒诞的人生感受。莫尔索对待一切都是冷漠的,母亲的去世不能够引起他的悲伤,他的冷漠使人们感到这一切与理性脱节;女友也引不起莫尔索的兴趣,杀人后在法庭的判决中他也表现出一种莫名的冷漠,面对死刑无动于衷。这种生存的荒诞感、人与社会的脱节和被剥离,使小说散发着一种深沉的哲理气息。1947年的《鼠疫》为我们展示了另外一个荒诞的世界。加缪用象征性的表现手法为我们展现了一个令人绝望的荒诞处境,这是一个地中海的小城市——奥兰因,发生鼠疫,全城与世隔绝,生活在这样一个荒诞的世界中让人窒息。这部小说在传递着一种荒诞的思想,他用象征的方法再现了第二次世界大战中人们所面临的那场大屠杀所表现出恐惧、焦虑、痛苦、挣扎和斗争。

2. 对"环境"的认识

"环境"或者"境遇"在萨特存在主义哲学中是一个重要的概念,在戏剧创作中,萨特的"境遇剧"是其戏剧的主要模式。萨特的戏剧被称为"境遇剧",其戏剧具有两种主要的戏剧要素,一个是境遇,另一个是境遇中的人。境遇是限定人自由的境遇,而人就是突破一切限定的人,尤其是境遇在萨特戏剧中起着决定意义的作用,因为它是人自由选择的凭借,没有这种境遇就没有人的选择,"境遇"在萨特戏剧中就是存在。萨特认为"存在先于本质",所谓存在就是所处的环境和境遇,人像一粒种子偶然飘落到这个世界上,没有任何本质可言,人仅仅是存在着,他所拥有的一切就是自由,人在这事先无法选择的处境中来创造自己的本质。萨特说:"如果说人在一定的处境中是自由的,他在这个境遇中并且通过这个处境选择自己,那么就应该在戏剧中表现一些简单的人的境遇,以及在这些境遇中选择自身的自由……情境是一种召唤,它包围着我们,它向我们提供一些解决方法,而决定却要我们自己去做。"萨特创作境遇剧的目的就是为了展示现代人存在的普遍的焦虑和困惑，以此决定自己的自由选择。

萨特在自己的戏剧中特别强调"一定的境遇"和在这境遇中"自我选择"。萨特总是将自己的人物置身于极限的境遇之中，让其处在人生的十字路口，做出自己的选择。《死无葬身之地》是萨特比较典型的境遇剧，在这部戏剧中萨特将5个游击队员置身在敌对双方激烈对抗的监狱之中。由于指挥官的错误指挥，5个游击队员被俘入狱，面对敌人的酷刑5个游击队员要么妥协投降，要么宁死不屈、抗争到底。萨特在塑造这5个游击队员时并没有人为拔高他们的形象，而是将人物放在这种极限的境遇之中，让他们自己来表现，展示自己的性格。索比埃由于忍受不了敌人的残酷折磨最终跳楼自杀了，但他并没有出卖战友；弗朗索瓦被其他游击队员掐死了，然而他也没有告发战友，吕茜、卡诺里和昂里最终也被枪杀了，但是他们在这个极限境遇之中表现出英雄的气概。

萨特的境遇剧不同于现实主义戏剧，境遇剧更多地强调一种现在进行时，也就是按照萨特所说的人的本质是在不断地选择中形成的，这样能够真实地反映一个人的变化过程和变化的内在动力，不像现实主义戏剧那样通过一系列尖锐复杂的事件和生活来展示人物的关系，对人物性格进行典型化、集中化，使人物达到丰满的目的。萨特走的是一条不同于现实主义戏剧的道路，他并不着重于戏剧的冲突，走的是一种淡化戏剧冲突，着重传递哲理思想而非塑造人物性格的道路。萨特认为，现实主义戏剧中的人物性格都是天生的，与生俱来，是被社会规定好了的，这不能够表现出人物的复杂性和多样性。当然这种看法有些偏颇，但萨特认为，人物性格只有作为环境的折射才是真实的。

萨特的许多戏剧环境都是令人绝望的、沉重的，他没有写过比较乐观的境遇，这主要因为萨特试图通过境遇给当代人展示一种荒诞的处境，无尽的焦虑、烦恼、绝望和恐惧，突显偶然性的作用，让人感到人生选择的艰难与痛苦。《苍蝇》中俄瑞斯忒斯经历了犹豫、徘徊，最终坚定了自己的意志，超越了荒诞的现实，实现了人生的选择。《死无葬身之地》中5名游击队员超越了境遇中残酷刑讯逼供，用自己的肉体和灵魂实现了英雄的本质。《肮脏的手》通过雨果的人生选择表现了政治与道德、组织纪律与个人情感之间的矛盾、痛苦以及抉择的艰难。萨特在其戏剧中表现了各种不同的人生选择，通过这种选择一再说明"存在先于本质"的思想，人在一定境遇中解释自己，创造自己本质的哲理思想。

3. 存在主义文学的艺术风格

存在主义文学在表现艺术上有自己的特色，这种特色主要是将哲理思想、主观感受真实性原则、写实性叙事风格融于一体，创作出一种与现实主义创作风格相近的写作模式。

主观感受真实性原则是萨特文学的主要特点。萨特深受西方哲学思想的影响，继承了叔本华和尼采的唯意志论、柏格森的直觉主义、克尔凯郭尔有神论存在主义等非理性哲学思想。他将人作为主体本身，用人的存在否定人的社会本质，认为人的心理本能才是最真实的。萨特善于将现实生活与人的内心世界中复杂的意识活动相结合来加以描述，将创作的笔深入到人物内心深处，挖掘到意识之外的非理性的内容，如下意识、潜意识的内容。萨特对世界的看法是重主观而非客观的，他否定物质与意识有决定与被决定的关系，不是物质决定人的意识，而是人的意识创造客观存在，客观外界的一切需要意识指向它们才具有意义。尽管萨特在文学创作上追求自己的主观感受真实性，但由于萨特的介入原则，他创作出的作品并不违背现实，也就是说萨特变革了传统的创作方法，将自己主观感受的真实性内容表现出来。

萨特的文学与现实主义文学的艺术边沿具有模糊性，如《苍蝇》。《苍蝇》是根据古希腊悲剧作家埃斯库罗斯的《奥瑞斯提亚》改编的，在这部戏剧中萨特将俄瑞斯忒斯为父复仇的行为赋予存在主义哲理思想。古代亲人相残的故事具有现代的思想意义，成为第二次世界大战期间处于沦亡中的法国人民效法的榜样，戏剧暗示人们行动起来，进行抵抗，不做亡国奴。戏剧中剧作家萨特对俄瑞斯忒斯所处环境的描写是主观感受的，但这种感受又是真实的，它同第二次世界大战时期人们所处的地狱一般的环境是一样的，萨特的主观感受与现实生活并不悖逆。这类作品在萨特的戏剧中成为一种表现风格。

萨特的戏剧在叙事风格上也有自己的特点，他说他的戏剧是一种稍加改变的、适合"三一律"原则的戏剧。萨特深受法国传统戏剧的影响，特别是17世纪法国古典主义戏剧。萨特的戏剧采用的是锁闭式戏剧结构，也就是在戏剧开始的时候，故事已经进行了很长时间，戏剧人物一出场就要面临着人生的抉择，矛盾一触即发。《苍蝇》中，俄瑞斯忒斯在国外漂泊十几年并没有在戏剧中表现，戏剧一开始俄瑞斯忒斯已经长大成人，他回到阿耳戈斯就是要为父报仇，为父报仇使他必须面对残酷恶劣的现实，面临着人生的选择。《死无葬身之地》中5个游击队员一开始就同法奸形成对峙状态，他们必须做出自己的人生选择，要么做英雄，要么做叛徒，不可能有第三条道路可选。萨特的戏剧故事时间比较短，矛盾进展比较快，不拖泥带水，符合稍加改变过的"三一律"原则。

萨特的戏剧具有浓郁的哲理性，但由于萨特积极介入现实的创作原则，他的戏剧越来越接近现实。从最早改编古希腊戏剧的《苍蝇》暗示法国人民奋起反抗不做亡国奴开始，《死无葬身之地》将哲理思考放回到现实的境遇之中，《可尊敬的妓女》第一次将戏剧内容触及美国种族歧视问题，《肮脏的手》表现了第二次世界大战期间共产党内部的党派之争，曾引起许多社会主义国家的争论和反对。1960年的《阿尔托纳的隐居者》是其戏剧介入现实的最突出的例子，萨特试图用这个戏剧暗示当时的法国政府，无论是国家、民族和个人所做的任何行为都终将受到社会和历史的审判，这种审判是无法逃避的。

三、存在主义文学的地位与影响

存在主义文学是西方第二次世界大战之后一支重要的文学流派，是随时代需要孕育而生的。存在主义文学反映了战后西方人的精神危机以及寻求生存出路的渴望，引起了许多人的思想共鸣。存在主义是西方人道主义思想在20世纪新的思想成果，因为它关注人的存在以及在荒诞世界中如何保持人的尊严。存在主义文学的哲学基础是存在主义哲学，作家在文学创作上力图使哲学思想形象化，但它绝非是存在主义哲学的简单图解，呈现给读者和观众的是一个个鲜活的人物形象。存在主义文学继承了法国乃至欧洲优秀的文学传统，它在文学形式上与现实主义文学形成在艺术边沿的模糊性，它融传统写实方法与现代写意创作风格于一体。存在主义文学对荒诞派戏剧在思想上有很大的影响，是其思想的一个重要来源。

四、萨特与《阿尔托纳的隐居者》

让·保尔·萨特（1905—1980）是法国著名的哲学家、文学家、文学理论批评家和社会活动家，无神论存在主义者。在其一生的创作中，他写出了卷帙浩繁的哲学著作和文学作品。萨特在政治上倾向进步与革命，属于资产阶级知识分子的左翼，在思想上属于主观唯心主义。萨特在面对社会上的重大问题时都会表明自己的态度和观点，他代表了第二次世界大战之后西方一代知识分子的良心，在西方思想发展史上占有重要的地位。

1. 作家生平与文学创作

萨特（1905—1980）出生于法国巴黎的一个小资产阶级家庭，1915年进入亨利中学和路易大帝中学文科预科班学习，1924年萨特考入巴黎高等师范学校攻读哲学。1929年他以第一名的优异成绩通过了哲学教师的学衔会考，结识了一同应试并获得第二名的西蒙娜·德·波伏娃，从此波伏娃成为萨特以后50年生活和思想发展进程中的伴侣和见证人。

20世纪30年代是萨特思想发展的重要时期，他作为公费留学生来到柏林法兰西学院学习，接受了海德格尔、克尔凯郭尔、黑格尔、卡尔·雅思贝尔等人的思想，确定了自己的哲学方向，即一切从人、人的意识出发来研究人和世界，把人的主观意识的存在看成是一切存在的根本。1936年发表了第一部哲学著作《想象》，为小说《厌恶》的发表奠定了哲理思想的基础。1937年发表的小说《墙》是萨特从纯粹学术研究发展到介入社会现实斗争的标志。

1939年9月1日德国进攻波兰，英、法对德宣战，萨特应征入伍，这改变了他的生活方式和思想方式。1940年6月萨特在洛林地区被俘，战争与现实的遭遇使萨特的思想发生了很大的变化，1943年他根据古希腊悲剧《奥瑞斯提亚》改编的戏剧《苍蝇》上演，由于戏剧带有明显的反抗意识，在上演后立刻被德国侵略者禁演。1943年萨特发表了他的哲学巨著《存在与虚无》（1943），这标志着他的存在主义哲学体系已经形成，他提出了"存在先于本质"、"本质可以自由选择"、"人生是荒诞的"、"他人就是地狱"等思想。1944年上演了寓意性哲理剧《间隔》，形象地解释了《存在与虚无》中表述的与他人关系问题。1945年10月萨特等人创办了综合性理论刊物《现代》，创刊号上的发刊词《争取倾向性文学》提出了文学具有倾向性，应该积极介入生活的观点。1947年萨特发表了《存在主义是一种人道主义》，通俗易懂地阐释了存在主义的哲学思想。1946年萨特戏剧关注的视野从远古题材和寓意性题材发展到关注现实存在的问题，上演了他的《死无葬身之地》和《可尊敬的妓女》，还有1948年《肮脏的手》的上演也引起了社会各界的关注和争论。

20世纪50年代之后，萨特发表了一批哲学和文学作品，如《魔鬼与上帝》(1951)、《涅克拉索夫》(1955年)、《阿尔托纳的隐居者》(1960年)，另外还有《金恩》和《特洛亚妇女》等；在文论方面有《答加缪书》(1952)、《境遇》(1947—1976)、《词语》(1964)、《家庭的白痴》(1971—1972)等。1960年，萨特发表了重要的哲学著作《辩证理性批判》，这部书同《存在与虚无》(1943)形成了萨特完整的思想哲学体系。20世纪70年代萨特的身体每况愈下，视力下降，但是他一直关注法国和世界的发展变化。1975年在70岁的时候他接受了《新观察家》周刊记者的采访，发表了《70岁自画像》的谈话，对自己一生的思想进行了总结。

萨特不仅是哲学家和文学家，还是一个社会活动家，20世纪50年代之后他对各种社会问题以及国际问题发表看法。1956年萨特为抗议美国侵略越南，接受英国学者伯特兰·罗素的邀请，参加"战犯审判法庭"，调查美国的侵略罪行。1965年萨特谴责苏联出兵捷克，1968年发表宣言支持法国爆发的"五月风暴"学生——工人运动，1979年萨特谴责苏联出兵阿富汗。1980年4月15日，萨特因病去世。

2.《阿尔托纳的隐居者》故事梗概

第二次世界大战已经结束十几年了，身患绝症的德国船王冯·格拉赫为自己庞大的家族产业没有继承人而忧心忡忡。此时，小儿子魏纳尔作为律师想回到汉堡从事自己钟爱的律师职业，并不想留在家里为父亲分担造船企业的管理工作。大儿子弗朗茨参加过第二次世界大战，在战争中犯下不可饶恕的罪行，战后家人为了让其躲避惩罚，制造假死亡，花钱伪造死亡证书，让其隐姓埋名，长期躲在家中以逃避惩罚。

父亲冯·格拉赫在第二次世界大战前曾看好弗朗茨作为接班人，弗朗茨被作为大资本家的苗子加以培养。优越的生活方式和不切实际的教育思维模式使弗朗茨满脑子佛罗伦萨的美梦，然而他生不逢时，在世界科技大潮的冲击下，他所受的教育已经完全不能适应大工业的发展。在战争期间性格软弱、娇生惯养、具有浪漫主义思想的弗朗茨因为同情和窝藏集中营的逃犯受到处罚，最后被迫报名参军。在战场上弗朗茨的部队由于与外界联系中断，他成为一个掌握着生杀大权的指挥官，他将两个俄国农民拷打至死，犯下了不可饶恕的罪行。

战争结束后，弗朗茨在家人的庇护下一直过着逃避现实的隐居生活，对自己犯下的罪行并不悔悟。他一直沉浸在幻想之中，希望战败的德国能彻底毁灭，人民过着苦不堪言、民不聊生的生活，国内经济处在萧条之中，他感到只有这样他的失败才有意义。在隐居期间，弗朗茨一直用谎言来掩盖其在战争中犯下的罪行，逃避现实。当他的弟媳尤哈娜上楼来看望他时，他利用她爱虚荣的弱点让其也加入他说谎的行列。在弗朗茨的谎言诱导下尤哈娜和妹妹莱妮都怀着个人的目的来用谎言附和弗朗茨。为了掩盖事实真相，弗朗茨还私设法庭来自我审判，他在自己的法庭上为自己寻找各种理由辩护。谎言是不能够继续下去的，冯·格拉赫撕破了罩在弗朗茨等人身上的假面具，带着儿子，同时也带着对人生的遗憾驱车自杀了。而莱妮作为格拉赫家族的最后一个隐居者将自己关进房间成为第二个弗朗茨，开始了她的隐居生活。

3. 作品分析

《阿尔托纳的隐居者》作为萨特观念戏剧的后期代表作品，一反过去经常采用以"自由选择"为戏剧主题的方法，将戏剧的重点由"自由选择"向"自由选择"后如何承担责任问题上转变。萨特以戏剧的形式对"责任意识"进行探讨表明其20世纪60年代在戏剧观念上发生了重大变化，从原来哲学上的理论沉思发展到将这种哲学观念运用于解决人们面临的生存危机以及现实生活中的困惑上。萨特越来越感到在"自由选择"后人们所面临问题的严峻性，他不断提醒世人："人类从来没有像今天这样时刻准备获得自由，又同时陷入最严重的战斗。"① 萨特通过《阿尔托纳的隐居者》从现代社会发展进程的视角对人类所面临的诸多问题进行审视和反思，用戏剧介入生活。

萨特的戏剧常常被称为"境遇剧"或"环境戏剧"，这种戏剧往往将重心放在人物的选择和与环境的对抗上。戏剧人物在选择后无论胜利或失败都将选择的结果留给观众去思考，剧作家是没有现成答案的，如《苍蝇》中的俄瑞斯忒斯复仇后离开了阿耳戈斯城；《死无葬身之地》中游击队员在做出选择后被枪杀；《可尊敬的妓女》中丽瑟在对抗种族歧视的斗争中投向了弗莱特的怀抱里；《肮脏的手》中的雨果面对路易的政治拉拢和死亡威胁昂首

---

① 萨特谈"萨特戏剧"，关于《阿尔托纳的隐居者》，见《萨特戏剧集》，人民文学出版社，1985，第1001页。

迈出了奥尔嘉的家门等。应该说，这些戏剧在渲染人物自由选择的行为上下了很大功夫，但对选择后的责任意识并没有深入表现，或者说没有留下太多的时间和空间来表现，而是留给观众自己去揣摩。随着时代的发展，萨特的晚期戏剧开始思考和关注人们如何去承担自己的社会责任问题，将人们所面临严峻的责任问题形象地表现在《阿尔托纳的隐居者》之中。

《阿尔托纳的隐居者》以第二次世界大战结束后的德国社会为背景，以弗朗茨隐居生活为线索，不断地拷问着冯·格拉赫家族的道德水准以及第二次世界大战期间人物行为的后果。在萨特看来历史对人类行为的拷问是不可避免的，也是规范人类道德和行为不可或缺的。在第二次世界大战中，残酷的现实随时随地都在检验着每一个人的道德水平，面对现实是积极行动还是漠然处之，是随波逐流还是做出良知的选择，这是每一个人必须要回答的问题。剧中人物冯·格拉赫是一个在战争中随波逐流，没有原则、没有良知的人。他在"二战"中将自己的土地卖给纳粹盖集中营，为希特勒提供军需用品；为了减免儿子窝藏集中营里的逃犯的罪行，他向纳粹告密最后导致逃犯被杀；第二次世界大战结束以后为使儿子躲避惩罚，他伪造弗朗茨的死亡证书等。冯·格拉赫面对德国的对外侵略，他顺应时局，配合形势。冯·格拉赫在第二次世界大战中对自己的行为是不负责任的，像他这样的人在那个时期并不是个别的，而是具有代表性和典型性的。萨特对这种行为是批判的、唾弃的，在这里萨特将群体的无动于衷、随波逐流认定为一种集体犯罪，一种群体逃避责任的现象。

萨特在整部戏剧中并没有只停留在冯·格拉赫个人问题上，而是将视野放远，以冯·格拉赫等人在战争期间和战后的行为为突破口，对其行为进行历史性的反思，将其上升到一种群体的责任问题来认识，即集体犯罪与集体责任。集体犯罪在战争年代就是社会道德水平整体下降，是面对社会剧变采取冷漠行为，这是一种逃避现实、不作为的行为。在第二次世界大战期间不作为就是一种无原则的选择，为此人们应该负有道义上的责任。萨特认为人们的行为必然成为历史审判的对象，这是不可避免的，不以人的意志为转移的，它超越了国界，具有时效性和约束性。《阿尔托纳的隐居者》在反思冯·格拉赫的行为时，最终落在了弗朗茨的身上，这多少动摇了冯·格拉赫家族对战争中的罪行心安理得的心理。

弗朗茨作为一名战争罪犯在战后并不想面对现实，他自设法庭为自己辩护开脱。弗朗茨在战争中所犯下的罪行都是在现实条件的基础上进行的，然而他在认识自己的责任问题时却表现出很大的幻想性和非现实性。弗朗茨面对生活与他的父亲不同，他的心中有一种追求崇高的思想，他想洁身自好，但过去的行为足以证明他的本质；他想通过自己的行为证明自己的价值，但他过去的一切努力都付诸东流。戏剧《阿尔托纳的隐居者》非常强调自由选择的责任意识，但是弗朗茨对自己以往的行为是不负责任的，他的一切行为都是在逃避过去所犯下的罪过，同时又企图从过去的行为中寻找到有价值的东西，以证明自己的选择是正确的。在戏剧中他以一个受害者、目击者和审判者自居，自设法庭为自己辩护。他希望德国处在饥饿贫穷的状态，"城市被夷为平地，机器被砸烂，工业被洗劫一空，失业人数直线上升，肺病蔓延，出生率下降……"但社会现实却证明其思想极其荒谬，如尤哈娜所说："我的嘴巴在说谎，我的身体揭穿了我自己的谎言。我谈到饥荒，我说我们将饿死。现在请瞧瞧我，我像是吃不饱的人吗？"事实上弗朗茨知道社会发展的真相，但他不想面对现实和自己的选择。这种不愿面对现实、逃避责任，成了他走出封闭环境的最大障碍，同时也成为惩罚他自身的东西。

自由选择与责任意识、集体犯罪与集体责任贯穿在整部戏剧中，在萨特看来两者是一种因果关系，选择必须承担责任，集体犯罪必然受到历史审判，它具有动态性和时效性。集体责任在萨特看来是一种人类的义务，是一种道义，是一种维护正义的责任，因此，它具有社会道德的现实性以及历史评判的公正性。

在萨特的戏剧创作生涯中，人物的塑造经历了一个发展过程，戏剧由人与境遇的冲突发展到人与现代社会存在着不可调和的矛盾；人所处的环境从早期个人小的处境发展到后期大的社会环境，从注重人的选择到反思选择后如何承担行动后的责任意识。在《阿尔托纳的隐居者》中萨特探讨了在现代社会发展进程中，人的自由选择与责任意识之间的复杂性与严峻性，以及人物的行为与责任意识所存在的巨大差异问题，并将这一切上升到社会的高度来认识。

《阿尔托纳的隐居者》表现了人与不断快速发展的社会环境的错位、人的选择与责任意识的错位。冯·格拉赫、弗朗茨、尤哈娜都是理想与现实相脱节的人，在他们身上固有传统价值观念与时代的发展趋势形成了深刻的矛盾性，原来个人所拥有的东西逐渐消失，而新的东西不断涌现，但这些并不是他们所期待的。冯·格拉赫作为船厂的拥有者和主宰者随着时代的发展他自身所拥有的东西在不断失去，第二次世界大战之前，冯·格拉赫完全拥有自己的企业，但战后由于德国被纳入了美国在欧洲进行冷战的轨道，技术官僚进入了资本主义管理的各个领域，工厂脱离了他的控制，他个人权力的基础在慢慢地消失。在培养儿子弗朗茨的问题上，第二次世界大战前冯·格拉赫完全按照贵族的方式来培养接班人，然而这种时代已经过去，正如萨特所说："儿子弗朗茨是作为大资本家的苗子加以培养的，满脑子佛罗伦萨的美梦，这是意大利式的征服者和艺术家的教育结果。"① 这种脱离实际，只是幻想的教育结果，使弗朗茨只为一些空洞的观念而活着。冯·格拉赫就是在这样的悲剧氛围中挣扎，他的一切努力往往同现实相脱节，他的理想总是同现实有一段距离。

在《阿尔托纳的隐居者》中人物同现实发展的不协调性形成了人物命运的悲剧性。无论冯·格拉赫用不合时宜的贵族方式培养儿子，还是弗朗茨用一种空洞的价值观念来面对现实，往往显得苍白无力，最终陷入一种矛盾和困惑之中。脱离实际的教育使弗朗茨身上存有一些观念性的思想，根本谈不上他对人的真实理解和尊重。这使弗朗茨在对待人的问题上极易转变，滑向一条畸形的道路：在第二次世界大战期间他虐待别人，杀害俘虏；战后他对待他人冷漠自私，成为一个性格扭曲发展的人。当弗朗茨在战后发现自己的选择并不是自己所期待的，与自己的想象形成巨大的反差时，他最终只能躲进自己建立的虚幻世界之中。

《阿尔托纳的隐居者》的戏剧人物表现了第二次世界大战后一部分人的思想情绪，在社会价值观念发生巨变的时候，一部分人跟不上时代的脚步，被社会所淘汰。戏剧中的主要人物有一个共同的特点，即极力逃避现实，逃避自己选择的结果，用想象或借助想象来找回自我的价值和存在的理由。在弗朗茨逃避现实的过程中，莱妮和尤哈娜成了他的帮凶和刽子手。莱妮和尤哈娜两个人在充分了解弗朗茨的致命弱点后，都从个人的需要出发用谎言维持着她们与弗朗茨之间相互欺骗、相互利用的关系。弗朗

---

① 萨特谈"萨特戏剧"，关于《阿尔托纳的隐居者》，见《萨特戏剧集》，人民文学出版社，1985，第 1000 页。

茨和尤哈娜的关系是在畸形扭曲的状态下形成的，表面上若无其事地撒谎，编织着一个又一个美丽的谎言，但目的是让自己和对方都能够沉浸在幻想之中，摆脱现实的束缚，以寻找到生存的价值和基础。应该说尤哈娜在最初上楼的动机是真诚的，因为弗朗茨隐居的生活严重阻碍了尤哈娜和丈夫魏纳尔走出这个家去获得自由的机会，她希望弗朗茨能走下楼去过上正常人的生活。但是，当尤哈娜同弗朗茨交谈时两人都暴露出同样的弱点，"她和弗朗茨有共同的弱点，他们是同一类型的人，只不过弗朗茨已不可挽救罢了"。① 原因是两人都追求虚幻的崇高，但他们对崇高的内涵有不同的理解。崇高对弗朗茨是一种观念的东西，而崇高对尤哈娜来说就是美貌。曾经做过演员的尤哈娜这样对弗朗茨说："自从观众不捧我了，没有一个人，您听见了没有，没有一个人说我漂亮……"美貌对于尤哈娜来说是一个价值评判，这种价值评判往往来自对方才是有效的。从戏剧的情节发展来看，尤哈娜的确被弗朗茨的言语所改变，弗朗茨用对女人美貌的评价来异化尤哈娜。弗朗茨说："尤哈娜，我并不想要您，我不爱您。我是您的见证，我是所有人的见证。我要世世代代为您作证，我说：您很漂亮。"、"死亡是死亡的镜子。我的伟大反映出您的美貌。"弗朗茨在这里肯定尤哈娜的美是别有用心的，是想进一步控制尤哈娜。弗朗茨对尤哈娜讲："到了汉堡，您永远也美不起来了。"、"可是在这儿，您天天都是美的。"尤哈娜为了从弗朗茨那里得到美的肯定，最终同弗朗茨站在了一起，两人各为自己的需要来编造能够满足对方的谎言。正如尤哈娜对弗朗茨说："我们是很融洽。（语气显得不顾廉耻而且生硬）我们是狼狈为奸。"萨特在评价莱妮和尤哈娜同弗朗茨的关系时说道："莱妮和尤哈娜把弗朗茨置于死地，一个采用文火慢速的办法，让他活着，但慢慢弄死他；另一个用急火快速的办法，因为她代表了现实，而现实能使他死亡。"、"但是莱妮和尤哈娜如此对待他，也是弗朗茨自己造成的，因为他要求她们对他说谎，当尤哈娜上楼看他，决心向他诉说真情时，是他，弗朗茨，用一套诱骗的办法，设法使她发现他的一套谎言，从而制造一种迷惑力，迫使年轻的妇人说谎。从此，他们结合在一起胡言乱语，否则局面难以维持。是

---

① 萨特谈"萨特戏剧"，关于《阿尔托纳的隐居者》，见《萨特戏剧集》，人民文学出版社，1985，第 1008 页。

的，这两个女人只能起刽子手的作用。"① 为了某种欲望和逃避现实他们三人的关系像一张网一样把自己罩在其中，正如弗朗茨所说："我们生活在软禁之中。"应该说他们已经被异化，被一种观念的、家族的利益所异化，使他们无法走出这样一种怪圈。弗朗茨最后走出隐居的生活是用一种自杀的方法来解决的，这种做法有其理由，但仍然是一种逃避现实、逃避责任的方法。

艺术特征

萨特在自己的创作生涯中非常重视戏剧的舞台效果，他试图将跌宕起伏的戏剧情节与严酷复杂的社会现实相结合，扩大舞台的表现空间，调动观众理性思考戏剧的积极性。

首先，《阿尔托纳的隐居者》具有双重叙事，一种是明叙事，一种是暗叙事。在明叙事中剧作家力图通过有形的戏剧场面支撑着整个舞台的演出，为观众讲述一个故事，将冯·格拉赫家族随着社会现代化进程逐渐走向衰亡的过程形象地表现出来；另一条线索是暗叙事，是潜在的叙事。这就是剧作家在明叙事的戏剧框架中注入进自己的寓意和观念，积极引导观众将德国在第二次世界大战期间占领法国的历史事实同当时法国侵占阿尔及利亚的事件进行类比，这两条叙事线索在戏剧的演出中交替出现，并随着戏剧场景的流动而发生变化。同时，戏剧的暗叙事线索伴随着故事的发展逐渐冲破戏剧情节的束缚占据着舞台的主导地位，激发着观众的理性思考，使观众在享受戏剧艺术的同时能够感悟到它的现实意义。

其次，萨特的戏剧具有强烈的思辨性。戏剧《阿尔托纳的隐居者》一开始就将观众带入到一个德国传统价值观念和家长制度都非常严重的冯·格拉赫家庭之中。随着戏剧情节的发展，冯·格拉赫家族渐渐衰败，弗朗茨对战争的态度打破了平静的家庭关系，这使观众对冯·格拉赫家族有一个全新的认识。同时陌生化的戏剧情节、弗朗茨大段大段充满理性和非理性的内心独白、剧中人物对第二次世界大战期间和战后的评说不能不使观众一次又一次地从戏剧舞台的幻觉中回到现实，思考舞台上所发生的一

---

① 萨特谈"萨特戏剧"，关于《阿尔托纳的隐居者》，见《萨特戏剧集》，人民文学出版社，1985，第1007页。

切。《阿尔托纳的隐居者》中强烈的理性思辨不断冲击着观众的心灵，把社会的道德和公民的责任摆在观众的面前，使那些面对法国占领阿尔及利亚的事实表现出默认支持，随波逐流和同流合污的法国人感到有一种道德上的压力、良心上的谴责，促使观众去思考人在残酷的环境中应该如何去行动，如何去承担自己应负的责任。

再次，戏剧充满着浓郁的哲理性。在萨特众多的戏剧中，观众经常能够感受到在传统戏剧的形式中、在峰回路转的戏剧情节之下有一股哲理性的热流扑面而来，如《苍蝇》、《间隔》、《可尊敬的妓女》、《死无葬身之地》、《魔鬼与上帝》等。萨特一方面在这些戏剧中利用艺术的假定性来设定境遇、叙述故事，将人物与环境的冲突发挥到淋漓尽致的程度，使观众的情感迅速融入剧情之中；另一方面他又充分运用有限的时间和空间，以及大量的内心独白和哲理性的对话来唤起观众沉寂的理性思维，使观众随着戏剧场面的流动进行紧张的思考。

最后，剧作家充分发挥戏剧的剧场性。将剧场变成研究问题的场所，让观众从观赏者变为研究者进行换位思考，由研究的主体变为被研究的客体，使观众在观察问题的时候关注角度发生变化，自己做出判断，做出决定，采取行动。面对弗朗茨荒谬的逃避现实的行为、冯·格拉赫对战争的心安理得和麻木不仁的心态、尤哈娜和莱妮为了虚荣心和家族利益而疯狂地撒谎，法国观众不能不沉思残酷战争给德国人带来的灾难和心灵的创伤，此时，观众所面临着社会道德和社会责任的选择，不能不思考如果自己处在对方的位置上应该如何去行动。《阿尔托纳的隐居者》的换位思考就是使戏剧舞台的幻觉慢慢地消失，让观众从弗朗茨身上看到了历史道路的选择同人自身承担责任之间的关系，将观众从一个观赏者变为一个积极的参与者，成为故事中的成员去思考角色所面临的一切问题。

4. 思考题

① 简述存在主义哲学的基本内容，萨特、加缪和波伏娃在哲学思想上的差异。

② 存在主义文学有哪些基本的特点？其主要代表作家有哪些？

③ 谈谈萨特存在主义戏剧的特点，如何理解和评判他的"境遇剧"。

④ 如何认识《阿尔托纳的隐居者》弗朗茨这一人物形象？

⑤ 简述加缪文学的艺术特色。

第十五讲　荒诞派戏剧

西方荒诞派戏剧产生于第二次世界大战之后，在欧洲戏剧发展史上具有重要的地位，它一反传统戏剧的叙事范式，对戏剧观念、戏剧方法、戏剧人物、戏剧结构和戏剧形态进行了挑战，与西方传统戏剧拉开了距离，它的去中心化、人物性格的碎片化等与现代派戏剧也有较大的不同，使其进入了后现代戏剧的行列。

一、荒诞派戏剧发展简介

20世纪50年代西方戏剧舞台上出现了一支从创作方法、戏剧内容、人物形象、戏剧语言等都截然不同的戏剧。经过10年的发展，1960年英国戏剧理论家马丁·艾斯林（1918—2002）针对这一戏剧现象进行著述评说，后出版了《荒诞派戏剧》（1961）一书，书中称这一流派的戏剧是荒诞派戏剧，这一流派从此而得名。一般认为荒诞派戏剧的哲学基础是法国存在主义哲学，但是更确切地说，荒诞派戏剧在思想上更倾向于存在主义哲学中消极的一面，它的思想内容反映了第二次世界大战结束之后西方人普遍的心理状态和情绪。

西方荒诞派戏剧的代表作家有法国尤金·尤奈斯库（1912—1994）、让·热内（1910—1986）、阿达莫夫（1908—1970）；英国的萨缪尔·贝克特（1906—1989）、哈罗德·品特（1930—2008）；美国的爱德华·阿尔比（1928—　）等。法国剧作家尤金·尤奈斯库是荒诞派戏剧的奠基人，1950年5月11日巴黎梦游人剧院首次上演他的戏剧《秃头歌女》，从此开辟了荒诞派戏剧发展方向。《秃头歌女》（1950）上演后，又陆续上演了他的《椅子》（1952）、《以身殉职》（1953）、《阿麦迪或脱身术》（1954）、《雅克或驯服》（1955）、《新房客》（1957）、《不为钱的杀人者》（1959）、《犀牛》（1960）等。让·热内是法国作家、戏剧家，他除了发表过叙事散文和自传，最主要的是戏剧，有《女仆》（1947）、《阳台》（1956）、《黑人》（1958）和《屏风》（1961），《女仆》和《阳台》是其代表作品。阿达莫夫也是法国最重要的荒诞派戏剧作家之一，他深受德国表现主义戏剧、卡夫卡小说以及法国戏剧理论家安托南·阿尔托等影响，戏剧作品有《一切人反对一切人》（1953）、《塔拉纳教授》（1953）、《弹子球机器》（1954）和《帕奥罗—帕奥利》（1957）等。他的晚期戏剧在戏剧的发展方向上发生转变，代表作品是以巴黎公社为故事背景的戏剧《一八七一年春天》。

英国荒诞派戏剧的代表作家是萨缪尔·贝克特和哈罗德·品特。贝克特是爱尔兰戏剧作家、小说家和诗人，1938年加入法国国籍。20世纪20年代开始发表诗歌、短篇小说和长篇小说，如诗歌《婊子镜》（1930）、评论著作《普鲁斯特》（1931）、小说《莫非》（1938）等。给贝克特带来文学声誉的是他的荒诞派戏剧，如《等待戈多》（1952）、《最后一局》（1957）和《啊，美好的日子！》（1961），由于他在荒诞派戏剧和其他文学形式方面的巨大贡献，1969年获诺贝尔文学奖。哈罗德·品特是继贝克特之后又一位重要的荒诞派戏剧作家，创作思想深受贝克特、卡夫卡等人的影响，1957年发表处女作《一间房子》，成为他戏剧的开始。在此之后戏剧作品有《生日晚会》（1958）、《升降机》（1960）、《看房者》（1960）、《侏儒》（1961）、《搜集证据》（1962）、《茶会》（1964）、《归家》（1965）、《地下室》（1966）、《昔日》（1971）和《虚无乡》（1975）等。品特是一个积极的反战者，对世界上发生的重大事件都表明了态度，后期从荒诞派戏剧向政治戏剧过渡。2003年针对伊拉克战争他出版了诗歌选《战争》，2005年瑞典皇家文学院授予哈罗德·品特诺贝尔文学奖，理由是"他的戏剧发现了在日常废话掩盖下的惊心动魄之处，并强行打开了压抑者关闭的房间"。

美国荒诞派戏剧作家当属爱德华·阿尔比，他的主要荒诞派戏剧题材取自美国现实，对西方的社会价值观进行了否定，对人类存在的意义表示怀疑，在语言运用方面具有自己的特点，代表作有1958年的《动物园的故事》、《贝西·史密斯之死》（1960）、《美国之梦》（1961）、《谁怕维吉尼亚·吴尔夫》（1962）、《小艾丽斯》（1965）、《海景》（1975）等。

二、荒诞派戏剧的基本特征

荒诞派戏剧是第二次世界大战之后西方戏剧发展史上最重要的戏剧流派，由于它的艺术特性使其具有后现代派戏剧的特色，在艺术思想和叙事模式上表现出与西方现代派戏剧不同的特点。

1. 戏剧要素的非理性化

荒诞派戏剧从1950年尤金·尤奈斯库的《秃头歌女》开始表现出强烈的非理性色彩，这种非理性表现在对西方戏剧传统的颠覆上。尤奈斯库认为一切传统的优秀剧作包括莎士比亚到布莱希特的一切作品都使舞台与人生相脱节，这是虚伪的，越真实越虚伪。他反对戏剧具有教育意义，戏剧只需提供无须说教。在这种思想的指导下，形成一整套戏剧理论和创作方法。《秃头歌女》中既没有秃头，也没有歌女，戏剧语言的非理性使观众对戏剧内容无法理解。明明墙上的钟表敲响了17下，而史密斯太太却说："瞧，9点了。"人物不再客观地叙述一件事情，而是语言与事实出现断裂，它们之间没有任何关系。马丁夫妇本来已经是两个孩子的父母，他们到史密斯夫妇家来做客竟然相互之间不认识，只有依靠回忆他们才能确认来伦敦的乘车线路、家中的摆设和儿女的特征，最终意识到他们之间是夫妻关系。但是，随后女仆的一句话又使马丁夫妻的关系成为问题，因为马丁先生和马丁太太描述的女儿的左眼和右眼颜色不同，这就使他们两人之间究竟是不是夫妻成为一个值得考察的问题。

《秃头歌女》成为荒诞派戏剧的开山之作，它引领了20世纪非理性的戏剧潮流，对整个西方戏剧的发展具有划时代的意义。尤奈斯库的《阿麦迪或脱身术》描写了一个中产阶级家庭中一具停放了15年的尸体，这个尸体不但不腐烂反而很活跃，最终不断膨胀将阿麦迪夫妇挤出了他们唯一的生存空间。这件事情让人匪夷所思，因为尸体的不断增长具有很大的非理性因素，你并不知道它为什么生长，人是无法控制这种生长的。在荒诞派戏剧中这种无法理解的东西比比皆是，如你不知道《新房客》中新房客为什么在戏剧的最后将自己淹没在家具堆中，你不知道贝克特的《啊，美好的日子！》中维妮为什么将自己埋在土坑中还扬扬得意，还不时喊着这是美好的一天。因为这些现象已经超出了理性的理解范围，具有浓厚的非理性色彩。

荒诞派戏剧反映了剧作家对人所处环境的理解，在戏剧中人面对外部客观世界有一种强烈的孤独感、荒诞感、尴尬感、麻木感和幻灭感。贝克特的《等待戈多》表现了人生的徒劳、无奈和茫然；阿尔比的《动物园的故事》再现了人与人之间无法沟通的景象，尤奈斯库的《椅子》、《新房客》和《犀牛》通过剧中人让观众感受到人被物挤压、人被物异化的场面。荒诞派戏剧接受了存在主义哲学中世界是荒诞的思想，但与存在主义不同的是，存在主义认为世界是荒诞的、不可理喻的，人在这个荒诞的世界中应该积极地去行动、选择，而不是像荒诞派戏剧人物那样任其怪诞猥琐、无可奈何、尴尬可笑。荒诞派戏剧没有给我们塑造出一个强有力的人物形象，相反都是一些软弱无力、荒诞可笑的侏儒，这也同剧作家对世界和人本身的认识有着密切的关系。

荒诞派戏剧比较突出的特点是戏剧缺乏意义。荒诞派戏剧具有去中心化、削平一切深度模式和意义。由于戏剧不具有理性色彩，戏剧人物的一切行为都失去了价值和意义。《等待戈多》中两个流浪汉苦苦等待着戈多的到来，但等待是没有任何结果的，戏剧除了胡言乱语之外不会给观众留下任何可以思考的东西；《啊，美好的日子！》中维妮断断续续的独白、无聊透顶的动作不能够给观众任何启示；《椅子》、《新房客》、《阿麦迪或脱身术》究竟能够给人什么启示呢？只有观众自己开动脑筋去思考。正如尤奈斯库所说："荒诞是指缺乏意义。"观众要在其中寻找意义是不现实的。

荒诞派戏剧对人的异化是非常敏锐的，人在外界和物的挤压下已经改变了自己，尤奈斯库的《犀牛》就是这种思想的形象反映。

2. 突破西方传统戏剧叙事的艺术界限

荒诞派戏剧相比西方传统戏剧在叙事范式上发生了质的变化，戏剧语言、戏剧结构、戏剧人物、戏剧形态等都发生了质的变化。

荒诞派戏剧的人物都来历不清、身份不明，好像与历史断了根，无论从语言上还是从行为上都让人难以看清楚他的意图和目的。荒诞派戏剧中的人物已经失去了传统戏剧人物那种具有高度的理性、排除万难的力量和身处绝境战胜一切的勇气。荒诞派戏剧的人物语言已经不同于传统戏剧那样作为传递思想的媒介，而是语言与语言主体发生脱节，语言的能指与所指出现分离，语言的发出不再表述人物的意图，语言不具有理性色彩，意思颠三倒四、文不对题、重复不断，形成语言的堆积；在荒诞派戏剧中要么人物长时间独白，要么沉默不语，甚至在一些戏剧中运用道具来代替语言的作用，以此延伸语言的功能。这样的人物形象支离破碎、面目全非，仿佛不是生活在我们这个环境和时代而是一些不食人间烟火的怪人。

亚里士多德的《诗学》强调戏剧要有一个完整的戏剧结构，要有头、有身、有尾，各个部分要起承转合，无论线索多么复杂、人物多么众多都要形成一个有机整体。为此要求戏剧要有一个贯穿始终、首尾相连的"中心事件"，戏剧要有开始、发展、高潮和结尾各个部分，但是荒诞派戏剧的戏剧结构不是按照线性发展的趋势，而是循环的或者没有明显的结构形式。贝克特的《啊，美好的日子！》整部戏剧没有引领故事向前发展的情节，整整两幕戏没有贯穿始终的故事情节，没有戏剧的发展、高潮和结尾；不存在戏剧矛盾的冲突，也不存在戏剧情节的跌宕起伏、峰回路转，只有断断续续、啰啰唆唆的独白。《等待戈多》也同样是这样，只有两幕，但是在每一幕结束时都有一个小男孩跑过来告诉弗拉季米尔和爱斯特拉冈："今天戈多先生不来了，明天晚上准来。"这样的戏剧结尾对于戏剧结构来讲是重复的，没有任何发展，给人感觉从开始到结束再到开始，一直循环往复。

荒诞派戏剧具有象征性和寓意性。荒诞派戏剧作家对现实的认识方式不像现实主义那样用客观的眼光去反映现实、用典型化的方式去表现生活中的事件，而是用主观感受的方式将现实呈现出来。一般来讲，荒诞派戏剧所反映的内容与现实有较大的差异性，人们从中能够看到现实的影子，但其具有很大的象征性和寓意性，如尤奈斯库的《椅子》中摆满舞台的椅子，《阿麦迪或脱身术》中不断膨胀的尸体，《新房客》中堆满房间的家具，还有贝克特《啊，美好的日子！》中维妮越陷越深的山坡土坑，《秃头歌女》中敲了29下的钟等。荒诞派戏剧具有很强的观念性、抽象性和概括性，正是这种共性化的特点使得荒诞派戏剧表现出的内容具有一种普遍性的特点，这使人时常联想到戏剧中的生存困境具有一种代表性和概括性。

3. 剧作家表现荒诞的差异性

荒诞派戏剧从整体思想上讲具有一致性和统一性，但是就荒诞派戏剧各个作家的表现形式来讲有较大不同。尤金·尤奈斯库是荒诞派戏剧的奠基人,他的戏剧引领了荒诞派戏剧的发展,但是,他的主要戏剧都试图通过"物"对人的挤压感受来表现他对荒诞派戏剧的认识。从1952年上演《椅子》开始,到20世纪50年代创作的《阿麦迪或脱身术》、《新房客》等戏剧都有一个非常显著的特点,即道具地位提升,形成与人对等的、对抗的一方,以构成戏剧的矛盾冲突。《椅子》讲述了一对老人要向人们宣布一个人生秘密,请来了各方面的人士,随着源源不断的划船声、门铃声,客人越来越多,搬到舞台上的椅子也越来越多,老人在拥挤的舞台上,在摆满椅子的家具中艰难地爬行,最终这对老人从窗口跳海自杀。在这部戏剧中尤奈斯库第一次利用舞台道具来表达物对人挤压的思想。1954年他的《阿麦迪或脱身术》中阿麦迪夫妇被尸体挤出了15年来都没有走出的家,因为呈几何级数不断生长的尸体不断挤占着他们的生存空间,他们感到无可奈何,只能走出自己的家门。1957年的《新房客》中新房客被淹没在堆积如山的家具中。尤奈斯库运用道具来表达自己的创作意图是剧作家主观感受现实的结果,尤奈斯库戏剧中的"物"(道具)是一种与人相对抗的、异己的物化环境,是剧作家对外部世界主观感受的艺术形象的舞台化。尤奈斯库从《椅子》开始一直突显物的异己性和排他性,这代表着20世纪西方现代戏剧的一种发展方向:戏剧不再表现人与人之间的冲突,而是极力表现人与物的矛盾,即人与环境的冲突。尤奈斯库戏剧中的物不是静态的,而是动态的。这种物往往以日常生活中的家具或者变异体出现,以数量的优势或体积的迅速膨胀来取胜,具有强烈的象征性和不可预测性。尤奈斯库在运用"物"的叙事功能上远远超出了戏剧语言的作用,起到了语言无法达到的艺术效果。尤奈斯库的物具有朦胧性、多义性,它利用物具有的象征性使观众产生更大的想象空间。尤奈斯库戏剧中的"物"具有鲜明的表意性,也正是这种表意性才使静态的物(道具)突破其表面的含义,表达出剧作家的创作意图。

  贝克特的戏剧语言不同于尤奈斯库那样以物化的道具来代替语言的叙事,而是人物语言在戏剧的叙事中占有绝对的地位,但是戏剧语言与人物之间的关系是游离的,语言与语言的发出者发生脱节,语言的背后出现主体的空缺。贝克特的戏剧背景大多都远离现实社会,人物性格缺少现实生活的依托,《等待戈多》除了等待不知为何人的戈多以外,整部戏剧充满着话语的堆积。两个流浪汉谈论着与性格无关、与等待戈多无关的话题,他们的语言与他们的动作毫无关系，这使戏剧语言的背后出现了人物主体的真空现象，使人物行为陷入了虚无的状态之中，人物的语言漂浮在等待戈多的事情表面。贝克特的《啊，美好的日子!》在语言叙事上已经达到了极致的程度，在这部戏剧中戏剧人物啰啰唆唆、断断续续的独白背后呈现出一片空白，人物的性格、思想根本不存在。客观上讲，《啊，美好的日子!》在语言虚无化的道路上比《等待戈多》走得更远，这些人物语言已经被异化为"物"性的东西，它不再代表人物的思想、性格和行为，而是一种堆积物，是一种"物"化的漂浮物，观众很难理解和知道人物在说什么，因为语言不再具有承载人物感情的责任，戏剧语言的主体缺失了，语言同发出语言的人在内在精神上失去了联系。

贝克特在戏剧中运用"沉默"或者"长时间的沉默"来代替语言是其比较突出的特点，这同尤奈斯库运用道具来表现自己的主观感受具有异曲同工之妙。在《等待戈多》和《啊，美好的日子!》中，"沉默"或者"长时间沉默"比比皆是，《等待戈多》中有104个，而在《啊，美好的日子!》中有500多个，应该说这是贝克特对生活的认识。路德维格·维特根斯坦说："我们不能讲的东西，必须用沉默来省略。"[①] 恐怕在这里贝克特的许多"停顿"并非是不能讲的话，而是有着更深层的原因。"沉默是唠叨和言不由衷的间歇，这种不断增长的贝克特技法以压倒性的态势抹杀了人物的对话。"[②] "语言的功能特性和沉默在贝克特的戏剧中，比起其他因素来讲，是他的戏剧与众不同的特性。"[③]

荒诞派戏剧作家在表现方法上各有特色，尤金·尤奈斯库更倾向于用道具，贝克特更倾向于运用语言上的堆砌或者沉默来表现戏剧，而品特在戏剧中则时常让剧中人谈话时感受到身边存在着威胁，阿尔比的戏剧人物在语言的堆积中让现代人感到迷茫和不知所措，这一切都说明艺术的表现方法是无法穷尽的，优秀艺术作品具有独特性的色彩。

三、荒诞派戏剧的地位与影响

荒诞派戏剧形成于20世纪50年代，它反映了第二次世界大战之后西

---

① 莱斯利斯·凯纳：《沉默的语言：现代戏剧中的无语与难言》，联合大学出版社，1984，第17页。
② 同上书，第105页。
③ 同上书，第10页。

方人对世界的感受和认知。其创作思想、艺术方法改变了现代西方文学艺术的发展方向，形成一支从现代派戏剧向后现代戏剧转型的艺术流派，对戏剧的叙事语言、舞美、结构、人物等进行了重新定位和创新，扩大了西方戏剧的表现方法和范围。

四、萨缪尔·贝克特与《等待戈多》

萨缪尔·贝克特是20世纪英国著名的戏剧家、小说家，他同尤奈斯库等一起被世界公认为荒诞派戏剧的重要作家之一。贝克特的主要文学成就是戏剧，他的戏剧语言在舞台叙事方面具有独特的形式和魅力，形成了独树一帜的风格。

1. 作家生平与文学创作

萨缪尔·贝克特（1906—1989）生于爱尔兰都柏林的一个犹太家庭，1927年毕业于都柏林三一学院，1928—1930年在巴黎高等师范学校当英文教师，结识了侨居法国的爱尔兰作家詹姆斯·乔伊斯，并受到了他的影响。1931年回都柏林，在三一学院教法文，1938年定居法国。第二次世界大战期间他参加过抵抗运动，受到法西斯的追捕，后隐居农村务农。第二次世界大战结束之后他曾返回爱尔兰工作，但很快又回法国，并成为职业作家。

贝克特的文学创作始于20世纪20年代末，其作品有诗歌、小说、戏剧和评论文章。在文学创作上受到詹姆斯·乔伊斯意识流文学的影响，其代表作品有诗歌《婊子镜》（1930）、评论集《普鲁斯特》（1931）、短篇小说集《少刺多踢》（1934）和《第一次爱情》（1970）；长篇小说有《莫非》（1938）、《马洛伊》（1951）、《瓦特》（1953）等。贝克特的小说具有反小说的性质，颠覆了传统小说的叙事模式和要求。

萨缪尔·贝克特在戏剧方面成就最高，剧本众多，主要作品有1952年的《等待戈多》、1957年的《最后结局》、1958年的《克拉普的最后一盘录音带》、1961年的《啊，美好的日子！》等。贝克特的戏剧追求一种静止戏剧的叙事风格，消解戏剧冲突、消解戏剧情节，使戏剧中一切能够产生戏剧动作的要素都进入静止状态。

贝克特的文学创作给他赢得了世界声誉，1969年贝克特获得了诺贝尔文学奖，瑞典文学院的颁奖辞中，高度肯定了贝克特，说"他那具有新奇形式的小说和戏剧作品使现代人从精神负担中得到振奋",并称赞他的戏剧"具有希腊悲剧的净化作用"。他的戏剧具有独特的风格,成为荒诞派戏剧标志性的代表。

2.《等待戈多》故事梗概

黄昏,流浪汉爱斯特拉冈和弗拉季米尔来到一条乡间小路上,四周空空荡荡,只有一棵光秃秃的树。他们说要等待戈多先生,只有戈多先生才能够救他们。等待的时间无聊难熬,为了解除烦恼,他们漫无边际地胡诌乱扯,没话找话,戏剧语言是前言不搭后语。在等待戈多期间,他们还有许多无聊的动作,弗拉季米尔时不时脱掉帽子往里面看一看、瞧一瞧、摸一摸、抖一抖、吹一吹,然后再戴上。而爱斯特拉冈费尽全身力气将自己的鞋子脱掉,将手伸进鞋子里去摸一摸,将鞋子倒一倒看有没有东西。他们没有等到戈多,却等来了奴隶主波卓和奴隶幸运儿主仆二人,波卓牵着幸运儿准备到奴隶市场上去卖。幸运儿是一个沉默不语的人,虽然一声不吭,但是一旦开口却说了1 200字的长篇独白。波卓和幸运儿走了,等待戈多的两个流浪汉终于等到了一个小男孩,男孩是戈多派来给他们送信的,他告诉弗拉季米尔和爱斯特拉冈:今天戈多先生不来了,明天一准来。听完后两个流浪汉非常失望,决定明天再来。

第二天,爱斯特拉冈和弗拉季米尔再次来到这个地方,环境一切如初,不同的是原来那棵光秃秃的树上长出了四五片叶子,他们继续等待戈多的到来。弗拉季米尔在等待中时而来回走动,时而停下来眺望远方,他大声地唱起歌来。而爱斯特拉冈似乎忘记了昨天等待的事情,开始糊里糊涂地回忆昨天发生的事情。他们害怕戈多先生不来,一种莫名的恐惧充满全身,这样他们只能用闲聊来打发时间。正当这时,奴隶主波卓和奴隶幸运儿跌跌撞撞地从奴隶市场上回来,但他们与以前不同了,发生了很大变化。波卓成为瞎子,幸运儿成为哑巴,两个人的到来没有改变任何事情,当他们离开这里后一切依然如初。这时一个小男孩又跑过来告诉爱斯特拉冈和弗拉基米尔,戈多先生不来了,明天准来。两个流浪汉听完之后非常绝望和孤独,想上吊却没有死成,想走又站着不动,最后两个人决定明天再来等待戈多。

3. 作品分析

萨缪尔·贝克特《等待戈多》是荒诞派戏剧的代表作品,戏剧所表现出的是一种淡化戏剧情节、淡化矛盾冲突的状态，人物形象和戏剧语言的碎片化以及戏剧的循环结构等都突破了传统戏剧的创作原则，戏剧的去中心化、与历史断了根、削平深度模式等叙事特性也使这部戏剧从现代派戏剧向后现代戏剧转变。

贝克特的《等待戈多》最突出的戏剧特性就是消解戏剧冲突、消解戏剧矛盾。按照传统戏剧的艺术原则：没有冲突就没有戏剧，这是西方戏剧自古以来的艺术法则。古希腊戏剧表现的是人与命运的冲突，文艺复兴以来是人与人之间的冲突，戏剧冲突可以说是贯穿古今的永恒话题，但是到了19世纪末，梅特林克提出了"静止戏剧"理论，尤其是到了贝克特的戏剧，西方戏剧发生了变化。一些戏剧家不再遵循矛盾冲突的原则，而是走一条没有戏剧冲突、没有戏剧矛盾的道路。

《等待戈多》整部戏剧没有任何矛盾，只是描写两个流浪汉弗拉季米尔和爱斯特拉冈在一个乡间小路上等一个叫戈多的人，但是等了两天也没有等到。从戏剧的情节来看，戏剧中总共有四个人物，两个流浪汉弗拉季米尔和爱斯特拉冈，另外有奴隶主波卓和奴隶幸运儿，他们之间没有根本的利益冲突，根本构不成戏剧的冲突。戏剧第一幕一开始，两个流浪汉弗拉季米尔和爱斯特拉冈正在急切地等待着戈多的到来，按照他们的意思只有戈多来了他们就得救了，两个流浪汉在那里无事可做，在闲聊着各种与戏剧情节无关的话题。在闲聊的过程中奴隶主波卓牵着奴隶幸运儿从其他地方走来，准备到奴隶市场去卖掉他。从戏剧的角度来看，波卓和幸运儿的到来并没有引起他们之间的任何变化，双方都相安无事。而第二幕整个戏剧与第一幕没有太大的区别，唯一变化的是从奴隶市场回来的波卓和幸运儿：一个成了瞎子，一个成了哑巴。而两个流浪汉最终也没有等到戈多，奴隶主波卓和奴隶幸运儿离他们而去，戏剧仿佛还在进行着循环，重复着以往的故事情节。

《等待戈多》一反传统戏剧的叙事方法，消解戏剧冲突，消解戏剧情节，这同剧作家的戏剧思想有着密切的关系。贝克特认为，没有情节的戏剧才是真正的戏剧，剧作家力图追求一种没有冲突、没有情节的戏剧，这颠覆了西方戏剧传统的叙事模式，使戏剧突破了传统戏剧的艺术法则。贝克特静止戏剧观可向前追溯到19世纪末比利时象征主义戏剧作家梅特林克那里。19世纪末期梅特林克针对当时欧洲戏剧舞台流行的情节剧提出了

"静止戏剧"理论,他认为戏剧应该在静止状态中才能够显示出人物的真实面貌,才能使观众更清楚地了解剧作家的创作目的。后来这种静止戏剧理论在契诃夫的戏剧中得到了补充和发展,契诃夫提出了"戏剧生活化"的主张,他认为戏剧的意义并非要通过大起大落的故事情节来表现,剧作家要表现出生活的潜流和本质。应该说,贝克特的无冲突、无情节的戏剧主张丰富和发展了梅特林克的戏剧观念,当然贝克特在静止戏剧的道路上要比梅特林克和契诃夫走得更远,表现得更彻底。

《等待戈多》出现无冲突、无情节的戏剧叙事现象,实际上就是取消戏剧赖以生存的以矛盾冲突为基础的艺术形式,这体现出西方后现代戏剧的审美思想。思想的无中心化,削平深度模式和意义是后现代戏剧的一个重要思想,而贝克特打破了西方传统戏剧通过戏剧冲突来显示戏剧意义的思想,让一切都从平淡无奇中表现出来。在现实主义戏剧中,人物性格是在各种境遇中形成的,现实主义戏剧特别注意戏剧人物性格的多面性、典型性和发展变化,但是《等待戈多》的人物性格是没有发展的,呈现出碎片化的状态,这种情况的出现主要原因是缺少推动人物性格向前发展的动力。

传统戏剧认为,人物性格的发展是在矛盾冲突中形成的,因为性格的发展来自人物之间的矛盾冲突以及人物性格之间的差异性碰撞。如莎士比亚的哈姆雷特,在其整个复仇的过程中哈姆雷特与克劳狄斯的斗争经历了试探、交锋、迂回、挫折,最终两人同归于尽。哈姆雷特形象的形成过程经历了快乐的王子、忧郁的王子、延宕的王子到行动的王子。但是在《等待戈多》中,两个流浪汉弗拉季米尔和爱斯特拉冈在乡间小路上为了等待一个叫戈多的人在那里闲聊闲扯,人物语言没有主题,戏剧动作静止不动,戏剧中没有发生任何矛盾冲突,虽然两个人在戏剧中一直在闲聊,但这种闲聊不具有任何可以推动事件向前发展的要素,不具有任何可以促使人物性格变化的事情。

在等待戈多的过程中爱斯特拉冈和弗拉季米尔具有统一的思想和行动,戏剧从头到尾一直停留在等待戈多的状态之中,没有任何发展。虽然波卓和幸运儿第一幕和第二幕两次到来,但是他们并没有给戏剧带来任何变化。波卓和幸运儿的到来暂时打断了两个流浪汉等待戈多的行动,但并没有形成一个强有力的动作,人物的个性始终没有发生变化。

人物性格没有发展，这同人物的语言有着密切的关系。戏剧人物的语言观众都能够听懂，但是观众再也抓不住戏剧人物的意图、目的，整个戏剧人物之间的语言没有相互关联的东西，不存在因果关系，因此不能够形成一个完整的故事情节。语言的碎片性直接影响着人物性格的碎片性，这使人物性格具有一种飘浮的感觉。

贝克特的《等待戈多》体现了静止戏剧的风格，这种静止的现象使戏剧具有比较强的朦胧性和象征性。朦胧性来源于戏剧意义的不确定性，从整个戏剧来看，《等待戈多》的人物性格、语言、行为意图等都处在不确定的状态之中，给人一种多意的联想。《等待戈多》中没有一个明确的、稳定的戏剧要素，这种不确定性使戏剧表现出非常强烈的非理性思想。《等待戈多》打破了西方戏剧一贯遵循的古希腊的"模仿原则"，戏剧中的等待戈多并非来自现实，而是一种作家对现实的主观感受。贝克特《等待戈多》的故事地点发生在远离正常人群生活的地方，仿佛剧中人不食人间烟火，戏剧与现实完全脱节。在这样的状态下，人物的语言只和一些观念的碎片有关系，他们所聊的一切只是一些生活琐事，许多东西与等待戈多是没有关系的，人物仅仅是作者主观感受现实的化身。戏剧人物在语言叙事上采用的是意识流的叙事方式，他们的所思所想只是反映了作家的主观意图，因此这就造成人物形象的象征性、碎片性以及朦胧效果。

戏剧没有明显的时间和空间变化，从这部戏剧中能够捕捉到的时间只有两个地方，一是两个流浪汉等待戈多，在第一幕结束时一个小男孩跑过来告诉弗拉季米尔和爱斯特拉冈："戈多先生要我告诉你们，他今天晚上不来了，可是明天晚上准来。"到了第二幕结束时小男孩又跑过来对他们重复着在第一幕结束时同样的话："戈多先生要我告诉你们，他今天晚上不来了，可是明天晚上准来。"虽然时间是两天，但是舞台的背景、人物的行为并没有明显的变化，戏剧唯一变化的是戏剧中的那棵树，因为在戏剧第一幕开始时，作者这样描写戏剧的环境："乡间一条路。一棵树。"可是到了第二幕，作者这样写道："次日。同一时间。同一地点。"，"那棵树上有了四五片树叶。"贝克特的戏剧不同于现实主义戏剧——有明确的时间观念，他的时间完全与作家主观感受现实是一致的，这种心理时间完全随着作家内心世界的变化而变化，这是主观的时间，而不是客观的时间。

《等待戈多》的朦胧性、象征性给观众丰富的联想使戏剧具有多义性的特点。在戏剧中大量朦胧的场景和戏剧氛围给观众和读者传递着不同的信息和暗示，使观众产生各种联想，发挥着戏剧的象征效果。正如1957年11月美国圣昆廷监狱为了给在押犯人演出戏剧，挑选了《等待戈多》，当时狱中关押着大约1 500个犯人，但这部内容深奥的先锋派戏剧最终吸引了绝大多数囚犯，曾打算戏剧开始的时候就偷偷溜掉的囚犯，被剧情深深地吸引住了。演出后记者采访他们："谈谈对戏剧的感受。"他们回答："戈多就是社会。""戈多就是外面的世界。"犯人们对两个流浪汉的人生境遇有一种切身感和认同感，他们用自己的人生经历赋予了戏剧更多的价值和意义。

艺术特征

《等待戈多》是萨缪尔·贝克特的代表作品，体现了荒诞派戏剧的艺术宗旨和思想标准，其叙事模式、人物形象、语言风格等体现了鲜明的艺术特色和思想价值。

首先，《等待戈多》突破了现实主义客观真实性原则，践行了剧作家主观感受真实性原则。整个戏剧描述了两个流浪汉在一个乡间小路上等待一名叫戈多的人，但是等来等去戈多并没有出现。弗拉季米尔和爱斯特拉冈仿佛不食人间烟火，在等待中不是胡说闲扯，就是做一些无聊的事情，如脱鞋子、脱帽子、玩上吊游戏。他们所讲的一切仿佛与现实世界没有任何关系，舞台上的一切除了第一幕那棵光秃秃的树上在第二幕长了几片叶子之外没有发生任何变化，整个故事情节不是对一个客观事情的叙述，只是剧作家内心世界对外部现实的一种折射，是剧作家的主观感受在现实舞台的形象化。

其次，这部戏剧颠覆了西方传统戏剧的一切戏剧法则，同时也突破了现代派戏剧的艺术规范。《等待戈多》是一部典型的静止戏剧，传统戏剧追求的一切艺术原则都被抛弃。这部戏剧没有任何矛盾冲突，戏剧中除了奴隶主波卓和奴隶幸运儿在第一幕和第二幕上下场之外，没有发生任何变化。戏剧语言呈现出无主题性的特点，两个流浪汉尽管话语不少，但是都没有围绕等待戈多这样一个中心话题来谈，削平了戏剧所具有的任何意义。人物所处环境远离正常人群生活的地方，环境仿佛与世隔绝，人物仿佛不食人间烟火。戏剧结构呈循环状态，第一幕到第二幕情节没有任何发展。戏剧内容是重复的,没有传统戏剧中的开始、发展、高潮、结尾的发展模式,也没有戏剧情节的起承转合、情节跌宕起伏的变化。《等待戈多》的情节、人物性格、语言意群都呈现碎片化的倾向。

最后,在人物塑造上,《等待戈多》中的人物仿佛与历史断了根,是一群没有过去、没有履历的人物形象。由于人物语言不能代表他们的思想和人物性格,人物显示不出个性色彩,他们仿佛生活在真空中。戏剧中的人物经过了剧作家侏儒化、矮状化的处理,没有了像莎士比亚《哈姆雷特》中哈姆雷特那样强有力的、顶天立地的英雄形象,而是一些面对现实变得软弱无力、猥琐不堪、怪诞可笑的人物。他们的言谈举止不具有理性色彩,而是一群被异化、被扭曲的、失去主心骨的泥塑,使人哀其不幸、怒其不争,具有很强的非理性色彩。

4. 思考题

① 荒诞派戏剧产生的社会背景是什么?荒诞派戏剧有哪些主要代表作家和作品?

② 荒诞派戏剧的思想基础是什么?

③ 为什么说荒诞派戏剧颠覆了西方戏剧的一切艺术法则?在艺术表现上有哪些特点?

④ 尤金·尤奈斯库的戏剧在叙事上有什么特点?

⑤ 萨缪尔·贝克特《等待戈多》在哪些方面突破了西方传统戏剧?

第十六讲　成长文学

　　成长文学是以文学的形式记录人类个体从童年到青年成长过程的文学。在成长文学作品中作家几乎都表现出小说主人公对自我身份的追寻与建构，以及他们成长过程中的艰辛、困惑和付出的代价。成长文学体现出作家对每一个成长个体的人文关怀，以及展示其内心世界在同现实世界的碰撞中逐渐走向成熟的人生旅途。

一、成长文学发展简介

　　成长文学在西方由来已久，它描写人在成长过程中所遭遇的一系列不幸和家庭变故，并在这种成长环境中逐渐走向成熟的过程。成长文学最早可以追溯到古希腊悲剧人物俄瑞斯忒斯。俄瑞斯忒斯的故事源于埃斯库罗斯的三联剧《奥瑞斯提亚》，这部戏剧共有《阿伽门农》、《奠酒人》、《报仇神》三部，其中第二部和第三部描写了18岁的俄瑞斯忒斯逃亡后在阿波罗神的指引下为父复仇的故事。其后罗马作家维吉尔的《伊尼德》（又译《阿涅阿斯纪》），以史诗的规模描写了国破家亡的特洛伊王子伊尼亚斯率领自己的臣民长途跋涉去拉丁姆地区建立罗马帝国的艰苦历程。

　　文艺复兴时期，欧洲文学逐渐将文学视野回归到现实和人自身，这直接影响着成长文学。英国戏剧家莎士比亚的《哈姆雷特》根据12世纪的丹麦史改编了年轻的王子哈姆雷特为父复仇的故事，给戏剧注入了时代的精神和人文主义思想。真正堪称成长文学的经典之作的当属16世纪的西班牙流浪汉小说《小赖子》，又称《托尔梅尼河上的小拉撒路》，应该说这部小说最早将文学的笔触深入到社会现实中的最底层，开创了儿童流浪题材的先河。18世纪德国作家歌德早期的《少年维特之烦恼》，以书信体小说的形式描写了维特对社会现实的真实感受,爱情的无望、事业的挫折和现实的烦闷,最终使维特走上了自杀的道路,然而维特的自杀实际上表现了德国资产阶级的软弱性,也表现了对当时苦闷的德国现实的反抗。

19世纪的西方文学出现过一批成长文学,正如高尔基所说:"19世纪的全部文学都建立在个人反抗与个人奋斗的人物基础之上。"19世纪成长文学的作品人物都有一部奋斗的历史和成长的历史,如司汤达《红与黑》中的于连·索黑尔、巴尔扎克《高老头》中的拉斯蒂涅、罗曼·罗兰《约翰·克利斯朵夫》中的约翰·克利斯朵夫、狄更斯《奥列佛·推斯特》中的奥列佛和《大卫·科波菲尔》中的大卫·科波菲尔,托马斯·哈代《德伯家的苔丝》中的苔丝。在俄罗斯还有托尔斯泰自传体小说《童年》、《少年》、《青年》以及高尔基自传体小说《童年》、《在人间》和《我的大学》等。19世纪的美国文学也产生了一批成长文学作品,其中也不乏力作,如马克·吐温的《汤姆·索亚历险记》、《哈克贝利·费恩历险记》以及20世纪美国作家塞林格的《麦田里的守望者》和杰克·凯鲁亚克(1922—1969)的《在路上》(1957)等。

二、成长文学的基本特征

成长文学在表现青少年主人公的遭遇时会有各种各样的题材,在流浪中他们的身心得到了磨炼,在现实的沉沦与迷茫中找到了心灵的彼岸,在奋斗的过程中确立自己的人格,这些题材成为这些主人公成长过程中的忠实记录。

1. 在流浪中成长

流浪儿童的题材是成长文学重要的题材之一。出身微贱、无依无靠、四处飘零的孤独儿童是成长文学中经常表现的故事,这些儿童或少年在生活中都有一段不平凡的苦难经历和辛酸的心路历程。西方成长文学在描写流浪儿童时分为两种,一种为生存而流浪,一种是为思想而漂泊。西方早期流浪儿童题材关注的范围大多是生存问题,即在食物、金钱、栖身等生存方面的需求,从而引起读者对道德伦理等诸多社会问题的思考,如《小赖子》等;而后者尤指现代作家,大多将流浪儿童与社会的进步相联系,进行全方位的社会问题探讨,如《哈克贝利·费恩历险记》、《麦田里的守望者》等。

《小赖子》是西班牙流浪汉小说的代表,描写了小拉撒路由于父亲犯法充军死在战场,母亲因贫穷嫁人将其给了一个狡猾的、以乞讨为生的瞎子,从此小拉撒路作为导盲童开始了他的人生旅途。小拉撒路为了不饿死,多次干出超越道德的事情,如为了能够活下去,他偷吃瞎子口袋里的东西,偷喝酒,偷吃香肠,还偷教士装满食物的大木箱等;为了报复,他领着瞎子走最难走的道路,同瞎子临别时故意让其一头撞在广场的石柱上。小拉撒路为了解决温饱问题干过各种坏事,去偷、去抢、去骗,卑躬屈膝讨好他的主人,蔑视社会荣誉感和道德观念,追求狭隘的个人自由。作为一个流浪者,小拉撒路在恶劣的社会环境中沾染上了许多恶习,尽管这样我们也能够在小说的许多细节中看出他有一颗没有泯灭的童心和同情心,如小拉撒路依靠乞讨来的东西养活他的第三个主人——一个爱面子的穷绅士,用真情来对待待他好的主人。在小说中小拉撒路有时也不乏正义感,当他看到自己的主人兜售骗人的赦罪符的时候,非常气愤地说:"这些骗子对无辜的人们不知玩过多少骗人的把戏!"这些都显示出小拉撒路身上闪光的品质。在流浪与成长的过程中,流浪儿童在复杂的社会环境中遭遇到各种压力,他们从流浪中学会生存,在艰难中学会面对一切。尽管小拉撒路学会了适者生存,贪图安逸,缺乏责任感和道德水准,但他不受传统思想的束缚,在生活中选择自由思想也是应该值得肯定的。

如果说在小说形成期间,流浪汉小说只是描写了人的生存状态,那么文学发展到现代社会,关于青少年流浪的题材则进一步揭示了社会的不公和人间的不平。马克·吐温的《哈克贝利·费恩历险记》描写了哈克贝利由于不堪忍受父亲酗酒后的打骂、道格拉斯寡妇家规规矩矩的生活方式以及枯燥的学校教育,毅然离家出走。儿童的出走大多是环境所迫,同时也意味着对文明社会的逃离,这种情况在现代社会中尤其突出。哈克贝利在与吉姆的流浪逃亡中经历了许多磨难,最终两人突破了种族偏见和社会的陈规陋习成为好朋友。

儿童流浪文学除了上面提到的作品以外,还有狄更斯的《奥列佛·推斯特》等,为流浪文学中的儿童成长做了注脚。

2. 在迷茫中成长

在成长文学中,儿童精神上的流浪成为重要题材。18 世纪德国作家歌德的《少年维特之烦恼》中的维特和 20 世纪美国小说家塞林格的《麦田里的守望者》的霍尔顿更多是在身份与思想上无法融入所处的社会，而对文明社会进行了逃离。

歌德笔下的维特逃离社会最终选择了自杀，虽然这种选择显示出其软弱性和无奈性，但我们没有理由谴责他。小说主人公维特是一个德国进步青年，他有理想、有才能，而且渴望自由，力图让自己有所作为，但是周围的现实却是那样沉闷和鄙陋，贵族的傲慢与偏见、官府的腐败、市民的平庸都使他不能够容忍。他感到孤独、愁闷，但又无能为力，只能从大自然、天真的儿童和淳朴的农民身上找到一点安慰。他从绿蒂身上看到了一种质朴、纯真的品质，于是对其寄予了全部的热情，但绿蒂跳不出生活的圈子，这就使得维特完全陷入绝望，最后借助绿蒂的手枪自杀了。歌德通过维特对18世纪德国现实的内心感受批判了德国黑暗的现实。在封建势力非常强大的德国，下层出身的维特不能被社会所接受，等级森严的人际关系压得他喘不过气来。他渴望平等，渴望人与人之间的真诚相待，但这一切不过是一种幻想，低下的身份使他很难在社会上有尊严地生存，最终他选择了以死来抗争，以死来逃离社会。

塞林格的《麦田里的守望者》的霍尔顿出身于中产阶级家庭，虽然他没有维特对等级森严的制度的那种切身感受，但他对社会上虚假的现象无法容忍，他对待社会采用辱骂、宣泄的态度来处理。在他看来美国社会上的一切都是虚假的，"假模假样"一词在小说中出现的频率最高。正是这种虚假的东西使霍尔顿无法融入这个社会，只能够逃离。《麦田里的守望者》中的霍尔顿第四次被学校开除后，在纽约流浪，不断出入旅馆、车站、舞厅和夜总会等场所。他用儿童的眼光看待成人世界的一切，他无法容忍这一切。在他看来成人的世界一切都是虚假的，是不能容忍的，而他的思想则完全被社会所搁置。霍尔顿具有真诚的一面，在他被开除后他不能忘记公园中小湖里的那一群小野鸭，担心在那个寒冷的季节中它们没有合适的栖息场所，担心自己的妹妹菲苾不能很好地生活。霍尔顿最终的梦想就是要到西部树林边盖一间小房子，远离城市的喧嚣和虚伪，因为他不能容忍那些假模假样的伪君子、金钱至上的社会、那些表面上有很高声誉的学校。他认为那些所谓的君子所说的话都是骗人的鬼话。霍尔顿不住地咒骂这些所谓的精英阶层、这些社会的主流，他知道他所具有的思想是无法融入这个社会的，也不被这个社会所接纳，所以只能成为生活在理想之中的迷茫者。《麦田里的守望者》真实地记述了他的成长过程、他的欢乐和痛苦。

在成长中迷茫的还有萨特的《苍蝇》中的俄瑞斯忒斯，但他最终选择了行动，使自己走出了迷茫。法国戏剧家萨特的《苍蝇》是借用古希腊戏剧家埃斯库罗斯的三联剧《奥瑞斯提亚》的第二部《奠酒人》和第三部《报仇神》改编的，不过在这部戏剧中萨特是从存在主义哲学的角度来塑造人物形象的。18岁的俄瑞斯忒斯在外逃亡15年后回到家乡准备为父亲阿伽门农复仇，复仇的过程是艰难选择的过程，也是他在痛苦中逐渐走向成熟的过程，他经过犹豫和徘徊，最后坚定地采取行动，冲破了一切障碍和朱庇特的阻挠，杀死了母亲克吕泰墨斯特拉和她的情人埃葵斯托斯，为父亲复仇。《苍蝇》使古代的题材到了20世纪又焕发了青春，体现了萨特的存在主义哲学思想。

3. 在逆境奋斗中成长

从19世纪开始，描写个人成长的题材不断涌现，如司汤达的《红与黑》、狄更斯的《大卫·科波菲尔》、夏洛蒂·勃朗特的《简·爱》、哈代的《德伯家的苔丝》、罗曼·罗兰《约翰·克利斯朵夫》等。无论是于连·索黑尔，还是大卫·科波菲尔、简·爱、苔丝、约翰·克利斯朵夫，他们最大的特点就是处在社会的最底层，通过自己的个人奋斗实现了自己的人生梦想，然而他们最终的结果大不相同，有的走向了成功，实现了自己的梦想，有的却走向了人生的悲剧。

狄更斯的《大卫·科波菲尔》中的大卫·科波菲尔和夏洛蒂·勃朗特的《简·爱》中的简·爱是经历了种种磨难，最后走向成功和幸福的典型。狄更斯的作品具有浓厚的人道主义思想，好人好报、恶人恶报的观念在《大卫·科波菲尔》中比较明显。大卫作为一个遗腹子，在童年的时候，他受尽继父的威胁和打骂，但在他最困难的日子里总是会得到好人的帮助，慈母般的女仆佩葛蒂、脾气古怪的贝茜姨妈、善良的米考伯夫妇，正是在这些人的帮助下大卫在生活中总是有惊无险，走上了奋发图强的道路。自幼经历过磨难、挫折的大卫·科波菲尔，最终经过自己的努力成为一名作家，找到了人生的幸福。夏洛蒂·勃朗特的《简·爱》中的简·爱有着比大卫·科波菲尔还要悲惨的经历，自幼父母双亡，无依无靠，只能寄宿在舅舅家。当舅舅去世之后，她受到表哥和舅妈的虐待，后被送到教会的寄宿学校，在一个以惩罚肉体来拯救灵魂的学校中度过了自己的童年时代。在逆境中长大的简·爱有一种追求独立自尊的精神，小说的最后她获得了幸福。19世纪的英国小说作家许多都出身中下层，每个人都有一段个人奋斗的历史，小说成为这些作家成长过程的真实写照和自传体故事。

有的人生好似一颗流星，当他以绚丽夺目的光彩划过天空之后顿时消失得无影无踪。司汤达的《红与黑》中的于连·索黑尔就是这样匆匆走完了他短暂的一生。于连的悲剧是一个社会悲剧，也是他个人的悲剧。波旁王朝时期的法国是一个等级森严的社会，这给于连这样的年轻人划定了生存的空间，但是于连没有屈从命运的安排，而是进行了抗争。于连虽然最终走到了他人生奋斗的顶点，但并没有逃脱命运的安排，正如他在法庭中所说的那样："我看到有些人，他们并不认为我很年轻而值得同情，反而想杀一儆百，通过惩罚我来吓唬这样的年轻人，他们出身于下层阶级，备受贫穷的煎熬，却又有幸受到良好教育，敢于混迹于有钱人引以为豪的上流社会……这就是我的罪过，因而更应该惩罚，何况事实上，审判我的人并非与我同属一个阶级。在陪审席上，我看不到任何发迹的乡下人，有的只是清一色的心怀愤懑的有产阶级……"

三、成长文学的地位与影响

成长文学在西方文学发展史上具有重要的地位，它记录了人类在人生中一个特定的历史阶段，描述了他们真诚与困惑、困难与坚守、从不成熟走向成熟的特点，人物形象各异、思想异彩纷呈。作为一种文学体裁它经历了漫长的发展阶段——从叙述式的流浪文学、书信体小说到艺术与思想日臻完善的文学形式。成长文学是人类的记录，它是对人类成长过程的生命存在与精神观念的一种反思，因此只要还有人类的存在就会有成长文学的出现。

四、塞林格与《麦田里的守望者》

1951年塞林格发表了《麦田里的守望者》，在美国及世界引起了关注，也引起了广泛争议，有的认为这是一本青年人期待已久的书，但是也有人将其贬低，认为它是一本不符合美国主流社会口味的书，充满脏话、酗酒、召妓事件的书。

1. 作家生平与文学创作

杰罗姆·大卫·塞林格（1919—2010）是美国杰出的小说作家，出生于纽约一个富裕的犹太商人家庭。1936年，15岁的塞林格被父亲送到宾夕法尼亚的一所军事学校学习，取得了他一生唯一一个毕业文凭。第二次世界大战期间，塞林格从军，1944年到欧洲大陆做反间谍工作，1946年退伍，后专门从事写作。

塞林格从1940年开始在《小说》杂志上发表文学作品，1951年发表长篇小说《麦田里的守望者》。此后的十几年间他还发表了20多部短篇小说以及出版了短篇小说集等。尽管塞林格擅长塑造早熟、出众的青少年的形象，但在《麦田里的守望者》之后的著作中，再也没有像霍尔顿这么成功的人物形象出现。

塞林格一生结过两次婚，但都是以分手告终。成名后的塞林格在生活上发生了很大的变化，开始过起隐居的生活，退隐到新罕布什尔州乡下生活，行踪神秘，与世隔绝，曾一度引起世人的猜测。

2010年1月27日塞林格在新罕布什尔州的家中去世，享年91岁。

2. 《麦田里的守望者》故事梗概

17岁的霍尔顿自述了16岁时被潘西中学开除的事情。经过多次转学之后的霍尔顿还是被开除了，这是他第四次被开除。潘西中学没有给霍尔顿留下好的印象，在这里大家都在谈论金钱、性、女人等低俗的东西，因此霍尔顿非常厌恶这个恶劣的学习环境。在学习上，他尊重语文老师，但讨厌除此之外的一切。学期结束，他5门功课中有4门不及格，学校发出了开除令，但霍尔顿并不感到难受，也不想在这里多停留片刻，他拖着重重的行李，匆匆离开学校回到了自己的家乡——纽约。

不愿回家的霍尔顿在大街上流浪，纽约在霍尔顿眼里一切都是虚伪的。小旅店里不三不四的男女混杂在一起只是为了满足金钱和性欲望，此时他也想用自己身上剩的钱去挥霍一番，与这个狗日的花花世界同流合污一次，但又感到自己与所处的环境有一种距离感。他去过夜总会，但由于年级小，人家不卖给他酒，所以夜总会无法让他自由自在地消磨时光，对此他深感不满。他再次回到了旅馆，想起了召妓，当妓女坐在他的房间时，他又感到这一切都是无聊的，只能用钱打发妓女走开。

第二天是星期天，为了打发时间他找到了女友萨丽去看戏，但发现现实中的女友是那么的丑陋和虚情假意。霍尔顿决定偷偷回到家中见妹妹一面，在同妹妹聊得起劲的时候父母回到了家，他吓得连忙躲藏起来，等父母走进卧室后才敢溜出家门。霍尔顿给他的老师安托利尼打电话要求在老师家借宿，但是半夜醒来他发现安托利尼正在抚摸他的头，霍尔顿猜想他是一个同性恋者，只好偷偷逃了出来在火车站候车室过夜。折腾一夜的霍尔顿彻底打消了回家的念头，决定永不读书，等再见妹妹菲苾一面就去西部，找一个树林边盖一个房子，从此装聋作哑了此一生。准备到美国西部的霍尔顿在火车站与妹妹告别，但兄妹见面之后，兄妹之情使霍尔顿原来的打算全部落空，他不能去西部，只能留下来。霍尔顿回到了家，但大病一场最终被送到疗养院治疗。

3. 作品分析

霍尔顿在精神上是一个流浪者，他是一个在自己的人生道路上没有找到人生归宿的迷茫者。小说描写他被学校开除之后在纽约流浪了两夜一天的经历，他想通过喝酒、打架、召妓、抽烟来消磨时光，但这一切并没有使霍尔顿在精神上感到一点慰藉。霍尔顿的流浪不同于《小拉萨路》，小拉萨路过着食不果腹的流浪生活，但霍尔顿与他相比是在精神上流浪，因为无论在学校、家庭、社会，他都没有一种认同感和安全感。

霍尔顿出生于一个富裕的中产阶级家庭，父亲给他转过几次学校，但他非常讨厌学校，这些贵族学校在霍尔顿的眼里是一个不好的地方，以前的校长是一个"最假仁假义的杂种"，历史老师斯宾塞不仅愚蠢而且虚伪，他的校友阿克莱令人恶心，近于下流，而斯特拉德莱塔勾引女生、自私放荡等。他觉得学校名声越好，"伪君子"越多。他非常讨厌周围的人——"一天到晚干的，就是谈女人、酒和性"。霍尔顿觉得他与周围的生活环境格格不入，因此当潘西的其他学生在一起看橄榄球比赛的时候，他却独自一人坐在附近的一座小山坡上。他无法将自己的心融入这样一个学习环境中，结果，学期结束，5门功课4门不及格，于是被学校开除。他在学校中始终都没有找到自己的位置，没有学习上的成就感和人生的归宿感，他一直处在被动的地位。

在家里，霍尔顿一直缺少真正的父爱和母爱，缺乏一种家庭的温暖。在霍尔顿的眼睛里父亲不过是往家里"捞钱"的代名词，而母亲遇事也只会歇斯底里地发作，对他很少关心，就连给霍尔顿买双冰鞋都会买错。霍尔顿原来非常欣赏自己的哥哥，但现在比较鄙视他，因为为了钱他将自己出卖给了好莱坞，制作一些庸俗不堪的商业片。小说在描写霍尔顿与父母的关系时，也只是仅仅在最后提到——他与他们在黑夜中擦肩而过。父亲作为一个名利双收的律师，他希望自己的儿子将来也能像他一样出人头地、发财致富，可以买一辆凯迪拉克来光宗耀祖。由于家教很严，在霍尔顿看来，如果自己没有实现父母的愿望就会被父亲狠狠地痛打一顿，严酷的家教使得霍尔顿养成一种胆小怕事、逆来顺受的懦弱性格，在学校里即使手套被偷他也只好忍气吞声、不敢声张。当被学校开除之后他也不敢回家，只能流落在纽约街头。在霍尔顿的无意识里他始终都在寻找家庭的温暖，他曾经反复地说："亲爱的妈妈，这儿的一切怎么都这样黑啊！""亲爱的妈妈，把你的手给我吧。你干吗不把你的手给我呢？"家庭的温暖和父母的爱是霍尔顿一直渴望的。

霍尔顿是一个尚未涉世的少年，他完全是通过自己的耳闻目睹来认知社会，面对冰冷的纽约大世界他无法得到缺失的爱。纽约对于他来说既熟悉又陌生，这个灯红酒绿的大千世界他不知道如何去亲近。在被开除之后，他一方面想同这个社会同流合污，另一方面他想通过酗酒来解除自身的烦恼，通过召妓来宣泄自己内心所压抑的苦闷，想通过抽烟吐出胸中的寂寞，但是这一切都无法缓解霍尔顿内心世界的孤独感。纽约对于他来讲既认同又排斥，他感到非常痛苦，到底怎样才能够消解自己的郁闷和压抑呢？在人生的道路上他感到迷茫。

霍尔顿感到自己无处可去，在这个世界上只有已经死去的弟弟艾里，还有小妹妹菲苾才是他唯一的精神安慰。儿童的世界是霍尔顿留恋的世界，他只能从回忆中去慰藉自己。霍尔顿想到早已去世的弟弟艾里，想到他那一双用绿墨水写着诗句的垒球手套以及他高兴时大笑的模样，也想到自己的小妹妹菲苾盘腿坐在床上的样子。在霍尔顿的回忆中充满纯真的爱和对人生的全部希望，这要比冷漠的成人世界温馨得多。当霍尔顿偷偷地跑回家时，小妹妹菲苾将所有的零花钱都给了他，他情不自禁地哭了。在小说中霍尔顿被学校开除的时候并没有流眼泪，因为开除对于他来讲是一种解脱，但是对妹妹的这种情感他永远都放不下。尤其是当霍尔顿准备离开纽约，在火车站候车室看见妹妹拉着硕大的箱子固执地要同他一起到美国的西部时，他的一切流浪计划都泡汤了，因为他不忍心让自己的妹妹也跟着自己一起去受苦受累。兄妹的真情唤起了霍尔顿的亲情，让他在这个世界里存有一丝挂念。在霍尔顿的内心世界真善美的思想并没有完全泯灭，他在同别人交往的时候也怀有真诚的善意和由衷的宽厚，在公园中他帮助小女孩系鞋带，帮助两个小男孩玩平衡木，这也显示了霍尔顿善良的一面。

霍尔顿的性格充满叛逆性，世俗世界的功名利禄对他来讲不屑一顾，追求自然宁静的内心世界是他叛逆的思想基础。霍尔顿向往的世界是一个自由、纯洁、宁静、和谐、快乐的世界。他的理想就是要到美国西部树林边盖一个小房子，在那里过一种自然的生活，而不愿意留在这个虚伪的地方苟延残喘。霍尔顿要到西部过一种田园生活，这是作家塞林格让主人公在延续西方文学中"逃离文明"的主题。"逃离文明"是近现代西方文学描写儿童题材的一个非常重要的主题，代表作品有马克·吐温的《哈克贝利·费恩历险记》、杰克·凯鲁亚克的《在路上》等。现实环境是庸俗的，也是强大的，霍尔顿在抗争的过程中往往以失败告终，面对这些，他想脱离这个社会，回归乡野生活，去边疆生活，回归自然，逃离这个庸俗的世界。尽管这种想法比较消极，但这是霍尔顿向往的。遗憾的是，我们在书中看到的霍尔顿并没有像哈克那样——为了自己的理想不顾一切地去追求，而是最终选择了放弃，成为一个半途而废的梦想者，这也说明霍尔顿的性格中有软弱的一面。

霍尔顿的性格是多面的，而非单向度的。一方面他有爱心、同情心，另一方面他又是一个沾染了社会恶习的少年。他爱他的弟弟和妹妹，也爱小动物，这是他心中唯一能够感到一丝温暖的事情。尤其是在被开除之后，他还念念不忘公园中小湖里的那一群小野鸭，担心在这样寒冷的季节它们无法生存下去。他的心中始终存有儿童对待他人的那份爱心，正如小说中说的那样："我老在想，有那么一群小孩子在一大块麦田里做游戏。几千几万小孩子，附近没有一个人——没有一个大人，我是说——除了我。我呢，就站在那浑蛋的悬崖边。我的职务是在那儿守望，要是有哪个孩子往悬崖边奔来，我就把他捉住……我整天就干这事。我只想当个麦田里的守望者。我知道这有点异想天开，可我真正喜欢干的就是这个。"霍尔顿愿意做一个麦田里的守望者，去保护这些孩子，使他们的心灵不受到侵害，为他人着想表明霍尔顿具有童心未泯的美好品质。

霍尔顿在这个社会中也是一个畸形儿。霍尔顿面对的是令人失望的现实,对这样的现实要么逃避,要么就采取一种消极的态度来对抗。从物质条件来讲霍尔顿并不缺少,但他缺少的是精神寄托、人文关怀和家庭那种温馨的父母之爱。面对美国的世俗观念和年轻人的仕途观念霍尔顿有一种逆反心理,他有一种看破红尘、玩世不恭的心态。作家描写霍尔顿在大冬天里身穿风衣,戴着红色猎人帽,将鸭舌转到脑后,这种形象显示了霍尔顿对现实的叛逆。长期压抑在内心世界中的不满、怨气他只能够通过粗话、脏话、打架、喝酒、召妓等来宣泄。在作品中霍尔顿讲的粗话成为小说最突出的特点。霍尔顿张口闭口都离不开"他妈的""该死的""婊子养的""混账""杂种"等,譬如"我抽了他妈的太多的烟""该死,你在哪"。他一开口讲话就带出许多脏字,这些脏字一方面说明他素质不高,另一方面显示其内心比较烦躁,试图通过这样的方式来宣泄或者掩盖心中的压抑和不满。在霍尔顿的口语里不仅仅有粗俗的语言,也有虚假的词汇,正如霍尔顿比较坦然地承认"你这一辈子大概没见过比我更会撒谎的人"。对于说谎,霍尔顿可以说不假思索、信手拈来,哪怕他去商店买杂志,他也会随口说他去看歌剧。作家塞林格通过霍尔顿个性化的语言将这个少年塑造得栩栩如生、活灵活现。正如美国评论者唐纳德·P·科斯特洛说的:"我们可以看出,《麦田里的守望者》的语言是对非正式的、口语化的美国青少年语言习惯的艺术展现。具有典型和平凡的特征,又有个性色彩;它粗俗、俚语化并且缺乏准确性,具有模仿痕迹,又不失创造性。"

霍尔顿不是在纯净的、健康的环境中成长的,而是在畸形的社会中形成了自己的个性。他作为一名中学生实际上承受着来自社会的各种世俗的压力,他并不想使自己像父亲那样——上大学、坐办公室、挣大钱、打高尔夫球、买汽车、喝马提尼酒、摆臭架子,而是想过一种真正普通人的普通生活,他的理想就是到美国西部树林边盖一间小房子,过一种自由的生活。

在美国文学中,《麦田里的守望者》被誉为第二次世界大战以来的"现代经典"之作。1951年小说问世之后,引起了广大读者的强烈反响,它道出了青少年的苦恼和心声,反映了他们相当一部分人的处境和思想。一些评论家也认为这部书可以增强成年人与青少年之间的相互认识和沟通，引导青少年提高对社会生活的认知程度，让青少年面对瞬息万变的大千世界做出自己正确的选择，成为自强、自立、自尊的社会一员。

 艺术特征

　　塞林格的《麦田里的守望者》开美国文学心理现实主义描写之先河，小说以一位青少年的口吻叙述了一名中产阶级子弟内心的苦闷和精神的彷徨，细致地描写了处于青春期的霍尔顿纯真、善良、迷茫、叛逆的个性和思想，在艺术表现上具有独特的风格。

　　第一，整个小说采用的是第一人称，用倒叙的方式讲述了霍尔顿16岁时在纽约一天两夜的经历。小说用第一人称来叙述拉近了读者与主人公的距离，增加了小说的真实性和可信度。通过儿童的视角去透视社会的各个角落，增强了流浪者的动态感和立体感，使读者在阅读的过程中有一种身临其境的切身感。在霍尔顿娓娓道来自己的故事的时候，能够触动读者内心世界中最柔软的情感，使读者能紧跟着主人公去体验他心理世界的变化。譬如霍尔顿和妹妹菲苾的兄妹关系，尽管他玩世不恭、愤世嫉俗，但他对妹妹的感情是真的：当被开除之后，他一直想给菲苾打电话告诉这一切；送给菲苾最喜爱的歌手的光碟，送菲苾去上学，为了妹妹放弃原本到美国西部的流浪计划。这些都是通过第一人称"我"的心理活动来写的。

　　第二，是小说的寓意性。红色是小说中多次提及的颜色，霍尔顿的红色鸭舌帽、弟弟艾里和妹妹菲苾的红色头发、霍尔顿喜爱的女友红白相间的毛衣、血的颜色等，作者运用这种颜色实际上是有寓意的。红色鸭舌帽暗示着小说主人公精神上的不安分。霍尔顿在戴他的红色鸭舌帽时总是将帽子的鸭舌转到后面，这也暗示着霍尔顿的叛逆的性格。在霍尔顿的眼里他与外部世界是格格不入的，学校到处是伪君子，社会上都是一些唯利是图的人，他宁愿到西部找一个树林边盖一个小房子度过自己的一生。通过红色鸭舌帽，我们能够看到在霍尔顿叛逆的性格中，在对社会不满的情况下，他身上洋溢着生命的活力和对社会的期望。

　　第三，霍尔顿的语言在小说中具有高度个性化。主人公在叙述故事中使用了大量的俚语、口语，在正规的叙事语言中夹杂着许多青少年的污言秽语，如"他妈的""该死的""婊子养的""混账""杂种"等词汇，这是一种染上一些生活恶习的青少年的语言。作家通过这种的语言表现了霍

尔顿玩世不恭的人生态度，他通过粗俗的语言来宣泄自己心中的不满和怨气，这对塑造处于叛逆时期的霍尔顿的人物性格起着重要的作用。

4. 思考题

① 何谓"成长文学"？有哪些主要代表作家和作品？

② 成长文学的基本特征是什么？对我们有什么启示？

③ 如何理解塞林格的《麦田里的守望者》中霍尔顿的艺术形象？

④《麦田里的守望者》的语言特点是什么？

⑤ 简述作家塞林格运用第一人称的叙事方法来讲述故事对整个小说发展起到怎样的作用。

第十七讲　黑色幽默

黑色幽默是美国20世纪60年代出现的一个最有影响的文学流派，其文学宗旨是"用逗笑、荒诞的态度来表达对现实的悲哀，并以绝望、讽刺的方法予以抨击"。黑色幽默在思想内容上是一个不断被丰富并存有争议的文学派别，它的出现反映了那个时代的人们在面对现实时所表现出的一种人生态度。

一、黑色幽默的发展简介

黑色幽默是因1965年美国作家弗里德曼编的一本由12位作家创作的短篇小说集《黑色幽默》（1965）而得名，它的出现在美国产生了很大的影响，20世纪70年代以后这种影响开始减弱。黑色幽默的产生来自第二次世界大战以来战争对人心理的创伤，以及科学技术的发展对人的异化所造成的人性的丧失等。黑色幽默主要在美国兴起，代表作家有约瑟夫·海勒（1923—1999）、库特·冯内古特（1922—2007）、托马斯·品钦（1937—　）等。

黑色幽默是一个比较复杂的文学现象，人们在审视它的时候因站在不同角度而各持己见。如温斯顿认为黑色幽默是一种文学的基调，既可怕又可笑，既险恶又滑稽；陈焜认为黑色幽默不是一种概念而是一种精神，它表现在具体的文学作品之中；奥尔德曼认为黑色幽默是一种把痛苦与欢乐、异想天开的事实与残忍和柔情并列在一起的喜剧。黑色幽默作为一种文学现象有自己的作家群和作品，如约瑟夫·海勒就是美国著名的黑色幽默小说作家，他一生创作过多部作品，有《第22条军规》（1961）、《出了毛病》（1974）和《像黄金一样好》（1979）。约瑟夫·海勒善于挖掘重大社会题材，以夸张的方法讲述那些难以忍受的暴虐和痛苦并将其写成笑话，作品中充满绝望和无可奈何，而正义和光明的精神在书中变得无影无踪。库特·冯内古特也是黑色幽默的代表作家，其代表作品是《第五号屠场》(1969)，这部作品使黑色幽默小说的创作达到了一个新的高峰。冯内古特长篇小说的创作风格以幽默、奇特为突出特点，他还有其他作品，如《猫的摇篮》(1963)、《时震》(1997)等。继冯内古特之后，还有托马斯·品钦，其代表作有《V》(1963)、《49比邮票的拍卖》(1966)、《万有引力之虹》(1973)。品钦的小说善于将现实与幻想结合起来，描写现代社会中的异化问题。

黑色幽默的作家摒弃了西方传统小说的创作原则，打破了西方长期坚持的美学原则和语言法则，以克制、冷漠的态度对待书中的事情，运用各种情感、手法来叙述故事。

二、黑色幽默文学的基本特征

1. 黑色幽默并非传统的幽默

黑色幽默文学不同于一般的幽默和讽刺作品，其中蕴含着丰富的悲喜剧要素。一般认为幽默属于喜剧范畴，它使幽默者带有一种轻松、优越的感受来看待被讽刺的对象，并诱发幽默者一种优越感和居高临下的态势。但是黑色幽默恰恰是一种自嘲者对自身的一种调侃和反讽，这里包含着自嘲者的悲愤绝望、无奈解嘲以及悲剧因素和喜剧因素。黑色幽默的作品不仅有滑稽可笑的成分，而且还有无望、荒诞、阴暗和残酷的色彩；黑色幽默类似悲喜剧，但比悲喜剧在自嘲方面更加直接和无情。传统幽默和讽刺大多以人物自身的缺陷以及不足之处构成被讽刺的对象，而黑色幽默更多的是指人自身所遇到的尴尬处境，具有很强的荒诞性和非理性色彩。传统文学的幽默多是在形而下的层面上展现的，使用一些巧合、误会来编排戏剧和小说，具有明显的理性色彩，而黑色幽默更多的是展现形而上的问题，并且悲喜因素在其中能够形成强烈的对比效果。传统幽默具有滑稽的性质，属审丑的美学范畴，而黑色幽默并非滑稽，它给人的感觉更多的是恐怖和绝望。

黑色幽默中明显包含着悲喜两种不同的价值取向。笑是一种喜剧因素，一种情感的宣泄，它源自内心世界的一种快乐的生理反应，但是在黑色幽默中这种笑却掺杂着一种比较复杂的成分，它不是发自内心的喜悦，而是一种笑中有悲的绝望之情。黑色幽默的悲不是悲壮，它不能给人一种心灵的净化和灵魂的提升，因为这种悲不是由悲壮的行为引起的，不能引起崇高感，它是一种深感绝望而又无可奈何的情感状态。

黑色幽默既是一种处世态度，也是一种作家表现情感的方法。黑色幽默的作品不同于传统的文学作品，如《堂吉诃德》。堂吉诃德的身上有悲喜剧两种因素，堂吉诃德喜剧因素来源于他滑稽的骑士冒险，其行为能给人带来开怀大笑的艺术效果，然而堂吉诃德行侠时所表现出的追求真理、行侠仗义、疾恶如仇等思想却具有悲壮的意义，而黑色幽默却不具有这种悲壮情怀和大义凛然的精神。黑色幽默将正与反、悲与喜两种因素完美地统一在一个整体之中，使两种含义在语义上形成一种强烈的碰撞效果。

二律背反的悖论现象在黑色幽默的叙事中也有表现，并形成强烈的悲喜剧效果，如约瑟夫·海勒的《第22条军规》。军规中有两种自相矛盾的说法：飞行员若是疯子，是可以停止飞行的，但是如果飞行员停飞必须要自己申请，这就是《第22条军规》中最臭名昭著的规定。在现实生活中疯子是不会申请停飞的，而申请停飞的人一定是智力健全的，因此智力健全的飞行员必须一直继续飞行下去，这在生活中实际上就形成了一种二律背反的怪圈。从表面上来看第22条军规是一个冠冕堂皇的规定，但实际上参战的飞行员被无形地、紧紧地限定在战场上，成为一部永远转动的战争机器。第22条军规使每一个飞行员都能感受到它的无处不在，但是在军规的条文中每一个人又很难找到它的实际文字，因为它不是给受害者看的，它就像一条毒蛇无时无刻不在缠绕着人、控制着人。它是一种"使不真实的事情显得真实"、"使傲慢的态度显得谦卑"、"使抢劫显得慈善"、"使盗窃成为荣誉"的方式。客观地讲，黑色幽默的作家力图"摆脱生活的物质外壳，抓住它荒诞的基本精神，为荒诞的精神找到一种荒诞化的表现形式"；黑色幽默"摆脱了常识的理性和逻辑观念，表现了非理性和无逻辑的荒谬"，它使人"在恐怖中看到了滑稽，感觉到喜剧包含着悲剧的痛苦"。黑色幽默使"笑的感觉产生了非常复杂的含义，把愉快和痛苦结合在一起，在笑声中发现了可怕的东西，并且通过笑声和痛苦保持一定的距离"。

2. 黑色幽默的叙事语言

黑色幽默的作品内容往往与现代战争、社会问题有着密切的关系，表现人在灾难面前的无可奈何与悲观绝望，但是作家在语言的叙述中并未显示出悲观的情绪，反而显得轻松超脱和玩世不恭。作品中语言的重复一般是作者为了强调一种意义的重要性，但是在黑色幽默中语言的重复却表现出不同的情况。语言的不断重复是《第五号屠场》的突出特点，而重复最多的是主人公所说的这样一句话："就这么回事。""就这么回事"从表面上来讲意味着不在乎、不重视的情绪，但是由于这句话多次出现在小说的不同场合之中，就形成了一种强烈的冲击力和迥然不同的意义。轻松的口头禅与沉重凝固的语言氛围、幽默的语言与灾难的环境混合在一起，形成一种强烈的张力效果。在《第五号屠场》中，"就这么回事"的口头禅往往与人的死亡、残酷的战争等紧密地联系在一起，这就使其意义发生了明显的变化。如当毕利在谈及自己被枪杀，以及其他人死亡的时候，特别是在德累斯顿轰炸中有13.5万人惨遭杀害的时候，你就会感到"就这么回事"已经不是一句轻描淡写、轻松幽默的玩笑，而是让人感到随着小说人物说出这句话的背后众多生命的瞬间消失和摧残，呈现给我们的感受是一种痛苦与愤怒、语言沉重与无可奈何的情绪和态度。

"就这么回事"这句话在《第五号屠场》中与大量战争场面的描写混杂在一起。"当炮弹爆炸时，镀铜的小块铅片在树林里交叉乱舞，'嗖嗖'地飞过天空，闪电般的速度超过音速。许多人被击毙或受了伤。就这么回事。"，"飞机在佛蒙特州的糖槭林顶撞毁，除毕利外全部死亡。就这么回事。"，"一具具死尸，他们的脚板又青又白。就这么回事。"，"他后来变成了战犯，在等待审讯期间自缢身亡。就这么回事。""就这么回事"这句经典语言在小说中多次重复，使残酷的环境、血腥的战争、人内心的恐惧、无法摆脱的死亡等达到了一种黑色幽默的效果。

在《第22条军规》中，语言在叙事上也同样表现出一种黑色幽默的效果。譬如在小说的扉页上，第一句话就讲："只有一个圈套……那便是第二十二条军规。"从这句话来看，第22条军规中隐藏着阴谋，作品的真实性是毋庸置疑的，是真真切切、实实在在的，但是书中紧接着说："皮亚诺萨岛位于厄尔巴岛以南八英里的地中海，是个极小的岛屿，显然，无法为书中描述的所有情节提供足够的空间。与小说的背景一样，其中的人物亦都是杜撰的。"当读者读到这里时，书中的语言立刻就形成两种不同的感觉，真实的东西带给人们的一种肯定的庄严感立刻就被第二句的虚假描写消解了。这种语言叙事在小说中随处可见，如小说开始："这可是实实在在的一见钟情。初次相见，约塞连便狂热地恋上了随军牧师。"但是如果读者顺着这个语言的意思看下去就会感到失望，因为你会发现后面的故事并没有沿着这句话所描写的内容继续写下去。

3. 黑色幽默的叙事方法

黑色幽默在叙事方面与传统小说有着质的不同，在叙事模式上它不再像传统小说那样给我们讲一个有头有尾、情节完整的故事，而是要打破传统线性叙事模式和时空顺序来安排情节，以跳跃式的、非自然的方法来变幻时空。在表现手法上，运用象征、暗示、烘托、对比等方法来表现内容，采用一种非传统的、非结构式的方法来创作小说。

冯内古特的《第五号屠场》是黑色幽默的代表作品之一，在这个故事中讲述了主人公毕利在第二次世界大战的亲身经历以及战后被绑架到太阳星上的种种遭遇。小说主人公毕利生于1922年的纽约州，中学毕业后进了一所验光技校，后参加第二次世界大战。但是毕利还未参加战斗就成为德军的俘虏，被押解到德累斯顿集中营，他经历了1945年的德累斯顿大轰炸，幸免于难。"二战"结束后回到美国继续做配镜师，在一次飞机失事中再次大难不死，却得了精神分裂症。1967年他被外星人绑架到太阳星上，虽然后来回到了地球但大脑已经昏昏沉沉、神志不清，并且还经常发表一些古怪的想法，最后在芝加哥被杀手杀死。作者冯内古特在描写毕利的经历时将其精神分裂症与毕利的时间旅行方法相结合，使其意识能够跳跃在过去、现在和将来之间，在空间方面也能自由转换。冯内古特的《第五号屠场》在小说叙事上克服了传统小说那种按部就班、情节缓慢的特点，而是采用电影中蒙太奇的手法。如毕利正在当下，可时间一转小说情节到了1957年秋天的一个下午，他坐在纽约埃廉市的一个中国餐馆里；还有毕利喝得酩酊大醉爬上汽车，准备摸着方向盘，而这时有人在摇醒他，此时情节却突然转到了世界大战的战场。毕利有穿越时间的能力，能够穿越地球与太阳星之间的距离，以挣脱时空的束缚，正如小说中描写的那样："他就寝的时候是个衰老的鳏夫，醒来时却正举行婚礼。他从1955年的门进去，却从另一个门1941年出来。他在从这个门回去，却发现自己在1963年。他说他多次看见自己的诞生和去世，随心所欲地回到他的生与死之间的一切事件中去。"

小说主人公毕利遭绑架之后对世界的看法发生了完全的变化，他能够用一种陌生化的方法来观察人类世界，形成一种新的视角。小说通过毕利的眼睛不仅看到了现实世界的各种丑陋之事，同时，也以地球之外旁观者的视角对人类世界所发生的一切进行了理性的思考。西方传统文学在处理战争题材方面往往是正面描写战争的残酷，表现出作家站在道德的制高点去伸张正义、谴责暴行，塑造高大的英雄形象，然而这种严肃的、具有价值判断的、平铺直叙的创作方法在黑色幽默中已经不复存在，消失得无影无踪。冯内古特在《第五号屠场》中为我们塑造了一个与敌无害、对友无益的精神分裂症患者毕利，他傻里傻气，一直处于现实与虚幻之中，奔驰在过去、现在与将来之间，目击了世界上许多事物，特别是战争的荒谬可笑。

三、黑色幽默的文学地位与影响

黑色幽默是20世纪中后期西方文学中一个独特的文学现象，有自己的哲学基础；它打破了传统美学范畴，将悲喜两种因素融合在一起，表现了现代人的处世心态和方法。黑色幽默拓宽了人类情感的表现范围，将两种截然相反的情感有机地混杂在一起，打破了非喜即悲的文学效果。在叙事上黑色幽默作家抛弃了传统小说的叙事原则，用克制、冷漠的叙述态度进行创作；它打破了一般的语法规则，采用黑色幽默、断续、虚拟、重复等艺术手法；黑色幽默抛弃了线性叙事的模式，将心理时空与现实时空混合起来并自由转换。

四、约瑟夫·海勒与《第22条军规》

海勒是美国著名的黑色幽默小说作家，他笔下的人物基本上都是社会的中下层人物，在社会的挤压下他们过着恐惧、焦虑、烦恼的生活，而作家的黑色幽默往往将小说中高尚与卑微、严肃与荒诞、希望与绝望、努力与失败融合在一起，作品内容随着故事内容情节高低起伏的变化来显示出生活的混乱和不可理喻。

1. 作家生平与文学创作

约瑟夫·海勒（1923年—　）生于纽约的布鲁克林，第二次世界大战期间在驻欧洲美国空军中服役一年，后回到美国哥伦比亚大学读书。1949年获硕士学位，并去英国牛津大学从事研究工作一年。1950年之后他在

《时代》、《展望》等杂志担任编辑。1958年海勒开始在耶鲁大学、宾夕法尼亚大学当教师，讲授小说和戏剧创作。

1961年海勒发表《第22条军规》，从此一发不可收。1974年发表《出了毛病》，1979年发表《像戈尔德那样好》、1984年发表《上帝知道》、1985年发表《不是玩笑》、1987年发表《诗论》等长篇小说。20世纪90年代海勒出版了最后一部小说《最后一幕》，有评论家认为这是《第22条军规》的续集，因为《第22条军规》中的部分人物，如约塞连、迈克、希普曼牧师，都一一出现在《最后一幕》中，但整个社会背景已经不同于以前了，海勒的黑色幽默的写作风格没有改变。

海勒的小说中最有代表性的是《第22条军规》，整部小说与传统小说没有任何联系，他颠覆了小说创作的艺术特点和写作模式，整部小说没有像传统小说那样设置一个中心人物，而是小说成了无主角的世界，更像一座浮雕般的群像。作品结构呈放射的态势，叙事逻辑混乱颠倒，讽刺中孕育着幽默，严肃中隐藏着荒诞，人物荒诞不经、莫名其妙、不可思议。二律背反成为整个小说的格调和逻辑思维。

2. 《第22条军规》故事梗概

故事发生在第二次世界大战末期，小说主人公约塞连是美国空军轰炸机的一个投弹手，他所驻扎的地方是意大利厄尔巴岛以南八英里地中海上的一个美国空军基地——皮亚诺萨小岛。约塞连已经执行任务30多次，按照上级规定飞行战斗员如果完成战斗任务达到一定次数就可以回国，但是每次约塞连快要接近上级规定的数目时，卡思卡特上校就会将飞行次数再次提高，这样的做法完全符合第22条军规的内容。

第22条军规在约塞连的军队中是一条不成文的规定，任何人都没有见过这条规定，但是它时时刻刻都存在于人们中间。军规规定：作为军人必须无条件服从上级指派的飞行任务，如果你是疯子可以申请停飞。然而如果申请停飞就只能证明你智力健全，不可能是疯子，因此还要继续执行飞行任务。轰炸手约塞连竭尽全力努力去完成规定的轰炸次数，以尽力满足能够回国的要求，但是当他屡次快要接近目标时上级总是又将目标再次提高，从35次提到40、50、60次，对于约塞连来说总是与达到目标的愿望失之交臂，回国变得遥遥无期。每一次战友在执行轰炸任务时出现丧命的情况都会直接影响约塞连，使其整日如惊弓之鸟，为了逃避飞行只能够装病，并寻找各种理由逃避参加轰炸任务。逃避战争、躲进医院是约塞连的生存哲学和方法，因为他发现医院是他逃避死亡唯一安全的地方，但最后他还是开了小差逃到了瑞典。

3. 作品分析

海勒的《第22条军规》打破了西方传统小说对战争的描写，在这部小说中战争不再是残酷血腥、刀光剑影、炮火连天，摆在读者面前的是一种扭曲荒诞的搞笑场面、冷酷幽默的人物语言、嘲弄性的人物行动的独特现象。

这部小说在叙述参战人员时与传统小说不同，《第22条军规》不再集中围绕着一个核心人物的命运进行一贯到底的叙事，而是采用去庄严化、去中心化的方法。在这部小说中人物不再具有典型性，没有中心的人物和事件，小说中的一切文学要素都呈现出一种零乱的、无条理的、无确定性的、无理性的状态。

《第22条军规》共42个章节，虽然大家都认为主人公是轰炸机投弹手约塞连，但是整个故事并没有集中围绕着约塞连来描写，约塞连在书中仅仅是一个飘忽不定、忽隐忽现的人物，他的行为贯穿在其他故事情节之中，而小说的大部分篇幅描写的是其他人物和情节。从书中的标题也可以看出小说的情节没有集中在约塞连身上，如小说的第一章是"得克萨斯人"，第二章是"克莱文杰"，第三章是"哈弗迈耶"，第四章是"丹尼卡医生"，第五章是"一级准尉怀特·哈尔福特"等。整个小说有42个章节，其中有37个章节是以约塞连的战友以及上司的名字来作标题的。有3章是用节日和地名来作标题的，如第三十四章是"感恩节"，第三十六章是"地下室"，第三十九章是"不朽之城"。虽然书的名字是《第22条军规》，但是真正涉及军规的内容只有第四十章的题目"第22条军规"，小说的最后一章题目，即第四十二章才涉及小说主人公约塞连——以他的名字为标题。

从上述的内容来看小说涉及人物众多，真可谓从上到下，上自将军、上校、中校、少校，下至中尉、列兵、妓女、皮条客、老鸨，虽然小说写的是第二次世界大战的欧洲战场，但是我们能够看到一个五光十色的社会，这里有高官显爵的骄横跋扈，有追名逐利的现役军官，也有沦落在社会最底层依靠出卖肉体来生活的妓女；有冒死执行飞行轰炸任务的军事历险，也有士兵嫖妓的放荡生活；小说中不再出现那种高大威猛、对敌所向披靡的英雄形象，而是一群猥琐的、胆小的、变态的、荒诞的人物，精神萎靡不振、生活放荡、没有理想、贪生怕死，完全颠覆了传统战争题材中令人敬畏的英雄形象。

轰炸机投弹手约塞连是一个勇敢的士兵，参战以来已经执行过32次投弹任务，原本认为完成35次投弹任务就可以复员回家，但是上级的一道命令将其回家的希望化为泡影。他找到有关人员询问此事，别人告诉他这符合第22条军规的要求。第22条军规在军队中是一条不成文的规定，任何军人都要无条件地服从上级的指挥，除非你是一个疯子，可以不参加飞行任务。按照规定，你如果不参加飞行就要提出申请，但是如果你提出申请也就证明你智力健全并不是疯子，因此要继续执行飞行战斗任务。这是一个怪圈，像约塞连这样的军人永远逃离不了这样的怪圈，面对这样的环境唯一能够自救的方法就是躲进医院或者提心吊胆地参加轰炸行动。为了减压，他同其他士兵去嫖娼。他几乎每次快要达到规定的飞行次数时，总会有新的、更高的目标等着他，这使他一次又一次从希望到失望、从自信到气馁，装疯时常常躲到树上或者树丛中，最终无奈逃到瑞典。

米洛是书中另类形象，他是军队物资采购员，又是组织辛迪加联合体的主要发起者。为了金钱他可以为任何人办事，不仅为自己的军队提供物资采购和情报，而且也为德军提供情报。在为美军的物资采购中以赚钱为目的，虽然表面上大家都是辛迪加联合体的成员，但是他不是为大家而是为了自己赚更多的钱。在书中，他同美军签订契约，帮助美军轰炸德军的重要设施；同时他也同德军签订契约，为德军提供美军来袭轰炸的情报，以便赚取美军和德军双方的情报费用。他是一个敌我通吃的人，谁都离不开他，他是一个人人都喜欢、人人都需要的人。"有一天米洛同美军当局签订了一份合同，由他负责去轰炸德军在奥尔维耶托守卫的一座公路桥，同时他又同德军当局签订了由他守护该大桥的合同，用高射炮火来对付他自己策划的攻击。为美军轰炸桥梁，米洛可以得到轰炸的全部成本费用外加6%的酬金，为德军守护大桥的协议款项也是如此，只不过还附加了一条，即他每击落一架美军飞机，德方将付给他1 000美元奖金。米洛强调指出，这些交易的圆满成功标志着私有企业的重大胜利，因为两国军队都是社会化的团体。"、"米洛的这种安排对双方都是很公平的。一方面，由于米洛有在各处有随意通行的自由,因此他的飞机可以悄悄潜入德军阵地进行偷袭,而不会惊动德军的高射炮火;而另一方面,由于米洛知道袭击行动,因此他有充分的时间向德军的高射炮手发出警告,待美军飞机一进入他们的火炮射程,就可准确地向它们开火。"米洛经常说:"德国人不是我们的敌人","不错,我们是在同他们打仗。不过德国人也是咱们辛迪加联合体里声誉很好的成员。作为我们的股东,我有责任保护他们的权利。也许是他们挑起了战争,也许他们的确杀了成千上万的人,可他们付起账来却比我所知道的我们的一些盟国痛快得多"。这部小说的人物描写不仅具有黑色幽默的特点,而且具有二律背反的特点。

《第22条军规》在故事情节上没有集中围绕着一个故事或者几个战斗任务来写,小说在写作方法上具有去中心的特点。如第一章是"得克萨斯人",这一章一开始第一句话这样写道:"这可是实实在在的一见钟情。初次相见,约塞连便狂热地恋上了随军牧师。"作为读者一定会急切地想知道约塞连怎样爱上了随军牧师,但是这句说完就没有了下文,作者抛开了继续叙述下去的意图,而是开始叙述其他事情。这种叙事模式不仅是第一章的叙事模式,而且成为整个小说的叙事模式,作家在叙事故事时不是按照线性的叙事模式来叙事的,而是具有跳跃性、随意性。实际上从整部小说来看,作者并没有集中围绕着一个故事来写,故事没有中心,所有的人都是叙事的中心,因此,整个小说很难捋出来一个头绪来,每一个章节都有一个故事,每一个章节都有一个独立的故事境遇。

《第22条军规》贯穿着幽默,但是这种幽默并没有给人带来欢乐,而是给人一种绝望、荒诞和无奈的感觉。小说在叙事的过程中不是严肃的,而是绝望的、幽默的,但这种幽默不是局部的,而是全部的,黑色幽默像一股血液一样流遍整部书,因此读者阅读起来不是轻松的、开心的笑,而是感到小说中充满着荒诞性和非理性。在黑色幽默的语境中,总是有两种不同的语言情感在碰撞,一种是适应社会道德的、理念的语境,另一种是不能上升到社会层面的语境,这两种语境发生撞击给人产生新的感觉,而原来那种庄严的、适合社会伦理的东西销声匿迹,而剩下的只有一些猥琐的、去尊严的东西,此时语言就显得滑稽可笑。如:"邓巴为了拿那份人家端到他病床前的餐点,不得不一而再再而三地将自己摔成个狗吃屎。"、"约塞连直接跑进医院,决心永远待在那儿。他已完成了32次飞行任务,他决定不再多飞一次。当他改变了主意从医院出来后的第10天，上校又把飞行任务提高到45次，于是约塞连又跑回医院，决定永远待在医院里，除了他刚刚又多飞的6次之外，不再多飞一次。"那种把为了躲避执行飞行轰炸任务而装病的行为与他自残的行为放在一起显得可笑滑稽，但此时读者的心情往往是非常复杂的，在这里既不存在悲剧的净化，也没有喜剧的宣泄，就像打翻了五味瓶，酸甜苦辣咸的滋味全部都有。英雄已经不再是不怕牺牲、英勇战斗的人，而变成逃避战斗、贪生怕死的人，更多地显示出普通人身上所具有的自然本性和本能反应。

小说在表现幽默的问题时也常常出现违背常理、违背自然规律的滑稽性描写，用一种对比鲜明的结果和态度来表明态度，其中带有一种调侃的味道，显示出作者另类的超然和幽默。如："这家伙曾在隆冬时节执行飞行任务时被击中，飞机坠入亚得里亚海，但他竟然安然无恙，连感冒也没染上。时下已是夏天，他没让人从飞机上给击落，反倒说是得了流行性感冒。"，"亨格利·乔确实疯了，这一点约塞连比谁都清楚。约塞连尽了一切努力帮助他。但亨格利·乔无论如何不听他的。他不愿听信约塞连，是因为在他看来，约塞连也是个疯子。"、"邓巴极喜射击双向飞碟，是因为他极其讨厌这一运动。"

在《第22条军规》中有许多荒唐的事情，但是作者却叙述得井井有条，譬如约塞连在医院里，他看到病房中发生的一些反常事情，如："他的左右胳膊内侧绷带上各封入了一条装有拉链的口子，纯净的液体从一只明净的瓶里由此流进他的体内。在他腹股沟处的石膏上安了一节固定的锌管，再接上一根细长的橡皮软管，将肾排泄物点滴不漏地排入地板上一只干净的封口瓶内。等到地板上的瓶子满了，从胳膊肘内侧往体内输液的瓶子空了，这两只瓶子就会立刻被调换，液体便重新流入他的体内。"、"火是自己灭的，而且灭得很彻底，甚至没留下一处要用水浇泼的余烬。消防队员自是很失望，无所事事，只好喝口温咖啡，四处转悠，想法子勾引护士。"

小说的叙事具有后现代小说的风格，句子之间缺少应有的因果联系，句子与句子之间没有交代和过渡，从一件事情的叙述直接转入另外一件事情的叙述，这使小说的句子和段落在叙事上具有一种碎片性、片段性和散乱性的现象。如："不久，来诊所的病人越来越多，忙得我应接不暇。我便加倍付酬金给那两家药铺。那几家美容院也挺不错,每星期介绍两三个人来我这儿做人工流产。生意实在是好得不能再好了。可你瞧,后来竟出了事。他们派了征兵局的一个家伙来为我做体格检查,我是4—F体位者。先前,我早就给自己做了相当全面的体格检查,发现自己的身体不宜服兵役。你大概会想,只要我说出实情,就能免去一切麻烦,因为在我们县医务界和本地商业信用局,我一向是口碑很好的医生。然而,事实并非如此。他们派那家伙来,目的只是想查实我是否确实齐髋切除了一条腿,是否确实患了不治的风湿性关节炎,终日缠绵于病榻,连生活都无法自理。我们生活在一个相互猜疑、精神准则日趋堕落的时代。这实在是太可怕了。"在这部小说的叙事中语言没有转折和过渡,语言环境没有前因后果。另外,小说在时间和空间上的转化也是非常灵活的,并且在事情的叙事上没有什么前因后果和逻辑关系,往往在叙事上颠三倒四,不按照自然规律的发展来安排。尽管每一章的标题都有一个叙事中心,但是作者在叙事时似乎并不打算紧扣主题,而是比较散漫地叙述其他事情,这种转移注意力的方法几乎在整个小说中处处皆是,明明准备讲述张三的故事,但在叙事中却一直叙述着李四的事情,对张三的事情并不急于表述,等到把一些事情叙述得七七八八的时候,才将开始时准备要叙述的人物提出来,进行穿插叙述。这种叙事方法使得读者在阅读时搞不清楚作者打算讲述什么,《第22条军规》叙事风格基本上是沿着这样的方向发展。如小说开始时这样描写道:"这可是实实在在的一见钟情。初次相见,约塞连便狂热地恋上了随军牧师。"但是紧接着小说的第一章并没有叙述约塞连同随军牧师有什么关系,在叙述上有一个虎头蛇尾的情况。

艺术特征

黑色幽默产生于20世纪60年代的美国,成为作家反映美国社会生活的一个重要的文学形式;在艺术上颠覆了西方传统文学的表现手法和创作原则,形成一种非常独特的文学现象。

首先,《第22条军规》在美学观念上颠覆了传统对幽默的理论界定。整个小说表现出这样一种写作风格,即在绝望中寻找幽默,在痛苦中寻找轻松。约塞连来到部队真心实意地想通过自己的努力早一点达到军规的要求,能够平安无事地回到自己的国家,但是他无论怎样努力都无济于事,复员回家的希望总是同他擦肩而过。从飞行任务 35 次为最高标准一直上升到 80 次，"已经执行了 70 次飞行任务的人也开始抱怨了，因为他们不得不飞满 80 次"。在这令人绝望的处境中，一切痛苦只能够通过自己的宣泄才能解决，譬如装病住进医院、找妓女发泄来减轻自己的压力，但这往往会陷入一种崇高与卑贱、庄严与粗俗并存的怪圈，呈现出一种扭曲怪诞、荒诞滑稽的搞笑场面。

其次，人物的碎片化是《第 22 条军规》比较突出的特点。人物的碎片化的形成主要来自两种因素，第一是作家在塑造人物时不再遵循现实主义的典型化原则，通过对生活的观察、提炼塑造一个形象鲜明、性格独特的人物，约塞连虽然是整部作品贯穿始终的人物，但是作家并没有着力塑造这个人物，在作品中他总是时隐时现、飘忽不定。第二从叙事上来看，每一个章节都没有集中围绕着他来写，而是每一个章节都对一个其他人物的行为进行叙述，并非约塞连，他的形象断断续续，琐碎零散，大多数的时候仅仅提一下他，而不是集中来写。

再次，小说的语言叙事有其独特的风格。二律背反的叙事方式是小说经常使用的方式，如对第 22 条军规的解释：如果你想停飞必须是疯子，但停飞是要申请的，而疯子是不会写申请的。客观环境与人的现实状态形成矛盾。由于约塞连执行任务有功上级准备为其颁奖，但残酷的飞行环境使得约塞连精神处于崩溃的边沿，经常赤身裸体在兵营中转悠，这就形成了发奖的庄严场景与赤身裸体的约塞连形成了极大的反差和悖论。这部小说在叙事上总是将两种极端的人生态度并存在一起，使人产生一种复杂的感受，让多种情感交织在一起。

最后，小说的叙事结构是由故事的片段性与中心思想的统一性相结合形成的。小说在叙事时，虽然第 22 条军规的条文一直是人们谈论的焦点，但这只是一种隐形的、贯穿始终的思想线索而非实际故事叙述的线索。这部小说在叙事上没有首尾相连的情节，每一章都相对独立，如按照小说章节叙事的顺序：1. 得克萨斯人，2. 克莱文杰，3. 哈弗迈耶，4. 丹尼卡医生，5. 一级准尉怀特·哈尔福特，6. 亨格利·乔，7. 麦克沃特，8. 沙伊斯科普夫少尉，9. 梅杰·梅杰·梅杰少校，10. 温特格林等。从第一章到四十二章绝大部分是用人名来作标题的，虽然每次叙事都有一个主题，但是第 22 条军规对士兵的影响却贯穿在整部小说中。

4. 思考题

① 何谓"黑色幽默"?"黑色幽默"有哪些代表作家和作品?

② 黑色幽默与传统幽默在理解"幽默"上的区别是什么?

③ 黑色幽默在叙事方法和艺术表现上有什么特点?

④ 简析海勒《第22条军规》塑造人物的方法。

⑤ 谈谈《第22条军规》的语言特色。

第十八讲　魔幻现实主义文学

　　魔幻现实主义文学是20世纪60年代出现在拉丁美洲的独特的文学现象，它融宗教、文化、地域习俗等各种因素为一体，打破生死时空界限，将魔幻与现实、虚幻与真实、心理时空与社会变迁糅合在一起，用重复、夸张、象征、时间变化等方法来反映现实。

　　阿根廷文艺批评家恩里克·因贝特在《魔幻现实主义及其他》一文中评论说："在魔幻现实主义小说中，作者的根本目的是企图借助魔幻来表现现实，而不是把魔幻当成现实来表现……是要制造一种既超自然而又不离开自然的气氛；其手法则是把现实改变成像神经病患者产生的那种幻境。"魔幻现实主义文学追求魔幻化的现实，从神话中去寻找民族性活动，将魔幻特性与民族历史命运有机地融合起来，将观念、想象、神话和传说巧妙地嫁接到丰富的现实生活中去，形成一个特色鲜明的文学流派。

一、魔幻现实主义文学发展简介

　　"魔幻现实主义"一词源于德国。1925年德国文艺批评家弗朗茨·罗在其著作《魔幻现实主义·后期表现派·当代欧洲绘画的若干问题》中第一次使用"魔幻现实主义"一词来评价后期表现派绘画，后来经过了多位文艺评论家的发展创新，如意大利的马西莫·邦滕佩利（1878—1960）、古巴的阿莱霍·卡彭铁尔（1904—1980）等对其理论进行了阐释，尤其是哥伦比亚作家加西亚·马尔克斯（1927—2014）以及他的《百年孤独》（1967），对魔幻现实主义进行了完美的阐释。

　　魔幻现实主义既是一种文学表现风格、思潮流派，同时也是一个不断被发掘、完善和丰富的文学创作方法，除了马尔克斯之外，拉美加勒比地区曾先后出现过一批在创作方法、写作风格上比较接近的作家和文学派别，如危地马拉的安赫尔·阿斯图里亚斯（1899—1974）被认为是拉丁美洲第一位具有魔幻现实主义创作风格的作家，他1967年获得了诺贝尔文学奖，其代表作品是《危地马拉传说》（1930）、《总统先生》（1946）、《玉米人》（1949）等，其著作中有浓厚的印第安文化风格，凸显了印第安神话在文学中的传统地位和特色。20世纪40年代阿根廷的路易斯·博尔赫斯（1899—1986），其代表作品有《交叉小径的花园》（1941）、《阿莱夫》（1949）等，在作品中他运用时序混乱倒错、现实生活与内心潜意识相互混杂在一起的创作方法，丰富了魔幻现实主义文学的表现方法。1955年墨西哥胡安·鲁尔福（1917—1986）的《佩德罗·帕拉莫》（1955）通过胡安与各种鬼魂之间的对话、独白、回忆和梦境，打破现实与幻觉、生与死的严格界限，将时序的主观性、叙述的多角度与印第安神话的创作风格糅合在一起，使其成为魔幻现实主义文学的一部力作。1967年哥伦比亚作家加西亚·马尔克斯发表长篇小说《百年孤独》，将魔幻现实主义文学推向了一个新的高峰，此后他还发表了《家长的没落》（1975）等作品；与此同时，还有侨居巴黎的古巴作家阿莱霍·卡彭铁尔发表的《方法的根源》（1974）等作品。

二、魔幻现实主义文学的基本特征

1. 独特的地域造就了独特的文学现象

拉美加勒比地区是一个充满神奇色彩的地方，各种文化在这里汇集，这是魔幻现实主义文学产生的土壤，正如加西亚·马尔克斯所说的那样："加勒比地区是一个截然不同的世界……加勒比的历史充满了魔幻色彩。这种魔幻色彩是黑奴从他们的非洲老家带来的，但也是瑞典的、荷兰的和英国的海盗们带来的。"① 绵延不断的群山、无边无际的荒原、神奇莫测的森林和亚马孙河流域等自然环境为魔幻现实主义文学提供了物质环境。加勒比地区也是一个人口杂居、各色人种在此会聚的地方，除了原来的印第安人之外，还有在殖民时期贩卖到这里的非洲黑人以及殖民时期的欧洲移民。传统与现代、史前状态与现代化的都市生活同时并存，使过去与现

---

① 马尔克斯：《两百年的孤独》，云南人民出版社，1997，第16页。

在、落后与进步的文明社会要素,以及天主教的宗教观念、印第安人的文化传统和非洲黑人的宗教习俗形成了一个多姿多彩的神奇世界。这种多种文化的混杂使加勒比地区的人们在对世界的认识也不同于其他地方,人的生与死、现实世界与死后世界是没有严格界限的,神话与现实是同时并存的,有一种现实似神话、神话似现实的感觉。

魔幻现实主义文学具有很强的幻想性,这同拉美加勒比地区的文化有着很大的关系。加勒比地区有着各种文化现象,印第安的各种传说、白种人对上帝的想象、非洲黑人的各种宗教故事,都充满传奇性,应该说这是一个依靠想象和借助想象来认知世界和解释世界的文化。印第安人崇拜神灵,这种文化精神沁入人们的骨髓之中,在他们看来,神话世界是一个真实的世界。用神话世界的思维方式来认知世界,这种想象的思维方法使加勒比地区的人们在认知世界方面具有强烈的魔幻色彩,真实的东西在魔幻色彩的映照下具有一种神秘的魅力,而魔幻的东西混杂在真实的世界之中,似真非真、似假非假。阿斯图利亚斯曾对一位访问者说:"简单地说,魔幻现实主义是这样的:一个印第安人或混血儿居住在偏僻山村,叙述他们看见一朵彩云或一块巨石变成一个人或一个巨人,或者一朵彩云变成一块巨石。所有这些都不外是人常有的幻觉,无疑谁听了都觉得可笑,不能相信,然而,一旦生活在他们中间你就会意识到这种力量。在那里,人对周围事物的幻觉和印象渐渐转化为现实,当然这不会是看得见摸得着的现实,它是存在的,是某种魔幻意识的产物。"① 从这段话来看,魔幻现实主义这种文学现象与印第安人的原始意识有着直接的关系。

魔幻现实主义文学并非全都是魔幻的、传奇的、想象的,它同现实有着密切的联系,殖民时期的历史和严酷的现实生活使拉美加勒比地区的作家有一种使命感和责任感,他们用自己充满神话、传奇、荒诞、离奇的创作方法来反映社会现实,许多作家透过荒诞、离奇的现象真实地反映了加勒比地区的社会现实。"魔幻现实主义首先是一种对现实的态度。魔幻现实主义作家面对现实,并力图深入现实,去发现事物中、生活中、人类活动中的神秘所在。"② 魔幻现实主义文学作家将自己的关注目光投射在国家

---

① 转引自陈兴孚:《魔幻现实主义》,花城出版社,1987,第197页。
② 袁可嘉:《现代主义文学研究》(下册),中国社会科学出版社,1989,第984页。

发展与民族的命运问题上，表现出强烈的道德感和民族责任感，如加西亚·马尔克斯的《家长的没落》，作家曾花费10年的时间去收集关于拉美独裁者的各种资料，力图使自己的作品与现实相吻合。阿斯图里亚斯的《总统先生》以危地马拉总统卡夫雷拉为原型，塑造了一个残暴狡诈的暴君形象，向在其统治下的受害者表示了同情。

2. 魔幻现实主义的真实性问题

魔幻现实主义文学首先面对的是真实性的考量，魔幻现实主义不同于现实主义文学，因为它不是客观现实的真实反映，但是我们也应该认识到它并非完全是幻想出来的东西。作家在文学创作时是有现实作为依据的，同时魔幻现实主义又与超现实主义文学有着很大的差异性，那么，我们如何认识魔幻现实主义文学的真实性问题呢？

魔幻现实主义文学的真实性是有现实作为依据的，作家给现实披上一层光怪陆离的魔幻外衣，却并不脱离现实的本质，它的真实性来自现实社会，是一种经过变形处理过的真实，从马尔克斯的《百年孤独》、阿斯图里亚斯的《总统先生》、鲁尔福的《佩德罗·帕拉莫》等作品中，拨开上面的迷雾都能从中找到现实的影子。如魔幻现实主义代表作品之一——鲁尔福的《佩德罗·帕拉莫》，这部作品以墨西哥大革命时期的农村生活为题材，小说作家鲁尔福采用的是变形的艺术手法，通过鬼魂的叙述、回忆和对话再现了一个消失了的、死去的世界。尽管故事阴阳两界，与现实社会是有一定的距离的，但这种变形是魔幻现实主义作家对真实性的理解和认识。正如马尔克斯所说的那样："小说是用密码写就的现实，是对世界的揣度。小说中的现实不同于生活中的现实，尽管前者以后者为依据。这跟梦境一个样。"① 魔幻现实主义作家将自己的创作之根深深地扎在民族的土壤之中，但在创作方法上有自己的独到之处。魔幻现实主义文学是作家一种心灵的回声，融入了作家的情感和对世界的认知，虽然不是对现实的客观描写，但它是一种用变形的模式将真实的本质表现出来的艺术形式，具有一种神奇的真实性。魔幻现实主义文学有许多看似巧合的事物，而实际上却包含着生活的必然，因为这些作家仍然抱有尊重现实生活的朴素信念。

---

① 马尔克斯：《番石榴飘香》，林一安译本，三联书店，1987。

魔幻现实主义作家在表现现实的问题上没有回归西方文学传统，而是融入了许多地域的因素和强烈的现代意识。在魔幻现实主义文学中有许多地域性的传说、神话、故事，以及人们对社会发展进程中的思索，将现实的真实与审美的真实完全融汇在一起。从整个文学创作来看，这些真实性不仅是对现实社会的一种反映，也是拉美加勒比地区人们情感的一种表达，它反映了这一区域普通人的所思所想、喜怒哀乐。如马尔克斯描写的马贡多人的孤独意识、生死轮回、荒诞思维等实际上都是这个地域日常生活中人们的所思所想的客观反映。马尔克斯说："与其说马贡多是世界上的某个地方，还不如说是某种精神状态。"这种精神状态就是拉美地区人们的情感状态。

魔幻现实主义也不同于超现实主义文学，因为魔幻现实主义文学更强调在现实基础上的魔幻，而不像超现实主义那样在梦幻和下意识中去追求艺术效果，在睡眠状态下强调潜意识的自动反映。魔幻现实主义不同于超现实主义那样主张人类逻辑思维发展中的任意拼凑，描写一些无逻辑基础的事物，从一些毫无逻辑的事物巧合中寻找意义，这使两种文学存有质的差异性。正如卡彭铁尔曾在委内瑞拉中央大学的一次演讲中所说："1943年我偶然来到海地，我在那里看到了一个魔幻世界的奇迹，整个地方处于富有生气的原始状态，一切都如同天造地设，像超现实主义者们精心虚构的一般……于是，我心中产生了一种概念，并且扎下了根，这就是我所说的'神奇现实'……我所维护的神奇现实，是我们所特有的现实。它是生动的、原始的，在整个拉丁美洲无所不在。在这里，奇妙的现象是天天可见的，永远可见的。"① 魔幻现实主义是以拉丁美洲现实为基础的，马尔克斯的《百年孤独》使魔幻与现实交错在一起，但是作品是以哥伦比亚数百年社会发展的停滞和梦想为基础的。阿斯图里亚斯的《总统先生》和马尔克斯的《家长的没落》是以拉美的独裁者为原型进行创作的，所以当人们问道为什么要描写这些独裁者的时候，马尔克斯回答道："它是拉丁美洲文学有史以来一个永恒的主题。我认为，这种情况还会继续下去。这很容易理解，因为独裁者是拉丁美洲特有的、唯一有神话色彩的人物；再说，

---

① 转引自陈光孚：《魔幻现实主义》，花城出版社，1986。

这一历史时期还远没有终结。"① 魔幻现实主义的真实性与西方超现实主义、表现主义不同,它描写的世界不是被异化、被扭曲、被变形的世界,而是作家心中一种真实的投射和客观化。它是一种自觉的民族意识,使拉美作家能够充分关注现实,挖掘本地区和本民族的文化精华,以饱满的激情描绘出拉美人的风土人情和真情实感。

3. 魔幻现实主义的艺术形式

魔幻现实主义文学在艺术手法上最突出的特点是魔幻与现实并存,这里的魔幻是对现实的魔幻,而现实是经过魔幻处理的现实。魔幻与现实的关系在魔幻现实主义作家看来是写作的基础,魔幻是不可缺少的表现手法。魔幻现实主义文学不是天马行空,不是凭空瞎想,而是有史实作为依据的,但是作为一种创作方法,作家在描写社会时对其所描写的故事是采用一种非写实的手法,将神话、传说、宗教相结合,给现实蒙上一层神秘的面纱,使其文学具有一种梦幻的色彩。文学的魔幻效果主要源自现实与非现实的并存,如马尔克斯的《百年孤独》中对普罗登肖·阿基拉尔的描写,将生与死、人间与阴间混合在一起,在人的潜意识中这一切就是现实,而不是迷信。再如阿斯图里亚斯的《玉米人》描写了20世纪50年代之前的危地马拉的社会风貌和各个阶层的人物状况。小说围绕着玉米问题,一开始就将读者带入一种似梦非梦的恍惚迷离的境界之中,在叙事上作家将现实与梦境、神话与幻觉混为一体,使作品有一种荒谬怪诞、古怪离奇的魔幻效果。

象征性也是魔幻现实主义文学比较突出的特点之一,通过非现实的事物来象征、寓意作家的创作意图,表达思想观念。如墨西哥作家胡安·鲁尔福的《佩德罗·帕拉莫》,在这部小说中,胡安受母亲多洛雷斯·普雷西亚多之托去科拉马村寻找自己从未见过的父亲佩德罗,但是已经死去的阿文迪奥为胡安做了向导。科拉马村是一个充满死亡气息的地方,幽灵到处游荡。在书中这些幽灵犹如生者一样有思想、会讲话、有性格,胡安通过与他们的交谈和接触,了解了生父佩德罗生前的种种罪恶,了解了村中所发生的一切。作家胡安·鲁尔福在作品中为我们描述了一个鬼魂的世界,但实际上这是一个现实世界的象征和缩影,为我们塑造了佩德罗这样

---

① 《番石榴飘香》,林一安译,三联书店,1987。

一个巧取豪夺、无恶不作、谋财害命的大庄园主形象。

　　加西亚·马尔克斯的《百年孤独》再现了马贡多一百年的兴衰过程，作品不仅揭示了哥伦比亚民族的发展过程，实际上也是整个拉美地区缓慢、停滞、落后的象征。在小说中有许多细节具有象征性，对作家表达思想起着重要的作用。如俏姑娘雷梅苔丝在作家笔下是一个十分完美的女子，任何企图亵渎她的男子都会神秘地死去，但是有一天雷梅苔丝晒被单时却被一阵大风吹走了。作家马尔克斯在解释这件事的时候说，美是圣洁的，它不属于现实世界，不可能长时间生存在现实世界之中。象征手法在魔幻现实主义文学中起着积极的重要作用，它不是漫无目的、毫无根据的夸张描写，而是以深刻的文化作为基础；它孕育着小说作家深刻的思想含义，给人丰富的联想和遐想空间，它是一个联想群，使读者能够透过这些象征体和象征性情节拓展广阔的想象空间，丰富作品的思想内容。

　　魔幻现实主义文学在描写故事时打破了传统的时空叙事，将人物的心理时空与现实时空相混合，根据小说作家的创作意图，其时间能任意变化，空间能够打破阴阳两界和自然、物理的限定。马尔克斯的《百年孤独》在时间上呈现出原地打转、循环不前、停滞不动的现象；时间对布恩迪亚家族具有一种命定的、宿命的性质，无论相隔多长时间，命运的安排都没有变化。小说描写了一百年的布恩迪亚家族，一切都是同原来的样子一样，时间对社会历史的发展和家族的变化没有任何意义，布恩迪亚家族一代又一代不断重复着原有的宿命和生活模式。鲁尔福的《佩德罗·帕拉莫》在时间上是混乱的、无序的。时间是一些琐碎的、随意飘零的碎片，虽然全书使用倒叙的方法来讲述故事，但没有按照时间的顺序来讲述，而是让时间处在无序的状态之中。

三、魔幻现实主义文学的地位与影响

　　魔幻现实主义文学融拉美各种文化传统于一体，带有强烈的地域色彩，具有旺盛的生命力，这使其能够立于世界文学之林。魔幻现实主义文学在艺术表现上有独创精神，将魔幻与现实、生活与神话、传统与现代等各种要素混合在一起，形成独具特色、自成一体的创作风格。魔幻现实主义文学对西方现代派文学做出了巨大的贡献，在创作原则上将"模仿原则"和"主观感受真实性原则"合二为一，拓宽了文学的审美视野和表现

范围。

四、马尔克斯与《百年孤独》

马尔克斯是哥伦比亚著名的小说作家,拉丁美洲魔幻现实主义文学的杰出代表,他的文学具有加勒比地区浓郁的地域特色和民族风格。尽管他小说中有许多非现实的现象和魔幻的色彩,但这无法遮蔽作家力图通过文学来反映哥伦比亚几百年来社会发展的生活轨迹。

1. 作家生平与文学创作

加西亚·马尔克斯(1928—2014)生于马格达莱纳省阿拉卡塔卡镇一个医生家庭。自幼生活在外祖父家,而广闻博学的外祖母对马尔克斯影响很大,外祖母每天所讲述的神话故事和鬼怪故事为马尔克斯以后的文学创作提供了素材和精神食粮。13岁时他独自一人到波哥大北部的锡帕基腊寄宿学校读书,18岁进入波哥大大学攻读法律,1948年因哥伦比亚发生内战而辍学,后担任《观察家报》记者,1954年任该报住欧洲记者。1961—1967年侨居墨西哥从事文学、新闻和电影工作。1971年获美国哥伦比亚大学名誉文学博士称号,1972年获委内瑞拉加列戈斯文学奖,1982年获得诺贝尔文学奖。

1955年马尔克斯发表第一部小说《枯枝败叶》,随后在文学创作上一发不可收,如中篇小说《没有人给他写信的上校》(1961),短篇小说集《格朗德大娘的葬礼》(1962),长篇小说《恶时辰》(1962)、《百年孤独》(1967)、《家长的没落》(1975)、《一件事先张扬的凶杀案》(1981)。另外还有谈话录和其他作品,如《番石榴飘香》(1982)、《迷宫中的将军》(1989)、《异国故事十二篇》(1992)、《爱情与其他邪魔》(1994),电影剧本《死亡的时刻》(1966)、《绑架》(1984),报告文学《米格尔里廷历险记》(1986),长篇纪实小说《绑架轶闻》(1996)等。

加西亚·马尔克斯是一位受过多种文化影响的作家,他在创作初期曾经受到过卡夫卡等欧洲文学作家的影响,但他的文学之根是扎在自己的民族土壤之中的,拉美加勒比地区丰富多彩、独具特色的文化环境成为加西亚·马尔克斯的用武之地。

2.《百年孤独》故事梗概

霍塞·阿卡迪奥·布恩地亚与表妹乌苏拉青梅竹马,但慑于"兄妹乱伦的恶果是要生猪尾儿"的预言，婚事一再拖延，因为乌苏拉的姑母和布恩地亚的叔叔就是前车之鉴——两人是表兄妹，他们无视预言的忠告生下一个长着猪尾巴的儿子。婚后的乌苏拉由于害怕重蹈覆辙，从结婚开始就一直穿着母亲为她缝制的贞洁裤，但是时间长了人们开始嘲笑霍塞·阿卡迪奥·布恩地亚，为此他与一个村民——叫普罗登肖·阿基拉尔的斗鸡人发生矛盾。霍塞·阿卡迪奥·布恩地亚在愤怒中用投枪杀死了普罗登肖·阿基拉尔，并回家逼着乌苏拉脱下贞洁裤。

为了躲避预言的应验，霍塞·阿卡迪奥·布恩地亚带着怀孕的乌苏拉和一些村民背井离乡，去寻找一个荒无人烟的地方来生活，这就是后来逐渐人丁兴旺的马贡多。马贡多原本是一个安宁幸福的村落，总共有20户人家，过着一种田园般的生活，因为这里是新开辟的地方，许多地方都叫不出名字。但是好景不长，自从流浪的吉卜赛人到来以及乌苏拉为寻找出走的儿子霍塞·阿卡迪奥，引来第一批外来移民之后，各种不同肤色的人们开始蜂拥而至，各色发明以及外界社会的发展模式和思想也随之而来。

马贡多开始逐渐兴旺，昔日的宁静村庄变成了繁荣的集镇。这时失眠症在整个马贡多开始传播，每一个人在开始的时候都庆幸如果不睡觉就可以干更多的活，但是，失眠症带来的健忘症使许多人感到恐惧和不安，人们将一切生活用品和事情写在纸上。马贡多人的失眠症是吉卜赛人墨尔基阿德斯用药水治愈的，但在这之前小说已经交代墨尔基阿德斯死在了新加坡海滩上，但是他说"他确实遇到了死神，但因不堪忍受孤独又返回人间"。

政府给马贡多派来了镇长堂阿波利纳尔·莫科特，霍塞·阿卡迪奥·布恩地亚告诉他："我们不需要镇长，因为这儿没有什么要纠正的。"但是最终堂阿波利纳尔·莫科特还是留在了马贡多。乌苏拉的大房子落成了，维也纳的家具、波西米亚的玻璃器皿、西印度公司的餐具等装饰着房间，意大利技师皮埃特罗·克雷斯庇来到乌苏拉家指导雷蓓卡和阿玛兰塔学习钢琴。

三月的一个星期天，奥雷良诺·布恩地亚与镇长的小女儿雷梅苔丝在客厅的圣坛前结婚了，但雷蓓卡·布恩迪亚与皮埃特罗·克雷斯庇的婚礼却一拖再拖，一直都没有成功，而阿玛兰塔却在一旁幸灾乐祸。一直在外面谋生的霍塞·阿卡迪奥回到了自己的家，在同雷蓓卡调情之后决定娶她为妻，这件事情家人是无法阻止的。

马贡多的保守党与自由党的派别之争以及选举中出现的舞弊现象最终形成了两党之间的战争和流血,从此奥雷良诺·布恩地亚参加了32次自由党组织的武装起义,并成为上校。奥雷良诺·布恩地亚经常遭到暗杀,他同17个女人所生的17个儿子,都一个一个被暗杀了。他一生躲过14次暗杀、73次埋伏和一次行刑队的枪决,最终老死在自己的家中。而阿卡迪奥是马贡多有史以来最凶残的统治者,横行乡里。自由党失败后,阿卡迪奥被政府枪决了。霍塞·阿卡迪奥·布恩地亚由于神志不清一直被家人拴在院子里的栗树下,他吃喝拉撒都在这里,而被他杀死的普罗登肖·阿基拉尔经常来找他聊天,最后他死了,这时天上像下雨一样下着小黄花。

铁路修到了马贡多,火车给马贡多带来了不可捉摸的未来,电灯、电影等五花八门的发明也来到了这里。人们曾经为电影中演员的死痛心疾首,但是在其他电影中这些演员又再次出现,这使得马贡多的人们感到非常的愤怒和不可理解。马贡多的人们被各种各样的现实搞得眼花缭乱,一火车一火车的妓女被运往这里,外乡客像潮水一样蜂拥而至,马贡多出现一片灯红酒绿的繁荣景象。俏姑娘雷梅苔丝是一个完美的女性,谁要是对她存有不洁的念头就会立即死去,最终她被一阵风吹向了空中消失了。

马贡多成立了美国香蕉公司,但资本家的残酷剥削使工人走上了街头,于是出现了罢工运动,但这场运动被残酷地镇压下去了,示威者的尸体被火车运到海边,全部被扔入大海。现在这个家庭中只剩下第四代的阿卡迪奥二世。

霍塞·阿卡迪奥·布恩迪亚家族有七代人在马贡多这个地方生活过,但在小说的最后,突如其来的飓风把整个马贡多镇从地球上刮走了,从此它永远消失了。

3. 作品分析

如果说墨西哥作家胡安·鲁尔福的《佩德罗·巴拉莫》拉开了拉丁美洲魔幻现实主义文学的序幕,那么《百年孤独》的问世,使魔幻现实主义的文学创作达到了高潮阶段。加西亚·马尔克斯的《百年孤独》获得诺贝尔文学奖后,各国学者和评论家对此做出了高度的评价:1971年诺贝尔文学奖获得者巴勃罗·聂鲁达称《百年孤独》是"继塞万提斯的《堂吉诃德》之后,最伟大的西班牙语作品"。有的称这部作品是"当代的《堂吉诃德》"。第四十一届国际笔会主席略萨说:"《百年孤独》在拉丁美洲引起了一场文学地震。评论界及读者一致公认它是一部经典著作。"著名英籍女作家韩素音称赞马尔克斯的这部小说"是一部了不起的作品","他的作品代表了真正的拉丁美洲,使人们不仅从历史而且从各个方面能够了解拉丁美洲"。瑞典文学院宣布马尔克斯获奖的理由是:"他创造了一个独特的天地,即围绕着马贡多的世界,那个由他虚构出来的小镇,自 20 世纪 50 年代末,他的小说就把我们领进了这个奇特的地方。那里汇聚了不可思议的奇迹和最纯粹的现实生活。作者的想象力在驰骋翱翔:荒诞不经的传说、具体的村镇生活、比拟与影射、细腻的景物描写,都以新闻报道般的准确性再现出来。"

加西亚·马尔克斯的《百年孤独》根植于拉美传统文化的沃土之中,具有鲜明的地域性和民族性。他的小说从艺术方面吸收了拉丁美洲的各种文化要素,在意识上融入了强烈的地域因素。

《百年孤独》描述了马贡多从无到有、从蛮荒时代到现代社会的发展历程,这其中包括了马贡多从一个荒无人烟的地方开始,社会秩序和人际关系的建立,政府派驻官员的管辖,自由党和保守党权力之争,党派之间的战争,美国香蕉公司工人的罢工以及被镇压。小说在马贡多的发展进程中尽管融进了许多传奇的、魔幻的、不可思议的人和事,但人们还能够隐隐约约看到社会发展的轨迹,使读者能够感受到现实的存在。

小说一开始,人们还生活在一个蛮荒的时代。霍塞·阿卡迪奥·布恩地亚与乌苏拉的家乡,几百年来两族的人一直过着杂婚的生活,两个人为躲避自己的后代不再像霍塞·阿卡迪奥·布恩地亚的叔叔和乌苏拉的姑妈那样因近亲结婚生了一个带猪尾巴的小孩,带领 20 来户人家逃离家乡,后经过艰难的长途跋涉来到了一个荒无人烟、四处都是沼泽的地方,这就是马贡多。

安定下来马贡多居民在最初的时候也曾生活在宁静的生活状态之中,过着一种田园般的生活,这里没有剥削、没有压迫。霍塞·阿卡迪奥·布恩地亚带领着大家种地、养家畜、建筑房屋,教给他们如何教养孩子,人们过着一种共同劳动、平均分配的生活。但是这种生活随着吉卜赛人的来到发生了根本的改变,村庄原来的寂静被打破,那些外来人带来了人类的"最新发明",如望远镜、吸铁石等来马贡多兜售,新的东西改变了马贡多封闭落后的原始生活状态,使霍塞·阿卡迪奥·布恩地亚这个老实巴交的人第一次知道金属、望远镜、冰之类的东西,他怀着一颗好奇的心,倾其所有来研制金属的冶炼技术,希望能够以此掌控这个世界。

马贡多发生了巨大的变化,随着社会的发展和生产力的提高,原来具有公有制性质的财产逐渐转变为私有,手工业开始从农业中分离,外来人带来一些商品,开始在马贡多进行交换,政府也派来了镇长和警察。马贡多犹如一个自由市场,人人都可以在这里走上一趟,各种思想在这个地方流行和传播。此时,马贡多已经搭上了时代的列车,飞速向前发展。马贡多在政治进程中并没有独善其身,镇上出现了保守党和自由党,最终因党派之争而发生了战争。人们利用在政党斗争中所获得的地位为自己捞取利益,横征暴敛,譬如阿卡迪奥在自由党取得马贡多的政权之后,利用手中的权力横行霸道、无恶不作,正像小说中所描写的那样,阿卡迪奥"终于成了马贡多有史以来最凶残的统治者"。

随着社会的发展,资本主义的生产方式渗透到马贡多的方方面面,社会丑恶的东西越来越多。整车整车妓女的到来改变了马贡多的社会风气,而香蕉公司的出现为普通农民成为雇佣劳动者提供了条件,专横跋扈的外国人成为统治者,手执大刀的打手代替了过去的警察,工人的罢工被残酷地镇压下去,机枪向人群扫射,大批工人倒在血泊中。马尔克斯在展现马贡多的发展过程中为我们提供了一幅哥伦比亚社会发展进程中真实的画面。

我们在阅读《百年孤独》时能清晰地感受到马贡多发展的轨迹,但在这些之上还笼罩着一种魔幻的、神秘的东西,一种非现实的、非理性的东西。马尔克斯用魔幻的方法将各个时期的、各种空间的各类人物压缩在一个时空中来表述,将各种社会现象和人物融为一体。蛮荒与文明时代并行,愚昧与现代社会共存,人间与鬼蜮混杂在一起,让读者在一个章节、一个页码之中能够看到各种社会的情况,犹如万花筒一样很难分清楚故事的来龙去脉、人物的前世今生,给人一种寓意的感觉。

《百年孤独》中有许多无法用唯物主义思想来解释的人与事,如故事一开始,吉卜赛人墨尔基阿德斯来到马贡多,他带来的是被称作马其顿炼金术士们的第八奇迹。小说这样描写:"他拽着两块铁锭挨家串户地走着,大伙儿惊异地看到铁锅、铁盆、铁钳、小铁炉纷纷从原地落下,木板因铁钉和螺钉没命地挣脱出来而嘎嘎作响,甚至连那些遗留很久的东西,居然也从人们寻找多遍的地方钻出来，成群结队地跟在墨尔基阿德斯那两块魔铁后面乱滚。"磁铁的超自然力量在这里表现得淋漓尽致，你无法解释这种现象，无法预测，但作家却非常细致严肃地描写这些故事。小说在开始不久，作家已交代吉卜赛人墨尔基阿德斯已经死掉了，但是到了第三章他又重新活过来了，小说这样描写："他确实遇到过死神，但不堪忍受孤独又重返人间。"在以后的岁月中墨尔基阿德斯在布恩迪亚家中时隐时现，像幽灵一样。

小说中有众多这样稀奇古怪的人和事，再如最初雷蓓卡来到马贡多时是带着自己父母的骨灰盒来的，由于没有及时安葬时常发生不可理解的事情。正像小说这样描写骨灰盒："但有很长一段时间它到处作祟，常常在人们最想不到的地方出现，像生蛋母鸡似的'咯咯'乱响。"它不仅到处乱跑，而且还发出响声。在作家的眼中人与鬼是没有生与死的严格界限的，如霍塞·阿卡迪奥·布恩地亚与普罗登肖·阿基拉尔因斗鸡发生口角，布恩地亚用投枪杀死了普罗登肖·阿基拉尔，但是普罗登肖·阿基拉尔的阴魂不散，一直在布恩地亚家中徘徊，书中描写："一天晚上，乌苏拉睡不着，到院子里去喝水，在水瓮边上遇见普罗登肖·阿基拉尔。他浑身发紫，神情哀伤，正在设法用芦草堵住喉头的伤口。""过了两个晚上，乌苏拉在浴室里又见到普罗登肖·阿基拉尔，他在用芦草擦洗脖子上的血迹。"正是普罗登肖·阿基拉尔的阴魂徘徊在乌苏拉的家里促使布恩迪亚和乌苏拉进行远途迁徙，最终来到了马贡多这个地方。虽然乌苏拉迁到了马贡多，但是普罗登肖·阿基拉尔还时常在她家中出现，后来布恩迪亚精神失常被捆在院子里的栗树下，普罗登肖·阿基拉尔还经常来到树边同布恩迪亚聊天。小说这样写道："但是实际上从很久以前起，他唯一能与之联系的人就是普罗登肖·阿基拉尔。死亡后衰老得几乎成了粉末的普罗登肖·阿基拉尔每日两次前来跟他谈话。他们谈的是斗鸡。他俩相约着建造一所饲养杰出种鸡的养鸡场，这倒并非为了享受一些在那时对他们来说已无必要的胜利喜悦，而是为了在地府单调乏味的星期天里有个聊以解闷的玩意儿。"

阿卡迪奥生前作恶多端，抢占大量的民田，但死后其父霍塞·阿卡迪奥继续占用别人的田产，最终遭人暗杀。小说在描写这个细节的时候，这样写道："霍塞·阿卡迪奥刚关上门，'砰'的一声枪响震动了整幢房子。

一股鲜血从门下流出,流过客厅,流出家门淌到街上,在高低不平的人行道上一直向前流,流下台阶,漫上石栏,沿着土耳其人大街流去,先向左,再向右拐了个弯,接着朝着布恩迪亚家拐了一个直角,从关闭的门下流进去,为了不弄脏地毯,就挨着墙角,穿过会客厅,又穿过一间房,划了一个大弧线绕过了饭桌,急急地穿过海棠花长廊,从正在给奥雷良诺·霍塞上算术课的阿玛兰塔的椅子下偷偷流过,渗进谷仓,最后流到厨房里,那儿乌苏拉正预备打36只鸡蛋做面包。"在现实中这种情况恐怕是不存在的,仿佛这股血充满着灵性,又具有一种神奇的意味,源源不断,充满方向感,使情节带有浓浓的魔幻味道。

小说还描写了一些马贡多人在生理方面的变化,如失眠症和遗忘症。失眠最早从霍塞·阿卡迪亚·布恩地亚家人开始,最终传染到马贡多整个区域。无论怎样工作人们整天一点睡意都没有,"起初谁也没有为此惊慌不安,相反觉得不睡觉挺快活,因为那时马贡多有许多活要干,时间不够用。他们拼命干活,不久活儿就全都干完了,凌晨3点大家就无事可做,坐在那里数挂钟奏出的华尔兹舞曲有几个音符。有的人想睡觉,但不是因为困倦,而是出于对睡眠的怀念,他们为此想尽了一切办法。人们集聚在一起无休止地闲聊,一连几个小时重复着同一个笑话,他们把阉鸡的故事越讲越复杂,简直到了使人恼火的程度"。失眠症直接造成人的记忆丧失,人们对非常熟悉的东西渐渐失去了亲切感和熟知感,他们只好将自己曾经记着的东西的名字写在纸上,贴在墙上,"他们通过逐步研究遗忘症的无穷可能性,明白了总有一天他们虽然看了字能认出东西,但记不得它的用途。因此要写得更加清楚。那块挂在牛脖子上的字牌,就是马贡多居民决心同遗忘做斗争的范例:这是牛,每天早晨应挤奶以生产牛奶,牛奶应在煮沸后加入咖啡,配制牛奶咖啡。他们就这样在一种难以把握的现实中生活着,这现实暂时被文字挽留着,可是一旦人们忘记了文字的意义,它就会逃走,谁也奈何它不得"。失眠与健忘本身是人类经常发生的事情,但是,在这里小说作家将这些人们司空见惯的生活琐事夸大到极致的程度,使其失去原来的自然特性,然后再将这些本已夸大的事实作为一种似曾发生的事情,通过大量的真实细节和真实的人物行为表现出来,让读者感到这一切仿佛是真实的,但又是虚构的、魔幻的。

马尔克斯在小说中大量运用魔幻现实主义表现手法是与从小受到社会

环境和家庭影响密不可分的。作家加西亚·马尔克斯在《番石榴飘香》中道出了缘由，他认为自己书中所表现出的魔幻方法是与自幼的家庭环境以及外祖母的影响分不开的："那真是一种不由自主的感觉，每当夜幕四合，它就产生了，而且等我进入梦乡还使我六神无主；直到第二天，我透过门缝窥见黎明的曙光，这种不安才算罢休。我不能确切地描绘这种感觉，我只是觉得我当时那种对夜晚忧惧的心情事出有因，那就是：我外祖母白天所讲的幻觉、预兆和祈求鬼魂等事到晚上一一应验了。这就是我和我外祖母之间的关系。我们俩可以通过一条无形的纽带跟超自然的世界联系。白天，外祖母的梦幻世界使我心醉神迷，我感到我生活在那个世界，它是我的世界。可一到晚上，我又感到莫名的恐怖⋯⋯说来也怪（我今天这么想），那时候我一方面想像外祖父那样现实、勇敢和坚定，可另一方面，我又抵挡不住外祖母那个世界的不断的诱惑，总忍不住要去探个究竟。"①

关于小说《百年孤独》中的孤独问题是小说中的核心问题。怎样来理解"孤独"问题？作家门多萨在《番石榴飘香》一书中谈到采访过马尔克斯。门多萨问道："咱们来谈谈这部作品吧。请问，布恩迪亚家族的孤独感源于何处？"马尔克斯回答道："我个人认为，是因为他们不懂得爱情。在我这部小说里，人们会看到，那个长猪尾巴的奥雷良诺是布恩迪亚家族在整整一个世纪唯一由爱情孕育而生的后代。布恩迪亚整个家族都不懂爱情，不通人道，这就是他们孤独和受挫的秘密。我认为，孤独的反义是团结。"在小说中，对男女之间的性描写有许多处，但是这些描写只是一种欲望的冲动，而不是爱情。当然这种冲动有青春期的骚动，如霍塞·阿卡迪奥与庇拉·特内拉始乱终弃的情感纠葛，留下儿子阿卡迪奥跟着流浪的吉卜赛人远走他乡。奥雷良诺·布恩迪亚后来与庇拉·特内拉同样发生性行为，生下奥雷良诺·霍塞。小说中奥雷良诺·布恩迪亚与雷梅苔丝的结合也是由别人撮合而成，因为雷梅苔丝和他结婚时不过是一个还在尿床的小姑娘，根本不懂得什么是爱。雷梅苔丝病死后奥雷良诺的性生活非常混乱，奥雷良诺·布恩迪亚上校同无数女人有过性行为，小说写道，她们大都是半夜来，一早离开，上校根本没有看清楚她们长得什么样子，有些人家将姑娘送来仅仅是为了改良品种，最后他有17个私生子。奥雷良诺二世

---

① 《番石榴飘香》，林一安译，三联书店，1987，第14页。

与妻子菲南达夫妻关系有名无实，他与情人终日厮混在一起。

孤独不仅表现在爱情上，人物生活中的特立独行、离群索居也是作家表现的重要方面。霍塞·阿卡迪奥·布恩迪亚迷恋吉卜赛人的炼金术，整天搞科学实验，最终精神失常，被绑在院中的栗树下面无人问津，终日同鬼魂普罗登肖·阿基拉尔在一起闲聊。奥雷良诺上校是一个有信念、有意志的革命者，但是起义失败之后他将自己关进房间，整日将金币化掉做成小金鱼，然后将小金鱼化掉再重新做，这样日复一日年复一年地生存着。而阿玛兰塔预感到自己的死期将近，也是整日织着自己的裹尸布，白天织好晚上再拆掉。雷蓓卡在丈夫霍塞·阿卡迪奥死后一直将自己关在房间里，许多年之后当人们打开房门时才看到她。布恩迪亚家族许多人过着一种孤独的、离群索居的生活，这种孤独的生活和马贡多小镇最后被一阵飓风刮得无影无踪。正如小说最后写道："这手稿上写的事情过去不曾，将来也永远不会重复，因为命中注定要一百年处于孤独的世家绝不会有出现在世上的第二次机会。"为什么马贡多和布恩迪亚家族被一阵飓风统统刮走了呢？可能作家已经认识到这样的生活是不能再继续下去了，这样是没有出路的。

艺术特征

首先，是人物形象的片段性和碎片性。小说描写了马贡多一百多年的发展历史，但全书没有一个人物能够贯穿全书，这里的人物在漫长的社会发展过程中仅是过客，很难找到一个完整的人物形象。霍塞·阿卡迪奥·布恩迪亚是马贡多的开拓者，但是最终精神失常被绑在栗树下，很早就慢慢老死。奥雷良诺·布恩迪亚上校在整个小说中占有重要位置，正如小说开始就写到奥雷良诺·布恩地亚上校，用他引出整个故事情节，但是他作为小说的主要人物在小说还没有结束的时候就已经去世，作品从此不再叙述他的事情。有的人物没有花费太多笔墨，仅仅是一带而过，如俏姑娘雷梅苔丝、雷蓓卡、阿玛兰塔等。因此，整个小说的人物像一幅群像图，整个小说没有哪一位是着重要塑造的，人物形象呈现出片断性或者碎片性的特点。

其次，是小说的时空自由转换。《百年孤独》在时空叙事上跳跃性很大，一句话就能够将作品带入遥远的过去。小说一开始写道："许多年之后，面对行刑队，奥雷良诺·布恩地亚上校将会回想起他父亲带他去见识冰块的那个遥远的下午。"小说写了这些内容后并不急于描写那天下午的事情，而是笔锋一转写道："那时的马贡多是一个有20户的村落……"这样小说开始从马贡多的源头写起，"这块天地如此之新，许多东西尚未命名，提起它们时还须用手指指点点"。故事的开始引出了许多奇异的事情。

在小说中，还有一些故事情节在叙述中是没有过渡的，正在叙述一件事情，忽然在没有任何交代的情况下，小说便从时间和空间的角度开始叙述另一个故事了。另外，从大的时间跨度来讲小说叙述了一百年的事情，但是往往在交代具体时间时呈现一种模糊的状态。从小说的空间变化来看，作家是比较随意的，但给人的感受是真实的，空间的虚拟性比较明显。

最后，是魔幻与现实手法的巧妙结合。作家马尔克斯表现了马贡多一百多年的发展历史，以小说的底色来看是现实的反映，但是在表现手法上却是将写实与写意相互结合，这种写意具有很强的非理性色彩。在生与死的问题上，作家受到基督教的影响，即人的肉体与灵魂是分离的，如对普罗登肖·阿基拉尔死后的描写，将生前与身后混为一谈，没有区别。作品往往在描写现实的事情时穿插进一些非现实的事情，这样就会扰乱读者的思维判断，使得读者在认识书中的现实世界的时候有一种虚无缥缈、漂浮不定的感觉。类似的例子在小说中比比皆是，如霍塞·阿卡迪奥·布恩迪亚死时从天上飘落的小黄花，俏姑娘雷梅苔丝在刮风时随着床单一起飘到天上。

4. 思考题

① 拉丁美洲的"魔幻现实主义"文学是在怎样一种社会历史条件下产生的？其特点是什么？有哪些代表作家和作品？

② 魔幻现实主义文学与现实主义文学的区别是什么？

③ 魔幻现实主义文学的基本特点是什么？

④ 如何理解马尔克斯在《百年孤独》中对"孤独"的认识和解读？

⑤ 谈谈《百年孤独》的艺术成就。